U0952203

中国现代小说研究

张永 / 著

上海三联书店

目录

第一章　中国现代文学何以为“现代文学”

学界对“中国现代文学”的表述是很有意思的，常见的是将其称之为“中国现当代文学”、“20 世纪中国文学”、“中国新文学”等等。其实，不管学者们如何命名，但有一点是可以明确的，那就是这种文学的本质规定性是不变的，确定的，它是构成中国现代文学之所以为该事物而非别的事物的最根本依据。因此，只有在准确把握和厘清“中国现代文学”这一概念的前提下，某些相关的中国现代文学研究才可能具有实质性意义。

一、现代理性与中国现代文学

美国哲学家克里普克认为，“命名”是对事物本质规定性的概括。[①] 时至今日，中国现代文学经历了一个世纪。作为一家“百年老店”，我们今天还在辨析它的概念，是不是有点不合时宜？而且，对中国现代文学本质的陈述也可能缺乏文学性意味。就像尼

---

① 克里普克认为，事物本质是在“任何场合”下都保持不变的内在规定性。“当我们把一种特性看做某个对象的本质时，我们通常指的是这对那个对象来说，在它可能存在的任何场合下都为真”。基于此，命名才成为可能。参见克里普克：《命名与必然性》，梅文译，上海译文出版社 2005 年版，第 48 页。

采说的那样，我们越是接近事物的起源，事物对于我们就越是变得兴味索然。可以这样说，中国现代文学多样化的命名，固然有突破既有研究规范，拓展学术空间的需要，但这起码也折射出学界对于命名的不够严谨，以及对于中国现代文学本质属性的模糊认识。从这个角度来看，“中国现代文学”学科真的“还很年轻”①。

接下来，我们提出第一个问题：中国现代文学的本质究竟是什么？有学者认为：“‘现代文学’……不仅仅是指时间上的现代，同时也包含了具有‘现代性’的文化含义，‘现代文学’意味着具有现代性的文学”②。这对中国现代文学的定性大体上是准确的。不过，在我们看来，现代性是一个异常庞杂而又笼统的概念，似乎无所不包。我们觉得，中国现代文学“现代性”的核心价值应该是现代理性。它源于中国传统文学（文化）中理性的近代转型，同时又在清末民初“西学东渐”的过程中，不断承接和吸纳西方现代理性的影响。因此，中国现代文学的本质属性，正是在中国近代理性与西方现代理性有机融合的基础上而生成的现代理性。当然，在近现代历史嬗变，中西方文化交汇的语境中，中西方理性融合的路径与进程，以及其内在的运作机理都是极为复杂的，甚至很难作出准确的表述。实事求是地讲，在对中国现代文学本质的描述上，人们似乎更在意也特别看重西方现代理性对20世纪中国文学产生的巨大影响，认为中国现代文学不可能从自身文化传统而只能从近现代西方文化中寻找到现代性价值。这可能与晚清以来，特别是“五四”时期中国文化界对传统文化的激进批判有相当大的关系。这在很大程度上忽视了中国传统文学中弥足珍贵

① 陈思和：《我们的学科还很年轻》，《文学评论》2008年第2期。

② 陈思和：《我们的学科还很年轻》，《文学评论》2008年第2期。

的近代理性之于现代性生成的重要价值。

这里有两点是需要说明的。一，中国现代文学与西方现代文学是两种异质的文学。中国现代文学的内在本质规定性，应该也必然赓续了前代（晚清）文学的某种特质。二，20 世纪的中国文学具备西方现代理性赖以存在发展的文化语境，否则，它不可能在中国广泛传播并为中国文学所吸纳，更不可能融入并构成中国现代文学的本质或本质的一部分。就像外来佛教在中国传播并最终成为中国文化重要部分，其根本原因就在于本土道教文化与外来佛教在本质与思维方式等诸多方面的同构性①，进而产生了两种文化共鸣与融合。可见，“西方的冲击并不‘开启’了中国文学的现代化；而是使其间转折，更为复杂，并因此展开了跨文化、跨语系的对话过程。”②也就是说，西方现代理性毕竟是中国现代文学发展的“外在的、次要的因素，可以作为提出问题的依据，却无法成为解答问题的论据。”③作为事物内在的本质因素，中国传统文化（文学）中的近代理性，无疑是中国现代文学存在与发展的根据，是决定中国现代文学的性质、方向和面貌的根本依据。西方现代理性也只有与某种共性特质的中国近代理性相结合，才可

① 佛道同构主要表现在两个方面：一是本质概念相似。道家认为：“道可道，非常道”；“反者道之动，弱者道之用。天下万物生于有，有生于无”；“有物混成，先天地生，寂兮寥兮，独立而不改，周行而不怠，可以为天地母。吾不知其名，强字之曰道，强为之名曰大。”可见“道”的本质是“空”、“无”，与佛教“万法皆空”的实相一致。二是思维方式趋同。道家把握“道”的路径是：“……为道日损，损之又损，以至于无为，无为而无不为”。这种否定性思维在佛教中是这样表达的：“如来所说法，皆不可取，不可说，非法，非非法”；“如来所说三千大千世界，即非世界，是名世界。”（《金刚经》）

② 王德威：《被压抑的现代性》，《想像中国的方法》，生活·读书·新知三联书店 1998 年版，第 6 页。

③ 樊骏：《我们的学科：已经不再年轻，正在走向成熟》，《中国现代文学研究丛刊》1995 年第 2 期。

能发挥其应有的价值和作用,进而生成一种特殊质地的现代性。这种特殊质地的现代性可以称之为中国现代理性,并构成中国现代文学的内在规定性。或许正因为如此,“五四”新文学初期,周作人就曾明确反对“欧化”这一提法。他说:“其实将他国的文艺学术运到本国,决不是被别国征服的意思;不过是经过了野蛮阶级蜕化出来的文明事物在欧洲先发现,所以便跳了一步,将他拿来,省却自己的许多力气。既然拿到本国,便是我的东西,没有什么欧化不欧化了。”①

时间、空间是事物存在发展的基本方式。中国现代文学也应该从时间和空间两个维度中去把握。文学史家樊骏认为,中国现代文学研究要“注意从宽广的历史背景和不同的历史渊源,从纵向和横向的联系比较中,尤其是对我国古代文学的继承和对外国文学的借鉴,来审视、说明中国现代文学,包括它的发生与发展,它的时代的和民族的特征,它在思想上艺术上的承袭与创新”②。如前所说,中国现代文学是在晚清文学基础上延续和发展而来,因此也必然承续了前代文学的某些现代本质属性。这种现代本质属性就是通常意义上的“现代性”。从晚清文学到中国现代文学,这种现代性内质一直处于不断积淀的过程中。台湾学者王德威将晚清文学视为中国文学“被压抑的现代性”阶段。这种被压抑的现代性在量的累积达到一定程度时,必然发生性质的改变。这种性质改变的“临界点”,既是晚清文学(中国古代文学)终结之际,也是中国现代文学诞生之时。因此,中国现代文学的本质规定性,首先应该而且也必须从中国传统文学中发掘和寻找。

---

① 周作人:《论中国旧戏之应废》,《新青年》第5卷第5号,1918年11月15日。

② 樊骏:《我们的学科:已经不再年轻,正在走向成熟》,《中国现代文学研究丛刊》1995年第2期。

文学是人学。人既是自然的存在物，同时也是社会的存在物。因此，人的本质必然包含自然和社会两个方面的属性。中国古代有关“人”的论述是值得重视的。大体上来说，先秦时代对“人”的辨识较为客观和公允，既肯定人自然欲望的合理性，也重视“礼”对人的欲望的制约作用，以求人的健康发展。《礼记·礼运》云：“饮食男女，人之大欲存焉。死亡贫苦，人之大恶存焉。故欲恶者，心之大端也。人藏其心，不可测度也，美恶皆在其心，不见其色也，欲一穷之，舍礼何以哉？”[①]这可以看成是中国早期的“礼”“欲”之辨的代表性观点。“君子”是孟子的理想人格。他说：“口之于味也，目之于色也，耳之于声也，鼻之于臭也，四肢之于安佚也，性也。有命焉，君子不谓性也。仁之于父子也，义之于君臣也，礼之于宾主也，知之于贤者也，圣人之于天道也，命也。有性焉，君子不谓命也。”[②]在孟子看来，人有多种欲望的现实性、合理性的需求，但不可放纵人的欲望，必须受到“义”、“命”（礼制）的限制和约束。或许正是在这一点上，儒家的荀子高度肯定了人“最为天下贵”[③]的思想。总的看来，先秦时期的“人”的观念，在相当长的历史时期深刻影响了中国古典文学（文化）的走向和发展进程。

作为儒家思想体系化、规范化的理论建构，“宋明理学”（“程朱理学”）对“天理”“人欲”的关系作了甚为精深的阐述[④]。不过，

---

① 孔颖达：《礼记正义》（中），郑玄注，上海古籍出版社 2008 年版，第 916 页。

② 《孟子》，中华书局 1987 年版，第 990—991 页。

③ 《荀子》云：“水火有气而无生，草木有生而无知，禽兽有知而无义，人有气有生有知亦有义，故最为天下贵也。”

④ 《朱子语类》说：“去其气质之偏，物欲之蔽，以复其性，以尽其伦”（卷七）；“圣人千言万语只是教人存天理，灭人欲”；“学者须是革尽人欲，复尽天理，方始为学”（卷四）。朱熹对“天理”“人欲”是这样界定的：“问：‘饮食之间，孰为天理，孰为人欲？’曰：‘饮食者，天理也；要求美味，人欲也。’”（卷十三）在朱熹看来，人的基本需求就是天理，而超越了人基本需求的过分要求则是人欲。后人对朱熹“天理”与“人欲”的关系存在明显误读。

在封建统治者把“宋明理学”确立为统治阶级主流意识形态之后，朱熹“存天理，灭人欲”的思想就被严重歪曲和误读。尤其是在晚明时期，为巩固封建统治，统治者刻意强调“天理”“人欲”的对立关系并推向极端，形成了以禁欲主义思想为核心的理学价值规范，彻底颠覆和否定了先秦以来较为合理的人学观念。于是，人成为了“非人”。

日中则移，月满则亏，物盛则衰。辩证地来看，当封建统治者把禁欲主义思想推到极端，也就意味着一种与之相反或对立的人学观念应运而生。针对宋明人对“天理”、“人欲”纠缠不清的事实，明人罗整庵倒来得干脆。他的“欲当即理”[①]肯定了人欲望的合理性与正当性。这在当时封建专制主义文化气氛中可谓是空谷足音。罗整庵的人本主义观点比起 17 世纪英国哲学家约翰·洛克“天赋人权”的思想早了近两个世纪。后来，陆王“心学”则从哲学层面展开了对“程朱理学”的理论纠偏和反拨，开启了中晚明人本主义思想解放的先声。陆九渊明确主张“天理”“人欲”的统一而非彼此割裂。王阳明则从“致良知”和“知行合一”的角度，确立人作为主体逻辑判断的思维价值。这种对人理性的认同与法国笛卡尔的思想颇为相似。在笛卡尔看来，理性就是良知，人人都有[②]，从而肯定人的尊严和价值。尽管王阳明的“致良知”与西方的理性构序存在较大差异[③]，但他“对养民的强调，在某种意义上意味着北宋以来的道学运动的终结”。同时，“对养民的重视以

---

① 章太炎：《国学概论》，上海古籍出版社 1997 年版，第 46 页。

② 朱维之，赵澧：《外国文学史》（欧美部分），南开大学出版社 1985 年版，第 146 页。

③ 张江在《“理”“性”辨》一文中概括了中西方理性的差别，认为中国传统理性是“实践理性”，是“实践智慧的直观表达”；西方理性是“理论理性”，是“理论智慧的逻辑表达”。参见《中国社会科学》2018 年第 9 期。

及百姓的自觉，预示着中国近现代思想的滥觞。”[①]稍后的王夫之、何心隐、“公安派”诸学人，则全面探讨并公开宣扬人的欲望的合理性。例如，王夫子认为天理与人欲实为一体：“孟子承孔子之学，随处见人欲，即随处见天理。”[②]特别是晚明资本主义萌芽的出现，以及市民阶层的蓬勃兴起，社会上涌动着一股突破极端禁欲主义藩篱，追求世俗享乐的纵欲主义倾向。这与西方“文艺复兴”时期呈现的文化样貌是颇为相似的。[③] 反映在文学创作领域，李贽、汤显祖、冯梦龙、凌蒙初等一批作家，用各自的文学创作，生动诠释了人本主义的观念，特别是兰陵笑笑生用《金瓶梅》这一惊世骇俗的情色小说，构建起人生动的此岸性和丰富的现实性，字里行间流露出对人性私欲种种的肯定与赞美。

如果说明代学人对“宋明理学”的批判多少有点忌讳，“犹抱琵琶”半遮半掩，那么，清代学者对理学的批判比晚明就来得直接和坚决了。戴震一针见血地指出：“酷吏以法杀人，后儒以理杀人”[④]。强调人的自然欲望的正当性和合理性：“血气之自然谓之欲”[⑤]。戴震等人对封建极端禁欲主义思想的批判，强化巩固了中晚明以来的人本主义思想。龚定庵则在《病梅馆记》一文中，以“病梅”作为被禁锢的人性象征，呼唤人的自由与解放。至此，我们在“人”的历史维度中可以清晰地看到，从先秦到晚清，中国传

---

① 曾亦：《宋明理学》，南京大学出版社 2009 年版，第 337 页。

② 王夫之：《周易外传》第 2 卷，中华书局 1977 年版，第 56 页。

③ “文艺复兴时代的特点就是感性的解放，即以感性意义上的人性来反对抽象的身形，以生机盎然的现世生活来反对枯燥冷漠的天国理想，以人的正常情欲和感官享受来反对中世纪的禁欲主义和变态虚伪。”参见赵林：《西方文化概论》，高等教育出版社 2004 年版，第 248 页。

④《孟子字义疏证》，《戴震全集》第 1 卷，清华大学出版社 1991 年版，第 171 页。

⑤《孟子字义疏证》，《戴震全集》第 1 卷，清华大学出版社 1991 年版，第 212 页。

统的人学观念经历了正、反、合三个历史阶段[①]。作为表现和反映中国传统人学观念的古代文学，在晚清民初之际便完成了自己的历史使命，同时为“中国现代文学”开启了盛大帷幕。

第二个问题，中国现代通俗文学是否属于中国现代文学的范畴？学界对于这一问题也存在不一致的看法。一种观点认为，中国现代通俗文学不属于或不完全属于中国现代文学范畴。由于中国现代文学的“现代性”本质，“必然是尊‘五四’的新文学精神和现实战斗精神，而必不能容忍许多非现代性的文学如通俗文学、旧体诗词、文言文等文学现象侧身其间和平等对话”[②]；另一种观点则认同现代通俗文学本身是中国现代文学的有机组成部分，现有中国现代文学史也都说明了这一点。更有学者认为，现代通俗文学在中国现代文学史中被弱化或被边缘化的生存状况，导致通俗文学研究存在着不少问题，这与它在传播过程中所产生的实际影响和价值是极为不相称的。

范伯群谈到文学史研究这样说：“纯文学和通俗文学是文学的双翼，今后撰写的文学史应是双翼齐飞的文学史。”[③]其实，将通俗文学纳入中国现代文学范畴，前提是要确定通俗文学具备“现代性”本质。因此，我们是不是也可以这样说，中国现代通俗文学是否具有“现代性”，很大程度上取决于通俗文学作家是否具有“现代性”观念。如果通俗作家具备现代性意识，那么通俗文学创作也必然会或多或少具有了现代性。

---

① 中国与欧洲的人学观念在发展阶段基本一致，都经历了辩证发展的历史过程。欧洲古希腊、古罗马时代的人学观念较为健康；欧洲“中世纪”（公元 5 至 15 世纪）则是严酷的宗教禁欲主义时代；“文艺复兴”则标志着欧洲近代人学思想的兴起。

② 陈思和：《我们的学科还很年轻》，《文学评论》2008 年第 2 期。

③ 范伯群：《〈中国近现代通俗作家评传丛书（之一）〉总序》，南京出版社 1994 年版，第 1 页。

首先，中国通俗文学作家都生活于现代都市，并且他们的创作也都依赖都市报刊杂志等现代传媒机构，服务市民阶级的精神文化需求。鲁迅在论述20世纪20年代“乡土文学”时，曾提出文学创作一个带有普遍性的命题，那就是现代都市之于作家主体“现代胸臆”生成的必要性和重要性[①]。这同样适用通俗文学作家。至于通俗文学作家采用通俗文学形式的问题，我们倒觉得，通俗文学形式与现代性观念之间，并不必然构成一种对立或排斥关系。即便通俗小说的主题题材与叙事形式存在某种牴牾，但在我们看来，那也不过是一种在龃龉中磨合，在创作中调适的创作现象。更何况为最大限度地吸引读者，现代通俗作家并不排斥对现代性思想、现代小说技巧的吸纳和运用。记得周作人曾这样说过：“虽则严复的译文被章太炎先生骂为有八股调；林纾译述的动机是在于西洋文学有时和《左传》《史记》中的笔调相合；然而在其思想和态度方面，总已有了不少的改变。”[②]至于现代通俗文学的作家，特别是年轻作家，大都接受过现代思想文化的熏陶和洗礼。“现在的青年，都懂得了进化论，习过了生物学，受过了科学的训练。所以尽管写些关于花木，山水，吃酒一类的东西，题目和从前相似，而内容则前后绝不相同了。”[③]用周作人的看法来观照现代通俗文学作家的思想状况，大体上还是站得住脚的。

其次，中国现代都市的文化语境，也必然影响市民阶层的思想观念、文化心理和审美趣味。范伯群在考察现代都市与通俗文学的关系后说，现代都市的“工业化不仅为通俗文学的升温准备

---

① 鲁迅：《〈中国新文学大系〉小说二集序》，《鲁迅全集》第6卷，人民文学出版社2005年版，第255页。

② 周作人：《中国新文学的源流》，河北教育出版社2002年版，第49页。

③ 周作人：《中国新文学的源流》，河北教育出版社2002年版，第59页。

了物质条件，而且也为通俗文学‘制造’读者群。”①市民阶层是现代都市的主体，也是通俗文学的受众主体。市民文化的一个重要特点是对世俗“此岸性”的关注。不同于这个时期闭塞保守的乡土民众，现代都市的市民阶层大都有一定的文化素养，生活优渥，思想开放，对新文化、新思潮、新思想表现出较为浓厚的兴趣。同时，通俗文学作为一种特殊的商品，也必然遵循现代商业“生产”、“流通”和“消费”的基本规律。为获取更大的商业利益，现代通俗作家必然最大限度地适应和满足市民阶层对新思想、新潮流、新趣味的诉求和期待。在这方面，20 世纪 30 年代的张恨水、40 年代的徐讦、无名氏的通俗文学作品，特别是张爱玲雅俗共赏的小说创作就很能说明问题。一句话，“现代性”不构成主流文学与通俗文学分野的标准。

最后，我们认为，现代通俗文学和主流文学是中国现代文学的“一体两面”。中国现代文学既是 20 世纪中国文学在现代化过程中不断传播和积淀现代性的文学，同时也是不断走向通俗化、大众化和民族化的文学。就主流文学来看，从“五四”新文学的“白话文运动”，到 30 年代的“文艺大众化”运动，再到 40 年代文学的“民族形式”论争，充分彰显出主流文学通俗化、大众化乃至本土化的特征。也就是说，文学创作的通俗化、大众化，不是区分主流文学与通俗文学的关键，而是一种更高发展阶段的现代性文学。在 20 世纪中国现代文学的发展过程中，主流文学的通俗化、大众化乃至本土化创作，反倒是一种传播现代性观念更为有效的策略和手段。例如“五四”时期的“平民文学”，20 年代末的“普罗”文学，30 年代的左翼文学，40 年代的“解放区”文学，乃至建国

① 范伯群：《〈中国近现代通俗作家评传丛书（之一）〉总序》，南京出版社 1994 年版，第 3 页。

以后30年的文学都是如此。尤其是“解放区”文学、“十七年文学”普遍采用喜剧性、通俗性的“大团圆”叙事形式，这无非印证了马克思的科学判断。在《黑格尔法哲学批判导言》中马克思这样说：“历史不断前进，经过许多阶段才把陈旧的生活形式送进坟墓。世界历史形式的最后一个阶段就是喜剧。”“历史为什么是这样的呢？这是为了人类能够愉快地和自己的过去诀别”[①]。总之，中国现代作家借助民间通俗文艺形式，宣传现代观念，显然收到了非常不错的效果。

第三个问题，在中国现代文学研究领域，时常存在“中国现代文学”与“现代中国文学”互用的情况[②]。这让我们不得不思考一个问题，那就是作为一门现代学科，“中国现代文学”可不可以作为一个整体性概念，能否成为一个特定的“专有名词”？有学者在谈到中国现代文学学科时，认为“‘现代文学’是一个专用名词”[③]。这种说法如果成立的话，那么“中国”与“现代文学”显然就构成偏正结构的关系，起着一种从属的修辞性的功能。也就是说，“中国”仅仅表示了“现代文学”发生、发展的空间维度，而排除了把“中国”看成是现代文学的本质属性。未将“中国现代文学”视为整体性的专有名词，客观上来看，它在一定程度忽视了中国古代文学特别是近代文学本身所具有的否定性的发展力量，以及

① 马克思：《黑格尔法哲学批判导言》，《马克思恩格斯全集》第1卷，人民出版社1972年版，第5页。

② 王德威更习惯使用“现代中国文学”这一概念，在《想像中国的方法》序中，开篇就说“小说是现代中国文学最重要的一种文类。”在《被压抑的现代性》一文中，作者同时使用“现代中国文学”和“中国现代文学”的概念。他谈到学者们把鲁迅创作道路化繁为简，“不仅低估其人的潜力，也正泯除了在中国现代文学彼端，众生喧哗的多重可能。”参见《想像中国的方法》生活·读书·新知三联书店1998年版，第11页。

③ 陈思和：《我们的学科还很年轻》，《文学评论》2008年第2期。

自身生发“现代性”的基本事实。主观上来讲，这极可能源于中国学者普遍将中国现代文学的“现代性”本质，归结为西方现代理性主导的结果，这显然是不符合事物发展的基本逻辑的。正如我们前面所说的，中国古代文学特别是明清文学的中国近代理性，在特殊的历史文化情境中，主动或被动地承受着西方现代理性影响，二者相互融合相互渗透，形成了一种特殊质地的中国的现代性。这种“现代性”必然具有了中国情境和中国文化的依赖性和构建性。这样看来，“中国”就不仅仅指涉“现代文学”存在发展的空间向度，更昭示了这种“现代性”所具有的“中国内涵”和“中国情境”的本质指向性。作为对事物内在规定性的理论概括，“中国现代文学”完全可以作为一个“专有名词”或固定概念被确立下来。这既是对“中国现代文学”客观实际的尊重，也是构建中国特色现代文学理论的基本前提。

二、中国现代文学及其历史边界

1988 年，一些学者提出“重写文学史”，试图突破文学史写作阶级史观的窠臼。这自然也就牵涉到中国现代文学的历史跨度问题。现在看来，人们把 1917 年视为中国现代文学的起点，比较符合中国文学发展的客观实际，学界对此并无太大争议。至于中国现代文学是否终结则分歧明显。从学科理论和概念来看，中国现代文学已经终结。这是因为一方面，“中国现当代文学”、“中国当代文学”概念已经提出，并且推出了“中国当代文学史”等一系列学术成果，如洪子诚著的《中国当代文学史》、陈思和主编的《中国当代文学史教程》等。另一方面，从事物命名的角度来看，“中国现代文学”与“中国当代文学”概念，应该是具有本质差异性的命名。前者的本质毫无疑问是“现代性”，而后者的本质则是“当代性”。假如事物的属性没有发生根本性变化，似乎就没有重新命名的必要。所以，这些情况都变相地承认和说明中国现代文学的终结。当然，也有一些学者认为，中国现代文学正在展开当下的文学叙述，中国现代文学的进程没有结束，仍然是开放性和延续性的。① 在中国现代文学研究领域，更多学者并不在意中国现代文学的命名及其边界的问题。面对这些截然不同的看法，我们能做的，就是重新审视中国现代文学是否终结这样一个基本问题。如果中国现代文学已经终结，那么它是何时终结的？终结的实质性依据又是什么？

作为一门现代学科，中国现代文学的严谨性、科学性是不言而喻的。它的历史边界不是橡皮泥可以任人拿捏或主观随意设定，必然是由其自身客观本质属性所赋予的。这种本质属性也必然贯穿于中国现代文学发展的全过程。具体地说，当中国现代文学本质保持相对稳定，那么它的历史进程就会延伸；相反，如果内在规定性发生了质变或根本性的颠覆，那么这种性状的文学就会被另一种异质文学所取代，进而终结了自己的文学使命。文学的历史边界由此被确立下来。

作为一种特殊的意识形态，中国现代文学研究，主要还是思想理论研究。对于中国现代文学内在规定性是否发生变化，我们可以借助马克思的事物辨证发展理论对这一相关问题进行客观的分析和阐释。

一、判定“中国现代文学”是否终结，最基本的是要把握文学

---

① 从朱栋霖等人主编的《中国现代文学史》（高教版和北大版）教材可以看出，“中国现代文学”是一种正在进行时，一种尚未完成的状态。并且在不同版本的《中国现代文学史》上都显示出延伸的文学史边界，先后出版的现代文学史依次标注了1917—1997，1917—2000，1917—2010，1917—2012，1917—2016 等。

内部矛盾的变化。从20世纪中国文学的发展来看，功利主义（“载道”）与唯美主义（“言志”）的矛盾运动，构成了中国现代文学发展的一般进程。

晚晴时期，梁启超力倡文学革新，提出“诗界革命”、“文界革命”、“小说界革命”和“戏剧改良”，推动文学之于社会改造的实际作用。他的《小说与群治的关系》最能体现出文学功利主义的思想。客观地说，梁启超对文学功能的过分夸张和拔高，反倒让人看出了虚假的一面。因此，在学界普遍认同和倡导文学功利主义的同时，也存在着唯美主义的一股清流。例如，王国维就认为，文学是游戏的事业。他说：“诗人视一切外物，皆游戏之材料也。”①强调从审美而非功利的角度表达对于文学的见解。陈独秀也注意到，“文学的存在不仅仅是为了作为推进某种目的手段或工具”，“反对忽视文学和美术的独立价值。”②

文学创作领域也存在比较明显的功利与非功利两股文学潮流。五四“文学革命”期间，“文学研究会”等“为人生”派的文学社团，自觉承担文学的社会启蒙，反对“将文艺当做高兴时的游戏或失意时的消遣”，“相信文学是一种工作，而且又是于人生很切要的一种工作。”③与此同时，“创造社”、“浅草社”、“沉钟社”等社团显然有别于文学“载道”的功利主义诗学，强调“为艺术而艺术”的宗旨。20年代初期，胡适等人离开新文学阵营创办《现代评论》，很大程度上体现了对文学非功利（审美）主义的坚持。“新月派”的闻一多也推崇唯美主义“艺术至上”原则，认为“艺术最高目的

---

① 王国维：《人间词话》，上海古籍出版社1998年版，第27页。

② [美]周策纵：《五四运动：现代中国的思想革命》，周子平译，江苏人民出版社1996年版，第378页。

③《文学研究会宣言》，《小说月报》第12卷第1号，1921年1月。

是要达到‘纯形’pure form 的境地”[①]。虽然“‘为艺术’派以个人为艺术的工匠，‘为人生’派以艺术为人生的仆役”[②]文学的两条路径都存在偏颇，但至少反映了“五四”文学发展的良性文化生态。到了 20 年代后期，文学创作风貌骤然改变，“普罗文学”、“左翼”文学异军突起，验证了鲁迅关于政治与文艺关系的深刻判断。[③] 虽然“新月派”、“京派”坚持唯美主义的文学理想，但文坛对于唯美主义的批判却是一浪高过一浪，超功利的唯美主义观念日趋式微，“唯美主义”这一中性的概念也逐渐由事实评价向负面性的价值评判过渡。这个时期，政治成为文学之外又切于文学之中的重要力量制约和规范着文学的走向和路径。主流政治意识形态的介入，使得 40 年代的“延安文学”、建国后的“十七年文学”、“文革”文学中的功利主义思想逐步占据了绝对支配与独尊的地位。即便是在“文革”结束以后，“新时期”的“伤痕文学”、“反思文学”以及“改革文学”，仍然处于传统文学的政治惯性中，没有跳出切近的功利主义藩篱。

值得注意的是，20 世纪 70 年代后期，“新时期”文坛开始出现了与传统叙事异样的“纪实文学”、“自然文学”的小小潮头，一些作家开始在创作中大胆尝试西方现代主义的某些叙事技巧。这些作品迥异于此前创作的路数，突破传统现实主义理论的清规戒律，重启审美主义叙事的探索。在这些“另类”创作的基础上，加上中国改革开放大背景下相对宽容与自由的文化气氛，1985 年前后出现了颇具声势的“寻根文学”的思潮。紧接着，更大面积的形式主义的“先锋文学”蜂拥而至，占据了整个文坛。从“纪实

① 闻一多：《戏剧的歧途》，《闻一多全集》第 3 卷，开明书店 1948 年版。
② 周作人：《自己的园地》，河北教育出版社 2002 年版，第 7 页。
③《文艺与政治的歧途》，《鲁迅全集》第 7 卷，人民文学出版社 2005 年版，第 116 页。

文学”到“寻根文学”，再到“先锋文学”，这种文学发展轨迹是耐人寻味的，即在新时期的文学创作中，开始出现了注重作品本身的审美品格和艺术功能。有趣的是，1984 年底的“杭州会议”，与会学者和作家并没有聚焦当下新潮的“寻根文学”，倒是对于“如何突破原有的小说艺术规范”[①]成为与会者不谋而合，最感兴趣的话题。可见，“寻根文学”内置了一个从“写什么”（功利）到“怎么写”（审美）的转圜，明显带有测试当下社会政治风向标的功能。也就是说，“寻根文学”作家试图借“文化寻根”作为对长期以来“政治——文学”一体化叙事的一种策略性试探，也是作家一次有意识淡化与疏离政治写作的谨慎开始。从“寻根文学”的左顾右盼当中，我们是不难看出其中的门道。这些寻根作家对文化、历史其实并不十分在意，他们看重的，倒是在文化和历史的叙述中，如何稀释和淡化现实政治意识形态的书写。王安忆就这样说过：“那种寻根运动，很抽象。到底什么是文学的‘根’？……我创作时根本没想到去‘寻根’。”[②]加上作家对“文革”文学的强烈反感和抵触，某种程度也造成了“寻根文学”很自然地与西方现代主义文学走到了一起。因此从逻辑上看，没有早期“纪实文学”、“自然文学”的创作启示，就没有后来“寻根文学”的出现；没有“寻根文学”所做的前期的基础性工作，那么 80 年代中后期“先锋文学”大行其道是很难想象的。尽管“寻根文学”与“先锋文学”是“以不同的方向带来了动摇 20 世纪模式小说、提出新小说的乌托邦的文学行动。一个是在回归文化热的遮蔽之下，而另一个则以解构作为旗帜”，[③]但这种颠覆传统功利主义叙事，借重 90 年代中国经

---

① 李庆西：《寻根：回到事物本身》，《文学评论》1988 年第 4 期。

② 王安忆，斯特凡亚，秦立德：《从现实人生的体验到叙述策略的转型——一份关于王安忆十年小说创作的访谈录》，《当代作家评论》1991 年第 6 期。

③ 许志英等：《中国新时期小说主潮》上卷，人民文学出版社 2002 年版，第 309 页。

济的市场化、信息网络化、观念多元化以及作家的边缘化处境等多重因素的推波助澜，文学不再关注“写什么”，而普遍在意“如何写”。形式主义、审美主义叙事逐渐取代了传统功利主义的叙事，并主导了20世纪90年代的文学创作格局。可以看出，文学功利性与审美性的矛盾大体上在80年代末发生了根本性转换。

二、研判“中国现代文学”是否异化为他者，应注重分析其理性、非理性的量变与质变过程。在20世纪中国文学中，理性主义与非理性主义此消彼长，构成了中国现代文学发展的基本形态。

中国现代文学归根到底是现代理性主义的文学。20世纪中国文学在理想人格的寻找与建构中，不论走过多少弯路、走过什么歧路，但有一点是可以肯定的，那就是文学始终坚持理性这一核心价值的方向。如前所说，这种现代理性除了来自中国古代文学特别是晚清文学的近代理性外，更多承受了西方文化现代理性的影响。中国现代文学从一开始就以“拿来主义”的文化姿态和宽容气度，主动接受和吸纳欧洲“文艺复兴”以来的近现代理性观念。从15世纪“文艺复兴”时期的彼特拉克、瓦拉的人文主义哲学，16、17世纪的洛克、贝克利、休谟的经验主义哲学和笛卡尔、斯宾诺莎、莱布尼茨的唯理主义哲学，到18世纪伏尔泰、狄德罗、卢梭、孟德斯鸠的法国启蒙主义哲学，再到19世纪的康德、费希特、谢林、费尔巴哈、黑格尔等德国古典主义哲学，以及马克思、恩格斯的现代无产阶级哲学。西方哲学一直在宣扬、捍卫和巩固理性的价值与尊严。就20世纪中国文学的具体情况来说，“五四”新文学把现代理性集中概括为“民主”、“科学”的思想。我们可以看到，这个时期的创作都是围绕“启蒙理性”、“价值理性”而展开文学叙述和文学想象的。由于中国社会特殊的文化历史情境，“五四”新文学在表达现代理性方面与西方文学并不可能相同。不同作家有不同的价值取向；即使同一个作家，他在不同时期的价值取向也发生变化。30年代，“左翼”文学的现代性则集中体现为“革命”和“阶级斗争”的观念，并渐成“政治理性”和“工具理性”。文学创作成为宣传无产阶级革命和斗争的重要手段。在40年代民族抗战文学中，现代理性则被阐述为“现代民族国家”的意识。在主流文学追求“价值理性”、“工具理性”、“政治理性”的同时，仍有部分现代作家坚守和追求文学的“审美理性”，如“新月派”、“京派”，甚至解放区的“荷花淀”派。当然，通俗作家在关注世俗的人的同时，也表现出对现代理性的自觉追求。在中国现代文学发展过程中，文学的“价值理性”、“工具理性”和“政治理性”日益占据着主导性地位，这就意味着文学“审美理性”的弱化和异化了。

“十七年文学”是在“延安文学”基础上进一步走向文学——政治一体化的结果。文学的“工具理性”、“政治理性”得到进一步增强。特别是“文革”文学所追求“三结合”的创作方法，“三突出”的创作原则，“二元对立”的斗争情节，以及“大团圆”叙事模式，全方位规范和强化了文学的政治理性、工具理性，并达到了无以复加的地步。即便是到了“新时期”，由于文学创作的巨大惯性，“伤痕文学”、“反思文学”以及“改革文学”，仍然表现出自觉追逐政治理性和工具理性的鲜明导向和巨大热情。

另一方面，文学是以情感这一感性方式（非理性）表达世界永恒秩序的。从中国现代文学批评来看，20世纪初就出现了王国维借重叔本华“生命意志”这一非理性主义哲学阐释《红楼梦》，开启了中国文学的现代批评范式。从文学流派来看，新文学的“弥洒社”就主张“只发表顺应灵感所创造的文艺作品”[①]，“只知顺着

① 《弥洒》杂志出版广告，参见《觉悟》副刊，《民国日报》1923年3月24日。

我们的 inspiration(灵感)!"[①]与创造社一样,浅草社、沉钟社也都竭力宣扬表现自我,艺术至上。30 年代特殊的文学境遇中,"京派"作家,尤其是周作人、沈从文等人,坚持个人"趣味"审美。在文学创作方面,"五四"抒情浪漫派作家,30 年代的"新感觉派"作家,京派作家,甚至现代通俗文学作家,他们或多或少受到了柏格森、叔本华、尼采和弗洛伊德等西方非理性主义哲学影响,借鉴西方现代派的艺术手法,拓宽了中国现代文学的表现领域和叙事技巧。

有意思的是,中国现代文学发展过程,常常伴随着对"五四"文学的反思和批判。反思批判的焦点主要集中在对其非理性主义思想的清算。1928 年前后的"普罗"文学以及稍后的"左翼"文学,正是借助于对五四文学"个人主义"意识和情感的批判,确立其自身合法性的。即便是相对保守的"新人文主义"学者梁实秋,他在反思"五四"文学时也同样批判了其情感泛滥,不假节制,缺乏理性统摄。这与他提出的"人性论"多少存有杯葛。40 年代解放区文艺"整风"运动,一个很重要的方面,就是针对"五四"文学中小资产阶级情感进行整肃和批判的。由于建国后的社会政治运动以及文艺理论界对非理性主义思想的彻底清算,导致"十七年"文学、"文革"文学普遍缺乏人性、人情、人道主义的书写。

80 年代前后,随着西方文化特别是西方非理性主义哲学的传播和涌入,中国现代文学的理性叙事中开始出现了异质化的非理性主义的某种倾向。由于"反右"、"文革"等中国社会特殊的历史文化境遇,使得"新时期"及 80 年代的中国作家燃起了对西方非理性甚至反理性主义哲学的浓厚兴味,表现出对西方现代派文学的意识流、黑色幽默,以及后现代文学的魔幻现实主义、存在主义、新历史主义、解构主义等文学叙事的偏爱和吸纳,文学也由肯

① 胡山源:《宣言》,《弥洒》第 1 期,1923 年 3 月。

定理性到怀疑理性，并最终走向非理性甚至反理性主义的创作道路。

需要指出的是，现代主义文学是西方文学发展的一个特殊阶段。总的来说，它是在认同现代理性价值的前提下，对理性进行深刻的文化反思。自 15 世纪文艺复兴以来，西方的文化和哲学一直强调理性的价值，坚持和弘扬人类理性精神。到了 19 世纪末 20 世纪初，随着西方资本主义世界根深蒂固的社会矛盾的发展，特别是经历了两次世界大战的浩劫，西方哲学家开始从非理性的角度反思人类的理性价值，构建起了以柏格森的“直觉”、叔本华“生命意志”、尼采“权力意志”，以及佛洛依德“精神分析”等非理性主义哲学谱系。西方现代主义文学虽然表现出对人的直觉，意志、潜意识的关注和推崇，并未与传统理性决裂，而是不同程度认同和承接理性的价值、规范和秩序。西方现代主义“并没有完全隔断它跟古典认识论的哲学脐带……依然是作为一种对客体的解释或认知”[①]，“仍然追求一种在场的形而上学，追求一种永恒不变的真理和终结性价值。”[②]中国现代作家则在理性的统摄下，表现出对西方现代主义文学作出有限度的和有选择性的借鉴。中国现代文学从未出现也不可能出现像西方意识流文学那样大面积的非理性主义叙事就是一个很好的证明。不过，这种冷静、理性和节制的文学叙事在 20 世纪 80 年代中期以后发生了显著变化。尤其是在“寻根文学”之后，文坛出现了极端形式主义的“先锋文学”思潮。如果说寻根文学“并没有简单地沿袭西方现代派作家的艺术思维方式，而是试图以注重主体超越的东方艺术

① 李庆西：《寻根：回到事物本身》，《文学评论》1988 年第 4 期。

② 王岳川：《后现代主义文化研究》，北京大学出版社 1992 年版，第 10 页。

精神去重新构建审美（表现的）逻辑关系”[①]的话，那么以马原为代表的“先锋文学”作家，则凭借“寻根文学”的东风扫荡传统文学秩序，显示出非理性主义、反理性主义的时代症候，也直接启发了20世纪90年代作家反理性主义的文本创作。“他们凭借幻想制造出种种新的感受，并试图以新的叙述方式和语词结构来传达这些感受。这是一种重新对故事进行讲述的欲望……”[②]可见，在现代主义和后现代主义相互交织的文化情境中，中国文学在80年代末迎来了令人瞠目的非理性主义的文学浪潮。

三、判断“中国现代文学”是否为异质文学所取代，关键要考察其发展的辩证否定过程。

马克思主义认为，事物发展一个相对完整的过程都要经历“肯定”、“否定”、“否定之否定”三个阶段。中国传统哲学则把事物发展归纳为“正——反——合”。也就是说，只有经历了辩证否定的三个阶段，事物也就彰显出完整的发展过程。辩证否定规律表明，任何事物本身都包含着否定性因素，并向着自身对立面转化，不断推动事物螺旋式上升，波浪式前进。中国现代文学当然也不例外。从“人”的发现，到“人”的失落，再到“人”的找寻与回归，构成了中国现代文学发展的完整过程。

中国现代文学不同历史时期的人学观念存在明显变化。“五四”新文学抛弃了中国古代文学中“非人”的思想，接续明清文学中近代“人”的观念，承受着西方现代理性的影响。在新的历史语境中聚合，构建起“民主”、“科学”现代性的“人”学观念。不论是这个时期“为人生”的写实主义文学，还是自我抒情的浪漫主义文学，“五四”文学都是这种“人”的现代观念的生动演示。

---

① 李庆西：《寻根：回到事物本身》，《文学评论》1988年第4期。

② 王晓明：《旷野上的废墟》，《上海文学》1993年第6期。

现代性是积淀和发展的。从20世纪20年代后期开始，除了“五四”文学的“人”的观念延续外，文学也开始注入“阶级”、“阶级斗争”这一新兴的现代性意涵。30年代“左翼”文学正是围绕这个核心的人学观念展开文学创作和文学想象的。茅盾的“社会分析”叙事成为这个时代最流行的书写形式。

如果说“五四”新文化运动“标志着中国知识分子……民族独立观念的迅速觉醒”[①]，那么“九·一八”，特别是“七七”卢沟桥事变后的民族抗战，使得中国人的“现代民族国家观念”得到充分的彰显。40年代中国文学除了继续探索和深化人的人文主义和阶级斗争的观念之外，作为这个时代的核心思想价值——“现代民族国家观念”得到了极大的丰富和发展，深化了“人”的现代性本质内涵。

“十七年”文学在全面复制“解放区”文学经验和创作模式的同时，在文学艺术和学术理论的诸多领域展开了一连串的政治批判运动，例如1951年对电影《武训传》的批判，1954年对俞平伯、胡适的“唯心论”批判，1955年对胡风“反革命集团”的批判，以及1956年的“反右派”斗争，以及1963、1964年两个“文艺批示”导致再次进行的反右斗争等等，文艺界一次又一次的批判运动是中国社会政治文化的缩影，它进一步造成了文学中“人”的阶级性内涵的不断聚合与固化。特别是“文革”文学，丰富复杂的人性彻底被阶级性和两条路线斗争所取代。“五四”文学一贯所追求的生动丰满的人，完全被阶级化、政治化、符号化，“人”成了单向度、平面化和抽象化的人，最终走到了“五四”人学的对立面。

20世纪70年代后期开启的“新时期”文学，是作为“文革”文

---

① [美]周策纵：《五四运动：现代中国的思想革命》，周子平译，江苏人民出版社1996年版，第15页。

学的对立物而产生的，预示着一种崭新的人的文学到来而备受期待和瞩目。特别是1980年，戴厚英创作的长篇小说《人啊，人!》，标志着新时期文学热情呼唤、找寻失落已久的新人的开始。“伤痕文学”、“反思文学”和“改革文学”以及文艺理论界对时代“新人”的阐发和讨论，都是对健全的理想的“人”的热烈回应。即便是差不多同时出现的“纪实文学”、“自然文学”，以及稍后出现的“寻根文学”乃至“先锋文学”，作家也都试图从不同的角度，对“人”的现代性内涵进行丰富的想象和建构。

90年代前后，出于对自我身份的高度自觉和认同，加上大众文化的热络和广泛传播，大多数作家秉承了80年代后期文学的先锋意识，表现出对西方非理性主义哲学的青睐，普遍关注书写现实生活中人的欲望和非理性的表达，文学呈现出比较明显的世俗化、媚俗化倾向。我们从这个时期一些比较尴尬的小说命名似乎不难看得出来，例如：刘恒的《狗日的粮食》(1986)，王朔的《玩的就是心跳》(1989)、《过把瘾就死》(1992)、《我是你爸爸》(1992)，朱文的《我爱美元》(1995)，莫言的《丰乳肥臀》(1996)，徐坤的《狗日的足球》(2001)以及池莉的《有了快感你就喊》(2003)等等。

从辩证否定的角度可以看到，“五四”文学人的发现，人的解放，到“文革”文学中人的异化，人的失落，再到“新时期”文学对人的呼唤，人的回归，中国现代文学经历了“人”的发展的“肯定”、“否定”、“否定之否定”的三个历史阶段，揭示了人的文学的自我发展和自我完善，以及波浪式前进，螺旋式上升的文学图式，彰显了中国现代文学完整的历史过程。

至此，我们清晰地看出，中国现代文学在历史发展进程中，不论是功利主义与唯美主义的矛盾转化，从理性主义向非理性主义的内质转变，还是“人”的观念的辩证否定，唯物主义辩证法“三大规律”都科学揭示和全面阐释了中国现代文学为什么会终结，如何终结，以及何时终结等这样一些带有根本性质的问题。它们都把中国现代文学终结的历史边界，清晰地指向了20世纪80、90年代之交。换句话说，与中国现代文学不同，90年代中国文学的内在规定性已经发生了根本性变化。

三、反理性主义与90年代中国文学

20世纪90年代的中国文学，表现出非理性主义文化的基本特征。

首先，中国90年代的文化语境为反理性文学生成提供了适宜的文化土壤。一是经济的市场化。1993年中国确立了社会主义市场经济体制目标，开始从以计划经济为主，市场经济为辅的"双轨制"，过渡到市场经济体制。中国"入世"又进一步促进市场经济发展。市场化不仅仅是一种经济体制确立与运作的过程，也是思想观念开放的过程。加上工业化、城市化的迅猛推进，市场经济在深刻改变经济活动方式的同时，也极大地改变了人们的生活方式，改变着人们的思想观念。其实不难看出，思想观念同社会的经济活动一样，管得越多卡得越死，其外溢外逃的欲望就越急切。90年代中国从计划经济向市场经济的转型期，恰恰也是人们思想观念最为敞开与活跃的阶段。在市场经济环境下，作为特殊商品的文学，其生产机制也发生着深刻变化，在市场的规则和逻辑中寻找自己发展的空间和价值。

二是计算机与网络的兴起。90年代全球最重要的公共事件，大概要算互联网的兴起。中国互联网也飞速发展起来。1995年，美国联邦网络委员会（FNC）将"互联网"界定为"全球性的信息系统"。在网络化时代，知识的全球化、信息化和资源共享成为了可能，改变了人类活动的经济形态。资本主义世界则由可见的殖民主义、帝国主义阶段向无形却又无处不在的资本帝国转变。同时也改变了人类活动的文化形态。全球的互联网络成为人们思想文化的孵化器和传播载体，深刻影响并成为人类日益重要的生活方式。资本帝国的全球统治所呈现出的碎片化和无深度的后现代主义文化特征，给传统文化观念和价值带来了深刻危机。有学者敏锐指出："后现代主义是信息时代的产物。随着人类知识的空前膨胀，电脑数据库的广泛使用……导致了合法化危机（利奥塔德）。这一状况反过来深刻地规范着人类的心理机制和行为模式，导致一种反文化、反美学、反文学的极端倾向。"①

三是后现代文化的多元化观念与文学边缘化状态。全球化、信息化、后工业化时代语境，衍生出了复杂多元的后现代主义的文化观念。从根源上来看，"后现代文化思潮、后现代文化恰恰映射了现实中资本帝国统治方式的深刻变化，反基础论和流动的多样性认知模式正是资本帝国全球化布展的存在特征。"②后现代主义观念的多元化与复杂程度是前所未有，超乎想象的。文学作为一种特殊的观念形态，"曾经是知识分子的神圣标志的写作……已不再处于事物的焦点。"③今天我们回过头来看，20 世纪 90 年代的文化界有两个事件是值得回味的。一是 90 年代初"人文精神"的大讨论。它体现了人文知识分子在这样一个时代不甘于被边缘化的焦虑心态，以及试图重振知识分子的价值追求和主体力量的企图，渴望重回"中心"和"在场"；但另一方面，这场不了了之的人文精神的大讨论也预示了在物质主义高歌猛进的时代，

① 王岳川：《后现代主义文化研究》，北京大学出版社 1992 年版，第 5 页。

② 张一兵：《后现代文化与资本帝国的全球统治》，《文学评论》2008 年第 5 期。

③ 《福柯专访录》，《东西方文化评论》（第三辑），北京大学出版社 1991 年版，第 262—263 页。

人文知识分子的思想混乱和精神溃败。知识分子坚持的理性价值在前卫的后现代主义多元观念面前显得无所适从，不堪一击。二是90年代末作家惊世骇俗的“文学宣言”。韩东在《我的文学宣言》中，尽管表面上说西方的福柯、德里达等解构主义思想对于中国作家只是一种“干扰性的噪音”，但恰恰是这些“后现代”文化理论，成了中国作家“手中的一块石头”，用来撬开与“腐朽的文学秩序”的“断裂”。韩东所说的“腐朽的文学秩序”大概就是90年代之前中国文学传统的理性价值和精神。朱文在他的《我想说些什么》一文中，也宣示了对传统写作所抱有的“深刻怀疑”，一再强调和捍卫艺术家非理性的“直觉和感性判断”[①]。这两个作家“宣言”所流露出的颠覆或解构中国传统文学秩序的非理性主义、反理性主义情绪，以及对文学创作的多元化和独异性的捍卫，反映出作家在90年代文学边缘化的时代所作出的极端的本能的反应。

其次，从文化哲学来看，西方后现代主义文化思潮的兴盛与传播，是90年代中国最重要的文化现象之一。“后现代”、“后现代主义”、“颠覆”、“解构”成为这个时期思想界、文化界、学术界最为时髦的高频语汇。后现代主义思想文化所挑战的，恰恰是对现代性的必然性、静止性和凝固性的排斥和颠覆。这种反现代性的非理性主义思潮对90年代中国文学创作、文学批评与文学理论都起着重大而深远的影响。对“第三世界”中国读者来说，他们对萨特、伽达默尔、德里达、本雅明、福柯、哈贝马斯、利奥塔德、马尔库塞、罗蒂、丹尼尔·贝尔、佛克马、米勒、布鲁姆等西方后现代主义大师情有独钟；对马尔克斯、卡尔维诺、博尔赫斯等后现代主义作家耳熟能详。后现代主义文化是一个多维的异常庞杂的共生

① 朱文：《断裂：一份问卷和五十六份答卷》，《北京文学》，1998年第10期。

体，但总体上是以反认识论、反本体论、反结构主义为其本质特征的。它的文化逻辑，表现“在哲学上，是‘元话语’的失效和中心性、同一性的消失”；“在美学上则是传统美学趣味和深度的消失，走上没有深度、没有历史感的平面”；“在文艺上则表现为精神维度的消失，本能成为一切，人的消亡使冷漠的纯客观的写作成为后现代的标志”①。在观念多元与价值失范的文化语境中，借助于网络这一传播媒介和平台，使得社会的公共空间和私人空间的边界趋于消弭，后现代主义文化的输出、输入、接受和吸纳，变得异常自由而简单，开启了一个复杂性、矛盾性与差异性相互叠加的文化景观。因此，“在跨国资本主义时代里，理论的国际旅行不仅会在第三世界国家的文化界造成理论的时髦，而且可能转化成同样时髦的创作实践。”②不可否认是的，在价值论层面上，后现代主义文化的相对主义、虚无主义、反理性主义所引发的社会思想混乱和价值失范已经是一个不争的事实，也是一个不容忽视的社会文化问题。

最后，从文学创作来看，20 世纪 90 年代的中国文学，是在这种后现代文化语境中出现的新样态，一场非理性主义、反理性主义文学的饕餮盛宴。不论是“新写实文学”、“新生代文学”、“新体验文学”、“新现实主义文学”的轮番招摇，还是“新历史主义文学”、“女性主义文学”的粉墨登场，之所以被冠以为“新”，是因为它们秉承了中国现代文学特别是“新时期”以来中国文学的非理性主义成分和元素，并以西方反理性主义哲学为基础，对传统文学实施全方位解构而呈现出一种独异性和前卫性的文学样态。在主题方面，他们颠覆传统文学所追求的理性、正义、秩序与同一

① 王岳川：《后现代主义文化研究》，北京大学出版社 1992 年版，第 19 页。
② 王爱松：《虚构的可能性及其限度》，人民文学出版社 2007 年版，第 238 页。

性，对文学“现代性”价值和观念进行了全方位的消解。在艺术方面，则采用了后现代主义流行的拼贴与平面化叙事的手法。90年代中国这一拨又一拨的所谓“新”的文学潮流，似乎更热衷于“性”的书写。有的学者则干脆把90年代小说称之为“下半身叙事”。这种概括虽然有点偏颇，但准确把握了这个时期文学创作的非理性或反理性主义的文化特征。

“新写实文学”是从80年代后期开始一直延续到了90年代的一股强劲持久的文学创作思潮，在较长的时间跨度中，造就出一大批实力派的作家作品，如刘震云的《一地鸡毛》、刘恒的《苍河白日梦》、池莉的《太阳出世》、方方的《落日》、《桃花灿烂》等等。他们改变了现实主义经典叙事的传统套路，热衷于消解文本的“深度”，走向“平面化”；拒绝崇高和典型化，放弃理想追求和价值归宿，以令人震惊的冷漠和“零度写作”姿态，呈现日常生活“一地鸡毛”的原生状态，沉醉于“形而下”的愉悦之中。这些“新写实”作家有着强烈的身份自觉意识，在对传统文学进行颠覆性的艺术实践中，“故意将人物和事件的意义取向消融在无休无止的琐碎的日常活动和日常场景中，日常感知和日常生活流程淹没了一切理性思考。”①

拿“新生代”文学来说，这些作家身上所带有的“后现代”意味就更为明显了。对文学“差异性”的追求，使得他们在继承80年代“先锋文学”语言、叙述和文本结构等形式实验的同时，自觉追随西方后现代主义的写作时尚，甚至不惜动用小说文本演绎抽象玄奥的形而上学。吕新的《黑手高悬》、洪峰的《东八时区》、孙甘露的《呼吸》、《施洗的河》以及毕飞宇的《叙事》、《祖宗》等小说，都

① 丁帆，许志英：《中国新时期小说主潮》下卷，人民文学出版社2002年版，第643页。

倾向于对人类终极性命题进行哲学文化的思考和演绎。例如张炜的《九月寓言》关注了宗教神学，流露出浓重的神秘主义气氛。虽然这些小说在表达哲学、宗教理念方面不无生硬和牵强，但是，在倡导无主导性的“后哲学文化”的罗蒂看来，这种创作恰恰“消解哲学与文学的区别，成了解构活动的重要环节”[①]。文学与哲学、宗教的渗透融合，带有一种以“新人文主义”形态出现的后现代住主义哲学的意味。90 年代小说的哲学化、宗教化的倾向，同他们对后现代主义作家博尔赫斯的写作深感兴趣有着莫大的关系。在博尔赫斯那里，“那些哲学和神学的东西也可以被看作是幻想文学的一支”[②]。不过需要指出的是，有别于张炜的宗教题材创作，在 80 年代就已走上文坛的张承志、史铁生、韩少功等作家那里，他们则更多地倾向于在宗教神秘性叙事中，展开对于现实的人的理性追问和探寻。我们是不是可以这样认为，宗教的神秘性某种程度折射出人的神秘性。与其说宗教的神秘是不可思议的，倒不如说没有宗教的神秘，那么人才是不可思议的。韩少功就曾这样说过：“人本身是很神秘的。人的神性是指一种无限性和永恒性。我想把瞬间与永恒、有限与无限做一种沟通。我想重创一个世界。”[③]从理性这一点上，我们或许可以看出 80 年代与 90 年代的文学创作存在的根本区别。

韩东、朱文、鲁羊等一大批“新生代”作家，则明显拒绝了 80 年代后期出现的“先锋文学”和“新写实文学”的叙事，而选择了一条更为极端的“个人化”或者叫“私人化”的叙事方式。很显然，这

① 王岳川：《后现代主义文化研究》，北京大学出版社 1992 年版，第 221 页。

② [英]埃德温・威廉森：《博尔赫斯大传》，邓中良等译，华东师范大学出版社 2016 年版，第 2 页。

③ 韩少功，李少君：《词语与世界——关于〈马桥词典〉的谈话及其他》，《小说选刊》1996 年第 7 期。

种“个人化”、“私人化”叙事是构筑在西方存在主义这一非理性主义哲学基础之上的。在雅斯贝斯和海德格尔看来，人的社会性的存在，造成了“存在”的“自我消灭”。因此，人愈是具有社会性和公共性，就愈是缺乏个人性和独立性。沉沦于世界和共性之中的人，从此失掉了自己，人便成为了非“真实的存在”（海德格尔）。作家陈染也这么说：“公共的人才是被抑制了个人特性的人……恰恰是最个人的才是最为人类的。”[①]海德格尔因此把个人的存在，比作是“一扇窗子”。陈染也把自己“个人化”、“私人化”的叙事，看成是“另一扇开启的门”。尼采曾喊出上帝死了，可在后现代主义哲学家福柯的眼里，作为主体的人死了，亦即理性、庄严、具有道德感的人已经不复存在。人并不具有神圣的道德和人性，只听命服从于自己欲望和本能行事。不难看出，中国“新生代”作家常常借助西方非理性、反理性主义哲学的某些观念，刻意追求个人的独特体验、感觉和经验，替代社会普遍达成的既定共识、价值、规范和秩序，在张扬独特写作个性和先锋姿态的同时，呈现出赤裸的反理性主义的精神实质。

90年代中国后现代主义文化思潮中的“新历史主义”观念，在刘震云的《故乡相处流传》、苏童的《我的帝王生涯》、格非的《敌人》、毕飞宇的《武松打虎》、李冯的《我作为英雄武松的生活片段》等小说文本中得到了淋漓尽致的演绎和发挥。可以毫不夸张地说，这些小说构成了90年代中国“新历史主义”的文学地标。这些所谓“新历史主义”作家的共性在于，借助虚拟的想象和解构的方式，处理历史题材，表现出放逐传统历史理性叙事和正统史观的倾向：或是以虚拟拼贴的方式，颠覆理性主义的历史价值观念；或是以文字的游戏否定历史的庄重感和严肃性；或是以戏说、

① 陈染：《另一扇开启的门》，《花城》1996年第2期。

戏谑的态度嘲讽历史客观性和规律性，这种相对主义的"新历史主义"叙事，与崇尚真理和必然性的理性主义是背道而驰的。总而言之，新历史主义作家在创作过程中，"赋予文本以一种巨大的权威感：文本完全依靠自己运转，它包含着一种自足性的力量，这种力量以一种自我分解的形式出场，它是文本的一切源泉，就此，历史永远地退场了。"①不过话又说回来，对于作家，尤其是对热衷表现叙述之能事的90年代中国作家来说，这似乎又是不可避免的。这是因为，一、历史只有在其事实的语境中才具有真实的价值。"因为真实的只有当它处于真实的世界中时才是真实的。而嵌入虚构作品中的历史片断，由于失去它的真实的前后关系和获得虚构的前后关系，本身就受到虚构的影响。"②二、艺术的特殊本质是想象。"想象一个对象不是在思维中委身于它的非实在，它完全不关心它的实在。因此，想象中的对象不是不真实的对象，而是我们无需询问其是真实的还是不真实的对象。"也就是说，作家想象的对象不是真实的，也不是不真实的。作家想象的文本，"不是历史和艺术、真理和美的混合物：它们是彻头彻尾的艺术，因为历史和虚构处于同等的地位"，"历史、艺术、真理和美之间的区别是不存在的。"③三、"作家"意味着创新。创新就要求作家不断突破和超越传统历史题材既定的内置视角，重新选择或设置文本的叙述视点和文字编码，而文本内置的叙述视点的改变，必然导致原有历史题材价值内涵的缺失和思想深度的模糊。四，作家的"戏仿"与"重写"所造成的文本开放性呈现和传统历史感匮乏是正常的创作现象，同时也极有可能与特定时期社会文化

---

① [美]保罗·德曼：《解构之图》，李自修等译，中国社会科学出版社1998年版，第8页。

② [英]科林伍德：《艺术哲学新论》，卢晓华译，工人出版社1988年版，第7—8页。

③ [英]科林伍德：《艺术哲学新论》，卢晓华译，工人出版社1988年版，第7页。

心理存在着密不可分的关系。其中,既有中国作家对西方后现代主义写作时尚的竞相追逐和模仿,也或多或少地反映出在20世纪90年代,人类普遍存在的"世纪末"情绪。

作为后现代主义文化的性别问题,中国女性主义文学成为20世纪90年代一道独异灿烂的文学风景,诞生了一批颇具代表性的女性主义作家和作品而引起文坛的瞩目,如陈染的《私人生活》、林白的《一个人的战争》、海男的《裸露》、徐坤的《狗日的足球》、卫慧的《欲望枪手》、《上海宝贝》等等。这些女性主义作家,以前卫夸张的身体写作,以女性独特经验的私人叙事,表达对男权社会和男性神话世界的肆意嘲讽、随意拆解与大胆颠覆。这种嘲笑、拆解与颠覆的背后,则明显带有女性作家在这个时代情绪焦虑的文化症候。正如评论者一针见血地指出:"九十年代女性写作的着眼点之一,是在与荒诞、魔幻的合谋中,书写这种对现代文明的质询,与其说它来自于理性的思考,不如说,它更多地来自女性身心交瘁的性别体验。"①

除了主流精英作家在创作中表现出后现代主义文化的非理性、反理性的精神特质外,通俗文学更是直接表现出对世俗化和此在性的热切关注,普遍追求个体的感官刺激和欲望享乐。在商品经济大潮和大众文化思潮的多方面因素共同作用下,20世纪90年代的文学表现和追求的"人"的观念,与80年代的文学已然发生了根本性的改变。于是,我们看到了作家普遍将塑造"扁平"的欲望化的人物形象,作为文学叙事的内生动力。即便是一向以严肃创作而闻名的作家贾平凹,似乎也在这股非理性主义文学思潮的影响和裹挟下,写出了饱受争议的《废都》。②

---

① 戴锦华:《奇遇与突围》,《文学评论》1996年第5期。

② 放在今天来看,《废都》的性描写也稀松平常。可是问题在于,从上世纪(转下页)

90年代中国文学表现出普遍的非理性、反理性的后现代主义文化特征。后现代文化理论无疑是信息网络化时代、后工业化时代资本主义生产方式在意识形态上的集中体现，同时这种后现代文学理论也隐含着某种与生俱来的潜在风险。因为资本帝国“存在的方式就是‘永久的更改和变形’，缺席就是它的在场，资本的帝国存在基础就是‘反基础论的基础’，但这一切也成为它自身存在的不稳定性和危机”①。毫无疑问，后现代文化的碎片化、非中心论和漂浮不定的状态，必然导致它对社会问题貌似激进批判的背后，包含着诸多的无解和困惑。中国90年代的文学创作和思潮普遍表现出非理性、反理性主义的思想倾向，同样也丧失了文学自身应有的思想和精神品格。这与崇尚价值、恪守秩序与追求理性的中国现代文学形成了截然不同的本质规定性，继而发生深刻的断裂。新世纪以来，非理性、反理性主义的文学创作走向式微，后现代主义文化思潮渐趋没落，中国当下的文学创作又重新趋于理性主义的价值诉求和理想主义的书写。虽然20世纪90年代非理性主义文学存在的历史跨度相对较短，但这并不影响90年代中国文学本质属性的根本性、结构性断裂；不影响我们对于事物发展内在规律性的客观把握和基本判断，我们应该坦然面对和接受“中国现代文学”已经终结这样一个基本事实。至于20世纪90年代以后的中国文学如何命名，显然不是本文所要论述的话题。

(接上页)80年代的“商州系列”到90年代《废都》之前，贾平凹的文本中几乎没有出现过大面积的性爱描写；《废都》之后，作家作品中又很少书写性事，因此《废都》文本在作家创作中就显得颇有几分突兀。除了《废都》写作过程中作家孤独、苦闷的心境，加上80年代末90年代初中国文学非理性主义思潮的广泛影响之外，我们似乎很难给出《废都》性爱描写一个合理的解释。

① 张一兵：《后现代文化与资本帝国的全球统治》，《文学评论》2018年第5期。

第二章　中国现代文学的民俗学语境

把民俗学作为中国现代文学研究的一个视角，需要解决这样一些最基本的问题，即民俗学与中国现代文学是否存在实际关联，它们在哪些层面实现了结缘与互动，以及运用民俗学理论阐释文学的有效性和局限性等等。对这些问题的客观具体分析，有助于全面理解中国现代文学发展的文化语境与文化底蕴。

一

中国民俗学与现代文学是在相同历史文化语境中发展起来的，客观上存在共时互动的关系。首先，与新文学一样，现代民俗学的诞生体现了五四时期鲜明的时代精神。"'五四'前后的歌谣学，就其主要的倾向而言，可以说是新文化运动所倡导的民主和科学在这一方面的一种体现。"[①]1918 年 2 月，蔡元培、刘半农、沈尹默等人率先在《北京大学日刊》发表《北京大学征集全国近世歌谣》启事。蔡元培支持倡导民俗学，与他的现代性史观有密切关

① 钟敬文：《"五四"前后的歌谣学运动》，《钟敬文文集》（民间文艺学卷），安徽教育出版社 2002 年版，第 361 页。

系。他说:“新体之历史,不偏重政治,而注意于人文进化之轨辙。凡夫风俗之变迁,实业之发展,学术之盛衰,皆分治其条流,而又综论其体系,是谓文明史”①。当然,北京大学校长大力倡导民俗学自然非同反响。《北京大学日刊》成为刊载民间歌谣的阵地。不到一年共发表148首歌谣。一门学科的创建发展必须具备一些基本的条件。从这个角度看,中国现代民俗学创建还是比较完备的,拥有专门的学会和刊物。例如1920年成立的歌谣研究会,有一批学者致力于民俗学研究;1922年创办中国第一个民俗学刊物《歌谣》周刊;1923年又成立“风俗调查会”,等等。从本质上说,中国民俗学和五四新文学都是启蒙主义文化思潮的具体表征,必然成为新文化运动的有机组成部分,特别是新文学作家把审视民族文化和民众心理视为思想启蒙的重要取向。

其次,中国民俗学与现代文学具有相近的发展阶段并体现出鲜明时代特征。民俗学发展的三个阶段②正对应现代文学的三个“十年”。第一个“十年”,民俗学和新文学在“民主”“科学”的现代性中度过了初创期;第二个“十年”,“革命文学”、“左翼文学”成为文学主潮。民俗学也在“阶级”、“阶级斗争”特定语境中得到极大发展。首先,随着中国政治中心南移,民俗学在南中国蓬勃发展起来,成立“中山大学语言历史学研究所民俗学会”,创办民俗学刊物《民间文艺》。刊物名称由早先“民间歌谣”转向“民间文艺”,说明民俗学突破先前民歌搜集的路子,内涵得到了进一步深化,更符合现代民俗学学科发展要求。几乎同时,钟敬文与钱南扬在杭州创办《民俗周刊》,稍后又与江绍原、娄子匡等人成立“杭

---

① 高平叔:《蔡元培史学论集》,湖南教育出版社1987年版,第139页。

② 刘铁梁在《中国民俗学发展的几个阶段》一文中,把中国现代民俗学发展归结为“发起阶段”(1918—1926)、“形成阶段”(1927—1937)和“缓进阶段”(1937—1949)三个历史时期,参见《民俗研究》1998年第4期。

州民俗学会”，开展民俗学活动。全国其他地方，如广东揭阳，浙江平湖、绍兴、湖州，福建福州、厦门、漳州，安徽徽州、芜湖等地，纷纷成立民俗学会，创办民俗学刊物，扩大了中国民俗学影响。其次，民俗学同文学一样获取了“阶级”这一现代性意识。胡愈之“民间文学”概念初步具备平民文艺的质地[①]。董作宾在《为〈民间文艺〉敬告读者》以及《民俗周刊》发刊词里，对“民众”的阐释已显露政治意识形态意味。江绍原更是挑明地讲，民学（民俗学）就是研究民众阶级的学问。

文学第三个“十年”是以民族救亡起头的。抗战作为国家意志成为时代潮流。民族意识在文学中充分彰显的同时，民俗学也将其纳入学科内涵。钟敬文指出：“民俗文化，既是阶级的，又是民族的。”[②]“现代民俗学里的‘民俗’的概念，在大多数国家中，是与‘民族’的概念联系在一起的。”而“民众”在中国现代民俗学学者的眼里则具有“以新民族国家为蓝图的、哲学上的和理想主义的含义”[③]，俨然成为“民族”的代名词。中国民俗学在“启蒙”“救亡”的特殊境遇中发展。费孝通在《〈文化论〉序》[④]中谈到翻译马林诺夫斯基著作，并“不止于纯粹学术之兴趣”，而是以此观照“国民性格之倾向”。作为培育民族抗争和民族意识的精神资源，这个时期民俗文化特别是民族文化备受关注。闻一多对民歌“原始”“野蛮”的民间精神给予高度体认。在《西南采风录》序中，诗人引用若干民歌[⑤]并写道：“如今我们需要的正是它。……我们

① 黄永林：《郑振铎与民间文艺》，南京大学出版社 1996 年版，第 57 页。

② 钟敬文：《民俗文化的民族凝聚力》，《中国民俗学研究》第 1 辑，中央民族大学出版社 1994 年版，第 3 页。

③ 董晓萍：《民族觉醒与现代化》，《民俗研究》1998 年第 2 期，第 1 页。

④ 马林诺夫斯基：《文化论》，费孝通译，商务印书馆 1940 年重庆出版。

⑤ 在《西南采风录》的序中，闻一多选录了该书中这样几首民谣：一、“快刀不磨生黄锈，胸膛不挺背要驼。”（安南）二、“斯文滔滔讨人厌，庄稼粗汉爱死人；郎（转下页）

该拿出人性中最后，最神圣的一张牌来，让我们那在人性的幽暗角落里伏蛰了数千年的兽性跳出来。……如今是千载难逢的机会，给我们试验自己血中是否还有着那只狰狞的动物。”[①]朱自清认为闻一多的“研究神话，……为了探求‘这民族，这文化’的源头，而这原始的文化是集体的力，也是集体的诗，他也许要借这原始的集体的力给后代的散漫和萎靡来个对症下药”[②]。民族抗争和民间精神认同成为民俗学学者和作家共同承担的责任。

当大后方学者从民俗文化资源寻觅民族抗争精神的时候，解放区文化人已经看到民族解放的希望。人民只有人民，才是历史的创造者。马克思对人民所作的经典阐释成为解放区民俗学活动的理论前提。作为民俗学的重要方面，“共产主义者则在民间文学中确认了现代中国革命的民众思想基础——反抗斗争精神。”[③]特别是“讲话”确立“为工农兵服务”的方针，极大促进了解放区民俗学活动和文学创作的开展。实事求是地讲，解放区民俗学活动是基于文艺创作的需要，主要集中在对民间文艺及其形式的搜集、整理和借鉴上。这既是民俗学传统的接续，也是解放区

(接上页)是庄稼老粗汉，不是白脸假斯文。”(贵阳)三、“吃菜要吃白菜头，跟哥要跟大贼头；睡到半夜钢刀响，妹穿绫罗哥穿绸。”(盘县)四、“生要恋来死要恋，不怕亲夫在眼前。见官犹如见父母，坐牢犹如坐花园。(盘县)五、“火烧东山大松林，姑爷告上丈人门；叫你姑娘快长大，我们没有看家人。”(宣威)六、“马摆高山高又高，打把火钳插在腰；哪家姑娘不嫁我，关起四门放活烧。”诗人认同民间精神的审美倾向显然与民族抗战有关。参见《闻一多全集》第3卷，生活·读书·新知三联书店1982年版，第393—395页。

① 闻一多：《〈西南采风录〉序》，《闻一多全集》第3卷，生活·读书·新知三联书店1982年版，第395页。

② 朱自清：《闻一多全集·序》第1卷，生活·读书·新知三联书店1982年版，第17页。

③ 吕微：《民间文学：现代中国民众的“道德——政治”反抗》，《民俗研究》2001年第2期，第23页。

文学民族化、大众化、通俗化乃至本土化的必然要求。尤为重要的是，民间文艺的主体性、群体性特征，同解放区民众的主人翁意识、集体主义观念有着深刻关联。解放区作家"通过不断发挥真正的或者更为纯粹的民众话语和民间文本，并且赋予其更为抽象化和绝对化的本质，民众群体的主体地位就在象征层面得到最终的确认。"①相较而言，大后方民俗学活动更多关注民族性指向，而解放区则注重民俗学的现实政治意涵。萧亭回顾中国民俗学发展历程时指出："近代民俗学的兴起和发展，总是同各个历史时期的社会现实，同人民大众的群体意识密切关联。"②中国社会特定的历史境遇，赋予民俗学和现代文学以鲜明的时代特征。

二

中国民俗学与现代文学的结缘与互动，源自于它们相通的审美品性，客观存在民俗学与文学对话交流的机制，为作家借鉴民俗进行创作提供了参照。

民俗学涉及的民俗事象是人类社会普遍的文化现象，是历史传统文化的重要构成。人文学科都往往把民俗作为研究对象或研究对象的某个方面。其中，文学与民俗学的关系最为密切。文学是人学。文学叙述的风土人情往往是"民"与"俗"的有机结合，一个不可分割的整体，"民"既是民俗的主体，也构成民俗的一部分。其他人文学科如文化学、历史学、社会学、语言学，只关注民俗事象本身，有意无意抽取民众在民俗中的作用和地位。从这个

---

① 吕微：《论学科范畴与现代性价值观》，《文学评论》2001 年第 4 期，第 66 页。

② 萧亭：《民俗文化在向我们招手》，《岭南民俗》1989 年第 2、3 期合刊，第 8 页。

意义上讲，唯有文学描写的风俗才是真正意义上的民俗。再说，文学性（审美性）是民俗学的部分属性，特别是神话、传说、民间故事、童话谣谚等文艺民俗。正是由于民俗学审美性的存在，世界各国“对于民俗学研究，几乎都是从民间文学研究起步的”[①]。

民俗学从民间文学研究起步并不意味着民俗学的审美自觉。中国初期民俗学是在特定时代精神感召下展开纯粹的民谣搜集和整理。直到1922年，胡适在《北京的平民文学》中提出借鉴民谣的审美价值，他说：“近年来，国内颇有人搜集各地的歌谣，在报纸上发表的已很不少了。可惜至今没有人用文学的眼光来选择一番，使那些真有文学味的‘风诗’特别显出来，供大家的赏玩，供诗人的吟咏取材。”同时对当下新文学提出批评：“现在白话诗起来了，然而作诗的人似乎还不曾晓得俗歌里有许多可以供我们取法的风格与方法，所以他们宁可学那不容易读又不容易懂的生硬文句，却不屑研究那自然流利的民歌风格。这个似乎是今日诗国的一桩缺陷”。[②] 这篇文章显然引起了周作人的兴趣。1923年，周作人在《歌谣》周刊的“发刊词”里也这么说：

> 一是学术的，一是文艺的。我们相信民俗学的研究，在现今的中国确是很重要的一件事业……歌谣是民俗学上的一种重要的资料，我们把它辑录起来，以备专门的研究：这是第一个目的。……从这学术的资料之中，再由文艺批评的眼光加以选择，编成一部国民心声的选集。意大利的卫太尔曾说：“根据在这些歌谣之上，根据在人民的真感情之上，一

---

① 仲富兰：《中国民俗文化学导论》，浙江人民出版社1998年版，第5页。

② 胡适：《北京的平民文学》，《读书杂志》1922年10月1日，第2期。《胡适全集》第2卷，安徽教育出版社2003年版，第833页。

种新的'民族的诗'也许能产生出来"。所以这种工作不仅是在表彰现在隐藏着的光辉，还在引起当来的民族的诗的发展：这是第二个目的。……①

周作人提出的"学术"、"文艺"共治背后隐含的意图其实并不单纯，他的行文表面上照顾到民俗学刊物，不过其真实意图还在于新文学建设。周作人在歌谣研究会"本会启示"中则明确指出："歌谣本是民俗学中之一部分……但是我们现在只管歌谣……所以我们先注重在民俗文艺中的两部分：一是散文的……二是韵文的……"②周作人一再重申："民歌是原始社会的诗，但我们的研究却有两个方面，一是文艺的，一是历史的。从文艺方面我们可以供诗的变迁的研究，或做新诗创作的参考。"③把《歌谣周刊》的"发刊词"、歌谣研究会的"本会启事"与《歌谣》作一番比较，就很能说明问题。周作人神话、童话研究也是从文学角度立论的，体现出他的"大文学史"观念。1931 年，他给江绍原《英吉利谣俗及谣俗学》写的序中说："……歌谣故事的研究当然是应归文学史的研究更为正确，不过这该是人类学的一部之文学史罢了。民俗学的价值是无可疑的"④。民俗体现出的真实民众心理和情感，符合五四新文学大胆真诚的要求。胡适也意识到，"从这些民歌

---

① 周作人：《〈歌谣〉发刊词》，《歌谣》周刊 1922 年 12 月 17 日，第 1 号。周作人认同胡适对民间歌谣的看法，"发刊词"完整辑录胡文所引卫太尔的观点，"根据在这些歌谣之上，根据在人民的真感情之上，一种新的'民族的诗'也许能产生出来"；并且周作人在《歌谣》一文中也引述胡适的文章："晓得俗歌里有许多可以供我们取法的风格与方法，"把那些特别有文学意味的"风诗"选录出来，"供大家的赏玩，供诗人的吟咏取材。"

② 参见《歌谣》周刊 1924 年 3 月 9 日第 64 号第 1 版。

③ 周作人：《歌谣》，《自己的园地》1923 年 9 月。

④ 周作人：《〈英吉利谣俗〉序》。

里，我们可以看出一些活的问题，真的哀怨，真的情感，自然地产出这些活的文学”[①]。把民俗学作为新文学奠基的“他山之石”，确实是五四新文学作家的良苦用心。

“从五四以后，民歌的搜集，成了一时的风尚。其初只是歌谣的采访，其态度是纯然科学的。……后渐转注到文学的领域上来。”[②]民俗学的“文学化”倾向，既是民俗学者对新文学作家身份的主体确认，也与中国现代文学大众化文艺思潮有关。话语系统是五四新文学向传统文学发难的突破口。其实，晚清就已开始从文学话语突破传统文学的尝试。1903 年，梁启超在《小说丛话》中敏锐觉察到，“文学之进化有一大关键，即由古语之文学变为俗语之文学是也。各国文学史之开展，靡不循此轨道。”刘师培在《论文杂记》里也说：“中国自近代以来必经俗语入文之一级”。五四新文学对白话的重视是文学现代性的必然选择和要求。在《中国新文学大系·建设理论集》“导言”里，胡适认为文学革命的中心命题，是在“文学工具的革新”基础上，“建立一种‘活的文学’”。[③] 陈独秀在《答胡适之》中竭力主张“以白话为正宗”来“建设明了的通俗的社会文学”。除了胡适、陈独秀等人“文学改良”和“文学革命”的理论倡导外，郑伯奇从创作题材与主题方面，认定“国民文学”应该“以国民生活为背景”，“固要研究国民生活”和

---

① 胡适：《中国白话文学史》，新月书店 1929 年版，第 5 页。

② 郑振铎：《三十年来中国文学新资料发现记》，《郑振铎文集》第 6 卷，人民文学出版社 1988 年版，第 487 页。

③ 胡适：《〈中国新文学大系·建设理论集〉导言》，《胡适全集》第 12 卷，安徽教育出版社 2003 年版，第 227 页。胡适对白话文的倡导是积极的、一贯的。他在《白话文学史》中，从文学史理论的高度论证“一切文学的来源都在民间”的观点；在《中国文学复兴》里也明确提倡“要用民众实际生活中的语言，来促进新文学的产生，进而取代已经陈腐的古典文学”。

"各地方之风俗"①。罗家伦从创作与传播角度，认知"白话文是最能有想象，感情，体性，以表现和批评人生的，最能传布最好的思想而无阻碍的。……我们人生日日所用的都是白话，我们日日所流露的所发生的种种感情，都是先从日用的白话里表现出来的。用白话来做文学，格外亲切，格外可以表现得出，批评得真。"②总之，新文学作家从不同角度论证白话之于新文学的价值和意义，挑战突破传统文学格局，把白话、歌谣等确立为新文学话语参照系，改变了长期以来中国文学"文言化"定势和书写模式。

中国现代文学发展表现为大众化趋势。现代文学的论争大都是围绕文学话语和表达形式展开的。五四新文学在现代化运作中已经显现出文艺大众化趋向。文白之争表面上是文学表达形式的论争，实际上包含了新旧文学观念的对立与交锋。"'五四'文学革命和白话文运动实际上是文艺大众化的一个起点，已经包含着后来文艺大众化运动的最初的倾向和意义。"③"主张白话者，从语言依附于生活出发，更看重表达的内容，在表达的形式方面，他们更多地考虑大众接受的可能。"④"革命文学，就是用现代人的语言，表现现代人的思想，是现代化的一部分。"⑤文学第二个"十年"，左翼文学对文学大众化要求愈加迫切。成仿吾说："我们要努力获得阶级意识，我们要使我们的媒质接近农工大众的用语，我们要以农工大众为我们的对象。"⑥几次文学大众化讨

① 郑伯奇：《国民文学论》，《创造周报》1923 年 12 月 23 日第 33 号。
② 罗家伦：《驳胡先骕君的"中国文学改良论"》，载《新潮》1919 年第 1 卷第 5 期。
③ 唐弢、严家炎：《中国现代文学史》第 1 册，人民文学出版社 1979 年版，第 51 页。
④ 庄锡华：《二十世纪的中国文艺理论》，上海三联书店 2000 年版，第 68 页。
⑤ 王瑶：《现代文学的民族风格问题》，《中国现代文学史论集》，北京大学出版社 1998 年版，第 302 页。
⑥ 成仿吾：《从文学革命到革命文学》，《创造月刊》1928 年 2 月，第 1 卷第 9 期。

论[①]初步达成这样一个共识，即把“必须具有比较通俗的形式和为工农容易了解的语言”作为“文学大众化”的起点。1937 年又针对文学的通俗化继续展开论争。文艺大众化运动是五四白话文运动在 30 年代的接续和发展，文学民俗学的关系得到进一步巩固和加强。

稍后“民族形式”论争进一步凸显出文学与民俗学，特别是与民间文学的关系。解放区文艺作品如《兄妹开荒》、《王贵与李香香》、《小二黑结婚》、《白毛女》等都是借鉴民间文艺的产物，反映了文学大众化、通俗化、民间化的整体性要求。辨证地来看，作家在借鉴民间文艺（特别是文艺形式）的同时，客观上缺乏对封建性糟粕的清醒认识。胡风提请人们注意，某些民间文艺的“格式”，很可能是“唤起特定封建意识的情绪的、象形文字式的符号”[②]。朱光潜也认为：“目前研究民间文学的提倡很值得注意和同情，不过学民间文学……需要聪慧的眼光与灵活的手腕，呆板的模仿是误事的。同时我们也不要忘记民间文学有它的特长，也有它的限制”。[③] 民间文艺客观存在的消极因素与解放区文学在精神上是相背的。“许多民间的习惯与传统的观念往往是极顽强的黏附于其中。……所以有时候，比之正统文学更要封建的，更要表示民众的保守性。”这势必造成“民众的意识中既有反抗既定秩序的一面，也有对反抗意识自我消解的一面，从而使反抗真正化为‘无害

---

① 1930 年“左联”成立前后开展了文艺大众化的第一次讨论；1931—1932 年的文艺大众化讨论是历次规模最大、时间最长的一次论争；1934 年报刊上重新就文学新旧形式展开论争；同年又进行大众语和文字拉丁化的讨论。

② 胡风：《对于民间文艺的一理解》，《胡风全集》第 2 卷，湖北人民出版社 1999 年版，第 753 页。

③ 朱光潜：《给一位写新诗的青年朋友》，《朱光潜批评文集》，珠海出版社 1998 年版，第 89—90 页。

的空想'。"[1]其实,鲁迅早就对民间文艺存在的消极性因素作过理性分析。[2] 然而,在文艺大众化思潮一边倒的背景下,胡风、朱光潜等人的看法显得很不合时宜。"讲话"发表以后,大后方作家也都普遍加强了民间文艺研究和大众化书写。作家民俗学的审美理性,使得本来就不具备成熟学科形态的中国民俗学,在40年代的文化生态中愈加表现出民间文学的倾向。

应该指出的是,中国民俗学语境中的大众化文艺思潮,其实包含着截然不同的价值立场和审美判断。早期五四学人所倡导的白话文运动,是站在现代性价值立场对中国文学传统所实施的经典解构。他们并非真正地要走向民间,而是作为在文学领域确立现代性的一种文化策略。与五四新文学不同,左翼文学、解放区文学的大众化或民间化取向,更多地是出于政治意识形态的现实诉求,真正实现文学的本位回归。

三

民俗学与现代文学的结缘还在于,现代作家从一开始就成为民俗学的主要参与者、传播者和研究者。民俗学家钟敬文在纪念中山大学民俗学会成立60周年的讲演中这么说:"中国民俗学是'五四'时期新文化运动的伴随物。在那轰动世界的爱国运动发生的前一年(这时新文化浪潮已经在学界涌现),北京大学文科几位具有新思想的教授,在坚定的民主主义者蔡元培校长的支持

① 吕微:《民间文学:现代中国民众的"道德——政治"反抗》,《民俗研究》2001年第2期,第38页。

② 鲁迅:《而已集·革命时代的文学》,《鲁迅全集》第3卷,人民文学出版社1981年版,第422页。

下,成立了歌谣征集处,开始向全国征集近世歌谣。”[①]钟敬文指涉的“具有新思想的教授”,主要是一些著名的五四文学同人。这些五四文学同人中,既有《新青年》杂志的编辑和撰稿人,也有“文学研究会”成员。他们对中国民俗学的开创和发展有着筚路蓝缕的劳绩。

中国现代作家成为民俗学活动的主体,使得文学与民俗学实际构成了双向互动和交流。一方面,作家民俗学意识使得他们能够运用民俗学资源从事文学创作。由于现代作家不同的学术背景和学术环境,逐渐形成了“文化人类学派”、“俗文学派”、“民族学派”和“延安学派”[②]等众多的民俗学流派,无疑增加了中国现代文学丰富厚重的文化内涵;另一方面,民俗学知识和学养在某种程度上又影响和制约着现代作家的审美选择和价值判断。另外,在现代作家眼里,专业民俗学学者也为中国新文学作出了贡献。胡适说:“近十年内,自从北京大学歌谣研究会发起收集歌谣以来,出版的歌谣至少一万首以上。在这一方面,常惠、白启明、钟敬文、顾颉刚、董作宾……诸先生的努力最不可磨灭。这些歌谣的出现使我们知道真正平民文学是个什么样子”[③]。

从民俗学维度来审视中国现代文学特别是现代乡土小说,我们不难看出,鲁迅、茅盾、周作人的民俗审美观念以及毛泽东民间文艺思想,对中国现代文学审美选择和价值构建起着关键性作

---

① 钟敬文:《六十年的回顾》,《钟敬文文集》民俗学卷,安徽教育出版社 2002 年版,第 344 页。

② 刘锡诚在他《中国民间文艺学史上的流派问题》一文中,对中国现代民俗学流派作了比较具体的概括。其中,以鲁迅、周作人、胡适、茅盾等为代表的“文化人类学派”;以诗人闻一多为代表的“民族学派”;以郑振铎、赵景深为代表的“俗文学派”;以解放区何其芳、周文、吕骥、柯仲平等人为代表的“延安学派”等等。

③ 胡适:《〈白话文学史〉自序》,《胡适全集》第 3 卷,安徽教育出版社 2003 年版,第 714 页。

用。众所周知，鲁迅的文艺理论和创作渗透了民俗理性批判的启蒙精神。在他的影响和示范下，20 年代中国作家的民俗学意识普遍比较自觉，乡土小说也最具民俗学、文化人类学意蕴。值得注意的是，这个时期的文艺理论批评也着手进行民俗审美功能的研究。[①] 茅盾的文学活动也是从民俗学起步的。“为要从头研究欧洲文学的发展，故而研究希腊的两大史诗；又因两大史诗即希腊神话之艺术化，故而又研究希腊神话。”[②]他的创作和评论十分重视民俗的审美价值和艺术功能，并深刻影响了 30 年代左翼文学多样化的民俗叙事。如前所述，周作人民俗思想是出于新文学健康发展的构想。在他看来，民俗学在文学现代化、民族化过程中起着关键作用。在为《希腊小岛集》所写序言中，周作人肯定了民俗在文学中揭示民众心理和精神的重要性：“若在中国想建设国民文学，表现大多数民众的性情生活，本国的民俗研究也很必要，这虽然是人类学范围内的学问，却与文学有极重要的关系”[③]。周作人民俗趣味培育了京派独特的文化气质和唯美主义思潮。毛泽东文艺思想一个重要方面，就是对民间、民众和大众化的认同，“许多同志爱说‘大众化’，但是什么叫做大众化？呢就是我们的文艺工作者的思想感情和工农兵大众的思想感情打成一片。而打成一片，就应当学习群众语言。如果连群众语言都有许多不懂，还讲什么文艺创造？”[④]这一价值立场对解放区文学叙事的民族化、大众化、通俗化起到了强力整合作用。这种与政治

---

① 孙俍工(1894—1962)的《小说作法讲义》和王伯祥(1890—1975)的《文学与环境》、《文学与地域》等，都对民俗给予了充分的重视，肯定了民俗学在创作中的价值和意义。

② 茅盾：《〈神话研究〉序》，百花文艺出版社 1981 年版，第 2 页。

③ 周作人：《永日集》。

④ 毛泽东：《在延安文艺座谈会上的讲话》，《毛泽东选集》第 3 卷，北京人民出版社 1991 年版，第 850 页。

高度一体化的解放区文学，对20世纪后半页中国文学现代化进程产生了深远影响。

民俗学学者的反思也印证了民俗学在发展过程中逐渐被"文学化"的实际情形。钟敬文在《民俗周刊》创刊号上发表的《数年来民俗工作的小结帐》说："……赵景深、郑振铎、傅彦长、张若尔诸君，对民俗学，都颇有相当的注意，虽然只限于民间文学和艺术方面。"《民俗复刊号——兼评我们民俗学运动》则对我国民俗学发展进行了整体性的学术反思。文章指出："在其发展过程中，自亦难免于文学之渲染，然究距吾辈所期望之民俗调查及研究尚远。盖此运动之倡导者多为文学家……即其所得之大部分之民间文艺资料，在文学上或不失为无价值"[①]。中国民俗学在其发展过程中，倾向于用民间文艺研究取代民俗学研究，并且始终未能超越文学审美视野。这无疑是中国民俗学发展的一个重大缺陷，但这也从一个侧面揭示了民俗学与中国现代文学难以割裂的关联。

在民俗学发展过程中，现代作家始终是民俗学活动的一支重要力量和生力军。需要指出的是，20年代后期民俗学活动中心南移，北平的民俗学活动虽然受到一定的影响，但薪火并未沉寂[②]，特别是一群"京派"作家致力于民俗学研究和民俗学社团建设。1930年，周作人就与陈百年商谈北平民俗学会的成立事宜。1936年，北京大学文学院正式成立了"风谣学会"。除了常惠、容肇祖等专业民俗学学者，学会主要是京城的一批作家和文艺家，如周作人、胡适、钱玄同、朱光潜、林庚以及沈从文、申尚贤、台静

① 参见中山大学《民俗复刊号》第1卷第2期，上海书店影印本1983年版，第294页。

② 1930年，北京女子师范大学创办《礼俗》半月刊；1932年，杨堃、江绍原编辑《鞭策周刊》；吴文藻、杨堃在燕京大学指导学生进行社会调查；1942年辅仁大学创办了《民俗学志》等。

农、黎锦明等等。会员构成很能说明这一学会的文学趣旨。胡适的《歌谣》"复刊词"与当初周作人的"发刊词"如出一辙，都强调把歌谣研究的出发点和落脚点放在了文学上："我以为歌谣的搜集与保存，最大的目的是要替中国文学扩大范围，增添范本。我当然不看轻歌谣在民俗学和方言研究上的重要，但我觉得这个文学的用途是最大、最根本的"。"我们现在做这种整理流传歌谣的事业，为的是要给中国新文学开辟一块新的园地"。[①] 他们推崇歌谣对于文学的价值与意义，只不过周作人意在"民族的诗"的诞生，而胡适则期待促成"文艺复兴"。显然，他们骨子里并没有真正要把民俗学发展作为本体目标，而是将它作为实现目标的手段。正是在这样一个前提下，民俗学刊物的编排体例和内容呈现文学色彩便是意料之中的事情。[②]

民俗学特别是民间文艺对文人创作的价值和影响，现代作家有清醒的认识。鲁迅在《门外文谈》中列举出中国文学史上许多民间文学作品，并指出："旧文学衰颓时，因为摄取民间文学或外国文学而起一个新的转变，这例子是常见于文学史上的。"[③]胡适也说过："文学的新方式都是出于民间的。久而久之，文人学士受了民间文学的影响，采用这种新体裁来做他们的文艺作品。文人的参加自有他的好处：浅薄的内容变丰富了，幼稚的技术变高明了，平凡的意境变高超了。但文人把这种新体裁学到手之后，劣等的文人便来模仿；模仿的结果，往往学得了形式上的技术，而丢

① 胡适：《〈歌谣〉复刊词》，《歌谣》北京大学研究院文科研究所歌谣研究会编，1936年4月4日，第2卷第1期。

② 比较有代表性的文章有李长之的《歌谣是什么》、林庚的《歌谣不是乐府亦不是诗》、朱光潜的《性欲"母体"在原始诗歌中的位置》，以及朱自清的《歌谣与诗》等，从一个侧面反映了作家民俗学研究的审美性倾向以及民俗学意识的自觉。

③ 《鲁迅全集》第6卷，人民文学出版社1991年版，第95页。

掉了创作的精神。天才堕落而为匠手，创作堕落而为机械。生气剥丧完了，只剩下一点小技巧，一堆烂调子！于是这种文学方式的命运便完结了，文学的生命又须另向民间去寻新方向发展了。”民间文学是文人创作的重要资源，这是文学史上“一个逃不了的公式”[①]。郑振铎在《〈插图本中国文学史〉绪论》中说：在“外来文学的影响之外，有一个重要的动力，催促我们的文学向前发展不止的，那便是民间文学的发展”。[②] 闻一多则将“民间影响”和“外来影响”概括为文学发展的“二大原则”[③]。民间文艺对作家创作的影响是一个基本的文学史常识，然而对于中国现代作家和文学史来讲，“民间”的以及“外来”的影响远非是作家个人的艺术修养和技术层面的问题，而是包含截然不同的审美内涵和价值立场。换言之，在文学现代化过程中，“民间”逐渐从一个学术的、中性的概念被打上了政治意识形态的烙印，“民间”的选择也就意味着作家政治立场的选择。这种民间化倾向在解放区文学中表现得最为突出。1949 年 7 月，周扬在“中华全国文学艺术工作者代表大会”上充分肯定了民间文艺对解放区文学创作的作用，他说：“解放区文艺的另一个重要特点之一，就是和自己民族的、特别是民间的文艺传统保持了密切的血肉关系。”[④]出于政治意识形态和文艺大众化的需要，解放区文学与民间文学保持着最为密切的关系。凭心而论，作为民俗学建设的中坚力量，现代作家显然未能完全掌握和消化民俗学学科性质、理论和研究方法，但他们对中国民俗学的贡献还是值得肯定的。当然，现代作家民俗学研究都

① 胡适：《〈词选〉自序》，《胡适全集》，安徽教育出版社 2003 年版，第 723—724 页。
② 郑振铎：《〈插图本中国文学史〉绪论》，人民文学出版社 1963 年版，第 16 页。
③《闻一多全集》第 1 卷，上海开明书店 1948 年版，第 19 页。
④ 周扬：《新的人民的文艺》，《中国新文学大系》(1937—1949)第 1 卷，上海文艺出版社 1990 年版，第 191 页。

同文学创作存在着这样那样的关系。[①]

钟敬文说得很实在:"就在那样的时期,虽然已经挂起了民俗学的招牌,可是搜集、发表的资料主要还是歌谣、故事……。理论文章,也是关于这一方面的占大多数。"[②]民俗学的文学属性,现代作家的广泛参与,使得中国民俗学在适应和调整学术视野的过程中愈加倾向于审美性选择。

四

中国现代文学与民俗学的结缘与互动,还体现在文学性、非文学性期刊对民俗学的介绍和传播,为现代作家的民俗学知识形成,创作视界拓展提供了帮助。早在40年代,一位学者曾就法国现代文学与《新法兰西杂志》的关系分析后指出:"在未来的文学史中,文艺杂志将占据一个非常重要的地位,恐已成为不可否认的事实。"[③]这一看法是很有眼光的。作为一门现代"显学",民俗

---

① 现代作家民俗学研究成果有周作人的《自己的园地》,赵景深的《民间故事丛话》、《民间故事研究》,胡适的《狸猫换太子故事的演变》,郑振铎的《汤祷篇》、《玄鸟篇》、《孟姜女》、《敦煌的俗文学》,刘半农的《瓦釜集》,叶圣陶和郭绍虞等人搜集的《吴歌甲集》(经顾颉刚整理刊行),台静农的《淮南民歌》,汪静之选编的《白雪遗音选》、《白雪续选》,李金发等人的《岭南情歌》,朱自清的《中国歌谣》,茅盾的《神话杂论》、《神话研究 ABC》,汪敬熙的《心理学和民俗学》,闻一多的《伏曦考》、《姜嫄履大人迹考》、《匡斋尺牍》等。解放区也产生了一批民俗学研究成果,如周扬、萧三、艾青等人的《民间艺术和艺人》,司马文森的《秧歌剧与花灯》,何其芳、毛星和公木等人等人的《陕北民歌选》,马烽、束为整理的《小气人遇上刻薄汉》、《高秀才落榜》等民间故事。

② 《钟敬文民间文学论集》上册,上海文艺出版社1982年版,第188页。

③ 盛澄华:《〈新法兰西杂志〉与法国现代文学》,《文艺复兴》1947年5月第3卷第3期。

学受到社会的普遍关注。从中国现代文学民俗学语境看，文学、非文学刊物都参与了民俗学的传播和学术构建，而这些期刊杂志构成了中国现代文学生成的一个非常重要的原生态文化环境。《青年杂志》1卷2号和2卷2号率先刊登人类学文章，并与《民俗》杂志合作开展风俗调查，并开辟"社会调查"专栏。1917年以后，《新青年》在编排题例上突出了文学的比重，呈现出民俗学、文化人类学、文学、史学、社会学等多门人文学科知识共存的局面。《新青年》开风气之先的做法纷纷为其他刊物所效仿。

不妨粗略地考察一下当时期刊杂志传播民俗学的情况。除了北京大学日刊在1918年开辟"歌谣选"专栏外，北京大学出版部出版的通俗刊物《新生活》(李辛白编辑)得到了李大钊、陈独秀、胡适等人的支持；1921年，上海的《妇女杂志》开设"民间文学"与"风俗调查"专栏；《野草》杂志推出了叶德均的"风俗专号"；1925年，《京报》的《民众》副刊相继推出"歌谣"、"故事"专号；《文学周报》也展开"歌谣"问题的讨论。郑振铎在该刊第4卷编辑"世界民间故事"专号；《少年中国》则推出"宗教问题"专号；陈望道在《太白》文学半月刊上辟有"风俗志"栏目。在周作人影响下，《语丝》更是刊发了大量的民俗学文章。《现代评论》也十分关注民俗学发展的动向，刊发民俗学的文章。胡适的《狸猫换太子故事的演变》便是一篇出色的探讨民间故事演进的论文。除了《艺风》辟有"人类学、考古学、民族学、民俗学"专号、"民俗园地"、"民间专号"外，《民众教育》上有"民间文学专号"、"民间艺术专号"和"民间风俗文化专号"；《黎明》、《新生》、《倾盖》都设有"民间文学"专号；《新民》杂志辟有"民间文艺专号"和"风俗特刊"；《妇女与儿童》有"神话专号"、"妇女恋歌专号"、"婚嫁习俗专号"等。南京的《开展月刊》推出了"民俗学专号"。值得一提的是，1923年北京大学风俗调查会的成立得到了媒体的广泛响应。张竞生的"风俗调查表”不仅在《歌谣周刊》上刊登，《晨报副镌》、《东方杂志》也都纷纷予以转载。从这些情况可以看出，民俗学与文学互动的实际以及对新文学构成的影响是不可避免的。

即便是当时比较有影响的纯文学刊物，也不能不对当时民俗学、文化人类学的浩大声势作出反映。《小说林》、《新小说》、《月月小说》、《小说月报》等也辟出一定的版面介绍民俗学[①]。当时的民俗学与人类学、民族学、人种学在概念上并没有作出十分严格的区分，“民俗学研究无论就其课题或者方法来说(或许可同时从这两方面来说)，都毫无疑问是同人类学联系在一起的。”[②]茅盾也认为：“凡要研究文学，至少要有人种学的常识”[③]。茅盾所说的“人种学”大体相当于民俗学或者文化人类学。其实，当时人们所提倡的民俗学正是这样一个宽泛甚至有些含混的概念。周作人更是直接将民俗学与人类学等同起来：“民俗学或者称为社会人类学，似更适当，日本西村真次著有《文化人类学》，也就是这种学问的别称。”[④]对民俗学概念的泛化解读导致此类文章大量涌现。这对于丰富现代作家知识储备和拓展创作视野都极为有利。

除了未被秩序化的原生形态的文学杂志，当时报刊也呈现出综合性倾向。需要指出的是，由于发行的报刊数量有限，所以借

① 当时的《小说林》和《新小说》分别设立“蛮人风俗”和“暹罗风俗”专栏；《月月小说》也经常刊载域外土著民族和本国边远地域的民俗；1927 年《小说月报》第 17 卷号外《中国文学研究》刊载了郑振铎的《中山狼故事之变异》、《螺壳中之女郎》等民俗学文章。

② [法]克洛德莱维—斯特劳斯：《结构人类学》谢维扬等译，上海译文出版社 1995 年版，第 389 页。

③ 茅盾：《文学与人生》，《茅盾文艺杂论集》上册，上海文艺出版社 1981 年版，第 114 页。

④《民俗》第 57、58、59 期合刊号，1929 年 5 月 8 日。

助刊物创办“副刊”就成为当时通行的做法。客观地说，副刊真实反映出社会的方方面面，自然也影响到作家的观念形态和文化选择。副刊对中国新文学的贡献早已成为现代作家的共识。“初期社会重造与文学运动的建立，是用副刊作工具，而得到完全成功的。这 20 年新作家的初期作品更无不由副刊介绍于读者。”[①]客观地说，即便是“五四”时期著名的四大“文学副刊”也并非仅局限于文学的范围。现代知名的文化人、资深编辑孙伏园曾这么说过：“现在《民国日报》的《觉悟》，《时事新报》的《学灯》，北京《晨报》的副刊，大抵是兼收并蓄的。”[②]作为《晨报副刊》作者的沈从文，也证实该刊物“不是专门来登载文艺作品的”[③]。可以看出，副刊这种多学科的综合视野，为现代作家的学习和创作提供了极为重要的媒体支持。

特别是一些现代知名作家参与了民俗学副刊的编撰工作，对民俗学刊物的文学性审美性导向起着非常明显的作用。[④] 报刊这种融文学、民俗学等多种学科知识于一体的实际情形，有利于

---

① 沈从文：《怎样办一份好报纸》，《沈从文全集》第 14 卷，北岳文艺出版社 2002 年版，第 242 页。

② 孙伏园：《理想中的日报附张》，《晨报副刊》第 1 号，1924 年 12 月 5 日。

③ 沈从文：《北京之文艺刊物及作者》，《沈从文全集》第 17 卷，北岳文艺出版社 2002 年版，第 5 页。

④ 借助报纸创办民俗学副刊的有：杭州和福州的《民国日报》开辟《民俗周刊》；厦门的《思明日报》有《民俗周刊》（朱自清《中国歌谣的分类》就刊在这一副刊）；北平的《民声报》和《晨报副刊》也分别创办《民俗周刊》和《歌谣周刊》。即使在纷扰动荡的 30、40 年代，中国民俗学发展的势头依然不减。1930 年揭阳的《东日报》创办《民俗周刊》；1931 年《南京民报》创办《民俗》副刊；1932 年《同日报》出版《民俗旬刊》。1932 年由林培庐主编的山西《大同日报》设有《民俗旬刊》；1937 年南京《中央日报》创办了《民风周刊》；1944—1945 年，薛汕与顾颉刚、娄子匡等人依附广西的《柳州日报》辟有《民风》双周刊；重庆《商务日报》的副刊也发表过不少民俗学的文章；1940 年，《贵阳日报》开辟“社会研究”专栏。另外，1933 年香港的《新中日报》附有《民俗周刊》；40 年代末期，戴望舒等人依附香港的《星岛日报》主编《民风》双周刊，等等。总的说来，这些刊物的民俗学副刊存在的时间都不是很长。

现代作家民俗学意识的形成和民俗学学养的累积。有的研究者更倾向于将现代报刊视为中国现代文学与古典文学一个带有根本性的区别和标志。作为现代社会最重要的传播媒介，报刊深刻影响了作家的汉语写作，以及文本传播和阅读方式。① 似乎我们也可以这么说，文学性刊物、非文学性刊物甚至包括民俗学刊物，都不同程度参与了中国现代文学的建设。严家炎通过对商务印书馆和《大公报》个案的分析，得出了文学史一个带有普遍性的结论："它们本身并非文学机构，但却从培养新的人才、用世界眼光来从事出版工作、为新文学的发展提供重要园地等方面，直接支持、影响了新的文学事业。"②总之，现代报刊综合刊载民俗学和文学，对作家的文化心态、精神结构、文学构成方式、创作流派及思潮发挥了潜移默化的作用。特别是对现代作家的知识结构、话语叙事、艺术典型，乃至诗学构建都产生了深远影响，中国现代文学因此而具有了民俗学和文化人类学的倾向。

五

中国现代文学与民俗学的深刻结缘为从民俗学角度审视文学提供了一个合理的切口。文学民俗学研究并不是文学文本中民俗事象的简单罗列，而是运用民俗学理论对中国现代作家、文学创作、文学现象、文学思潮多方面论述，揭示为人所忽视的文学景观和视界。中国民俗学语境为现代文学民俗学研究提供了必

① 杨义：《流派研究的方法论及其当代价值》，《海南师范学院学报》（人文社会科学版）2001年第5期。

② 严家炎：《近年现代文学研究的新趋向》，《五四的误读》，福建教育出版社 2000 年版，第 230 页。

要的前提和条件。现代文学民俗学研究的思路大致包括以下几个方面。

民俗与作家的关系。作为民俗个体，作家生活在一个相对稳定的民俗文化环境中。首先，民俗潜移默化的影响不仅制约作家的思维方式和行为方式，而且能够激发主体的创作灵感和审美激情。沈从文因受民俗的触动而完成的《边城》便是一个典型的例子。“民二十二至青岛崂山北九水路上，见村中有死者家人‘报庙’行列，一小女孩奉灵幡引路。因与兆和约，将写一故事引入所见。”[①]钟理和的作品则是其婚姻生活与世俗观念的抵牾，并在抗争中迸发出的创作激情。当然，这只是一些突出的个案。其实，民俗作为创作元素普遍存在于作家作品之中。其次，现代乡土小说的民俗描写大都与作家民俗生活有关，民俗无疑制约和影响了作家的艺术构思和审美活动。对此，不少现代作家深有感触，他们常常把民间故事看成是走上文坛的一个重要因素。作家借鉴民间故事最常见的情形是运用富有生命力的民俗文化原型。当然，作家并不是简单地移植和复制民间故事的原型，而是在其中包含了现代作家的精神发现和艺术见解。最后，对民俗文化的观照折射出现代作家多元的审美取向。例如，鲁迅之于人生派的启蒙叙事，茅盾之于左翼社会分析叙事，周作人之于京派的唯美主义追求等。即便是同一个流派的作家，也会因民俗审美趣味的不同而表现出明显的差别来。

---

① 沈从文：《〈边城〉新题记》，《沈从文全集》第8卷，北岳文艺出版社2002年版，第60页。在另一篇《关于西南漆器及其他》的文章中，作家也这样说：“……一次去崂山玩时，路过一小乡村中，碰到人家有老者死亡，报庙招魂当中一个小女儿的哭泣，形成《边城》写作的幻念。记得当时即向面前的朋友许下愿心：‘我懂得这个有丧事女孩子的欢乐和痛苦，正和懂得你的纯厚与爱好一样多一样深切。我要把她的不幸，和你为人的善良部分结合起来，好好用一个故事重现，作为我给你一件礼物’”。参见《沈从文全集》第27卷，北岳文艺出版社2002年版，第26页。

引进民俗学的历史地理学派理论、民间故事类型理论等开展文学研究是可行的。对民间故事与作家创作进行比较发现，一些作家作品与民间故事存在“同构”现象，显示出作家与民间文艺的深刻关联。例如“西天求活佛”型民间故事不仅影响艾芜早年的行为选择，而且也规制了《南行记》的整体审美风格。鲁迅的《故事新编》、沈从文的《月下小景》、骆宾基的《乡亲——康天刚》等小说都融入了民间故事原型型式。除了借鉴本国民俗学外，茅盾、端木蕻良、沈从文等人还运用西方神话故事或佛经创作。例如，希腊神话故事中普西芬尼与潘朵拉的故事，深刻影响了茅盾《虹》中“梅女士”的形象塑造。端木蕻良在《复活》中借耶稣神话表达现代意识。此外还有《蝴蝶梦》、《女神》和《琴》等。在《琴》的“作者附记”中，端木蕻良说：“我采取了爱神和波茜柯的故事，亚谛默新的恋爱故事，和这篇所写的，改编成为三篇小说。其中文字都是根据《希腊神话 ABC》(汪倜然先生作)而写的。”[①]朱雯的《逾越节》、《谜》等也是根据西方神话创作的。这个时期，沦陷区作家也采用西方神话故事和宗教元素进行小说创作，如张秀亚的《皈依》、《幸福的泉源》、《珂萝佐女神》等。需要指出的是，这些小说散发出浓重的宗教气息，一方面反映出沦陷区作家消极的精神退守，同时也折射出异族统治下恶劣的文学生态。顺便说一下，外国作家同样也借鉴和运用中国民俗文化进行创作。赛珍珠的《大地》获得诺贝尔奖一个很重要的方面，就在于对 20 世纪 30 年代中国乡土社会民俗生活的真实再现和细腻描写。

民俗与社会的关系。作为文化的有机组成部分，民俗渗透在日常生活的方方面面，反映着特定地域、特定时代的风尚和社会面貌。《汉书・地理志》很早就揭示了地域与民俗、民风、民性的

① 端木蕻良：《琴》,《端木蕻良文集》第 3 卷，北京出版社 1999 年版，第 524 页。

关系:“凡民函五常之性,而其刚柔缓急,音声不同,系水土之风气,故谓之风;好恶取舍,动静亡常,随君上之情欲,故谓之俗。”可见,不同地域的民风民俗差别很大,因此拥有民俗学、文化人类学知识,对于作家创作、读者解读以及相关学术研究都具有重要意义。对作家来说,民俗学学养不仅有助于创作出符合时代逻辑和特色鲜明的作品,而且还影响到作家艺术构思和形象塑造的审美取向。就读者而言,民俗学知识为更好理解和领会文学作品提供了可能。没有一定的民俗学知识,有时是很难对文本作出准确科学的解读。另外,文学作品涉及的民俗事象不仅可以作为民俗学、语言学、社会学和历史学研究的重要文献资料,而且与特定地域的社会环境、民族心理、思维方式以及宗教信仰等存在密切关系。因此,研究近代以来中国特别是乡土社会的心理和风俗变迁,现代作家的某些文本是案头的必备读物。

民俗与文本的关系。民俗除了在提炼情节、塑造形象、刻画性格和营造环境等常见的审美功能外,还涉及对文本叙事模式、叙事形态、叙述话语、叙述视角、原型意象等诸多方面的“内部研究”,特别是民俗与小说诗学的深度构建的关系。因此,对小说内部诸多层面进行民俗学的解析,无疑有助于加深对作品的理解。例如,解放区文学与民间文艺(文艺民俗)的关系最为密切。对解放区小说叙事进行民俗学阐释,能够析示中国现代文学在不断整合过程中走向大众化、民族化乃至本土化、民间化的发展理路,以及解放区小说与政治劝说的内在机制。

民俗学作为文学研究的维度,还可以对文学现象、文学思潮以及文学流派给予独特阐释,进而获得新的视阈和认知。我们可以从民俗学角度考察 20 世纪 20 年代白话文学思潮、30 年代大众化文艺思潮和 40 年代解放区文学大众化、民间化思潮。就民俗学与文学流派之间的关系,我们不妨举个例子:众所周知,周作人民俗学知识谱系无疑影响到他个人主义“趣味”美学。这种“非功利”美学思想对“京派”小说的散文化体征，以及中国唯美主义思潮构成了实际影响。

最后，运用民俗学理论展开现代文学研究是有意义的。不过，理论的深刻性往往伴随着局限性。民俗学理论只是文学研究的一种方法、一种视角而已。具体地讲，民俗学能在多大程度上，以何种方式构成对中国现代文学的实际影响；而中国现代作家又在哪些层面，以何种方式接受了民俗学影响，以及这样影响又如何体现在创作之中。因此，运用民俗学理论研究现代文学，必须充分考虑到其适用范围和文化场域。“‘文化诗学’仍然是‘诗学’（广义的），保持和发展审美的批评是必要的；但又是文化的，从跨学科的文化视野，把所谓的‘内部研究’与‘外部研究’贯通起来①。在具体研究中，坚持主体维度、审美维度和文化维度的有机结合与统一。虽然文学作品能容纳相当丰富的文化涵量，但并不意味着无所不包，它承载的文化含量毕竟是有限度的和有选择性的，因此运用民俗学理论必须把落脚点放在文学上，重视它们之间的审美性关联。就民俗而言，一方面，民俗赋予文本的文化意义通过审美加以呈现；另一方面，将文本视为一种文化实践，揭示文本叙事、语言和文化意义。虽然这样一来，文学阐释难免会出现某些片面化现象，但是我们不可能也没有必要将民俗统统纳入现代文学的研究中来，文学毕竟要表现自身的审美品性。为避免研究流于空泛粗疏，对文本某些民俗事象作有意识的疏漏，正是出于对文学与民俗学共性关系的考虑。

---

① 童庆炳：《新理性精神与文化诗学》，《东南学术》2002 年第 2 期。

第三章　鲁迅研究中的几个问题

——从鲁迅几篇小说谈起

一、鲁迅与启蒙思想体系

在中国20世纪新文学初期，鲁迅小说表现出的前瞻性现代意识，大大超越了同时代中国知识分子的思想水准，形成了较为完整的现代思想体系。对鲁迅启蒙思想的评价大致存在这样两种情况：一种是把鲁迅作品（主要是小说）笼统归结为“批判国民（劣根）性”。实事求是地讲，这一概括把握了鲁迅文学启蒙的精髓，但某种程度又掩盖了对启蒙思想作更具体深入的认识。这与中国传统的综合性思维方式是有关的；另一种情况是将鲁迅小说彼此割裂开来加以分析研究，往往造成“只见树木不见森林”的偏颇，缺乏对启蒙思想作整体性把握。这与晚清以来流行的西方分析思维不无关系。西人的思维是主分析的，而国人的思维是主综合的。近代以来，随着西学大量涌入，国人在学习西方科学文化的同时也接受了西方分析思维的方法，有意无意地把分析方法视为科学思维而备受推崇。其实，中西方两种思维方法各有优劣，存在明显的差异性与互补性。因此研究鲁迅，解读鲁迅作品，需要两种思维的有机结合。既要展开具体文本分析，也须把若干文本予以整体性观照。惟其如此,鲁迅启蒙思想才可能凸显出多向度性和体系性。就小说而言,支撑鲁迅启蒙思想体系是由三部代表性作品构成的,它们是《狂人日记》(1918)、《阿Q正传》(1921)和《伤逝》(1925)。

作为鲁迅启蒙思想体系的重要一极,《狂人日记》体现了鲁迅启蒙体系中重要的思想价值和精神高度。它作为新文学第一篇白话小说,《狂人日记》以犀利深邃的思想成为了五四新文学的标杆。一方面,用鲁迅后来的话讲,是"意在暴露家族制度和礼教的弊害"[①]。这一主旨在小说发表后不久就被敏感的读者发现了。吴虞在《新青年》刊发评论指出:"……他这日记,把吃人的内容,和仁义道德的表面,看得清清楚楚。那些戴着礼教假面具吃人的滑头技俩,都被他把黑幕揭破了。"[②]另一方面,鲁迅对家族制度和礼教的批判,并非为"破"而"破",而是为"立"而"破"的。鲁迅立什么?当然是"立人"进而"立国"。这是鲁迅思想启蒙的出发点和落脚点。他说:"是故将生存两间,角逐列国是务,其首在立人,人立而后凡事举;若其道术,乃必尊个性而张精神"[③];"掊物质而张灵明,任个人而排众数。人既发扬踔厉矣,则邦国亦以兴起"。[④] 不过,我们感兴趣的是,鲁迅站在什么样的立场"破"和"立"的?鲁迅理想中的"人"和"国"又是什么样的?

回答这个问题就有必要厘清鲁迅早期的思想脉络。毋庸讳言,青年时代是人生观、世界观、价值观形成的关键时期。恰恰在这个时期,家道式微和人生境遇为鲁迅接受西方现代思想提供了

① 《〈中国新文学大系〉小说二集序》,《鲁迅全集》第6卷,人民文学出版社2005年版第247页。

② 吴虞:《吃人与礼教》,《新青年》1919年11月1日,第6卷第6号。

③ 《文化偏至论》,《鲁迅全集》第1卷,人民文学出版社2005年版,第58页。

④ 《文化偏至论》,《鲁迅全集》第1卷,人民文学出版社2005年版,第47页。

机遇。1898 年,鲁迅选择"走异路,逃异地",进入南京江南水师学堂学习。与讲授"经史"之学的传统书院不同,江南水师学堂是教授西方"格致"之学的洋务学堂。这是中国早期知识分子效法西方实行"洋务运动"的产物,是实现民族自强所推行的重要步骤。据史料记载,到 1896 年,洋务派在全国创办的新式学堂达 20 多所。鲁迅正是在新式学堂接触到西方近代科学文化思想。1902 年 4 月,鲁迅考取官费留学生,负笈东洋,直到 1909 年回国。众所周知,1868 年日本实行"明治维新",完全效法英国,走上"脱亚入欧"的资产阶级近代化道路。到 19 世纪末,日本已成为新兴资本主义国家,并在"甲午海战"中打败北洋水师,迫使清廷签署《马关条约》。在留日的八年时间里,鲁迅系统学习了资产阶级文化,吸收西方现代文化思想。可以说,从十七岁到二十九岁①,鲁迅在长达十余年的时间一直浸润在资产阶级文化语境中,接受资产阶级思想的熏陶,形成了早期以"进化论"为基础的资产阶级人生观、世界观和价值观。

掌握鲁迅思想状况对于准确理解他的启蒙思想非常必要。有关鲁迅的思想转变及其阶段性,30 年代瞿秋白作过非常经典的论述。他说:"鲁迅从进化论到阶级论,从绅士阶级的逆子贰臣进到无产阶级和劳动群众的真正友人,以至于战士,他是经历了辛亥革命以前直到现在的四分之一世纪的战斗,从痛苦的经验和深刻的观察之中,带着宝贵的革命传统到新的阵营里来的。"②可以大致推断,鲁迅"从进化论向阶级论"的转变,发生在 1927—1930 年间。从时间上推断,《呐喊》、《彷徨》等小说都是创作于鲁

① 《鲁迅自传》,《鲁迅全集》第 8 卷,人民文学出版社 2005 年版,第 342—343 页。

② 瞿秋白:《〈鲁迅杂感选集〉序言》,《六十年来鲁迅研究论文选(上)》(李宗英 张梦阳编),中国社会科学出版社 1982 年版,第 2 页。

迅思想转变之前的1927年。也就是说，这些小说是鲁迅以资产阶级思想作为价值参照系，展开对中国封建文化和专制制度批判[①]的产物。鲁迅的“立人”“立国”，依据的是资产阶级新人和资产阶级国家的范型而想象的。

其次，《阿Q正传》代表鲁迅启蒙思想烛照中国社会现实所达到的前所未有的广度。如果说《狂人日记》是鲁迅对中国封建文化和历史进行批判的话，那么《阿Q正传》则是对中国社会现实的冷峻审视。正如马克思在《〈黑格尔法哲学批判〉导言》中说的：“不能使德国人有一点自欺和屈服的机会。应当让受现实压迫的人意识到压迫，从而使现实的压迫更加沉重；应当宣扬耻辱，使耻辱更加耻辱。应当把德国社会的每个领域作为德国社会的污点加以描述”[②]。《阿Q正传》对国民劣根性聚焦性揭示和批判是前所未有的，更是出于“揭出病苦，引起疗救的注意”的启蒙构想。阿Q身份的设计[③]正是基于鲁迅对中国社会本质的理性把握。鲁迅的逻辑是这样的：由绝大多数农民构成的中国社会，本质上就是乡土社会。因此，批判中国的国民性就成了批判中国的农民性问题，批判对象就必然要被设置为农民的典型。这一典型恰恰代表了“一个现代的我们国人的灵魂”[④]。毋庸赘言，鲁迅是站在资产阶级立场展开国民性批判的，包含了他一贯的“破”与“立”的思维。

---

① 《狂人日记》是五四新文学第一篇白话小说，也是第一篇“问题小说”。勿庸讳言，小说在“表现的深切和格式的特别”之外，同当时“问题小说”一样存在“思想大于形象”的问题。与“阿Q”相比较，“狂人”形象还是比较模糊的。

② 马克思：《〈黑格尔法哲学批判〉导言》，《马克思恩格斯选集》第1卷，人民出版社1972年版，第4页。

③ 鲁迅对乡土社会的认识其实是非常隔膜的。从个人经历看，他只是在儿童时代同母亲到乡下省亲。1898年便到江南水师学堂学习，接着1902年留学日本。1909年回国后从事教育工作；不久应蔡元培之邀到教育部任职。

④ 《俄文译本〈阿Q正传〉序及著者自序传略》，《鲁迅全集》第7卷，人民文学出版社2005年版，第83页。

最后,《伤逝》显示出鲁迅自我(启蒙者)解剖的深度。他说:"我的确时时解剖别人,然而更多的是更无情面地解剖自己"[①]。鲁迅个性解放与知识分子题材的创作主要有《酒楼上》、《孤独者》和《伤逝》等。一般认为,《伤逝》揭示了涓生与子君的爱情悲剧:"人必须活着,爱才有所附丽。"这个观点表面看来是没有问题的。鲁迅在1924年发表的讲演《娜拉走后怎样》就把这个问题阐述得非常清楚了:失去经济的独立,"娜拉或者也实在只有两条路:不是堕落,就是回来。"[②]鲁迅大概没有必要再用小说表达这个主题,并且是一个生活的基本常识。如果将《伤逝》置于鲁迅启蒙思想体系中加以解读,其深层次的涵义就呈现了出来。《伤逝》的主题在于揭示启蒙者与被启蒙者关系,批判启蒙者(涓生)极端个人主义的思想劣根性。

鲁迅一贯倡导个性解放,并将其视为社会解放、国家进步的基础。"外之既不后于世界之思潮,内之仍弗失固有之血脉……则国人之自觉至,个性张,沙聚之邦,由是转为人国。人国既建,乃始雄厉无前,屹然独见于天下"。[③] 但他也很清楚,个性解放和个人主义只有一步之遥。启蒙者(知识分子)在获得个性解放和精神独立之后,是极有可能滑向"极端之个人主义"[④]泥淖的。早在1907年他就意识到:"久浴文化,则渐悟人类之尊严;既知自我,则顿识个性之价值;加以往之习惯坠地,崇信荡摇,则其自觉之精神,自一转而之极端之主我。"[⑤]小说描写了在涓生启蒙下,子君已经觉醒。"我是我自己的,他们谁也没有干涉我的权利",

---

① 《写在〈坟〉后面》,《鲁迅全集》第1卷,人民文学出版社2005年版,第83页。
② 《娜拉走后怎样》,《鲁迅全集》第1卷,人民文学出版社2005年版,第166页。
③ 《文化偏至论》,《鲁迅全集》第1卷,人民文学出版社2005年版,第57页。
④ 《文化偏至论》,《鲁迅全集》第1卷,人民文学出版社2005年版,第52页。
⑤ 《文化偏至论》,《鲁迅全集》第1卷,人民文学出版社1961年版,第51页。

肯定了启蒙者的启蒙民众的社会价值，同时也揭示他们的爱情悲剧正源于启蒙者极端个人主义的思想。为了实现个人理想，渴望“翅子的扇动”，涓生主张个人奋斗，并将生活的困顿，家庭的责任推卸给子君，最后用简单的一句“我不爱你了”赶走了她。文本异常详细地刻划了涓生自私阴暗的心理，相继用“提醒”、“暗示”、“示以怒色”、“离家躲避”和“最后摊牌”等几个步骤，最终达到与子君分手的目的。即便后来听到子君死去的消息，涓生虽有内疚，但他仍从个人的前途与将来考虑，用“遗忘和说谎”做前导，“向着新的生路跨出去”(《伤逝》)。

鲁迅通过对涓生的心理刻画和再现，淋漓尽致地揭示出启蒙者极端个人主义的本质。小说的警示是凝重的。鲁迅提醒和告诫人们，一个缺乏起码的道德良知，连爱情、婚姻和家庭责任都不愿承担的启蒙者，何以担当起这个民族、社会和时代责任。鲁迅对知识分子的灵魂解剖无疑是犀利深刻的。

二、鲁迅与辛亥革命

一个普遍的看法是，鲁迅对辛亥革命是持批判性态度的。具体地讲，就是鲁迅深刻批判了辛亥革命的不彻底性和资产阶级的软弱性。我不清楚谁最先提出这个观点。茅盾似乎较早提出类似看法。1923 年，他在《读〈呐喊〉》一文中这样写道：“《阿 Q 正传》对于辛亥革命之侧面的讽刺，我觉得并不是因为作者是抱悲观主义的缘故。这正是一幅极忠实的写照，极准确的依着当时的印象写出来的。”[①]“对于辛亥革命之侧面的讽刺”可能是后来认

① 雁冰：《读〈呐喊〉》，《时事新报》副刊《文学》1923 年 10 月 18 日，第 91 期。

定鲁迅对辛亥革命批判的滥觞之一。1927 年，毛泽东在《湖南农民运动考察报告》中说："国民革命需要一个大的农村变动。辛亥革命没有这个变动，所以失败了。"[①]1939 年 5 月 4 日，毛泽东又说："辛亥革命把皇帝赶跑，这不是胜利了吗？说它失败，是说辛亥革命只把一个皇帝赶跑，中国仍旧在帝国主义和封建主义的压迫之下，反帝反封建的任务并没有完成。"[②]解放后，周扬在《阿 Q 正传》的评论中，直接指出鲁迅对辛亥革命的批判。"辛亥革命没有给农民以真正的利益，没有依靠农民，启发他们的觉悟性和积极性，引导他们走上革命的导路，这就注定了辛亥革命的必然失败。在这里，鲁迅对于农民的弱点方面的批评，同时也正是对于辛亥革命的一个严正的历史的评判。"[③]1979 年，中国社科院文学所唐弢主编的《中国现代文学史》，对鲁迅其他小说也都有类似评价。例如《药》表现了"鲁迅既痛心于群众因受到封建思想毒害而未能觉醒，更致慨于资产阶级革命的脱离群众"[④]；《风波》"暗示复辟虽然不曾成功，而生活的进行依旧没有脱离原来的轨道，既讽刺了革命的不彻底，同时也说明农民的觉醒还有待于进一步的教育。"[⑤]此后，鲁迅对辛亥革命不彻底性和对资产阶级软弱性的批判的观点，就一直为学界所认可并视为鲁迅启蒙思想最重要的现代性价值。

鲁迅启蒙思想与辛亥革命的关系是一个非常有趣的命题。我们谈论这个话题的时候需要考虑两个方面的问题。首先，"启蒙"这一概念就是资产阶级文化符号，是资产阶级思想价值的重

---

① 《湖南农民运动考察报告》，《毛泽东选集》第 1 卷，1991 年版，第 16 页。
② 《青年运动的方向》，《毛泽东选集》第 2 卷，1991 年版，第 564 页。
③ 周扬：《发扬"五四"文学革命的战斗传统》，《人民文学》1954 年 5 月。
④ 唐弢：《中国现代文学史》第 1 卷，人民文学出版社 1979 年版，第 117 页。
⑤ 唐弢：《中国现代文学史》第 1 卷，人民文学出版社 1979 年版，第 118 页。

要体现。从十五世纪欧洲“文艺复兴”,到十六、十七世纪欧陆经验主义哲学与唯理主义哲学,再到十八世纪法国启蒙主义,十九世纪德国古典主义哲学,我们可以看得很清楚。梁启超 20 世纪初提出的“新民说”,其实就是以资产阶级进化论为基础的思想启蒙。其次,鲁迅文学启蒙不仅与其“明知不可为而为之”的文化性格,以及“弃医从文”的爱国情怀有关,更与他对中国国民精神的深刻把握有极大关系。“凡是愚弱的国民,即使体格如何健全,如何茁壮,也只能做毫无意义的示众的材料和看客”,“所以我们的第一要著,是在改变他们的精神,而善于改变精神的是……当然要推文艺”①。有意思的是,鲁迅早年的这一观点却是孙中山历经一生才得出的结论。孙中山在他遗嘱中这样写道:“余致力国民革命,凡四十年,其目的在要求中国之自由平等。积四十年之经验,深知欲达到此目的,必须唤起民众……”不过,鲁迅对于文学启蒙的实际效果似乎并不肯定,甚至颇为疑惑。他曾无奈地说:“民国元年已经过去,无可追踪了,但此后倘再有改革,我相信还会有阿 Q 似的革命党出现。我也很愿意如人们所说,我只写出了现在以前的或一时期,但我还恐怕我所看见的并非现代的前身,而是其后,或者竟是二三十年之后。”②这番话是鲁迅针对钱杏邨《死去的阿 Q 时代》的诘难所作出的反批评,但也深刻阐明了文学启蒙的艰巨性、复杂性乃至虚无性。《俄文译本〈阿 Q 正传〉序及著者自叙传略》就流露出这种悲观落寞的情绪:“要画出这样沉默的国民的魂灵来,在中国实在算一件难事……我虽然竭力想摸索人们的魂灵,但时时总自憾有些隔膜。在将来,围在高墙里面的一切人众,该会自己觉醒,走出,都来开口的罢,而现在

① 《〈呐喊〉自序》,《鲁迅全集》第 1 卷,人民文学出版社 1961 年版,第 5 页。

② 《〈阿 Q 正传〉的成因》,《鲁迅全集》第 3 卷,人民文学出版社 2005 年版,第 397 页。

还少见,所以我也只得依了自己的觉察,孤寂地姑且将这些写出,作为在我的眼里所经过的中国的人生。”[①]周作人也证实,家兄“对一切事,仿佛都很悲观,譬如我们看他的《阿Q正传》,里面对于各种人物的描写,固是深刻极了,可是对于中国人的前途,却看得一点希望都没有。”[②]《野草》最能反映这个时期鲁迅对文学启蒙怀疑的情绪。[③] 1925年3月18日,鲁迅在给许广平的信中坦承:“我的作品,太黑暗了,因为我觉得唯‘黑暗与虚无’乃是‘实有’,却偏要向这些作决绝的抗战,所以很多着偏激的声音。其实这或者是年龄和经历的关系,也许未必一定的确的,因为我终于不能证实:惟黑暗与虚无乃是实有。”[④]当然,悲观并不意味着绝望,而是更为理性的认识。这个时期鲁迅精神上的苦闷,一定程度可以解释为他对文学启蒙艰巨性复杂性的深切体认。

不妨换个角度,鲁迅更关注辛亥革命这一重大历史事件所给予他的深刻启示。在他看来,辛亥革命远比文学启蒙在改变国人的精神上来得实际有效。1925年4月8日,鲁迅给许广平的信中谈及孙中山革命,他说:“我想无论如何,总要改革才好。但改革最快的还是火与剑”[⑤]。1927年4月8日,鲁迅在黄埔军校发表演讲:“中国现在的社会情状,只有实地的革命战争,一首诗吓不走孙传芳,一炮就把孙传芳轰走了。自然也有人以为文学于革

---

① 《俄文译本〈阿Q正传〉序及著者自叙传略》,《鲁迅全集》第7卷,人民文学出版社2005年版,第84页。

② 周作人:《谈鲁迅》,《大晚报》1936年10月20日。

③ 李欧梵在他《〈野草〉:希望与失望之间的绝境》(《中国现代文学与现代性十讲》,复旦大学出版社2002年版,第192页)一文中说:鲁迅在“《俄译本〈阿Q正传〉序》中,就用了更乐观语气”,显然是不符合历史事实的。《野草》时期是鲁迅一生中最为绝望甚至消沉的时期。

④ 《鲁迅全集》第11卷,人民文学出版社2005年版,第466—467页。

⑤ 《鲁迅全集》第11卷,人民文学出版社2005年版,第475页。

命是由伟力的，但我个人总觉得怀疑”①。鲁迅很自然地将辛亥革命同文学启蒙所产生的实际影响进行比照，明显流露出对孙中山领导辛亥革命的认同。

鲁迅在不少文章里都表达了对中国资产阶级先行者孙中山的敬意。第一，高度称赞孙中山中国资产阶级先行者的历史地位。在孙中山逝世一周年的纪念文章中，他说：“凡是自承为民国的国民，谁有不记得创造民国的战士，而且是第一人的？”②1927年3月，鲁迅在中山大学开学致辞中开门见山，再次赞扬孙中山的历史功绩。“中山先生一生致力于国民革命的结果，留下来的极大的纪念，是：中华民国。”③鲁迅断言：“只要这先前未曾有的中华民国存在，就是他的丰碑，就是他的纪念。”④

第二，为孙中山伟大人格和历史功绩进行辩护。据周作人回忆，当时“市人以‘孙文’为乱党一如满清时，甚至知识阶级亦在言论界上吐露敌视之意”。所以他不无感慨国人的劣根性：“孙中山先生以革命而受群众的仇恨，在习以为奴的中国民族中或者也是当然的吧。”⑤针对社会上泛起糟蹋污蔑孙中山的言论，鲁迅坚定捍卫他的人格和尊严。“他是一个全体，永远的革命者。无论所做的那一件，全都是革命。无论后人如何吹求他，冷落他，他终于全都是革命。”⑥“无论如何，中山先生的一生历史俱在，站在世间来就是革命，失败了还是革命；中华民国成立之后，也没有满足过，没有安逸过，仍然继续着进向近于完全的革命的工作。”⑦鲁

① 《革命时代的文学》，《鲁迅全集》第3卷，人民文学出版社2005年版，第442页。
② 《中山先生逝世后一周年》，《鲁全集》第7卷，人民文学出版社2005年版，第305页。
③ 《中山大学开学致语》，《鲁迅全集》第8卷，人民文学出版社2005年版，第194页。
④ 《中山先生逝世后一周年》，《鲁迅全集》第7卷，人民文学出版社2005年版，第305页。
⑤ 周作人：《孙中山先生》，《谈虎集》，河北教育出版社2002年版，第176—177页。
⑥ 《中山先生逝世后一周年》，《鲁迅全集》第7卷，人民文学出版社2005年版，第306页。
⑦ 《中山先生逝世后一周年》，《鲁迅全集》第7卷，人民文学出版社2005年版，第305页。

迅认为，正是像孙中山那样的大批仁人志士，为民族国家承受巨大苦难，才成就了民族的大幸。“他们必定自己觉得思想见识高出庸众之上，又为庸众所不懂，所以愤世嫉俗，渐渐变成厌世家，或‘国民之敌’。但一切新思想，多从他们出来，政治上宗教上道德上的改革，也从他们发端。所以多有这‘个人的自大’的国民，真是多福气！多幸运！”[①]言辞充满了对孙中山的热爱与敬仰。

第三，给予对孙中山存有偏见的市侩以辛辣嘲讽。在孙中山先生逝世的第九天，鲁迅便发表了《战士与苍蝇》一文。“战士战死了的时候，苍蝇们所首先发现的是他的缺点和伤痕，嘬着，营营地叫着，以为得意，以为比死了的战士更英雄。”[②]但不管怎么说，“有缺点的战士终竟是战士，完美的苍蝇也终竟不过是苍蝇”，“总不会超过战士的。你们这些虫豸们！”[③]鲁迅后来这样解释《战士和苍蝇》：“其实我做那篇短文的本意，并不是说现在的文坛。所谓战士者，是指孙中山先生和民国元年前后殉国而反受奴才们讥笑糟蹋的先烈。苍蝇则当然是指奴才们。”[④]当然，鲁迅并未回避中山先生存在的问题。“孙中山奔波一世，而中国还是如此者，最大的原因还在他没有党军，因此不能不迁就有武力的别人。近几年似乎他们也觉悟了，开起军官学校来，惜已太晚。”[⑤]

评价历史事件历史人物，应坚持在具体的时代和社会语境中作历史分析。既不脱离对历史条件和历史过程的全面认识和对历史规律的科学把握，也不应忽视历史必然性与偶然性之间的内在关联。翻开中国近代史不难发现，中国资产阶级对社会的认

---

① 《随感录三十八》，《鲁迅全集》第 1 卷，人民文学出版社 2005 年版，第 327 页。
② 《战士与苍蝇》，《鲁迅全集》第 3 卷，人民文学出版社 2005 年版，第 40 页。
③ 《战士与苍蝇》，《鲁迅全集》第 3 卷，人民文学出版社 2005 年版，第 40 页。
④ 《这是这么一个意思》，《鲁迅全集》第 7 卷，人民文学出版社 2005 年版，第 275 页。
⑤ 《鲁迅全集》第 11 卷，人民文学出版社 2005 年版，第 475 页。

识，经历了由表及里不断深化推进的过程，并采取相应步骤和行动加以变革，做出了卓有成效的历史功绩。1922 年，梁启超在《五十年中国进化概论》中说："近五十年来，中国人渐渐知道自己的不足了。第一期，先从器物上感觉不足。……第二期，是从制度上感觉不足。……第三期，便是从文化根本上感觉不足。"①对应于这三个阶段，中国早期知识分子以进化论为基础，有针对性地开展"洋务运动"、"戊戌变法"、"辛亥革命"和"新文化运动"，推动了中国社会的进步和发展。

从历史维度看，这四个近现代历史的重大事件环环相扣，构成了中国资产阶级恢宏的史诗。"洋务运动"促成中国近代生产力的发展和国人放眼世界的气度；"戊戌变法"试图推进"政体"改革，继而通过"辛亥革命"进行更彻底的"国体"改变，以跟进世界历史发展的潮流；"新文化运动"无疑是一次伟大的带有终结性意义的资产阶级思想文化运动。历史学者金冲认为，如果把戊戌维新视为"中国近代民主启蒙运动的真正起点"，"堪称救国图存的政治启蒙运动"②，那么稍后的"辛亥革命是 20 世纪中国发生的第一次历史性巨大变化。它在很多方面改变了中国……辛亥革命后过了七年多，中国便发生了五四运动，又过了两年多便成立了中国共产党，这并不是偶然的。"③

不可否认，辛亥革命是中国近代史上一次伟大历史事件。相较于早期的"洋务运动"和"戊戌变法"的改良性质而言，辛亥革命是一场真正意义上的资产阶级革命。所谓革命，就是一个阶级推

① 梁启超：《五十年中国进化概论》，《最近之五十年——〈申报〉馆五十周年纪念》，1922 年。

② 金冲：《救亡唤起启蒙——对戊戌维新运动的一点思考》，《辛亥革命改变了中国》，中国社会科学出版社 2011 年版，第 78—84 页。

③ 金冲：《辛亥革命改变了中国》，中国社会科学出版社 2011 年版，第 38 页。

翻另一个阶级的激进式变革，是新旧社会形态的更替和质的飞跃。因此，马克思以“革命是历史的火车头”说明其历史进步性和社会意义。辛亥革命的历史功绩体现在两个方面：一是推翻了两千多年的封建帝制，确立了资产阶级的国体和政体；二是国民的思想得到极大解放，民国的观念深入人心。正像孙中山所说：“共和是普天之下民众的选择，是世界的潮流，世界潮流浩浩荡荡，顺之则昌，逆之者亡！”所以，1915年袁世凯称帝以及1917年张勋复辟，都只能以闹剧收场。当然，任何社会革命总是在特定历史时空中进行的，具有历史的二重性：在体现出历史进步性同时，也必然在历史发展中暴露出自身局限性。这就要求我们站在一个客观节点考察鲁迅对待辛亥革命的态度。毛泽东说：“鲁迅是中国文化革命的主将，他不但是伟大的文学家，而且是伟大的思想家和伟大的革命家。鲁迅的骨头是最硬的，他没有丝毫的奴颜和媚骨，这是殖民地半殖民地人民最可宝贵的性格。鲁迅是在文化战线上，代表全民族的大多数，向着敌人冲锋陷阵的最正确、最勇敢、最坚决、最忠实、最热忱的空前的民族英雄。鲁迅的方向，就是中华民族新文化的方向。”毛泽东对鲁迅达到的思想高度所作的定论是准确的。在涉及鲁迅对待辛亥革命的态度上，就小说而言，我们只能回到鲁迅创作的现场，考察他客观真实的思想状况。如前所述，20年代前期，鲁迅思想是以进化论为核心的资产阶级思想。从理论上讲，鲁迅应该不可能也不会对资产阶级发动的辛亥革命持否定态度。

不妨重读鲁迅小说。鲁迅对待辛亥革命的态度主要集中在《阿Q正传》和《药》两篇小说中。《阿Q正传》有一个经典细节每每为人所提及，那就是封建遗老遗少赵老太爷和假洋鬼子挂上革命党的招牌投机革命。不少批评者据此认为，这是鲁迅对辛亥革命不彻底性最生动的揭示和批判。这种解释自然有其合理性。姑且我们换个角度思考，赵太爷和假洋鬼子之所以纷纷投机革命，正反映出辛亥革命汹涌澎湃的浩大声势。更何况任何一场社会革命都存在投机行为，并不是辛亥革命所独有的现象。从理论上讲，社会革命的投机行为是一种普遍现象，它通常发生在社会革命力量悬殊的早期与后期。社会革命早期阶段的投机行为往往是意志薄弱的革命者叛变或委身于反革命阵营；而社会革命后期的投机行为则正好相反，即反动分子投机革命。鲁迅《阿Q正传》“投机”细节的描写，恰恰从侧面反映辛亥革命摧枯拉朽的历史进步性。

《药》其实是描写两种死亡，以及对两种死亡的关系及价值认定。夏瑜反清被杀与华小栓吃了沾有夏瑜的“人血馒头”一命呜呼。这一方面说明资产阶级先驱者的英勇无畏，另一方面也说明思想启蒙的艰巨性复杂性。鲁迅对国民性认识更为深刻：“我觉得许多烈士的血都被人们踏灭了，然而又不是故意的。”[①]从“人血馒头”到结尾“坟场乌鸦”，启蒙者与被启蒙者的两座坟茔，显示了鲁迅巨大的精神悲哀。而夏瑜坟上“平添上一个花环”，一方面代表鲁迅对辛亥革命先烈的敬仰，另一方面也是对先烈精神的继承弘扬：“我希望有人好好地做一部民国的建国史给少年看，因为我觉得民国的来源，实在已经失传了，虽然还只有十四年。”[②]

三、鲁迅与反正统文化性格

“从来如此便对么？”这是鲁迅文化性格最准确的阐释。换句话说，《狂人日记》传达的“吃人”、“救救孩子”等现代性思想，正是

① 《忽然想到》，《鲁迅全集》第3卷，人民文学出版社2005年版，第16页。
② 《忽然想到》，《鲁迅全集》第3卷，人民文学出版社2005年版，第17页。

借助独异的反正统文化性格所产生的。缺乏这种叛逆的文化性格，鲁迅也就不称其为鲁迅了。

首先，鲁迅文化性格与浙江地域非正统文化意识有着明显的精神谱系。近代浙江地域反正统因素的出现非常复杂。第一，除了浙江缫丝行业出现的资本主义萌芽，要求摆脱封建思想束缚之外，浙江地域博学鸿儒在经历“离丧乱之后，志在经世，故多为致用之学，求之经史，得其本源，一扫明代苟且破碎之习，而实学以兴。”[①]这种经世致用的思想与清廷大力提倡“稽古右文”的文化政策产生了矛盾和冲突。针对浙江文人“经世致用”、“反清复明”的思想，清政府实施残酷的“文字狱”，打压该地域的非正统思想意识。据史料记载，从 1645 年到 1888 年，清朝兴文字狱 170 余起，其中浙江比较典型的文字狱就有“明史案”、“戴名世案”和“维止案”等等。经过雍正间的几次大的文字狱，乾嘉学风，遂由此而确立。

第二，清廷在延续科举制度笼络文人的同时，针对浙江地域实行严格的调控学额措施。特别是“维止案”引起雍正的震怒。“浙江文字甲于天下，而风俗流漓，敝坏已极，如查嗣廷、汪景祺……傲视一切……谤讪君上。”“今浙江风气如此……查氏子弟如此，必系浙人习以为常，不但藐视国宪，并且玷辱科名，应将浙江会试停止。”[②]清廷以此为借口，停止浙江乡试会试六年。第三，清廷在实施“文字狱”的同时，大力倡导考据学，用以规范引导文人的治学路径。“古文经学”考据训诂的乾嘉学风遂取代“今文经学”经世致用的思想，占据了正统主导地位。

值得注意的是，浙江民间也存在一股非正统的考据学思潮。

---

① 王国维：《沈乙庵先生七十寿序》，《观堂集林》第 23 卷。

② 《大清会典事例》第 330 卷。

其实质是明清之际深明“春秋大义”的学者反正统文化性格的体现。他们将明清易代视为继宋元之后再一次的“以夷变夏”。他们不满清廷高压的文化统治，继承“士志于道”的古训，拒与清廷合作，特立独行，“为考据而考据”，用独特的治学方式实现“以道抗势”的理想。虽然清廷的“文字狱”和学额调控有效打压了浙江文人的反清意识，但也为地域反正统文化性格的发展提供了独特的文化语境。

其次，鲁迅反正统性格与地域文化的反正统性观念关系密切。一是浙江地域儒学“六经皆史”的观念。这与今文经学的“公羊学派”有很大关联。今文经学与古文经学向来有门户之见，家法甚严。章太炎曾在《国学概论》中作过十分简洁的梳理。“自汉分古今文，一变而为南北学之分，再变而为汉宋学之分，最后复为今古文，差不多已是反原，经典的派别也不过如此。”究其原因“一为伏生之徒读之，一为孔安国读之。未读之先，皆古文矣，既读之后，皆今文矣。惟读者人不同，故其说不同，源一流二，渐至源一流百。”①浙江地域文化中今文经学思潮，十分看重史学价值，推崇“六经皆史”的思想。梁启超说：“浙东学风从梨洲、季野（万斯同）、谢山（全祖望）起以至章实斋，厘然自成一系，而其贡献最大者实在史学。”②浙人龚定庵更是把史学强调到无以复加的地步。龚定庵与章学诚的经史观念有明显代际传承关系，都把解决“当代之务”寄托在经史之学的复兴上。“章氏六经皆史之论，本主通经致用，施之政事……其说治经，乃有公羊改制之论，龚定庵言之最可喜，而定庵为文，因时袭章实斋之余绪者。公羊今文之说，其

---

① 龚自珍：《大誓答问第二十四》。

② 梁启超：《清初史学之建议》，《中国近三百年学术史》，北京市中国书店 1985 年版，第 93 页。

实与六经皆史之意相通”①。在西方进化论思想影响下，章太炎在“据乱”、“升平”、“太平”的“公羊三世说”基础上，创造性建构了“自然进化论”、“革命进化论”和“俱分进化论”的思想体系，试图对现存正统体制和思想加以变革，适应时代发展的需要。鲁迅推崇章太炎的反正统思想，认为“这才是先哲的精神，后生的楷模”②。

二是浙江地域文化形成了以“书院”和“师爷”为特征的“浙东性”。作为非正统文化现象，书院在近代浙江地域相当普遍。俞樾说：“我浙素称人文渊薮，而书院之设，亦视他省会为多。其以场屋应试诗文课士者，则有敷文、崇文、紫阳三书院在。至诂经精舍则课经义，即旁及词赋，亦多收古体，不涉特趋。”③书院成为民间与官方争夺学术影响的文化场所。这种彼此争夺与较量恰恰反映出浙江地域文化中非正统或反正统因素的广泛存在。

清廷调控学额和停止乡试会试，堵塞了文人跻身仕途的路径，许多文人不得不依靠自身学识，涉足衙门成为“师爷”。“无绍不成衙”正说明浙东文人无法晋身仕途的无奈和尴尬。一方面，没有名分的师爷无法享受官府俸禄，在封建官僚系统中倍受歧视，使他们对清廷心存不满；另一方面，师爷有扎实的文化功底和良好的学术训练，笔法“如老吏断狱，下笔辛辣，其特色不在词华，在其着眼的洞彻与措语的犀利。”④在治学方面，正像黄宗羲所说：“有一偏之见，有相反之论，学者于其不同处，正宜着眼理会，

① 钱穆：《国学概论》，商务印书馆1997年版，第433页。

② 《关于太炎先生二三事》，《鲁迅全集》第6卷，人民文学出版社2005年版，第567页。

③ 俞樾：《诂经精舍文五集序》。

④ 周作人：《地方与文艺》，《谈龙集》，河北教育出版社2002年版，第11页。

所谓一本而万殊也。”[①]师爷的学术美誉助长了他们叛逆心理。长此以往形成了反正统文化的“浙东性”。陈西滢曾说鲁迅“有他们贵乡绍兴的刑名师爷的脾气”[②],确也是经典之论。

三是浙江地域的反正统文化为接受西学异端思想提供了便利。浙江的反正统文化与被视为异端邪说备受打压的西学,自然就形成了惺惺相惜的跨文化认同,使得浙江地域文化能以开放宽容的气度接纳西方文化。甚至可以说,没有近代浙江地域中反正统文化的思维方式和话语模式,近代以来的西方现代性观念是否能在中国被认同接受似乎都很难说。特别是近代浙江文化出现了一批精通西学的知识分子,他们对西方文化认同和传播,“往往能激活中国传统中一些本处于异端或非主流的文化观念,并使之成为接受西学的中介渠道。”[③]

最后,鲁迅反正统文化性格主要表现在以下几个方面。一是个人生活道路选择。祖父的“科场案”以及父亲的痨病,使得“从小康之家而坠入困顿”。作为家中的长子,鲁迅常常先入当铺,再入药铺,然后来到父亲的床铺,感受到太多的世态炎凉。他毅然放弃读书应试的正统路子,选择备受诟病和争议的“洋务学堂”。“社会上便以为是一种走投无路的人,只得将灵魂卖给鬼子,要加倍的奚落和排斥的。”江南水师学堂为鲁迅开启了接受西方科学思想的通途。人生的第一次抉择改变了鲁迅一生。

二是颠覆文学正统观念,从事小说创作,治中国小说史。在五四新文学运动中,鲁迅对肆意歪曲新文学,竭力维护文言创作正统地位的“国故”派、“学衡”派和“甲寅”派进行了一系列反击。

---

① 黄宗羲:《明儒学案·凡例》。

② 陈西滢:《致志摩》,《晨报副刊》1926 年 1 月 30 日。

③ 杨念群:《儒学地域化的近代形成》,北京三联书店 1997 年版,第 324 页。

他的《估〈学衡〉》、《答KS君》等文章所表现出的反正统勇气和凌厉泼辣的师爷气，显然与传统地域文化保持着精神的维系。

鲁迅一方面用现代白话创作，试图破除文言一统天下的格局。《狂人日记》成为中国现代文学第一篇白话文小说，以其深刻的思想开启现代小说先河；另一方面为小说、小说家正名。中国轻视小说的传统观念由来已久，把小说视为街谈巷议，道听途说，不登大雅之堂的文类。鲁迅致力于改变这种僵化的"正统"观念，钩深致远，探赜索隐，覃心尽力治中国小说史，把小说抬升到史的地位，逐步改变人们对于小说的态度。胡适说："小说向来受文士的蔑视，但这几十年中也渐渐得着了相当的承认。"[①]这与鲁迅的贡献是分不开的。值得注意的是，鲁迅反正统精神与浙东地域文化保持密切关系，体现在他对"史"的兴趣，并且将"史"拓展到正统"经史"之外的现代学科领域。除了《中国小说史略》外，鲁迅还著有《中国地质略论》、《人之历史》、《科学史教编》等史的著作。

三是对清代朴学的深刻反思。由于清廷大力倡导和民间内敛的反正统情绪，导致清代朴学的鼎盛。胡适说："因为训诂校勘的发达，还因为古书发现和翻刻之多"，清朝可以说是"古学复兴时期"[②]。30年代，胡适对清代朴学又作出重要学术评价，他说："'朴学'是作'实事求是'的功夫，用考据作基础，考订一切古文化。其实这是一个史学的运动，是中国古文化的新研究，可算是中国的文艺复兴时代。"[③]胡适的观点代表当时学界的普遍看法，但鲁迅对此却高度怀疑，认为对清代学术评价不应仅仅停留在技术性层面上，而是一个综合性价值评估的问题。"说起清代的学

---

① 《日本译〈中国五十年来之文学〉序》，《胡适全集》第2卷，中华书局2003年版，第344页。

② 《〈国学季刊〉发刊宣言》，《胡适全集》第2卷，安徽教育出版社2003年版，第2页。

③ 《几个反理学的思想家》，《胡适全集》第3卷，安徽教育出版社2003年版，第90页。

术来,有几位学者总是眉飞色舞,说那发达是为前代所未有的。证据也真够十足:解经的大作,层出不穷,小学也非常的进步;史论家虽然绝迹了,考据家却不少;尤其是考据之学,给我们明白了宋明人决没有看懂的古书……"[①]鲁迅力图在阔大历史语境中理性评价清代朴学。"我每遇到学者谈起清代的学术时,总不免同时想:'扬州十日','嘉定三屠'这些小事情,不提也好罢,但失去全国的土地,大家十足做了二百五十年奴隶,却换得这几页光荣的学术史,这买卖,究竟是赚了利,还是折了本呢?"[②]在鲁迅看来,清廷在文化上的严酷统制,"反过来征服中国民族的心"[③],导致近代以来中华民族的屈辱与浩劫。鲁迅反正统文化性格,其怀疑和批判态度,促成了他的学术建树。

鲁迅的文学启蒙思想、对待辛亥革命的态度,以及反正统文化性格之间,存在内在的逻辑性。正是这种反正统文化性格,使得鲁迅能以宽容的气度和过人的胆识,学习吸纳西方资产阶级的现代思想,义无反顾展开文学启蒙,努力实现"立人"、"立国"的伟大梦想。

---

① 《算账》,《鲁迅全集》第 5 卷,人民文学出版社 2005 年版,第 542 页。
② 《算账》,《鲁迅全集》第 5 卷,人民文学出版社 2005 年版,第 542 页。
③ 《算账》,《鲁迅全集》第 5 卷,人民文学出版社 2005 年版,第 542—543 页。

第四章　周作人民俗趣味与京派审美选择

一

中国现代民俗学学科的创立是与周作人联系在一起的。1913年他最早将西方民俗学概念介绍到中国。然而，周作人民俗学思想渗透了浓厚的文学趣味。在中国第一个民俗学刊物《歌谣周刊》的发刊词中，他倡导在“学术”研究的同时重视民俗“文艺”功能，以“引起当来的民族的诗的发展”。《歌谣》一文则将“文艺”置于民俗学研究的首位。文艺位置的变化反映了周作人对民俗文学性的偏爱。在《歌谣》、《猥亵的歌谣》、《歌谣与妇女》中，周作人认同 Halliday 教授关于民间故事研究主要是文学史研究的观点。把民间文学纳入文学史范畴反映了他对文学现代性的深刻理解。《歌谣》指出：民间文艺“最强烈最有价值的特色是他的真挚与诚信，这是艺术品的共通的精魂”，“于文艺趣味的养成是极有益的”①。神话是艺术的土壤。周作人对神话的兴趣并非如他所说只喜欢读杂书，而是无法摆脱的文学情结。《神话与传说》、《续神话的辩护》、《神话的趣味》等一再强调神话之于文学的

① 周作人：《歌谣》。

趣味和价值。此外,周作人研究童话的兴趣也侧重文艺。对民俗文学性趣味的关注,既是周作人对作家身份的主体确认,也与“五四”人的文学思潮有直接关系。

周作人民俗趣味包含独到的前瞻意识和文化理性。他说:“歌谣是民族的文学。这是一民族之非意识的而是全心的表现,但是非到个人意识与民族意识同样发达的时代不能得着完全的了解和尊重”①。在他看来,人的意识、民族意识的觉醒,是理解民间歌谣价值的前提。这就涉及到作家启蒙方式以及启蒙视角的选择。因此,周作人提出文化的“三角塔”概念。这一文化视角对于考察国民性和新文学创作具有方法论意义,即通过日常民俗生活揭示民众心理结构和精神状态,为新文学创作提供科学的切入点。

周作人把民俗学研究与新文学建设发展相联系。为了给初期新文学补偏救弊,他提出文学世界化的设想。“强烈的地方趣味也正是‘世界的’文学的一个重大成分。具有多方面的趣味,而不相冲突,……这是‘世界的’文学的价值”②。而民俗是承载“地方趣味”最直观的文化标识。推崇“自由地发表那从土里滋长出来的个性”,“无论说的是隐逸或是反抗,只要是……真的心搏……便都有发表的权利与价值。”③周作人提倡的“地方与文艺”,本质上是要求文学表达现代意识的同时,重视丰富感性的民俗生活。惟其如此,文学“国民性,地方性与个性”才得以展现,世界的文学价值就能实现。当时《小说月报》也重视国民性的揭示对于新文学的意义。“一国之文艺为一国国民性之反映,亦惟能

---

① 周作人:《〈潮州畲歌集〉序》。
② 周作人:《〈旧梦〉序》。
③ 周作人:《地方与文艺》。

表见国民性之文艺能有真价值，能在世界的文学中占一席地。”[①]无论是“‘世界的’文学”的倡导，还是“乡土艺术”的提出，民俗都是周作人关注的重要因素。

趣味是周作人频繁使用的语汇。趣味是他创作的重要趣旨，也是审美心理的概括，体现了个性化的经验表达。首先，周作人的民俗趣味表现在对古今中外民俗学知识广征博引。民俗学构成他现代思想的一极。用他自己的话说，就是“对于中国封闭的文化结构，起着强烈的震撼和启蒙作用，特别是以文化来镇住愚昧，以渊博来镇住固陋，这方面的战斗效果非常之大”[②]。其次，民俗趣味显示审美感知的个性特色。个性意识是五四新文学与传统文学最本质的区别。这是“个人以人类之一的资格，用艺术的方法表现个人的感情，代表人类的意志，有影响于人间生活幸福的文学。”[③]最后，民俗趣味与言志文学相关联。言志是新文学创作的重要现象。《中国新文学的源流》中，周作人对言志和载道作了简洁界定：“言他人之志即是载道，载自己之道亦是言志。”[④]在别的文章里他补充说：“文学上永久有两种潮流，言志与载道。二者之中，则载道易而言志难。”[⑤]可见，趣味的言说符合人的解放和抒情言志的时代潮流。

趣味不仅是美学概念，也是身份认同的文化符号。周作人民俗趣味折射出传统文人名士的清高，趣味的言说流露出对儒雅身份的自恋。如果说他早期的趣味是出于对文学现代性追求的话，

---

① 1921年1月10日《小说月报》“改革宣言”。

② 舒芜：《两个鬼的文章——周作人的散文艺术》，《周作人的是非功过》人民文学出版社1993年版，第265页。

③ 周作人：《新文学的要求》。

④ 周作人：《中国新文学的源流》。

⑤ 周作人：《金鱼》。

那么在新文化运动落幕后，趣味的言说则成了闲适的托词。在《〈草木虫鱼〉小引》里，周作人对自己趣味选择是这样说的："我觉得此刻有许多事不想说，或者不好说"；"只可挑选一下再说，现在便姑且择定了草木虫鱼。"①周作人趣味的改变反映出他的思想转型。需要指出的是，思想杂色是五四知识分子普遍存在的文化现象。对周作人这样一位文化大家来说，思想的丰富性复杂性可想而知。准确地说，思想转型是他深刻反思而绝非现代性的遗弃。知识结构和观念体系造就了他不可能也不会放弃现代意识的主体性追求。然而"由信仰而归于怀疑"确是不争的事实。曹聚仁指出这一转型背后蕴含着个人主义、趣味主义的思想动机。尽管周作人思想变化与创作转型不同步的现象耐人寻味，但无论前期新文学精神的现代阐释，还是后来个人化的情绪表达，都可纳入到"趣味"之中，使之成为极具包容性和歧义性的概念。

周作人民俗趣味反映了他独有的文化批评姿态。他不像鲁迅那样无所顾忌，任意而谈，而是采用稳妥策略表述自己的"闲话"。例如，他在《语丝》推出过"大家的闲话"、"我们的闲话"等专栏。周作人的趣味言说，在常人眼中是闲适优雅的风度，可在他本人看来，闲适中带有"苦味"②。1942 年，周作人在《药味集》序中写道："拙文貌似闲适，往往误人，唯一二旧友知其苦味。"③《风雨谈》后序更挑明地说："闲适原来是忧郁的东西"④。说到底，言不由衷正触及周作人现代灵魂的苦痛。曹聚仁在《申报·自由谈》发表文章指出，周作人"谈狐说鬼"给人一副"厌世冷观"的表象下，仍有"冷灰底下燃烧着"的"炎炎之火"。不管怎么说，周作

① 周作人：《〈草木虫鱼〉小引》。
② 周作人：《〈药味集〉序》。
③ 周作人：《〈药味集〉序》。
④ 周作人：《〈风雨谈〉后序》。

人趣味言说在文化圈引发的共鸣，反映特定时期知识分子的文化心态。

二

周作人的民俗学“深深地打上了柳田国男‘乡土研究’的烙印，使他于童话、神话、习俗的研究外，又注意到了平常人的日常生活方式及民间歌谣、传说的研究。”[①]乡土研究实际上是国民生活研究。而作为民众生活的多棱镜，民俗往往与乡土世界保持着最为生动的关系。周作人民俗趣味对京派题材取向的影响，主要体现在重视民俗事象描写，造成乡土题材作品的大量涌现。立足于审美趣味表达，京派作家通过对民俗书写，确立对现代文明反思批判的价值立场。就创作论，我们把京派认定为一个描摹民俗风情的乡土文学流派大致是不错的。

周作人民俗趣味显示个性化审美特色，导致京派创作呈现“无主题”样态。无主题是相对于主流叙事的边缘化主题。京派文人强调文学本体论和作家主体性，与政治、社会保持一定距离，追求“理性”“和谐”“恰当”“节制”的审美趣味。但这种个性审美主题存在不断弱化的态势。在周作人看来，无论宏大历史叙事还是个人化叙事，都应坚持宽容态度。“文艺的生命是自由不是平等，是分离不是合并”。文艺的宽容就是尊重审美选择的差异性和艺术创作的多样性。“文艺以自己表现为主体”，而“统一”、“平等”、“服从多数”[②]的规范，无疑阻碍作家个性才情的发挥。因此

① 钱理群：《周作人论》上海文艺出版社 1991 年版，第 168 页。
② 周作人：《文艺上的宽容》。

周作人主张“自由思想，独立判断，和美的生活”①的创作理念。他说：“依了个人的趣味随意酌定，没有什么一定的规律……大家要说什么都是随意，唯一的条件是大胆与真诚”②。周作人的散文小品典型代表了个性趣味的风格。“无主题”题材取向不仅是他审美趣味的生动演示，更是京派作家高度自觉的结果。例如，沈从文提倡创作“反差不多”运动，主张将题材的多样化“在作家间成为一个创作的基本信条”③。废名不隐瞒对符合自己趣味的题材偏爱：“别方面的东西我也能够写，但写的时候自己就没有兴趣，独有这一类兴趣非常大”④。由趣味引发疏离主流叙事的创作倾向，体现了作家主体意识的自觉。

在文学创作与接受方面，趣味是主体对客体的审美感知，也是周作人审美评价的标准。就民俗感知和体验来说，周作人领悟到“朴素之中自有真味”。《故乡的野菜》、《喝茶》、《乌篷船》以及“草木虫鱼”等散文系列，“用平淡的谈话，包藏着深刻的意味”。⑤ 这类民俗无疑具有“明净的感情与清澈的智理”的“雅趣”。至于那种颠覆传统秩序，流露滑稽诙谐的民俗，周作人同样怀有兴味。在《谈“目连戏”》中，他说：“这些滑稽当然不很‘高雅’，然而多是健壮的，与士流之扭捏的不同，这可以说是民众的滑稽趣味的特色”，但“实在是国民性的一斑，在我们的趣味思想上并不是绝无关系”。⑥ 虽然民间雷公的笑话和春画，“实在可以说是大不敬”，但“这样的洒脱之趣我最喜欢，因为这里有活力与

---

① 周作人：《语丝》发刊词。

② 周作人：《答伏园论“语丝的文体”》。

③ 沈从文：《作家间需要一种新运动》，《沈从文全集》第 17 卷，北岳文艺出版社 2002 年版，第 108 页。

④ 废名：《〈竹林的故事〉赘语》。

⑤ 胡适：《五十年来中国之文学》。

⑥ 周作人：《谈“目连戏”》。

生意。可惜中国缺少这种精神”[①]，并指出“艺术的道德化之力，……在于他的超过我们经验以外的能力，能够满足而且调和我们本性中不曾充足的活力。”[②]这种“辛辣而仍有点蜜味”[③]的“谐趣”（滑稽趣味），是“一种使人沉重与深思的内在力量”，“生活的严正更需这种感情的操练”。“从这方面看来，艺术正是情绪的操练”。[④] 有趣的是，沈从文也将创作视为“情绪的体操”[⑤]。周作人还认同蔼理斯的观点，认为“排斥宗教的禁欲主义，但以为禁欲亦是人性的一面，欢乐与节制二者并存，且不相反而实相成”，“生活之艺术，其方法只在于微妙地混合取与舍二者而已”[⑥]。文艺创作也可作如是观。周作人说：“以平民的精神为基调，再加以贵族的洗礼，这才能够造成真正的人的文学。”[⑦]可见，周作人是将民俗的“雅趣”（理性、克制）与“谐趣”（感性、放纵）置于一种互补结构中观照。他“觉得比较的中意，能够表出一点当时的情思和趣味”[⑧]的文章，是这种“雅趣”“谐趣”共生的民俗生活。对民俗趣味的审美感知，体现了周作人美学追求中的辨证法思想。

趣味不仅是周作人散文小品的亮点和特色，而且在京派小说中也得到充分体现。例如禅宗之于废名，民间工艺之于汪曾祺，民俗生活演绎了平和自足的“日神”心态，一种理性的传统文化形态；沈从文则主要展现“酒神”民俗的气质，一种“狂欢化”的民间

---

① 周作人：《关于雷公》。
② 周作人：《文学与道德》。
③ 周作人：《北京的风俗诗》。
④ 周作人：《文学与道德》。
⑤ 沈从文：《情绪的体操》，《沈从文全集》第17卷，北岳文艺出版社2002年版，第216页。
⑥ 周作人：《生活之艺术》。
⑦ 周作人：《贵族的与平民的》。
⑧ 周作人：《〈泽泻集〉序》。

文化形态。用周作人“生活的艺术”标准来看，《边城》《长河》将“日神”“酒神”审美整合，代表了作家最高的艺术成就。

在审美意境方面，周作人民俗趣味同样影响京派创作。意境或境界的生成须具备一定条件。一方面，“诗的境界是用‘直觉’见出来的”“一个独立自足的意象”①。周作人散文小品的审美意象大都与民俗生活有关。这些民俗“在思索和联想之中，……突然显现于脑海或出现于眼前，使人心旷神怡，忘怀一切。”②另一方面，“所见意象必恰能表现一种情趣”③。周作人创作散文小品就是因为描写对象的趣味性。例如，“乌篷船”表现出“在人与自然和谐的交响中，获得一种生命的趣味”。“卧在乌篷船里，静听打篷的雨声，加上欸乃的橹声，以及‘靠塘来，靠下去’的呼声，却是一种梦似的诗境”④。有意思的是，沈从文也有极其类似的描述：“我卧在船舱中，就只听到水面人语声，以及橹桨激水声，与橹桨本身被扳动时咿咿哑哑声。河岸吊脚楼上妇人在晓气迷濛中锐声的喊人，正如同音乐中的笙管一样，超越众声而上。河面杂声的综合，交织了庄严与流动，一切真是一个圣境。”⑤这种叙述的巧合是否蕴涵了他们对客体世界相同的审美情趣和艺术感受？“喝茶”自然“不在果腹”，而是“鉴赏其色与香与味”，有一种“得半日之闲”，“抵十年的尘梦”⑥的闲情逸致。用文载道的话讲，就是“食味的真正价值，怕不在于食品的本身，主要还在食品中的风土性和他的诱惑力，以及食时的情调，由此而引起食者的心理与情

① 《朱光潜全集》第 3 卷，安徽教育出版社 1987 年版，第 51—54 页。

② 钱念孙：《朱光潜与中西文化》，安徽教育出版社 1995 年版，第 338 页。

③ 《朱光潜全集》第 3 卷，安徽教育出版社 1987 年版，第 34 页。

④ 周作人：《乌篷船》。

⑤ 沈从文：《一个多情水手与一个多情妇人》，《沈从文全集》第 11 卷，北岳文艺出版社 2002 年版，第 259 页。

⑥ 周作人：《喝茶》。

绪的配合，这样才称得到'享受'，而'生活的艺术'也备于此中了。"[①]至于乡土世界遗留的陈规陋习，周作人也觉得"对于狂妄与愚昧之察明乃甚至虚无的世间第一有趣味的事。"[②]当然，只有那些触动心灵，产生或喜悦或悲哀，或欣慰或惆怅，引起情感共鸣的事象才可能成为主体审美的意象。这种意象与情趣的融合，构筑了周作人的美学趣味。周作人的趣味美学对京派散文影响显而易见。何其芳的《画梦录》注重意象与情趣的营造。诗人说："我的工作是在为抒情的散文中发现一个新的园地。我企图以很少的文字制造出一种情调：有时叙述着一个可以引起许多想象的小故事，有时是一阵伴着深思的情感的波动，正如以前我写诗一样入迷，我追求着纯粹的柔和，纯粹的美丽。一篇两三千字的文章的完成往往耗费两三天的苦心经营，几乎其中每个字都经过我的精神的手指的抚摸"。[③]《大公报》评价《画梦录》："是一部独立的艺术制作，有它超达深渊的情趣"。[④] 可见，周作人的"趣味"，与严羽的"兴趣"、王国维的"境界"是相通的，故常为京派文人所标举。

周作人保持一贯的审美情趣，并通过对文体的选择体现审美趣味和人格精神。童庆炳认为："文体是指一定的话语秩序所形成的文本体式，它折射出作家、批评家独特的精神结构、体验方式、思维方式和其他社会历史、文化精神。""从表层看，文体是作品的语言秩序、语言体式，从里层看，文体负载着社会的文化精神

---

① 文载道：《关于风土人情》，《古今》1942 年 12 月第 3 期，参见《中国沦陷区文学大系》（散文卷）广西教育出版社 1998 年版，第 213 页。

② 周作人：《伟大的捕风》。

③ 何其芳：《〈还乡杂记〉代序》，《何其芳文集》第 2 卷，人民文学出版社 1982 年版，第 127—128 页。

④ 王兆胜：《中国现代"诗的散文"发展及其嬗变》，《中国文学研究》2000 年第 4 期。

和作家、批评家的个体的人格内涵。"[①]周作人趣味表达主要集中在"个人文体"上,给京派抒情性审美书写和文体的随笔化散文化打上鲜明烙印。在他看来,与日记、尺牍相似,随笔、散文等文体呈现出"比别的文章更鲜明的表出作者的个性"[②],更适宜表达个人审美情趣。可以这么说,抒情文体的选择不仅是叙述方式的问题,而且具有文体解放的价值。小品散文的个性化及其松散的文本结构深刻影响了小说体式的演进。早在1920年,周作人就提出"抒情诗的小说"概念:"小说不仅是叙事写景,还可以抒情"[③]。具体来说,就是把现代散文议论、抒情的元素融入到小说创作中,造成小说散文化文体特征。在《明治文学之追忆》中,周作人坦言"对于一般小说不怎么喜欢",但"有些不大像小说的,随笔风的小说""倒颇觉得有意思"[④]。周作人常常以"趣味"言说自得,用"趣味"称文许人。京派作家中要算废名受到周作人影响最大。废名小说的"禅趣"、"理趣"和"涩味"也最为周作人赏识。他这样评价废名的《桃园》,"……简洁而有力的写法,虽然有时候会被人说是晦涩。这种文体于小说描写是否唯一适宜我也不能说,但在我的喜含蓄的古典趣味(又是趣味!)上觉得这是一种很有意味的文章"[⑤]。在《〈枣〉和〈桥〉的序》里,他"觉得废名君的著作在现代中国小说界有他独特的价值者,其第一的原因是其文章之美",并刻意把《桥》若干章节作为散文选入《中国新文学大系》并这样说明:"废名所作本来是小说,但是我看这可以当作小品散文读,不,不

① 童庆炳:《文体与文体的创造》,云南人民出版社1994年版,第1页。
② 周作人:《日记与尺牍》。
③ 周作人:《〈晚间的来客〉译后附记》。
④ 周作人:《明治文学之追忆》。
⑤ 周作人:《〈桃园〉跋》。

但可以，或者这样更觉得有意味亦未可知。”[①]更是把《莫须有先生传》看成是“从新的散文中间变化出来的一种新的格式”[②]。废名当然清楚自己小说散文化倾向。在《〈桥〉的附记》中他说：“无论是长篇或短篇我一律是没有多大的故事的……我的长篇，于四年前开始时就想兼有一个短篇的方便，即是每章都要它自成一篇文章”[③]，并以小说人物的口吻说：“最要紧的是写得自然，不在乎结构，此莫须有先生之所以喜欢散文。”[④]

对审美趣味看重也导致沈从文小说的散文化风格，表现在小说或主观或客观的“抒情”。沈从文在《〈石子船〉后记》中写到：“从这一小本集子上看，可以得一结论，就是文章更近于小品散文，于描写虽同样尽力，于结构更疏忽了。照一般说法，短篇小说的必需条件，所谓‘事物的中心’，‘人物的中心’，‘提高’或‘拉紧’，我全没有顾全到。也象是有意这样作，我只平平的写去，到要完了就止。”[⑤]作家有意在小说创作中“注入一种诗的抒情”成分，进而影响到他的小说风貌。读者常常有这样一种感觉或印象，沈从文虽然描写了不少血腥恐怖的情节和场景，但读者并不因此而感到恐惧。其实，这与小说散文化叙事，以及作家趣味审美的提纯有关，形成了“与当初的实生活隔了模糊的界”，导致可怖场景的淡化消弭。废名曾引莎士比亚戏剧对这一现象加以说明：“莎士比亚的戏剧多包含可怖的事实，然而我们读着只觉得他是诗”，并认为“艺术的成功也就在这里”。[⑥] 另外，小说散文化叙

① 周作人：《〈中国新文学大系·散文一集〉导言》。
② 周作人：《〈莫须有先生传〉序》。
③ 周作人：《〈桥〉的附记》。
④ 废名：《莫须有先生坐飞机以后》，
⑤ 沈从文：《〈石子船〉后记》。
⑥ 废名：《说梦》，《废名文集》东方出版社 2000 年版，第 55 页。

事与短句叙事及发散性思维有关。“从某种意义上说,西方的句子是一种焦点透视……一般说来,西方语言句子的谓语必然是由限定动词来充当的。这个限定动词又在人称与数上与主语保持一致关系。……西方句子的这种样态,就像西方的油画一样,采用的是严格的几何形的焦点透视法。”而“汉语句子的思维不是采用焦点透视的方法,而是采用散点透视的方法,形成了独特的流水句的格局。这很像中国画的透视”①。沈从文叙事风格,恰如塔比亚斯从一把平常的椅子上看到“整个宇宙”:“想想当初砍这根木头的人,他的双手和汗水,想想这根木头从前有一天原是一棵参天大树,生机盎然地长在崇山峻岭茂密的树林里,还想想做这把椅子的人热情的工作,和买椅子的人的快乐,还有,这把椅子又曾抚慰过多少劳累,承受过几多痛苦和欢乐,在一个宽敞的沙龙里,或者也许在远郊一间寒伧的吃饭间里。”②芦焚创造了一种类似散文的“笔记体的小说”。《果园城记》若干小说被选作散文的现象,也说明其创作突破了小说散文的传统界限。汪曾祺在晚年仍羡慕周作人对废名小说的经典评价:“周作人曾说废名是一个讲究文章之美的小说家。又说他的行文好比一溪流水,遇到一片草叶都要去抚摸一下,然后又汪汪地向前流去。这说得实在非常好。”③流露出对散文化小说的喜爱。

周作人审美趣味导致小说随笔化的创作潮流引起文坛注意。1934 年 4 月 18 日,穆木天在《申报·自由谈》上发表了《小说之随笔化》,指出“现在中国文坛有一个现象是值得注意的。那就是小说之随笔化。”不久,作者又在同一栏目发表《随笔与小说》,分

---

① 申小龙:《中国句型文化》东北师范大学出版社 1991 年版,第 445—452 页。

② [西]塔比亚斯:《艺术实践》浙江摄影出版社 1989 年版,第 61 页。

③ 汪曾祺:《万寿宫丁丁响(代序)》,《晚翠文谈新编》,生活·读书·新知三联书店 2002 年版,第 240 页。

析这种创作现象“同近来的幽默小品、心境随笔之发达”，“与中国的社会环境”的关系并得出这样的结论：“小说之散文随笔化这种倾向，大体上说，总不是向上的倾向，其中是含着退避的要素的。”而解决问题的关键就是“生活充实之追求”。苏雪林在肯定沈从文小说成就的同时，也把不足之处归结为“过于随笔化”：“好像是专门拿 essay 的笔法来写小说”。“作者写文字时信笔挥洒不着意”造成了这样一个结果：“他用一千字写的一段文章，我们将它缩成百字，原意仍可不失。”①小说审美见仁见智。简约和繁复都是小说艺术的表达方式，并不存在孰优孰劣的问题。苏雪林的论述毋宁说是对京派小说随笔化、散文化趣味的揭示。从理论上讲，审美体验本质上是拒绝语言表述的。可作家在表达主体体验时往往呈现两种截然不同的情况：一种如沈从文的从容绵密，一种像废名的凝练含蓄。小说随笔化叙事隐含着主体发散性的思维特征，是对传统线性叙事的突破和超越。这种小说叙事在注重主体心理世界真实体验的同时，强调对客体世界的真切感知，蕴涵着丰盈的艺术张力和审美情趣，也备受京派作家的青睐。沈从文并不讳言自己小说随笔化的趣味：“我还没有写过一篇一般人所谓小说的小说，是因为我愿意在章法外接受失败，不想到在章法内得到成功”②。废名似乎更热衷于趣味审美不能自拔。“文艺方面、思想方面，或而至于讲闲话，玩古董都是料不到的，笑骂由你笑骂，好文章我自为之，不好亦知其丑，如斯而已”③。京派把随笔化散文化写作引入小说，重视文本意境营造，削弱传统小说情节中心化功能，在创作领域体现周作人的趣味美学。

---

① 苏雪林：《沈从文论》，《苏雪林选集》安徽文艺出版社 1989 年版，第 460 页。
② 沈从文：《〈石子船〉跋》。
③ 废名：《〈骆驼草〉发刊词》。

审美趣味化导致的小说随笔化散文化的倾向，还影响京派批评的写作模式。李健吾认为："批评家……不仅说出见解，进而企图完成批评的使命，因为它本身也正是一种艺术"[①]。他的批评在传达出即时性审美感受和主观印象的同时，写作上往往放任思绪"跑野马"或"借题发挥"，批评文字形象隽永、抒情摇曳。内容与形式都很好传达出印象主义批评讲究感觉、印象的特征。例如，朱自清称赞朱光潜文论象散文一样"行云流水，自在极了"[②]。梁宗岱、李长之、沈从文等人的批评文章也都出落得如美文一般。京派自觉追求批评文本的审美品性，诚如周作人在《文艺批评杂话》中说："只要表现自己而批评，并没有别的意思，那便也无妨碍，而且写得好时也可以成为一篇美文，别有一种价值"。总之，创作与批评随笔化的背后，无疑隐含了京派对于审美趣味的热衷和自觉。

三

周作人民俗审美影响了文艺批评。如前所述，他的民俗趣味体现为非功利的趣味审美。"我很看重趣味，以为这是美也是善，而没趣味乃是一件大坏事。这所谓趣味里包含着好些东西，如雅，拙，朴，涩，重厚，清朗，通达，中庸，有别择等，反是者都是没趣味。"[③]趣味既与审美客体有关，也与审美主体话语表达存在关联。俞平伯文白杂糅所调制出的特殊趣味颇合周作人脾胃："以

① 李健吾：《〈咀华集〉跋》。
② 朱自清：《〈文艺心理学〉序》。
③ 周作人：《笠翁与随园》。

口语为基本，再加上欧化语，古文，方言等分子，杂揉调和，适宜地或吝啬地安排起来，有知识与趣味的两重统制”[①]。出于对趣味的热衷和喜爱，他视俞平伯散文“为近来的一派新散文的代表，是最有文艺意味的一种”。关于趣味审美，朱光潜等人进行了阐发和解读。朱光潜认为：“趣味无可争辩，但是可以修养。文艺批评不可抹视主观的私人的趣味，但是始终拘执一家之言者的趣味不足为凭。文艺自有是非标准，但是这个标准不是古典，不是‘耐久’和‘普及’，而是从极偏走到极不偏，能凭空俯视一切门户派别者的趣味，换句话说，文艺标准是修养出来的纯正的趣味。”[②]周作人的趣味审美虽然具有典型性，但这只是他个人的审美情怀。由于主体的差异性，趣味审美没有一个普适性的鉴赏标准。“个人在文艺上不妨各有他的一种主张，但是，同时不可不有宽阔的心胸与理解的精神去赏鉴一切的作品”，进而反对“主张自己判断的权利，而不承认他人中的自我”的独断[③]。在周作人看来，宽容正是基于事物本质的把握。“文艺上的宽容”不仅是文艺发达的基本条件，也是养成纯正趣味的必要前提。

由周作人民俗趣味发展而来的趣味审美不可避免地带有历史局限性。如果说他沉溺于一己趣味不能自拔的话，那么沈从文、朱光潜等人则以发展的眼光看待审美趣味了。与五四文学精神相一致，早期周作人坚决反对和批判文学的“把人生当作游戏、玩弄，笑谑”，“反生物性的人生观的恶趣味”。[④] 后来他闲适隐逸的个人趣味遭致了广泛批评。沈从文看出周作人趣味中隐藏的危机。他说：“人生文学的不能壮实耐久，一面是创造社的兴起，

① 周作人：《〈燕知草〉跋》。
② 《朱光潜全集》第3卷，安徽教育出版社1987年版，第34页。
③ 周作人：《文艺上的宽容》。
④ 周作人：《恶趣味的毒害》。

也一面是由于人生文学提倡者同时即是'趣味主义'讲究者。趣味主义的拥护,几乎成为文学见解的正宗,……但这趣味使人生文学不能端重,失去严肃,琐碎小巧……"[①]朱光潜也意识到,作家如果沉溺于个人的趣味而"不能表现民众的情趣,也不能打动多数民众的情趣",势必导致"一个民族的精神的衰落"[②]。至于周作人等人的语言趣味,沈从文也提出自己的看法:"……周作人、俞平伯等人,散文中糅杂了文言文,努力使它在这类作品中趣味化,且从而非意识的或意识的感到写作的喜悦,这'趣味的相同',使冯文炳君以废名笔名发表了他的新作,我觉得是可惜的。这趣味将使中国散文发展到较新情形中,却离了'朴素的美'越远……"[③]

对"趣味"的评述从一开始就存有分歧并逐渐走上了极端,即由中性的美学概念,演变为负面的价值判断。向培良曾将周作人个性审美归结为"低徊趣味"。[④] 成仿吾则从政治意识形态角度,把趣味审美看成是"有闲的资产阶级"的"玩意"[⑤],这种现象是耐人寻味的。就连鲁迅也说:"……说到'趣味',那是现在确已算一种罪名了"[⑥]。周作人也意识到:"在这个年头……说起风致以及趣味之类恐怕很有点违碍"[⑦]的。

一个时代总会有不同的声音。五四时期"注重从文学与社会人生的关系去考察文学的思潮同时,又兴起了注重从文学与作家(以及批评家)主观精神世界的联系去考察文学的思潮,周作人即

---

① 《沈从文文集》第 12 卷,花城出版社 1984 年版,第 94 页。
② 《朱光潜全集》第 9 卷,安徽教育出版社 1987 年版,第 338—340 页。
③ 《沈从文文集》第 11 卷,花城出版社 1984 年版,第 99 页。
④ 向培良:《关于周作人》,《在家和尚周作人》四川文艺出版社 1995 年版,第 105 页。
⑤ 成仿吾:《从文学革命到革命文学》。
⑥ 周作人:《〈奔流〉编校后记》。
⑦ 周作人:《〈杂拌儿〉题记(代跋)》。

是这一思潮的重要代表人物。”[①]周作人民俗趣味，说穿了就是审美趣味和知性趣味的统一，是主体之于客体的感知和印象。周作人散文小品，明眼人都看出“是在印象的抒写”[②]，他的文艺批评也更多传达出审美主体的当下情绪、感受和反应。在《文艺批评杂话》里，周作人主张“批评是印象的鉴赏，不是法理的判决”，摒弃用理论术语构建文学批评的做法，主张表达个人的主观感受、自由联想、瞬间反应乃至审美直觉。这种以“印象和比喻为核心的整体、综合、直接的体味和观照”[③]的批评，显然比纯粹说理少了几分严肃，多了几分灵动洒脱的趣味。“序”和“跋”是周作人文艺批评的重要方面。他本人也认为序跋的写法是有区别和讲究的。不过，看看周作人的序跋，其实也没有什么不同，都是“随感地写出一点印象”[④]。例如，《〈杂拌儿〉跋》传达了一种印象：“这风致……是那样地旧而又这样地新”，“好象是一条湮没在沙土下的河水，多少年后又在下流被掘了出来”。《竹林的故事》淡雅柔和的意境，他感觉“正如一个人喜欢在树阴下闲坐，虽然晒太阳也是一件快事”[⑤]。特别是《莫须有先生传》给周作人带来丰富的联想和想象：“好象小时候来私塾背书”，“想不出，待打得出”；也“好象是一道流水……凡有什么汊港湾曲，总得灌注萦洄一番，有什么岩石水草，总要披拂抚弄一下子才再往前去，这都不是他的行程的主脑，但除去了这些也就别无行程了”；又“好象是风，——说到风我又不能不想起庄子来”[⑥]。恰如朱光潜所说：“情趣是感受

---

① 钱理群：《周作人论》上海文艺出版社 1991 年版，第 221 页。

② 徐蔚南：《〈倥偬〉序》。

③ 郭宏安：《走向自由的批评》(代后记)，《李健吾批评文集》珠海出版社 1998 年，第 326 页。

④ 周作人：《〈燕知草〉跋》。

⑤ 周作人：《〈竹林的故事〉序》。

⑥ 周作人：《〈莫须有先生传〉序》。

来的，起于自我的，可经历而不可描绘”。何其芳也有类似的看法：“文艺什么也不为，只为了抒写自己，抒写自己的幻想、感觉、情感”。[①] 趣味审美表达似乎也存在一个两难命题：一是趣味表达依赖语言，“内在的精神状态常常在其表现中依赖于语言行为……因为通过言说，参照的语境得以知晓”[②]；一是语言在审美表达上又显示出不充分性。或许正是这种表达的不充分性，所指能指间的差异性，以及审美体验的不确定性，却带来了“言不尽意”、“言外之意”的审美蕴藉。不论是把趣味看成主观印象，个人体验，抑或是审美直觉，这种超语言审美现象，恐怕都不是用逻辑可以阐明的东西，只能借助比喻、类比、联想、想象等修辞手法直觉地接近于意义。难怪周作人常常觉得“说了好些话终于不得要领”[③]，可他仍抱着“以不切题为宗旨”[④]的趣旨。“不得要领”当然是周作人自谦，更是他随感批评的任心和随意，当然也足见其批评功力。郁达夫说：“周作人的文体，又来得舒徐自在，信笔所致，初看似乎散漫支离，过于烦琐！但仔细一读，却觉得句句含有分量。一篇之中，少一句就不对，一句之中，易一字也不可，读完之后，还想翻转来从头再读的。”[⑤]丰富的生活体验，深厚的文化学养，使得周作人擅长用形象化修辞和自如从容的话语，表述复杂的审美趣味，成为京派作家竞相师法的批评范式。

谈到趣味，自然就牵涉到审美把握的问题。周作人对民俗趣

---

① 何其芳：《〈夜歌和白天的歌〉初版后记》，《何其芳文集》第 2 卷，人民文学出版社 1982 年版，第 253 页。

② 高友工：《中国抒情美学》，《北美中国古典文学研究名家十年文选》，江苏人民出版社 1996 年版，第 11 页。

③ 周作人：《〈桃园〉跋》。

④ 周作人：《〈长之文学论文集〉跋》。

⑤ 郁达夫：《〈中国新文学大系·散文二集〉导言》，《郁达夫全集》第 6 卷，浙江文艺出版社 1992 年版，第 207 页。

味的感知很大程度影响了文艺批评型式。周作人文艺批评既与中国传统以序跋、评点为主要形式的批评一脉相承，也与西方印象主义批评息息相通。1923 年，周作人就对法国印象主义批评表现出兴趣。他说："真的文艺批评，本身便应是一篇文艺，写出著者对于某一作品的印象与鉴赏，决不是偏于理智的论断"；"真的文艺批评应该是一篇文艺作品，里边所表现的与其说是对象的真相，无宁说是自己的反应"；"好的批评家便是一个记述他的心灵在杰作间之冒险的人"。[①] 把《文艺批评杂话》看成是周作人趣味批评的宣言似乎并不为过。"我们在要批评文艺作品的时候，一方面想定要诚实的表白自己的印象，要努力于自己的表现，一方面更要明白自己的意见只是偶然的趣味的集合，决没有什么能够压服人的权威；批评只是自己要说话，不是要裁判别人"。周作人对西方印象主义批评的解读，实际上是对趣味批评的变相维护。朱光潜对周作人印象式趣味批评颇为认同，认为"着重在自己感受的印象派批评"，"永远是流露'偏见'，可是也永远是说良心话，永远能宽容别人和我自己异趣。"[②]虽然朱光潜从康德、叔本华、尼采乃至克罗齐美学思想中吸纳了"抒情""想象""创造"等概念，但他对西方美学的理解和接受，仍基于中国传统文化审美心理和思维结构。只不过周作人趣味审美在于主体之于客体的印象和感悟，而朱光潜的批评则侧重展开心理逻辑分析。

印象主义批评讲究以诗论诗、以诗解诗的批评范式。也就是说，批评与创作其实并没有太大区别，并且批评者往往兼有作家身份。20 世纪 30 年代，李健吾的《咀华集》、《咀华二集》是国内公认的最具代表性的印象主义批评文本。值得提出的是，人们往

① 周作人：《文艺批评杂话》。
②《朱光潜批评文集》珠海出版社 1998 年版，第 44 页。

往只注意到西方印象主义批评对李健吾文艺理论影响，而忽视周作人趣味批评范式给予他的启迪。从根本上讲，周作人的趣味批评是建立在综合性思维判断基础上，包含了东方文化的审美智性。李健吾文艺批评体现出中国传统印象批评的特色，即重视以直观感性的方式获取“第一印象”，并寻求审美活动的理性支持，进而完成“从‘独有的印象’到‘形成条例’”[①]的综合与提升。李健吾说：“批评的成就是自我的发见和价值的决定。发见自我就得周密，决定价值就得综合”，因此必须“冷静下头脑去理解，潜下心去体味”[②]。正如一位论者这样评价李健吾：“一方面以自我个性为批评的依据，另一方面又想甩脱个性达到公正。他也许努力向后者挣扎，但是最后的宿命却是落入前者的窠臼。由于这个悖论的存在，注定了李健吾不会成为法朗士那样的艺术享乐主义的印象主义”[③]。我们是不是可以说，李健吾对周作人趣味批评的推崇，使得他对西方印象主义批评理论有了一个客观参照和全面把握，避免这一理论对他批评造成的损害。

沈从文的文学批评同样渗透印象主义色彩。夏志清将他看成是“中国现代文学中最伟大的印象主义者，他能不着痕迹，在这一方面的功夫，直追中国的大诗人和大画家。现代文学作家中，没有一个人及得上他。”[④]。这种评述未免有点言过其实，但的确指出了沈从文批评和创作的特征。《沫沫集》代表了他的文艺批评风格。沈从文用“近于抒情方式欣赏”，其实就是用即兴的印象式的方式创作和解读作品。和京派作家一样，沈从文借鉴中国传

---

① 李健吾：《答巴金先生的自白》，《李健吾批评文集》珠海出版社 1998 年版，第 43 页。

② 李健吾：《〈咀华集〉跋》。

③ 黄键：《京派文学批评研究》上海三联书店 2002 年版，第 203 页。

④ 夏志清：《中国现代文学史》，复旦大学出版社 2005 年版，第 147 页。

统批评讲究感性直观的印象。艺术审美是个人性精神活动，所以沈从文倾向用浑然感悟的方式把握作品，可能比纯粹理性分析更接近艺术真谛。但这并不是说，作家批评没有理性支撑或排斥理性，也不是说理性在文艺批评中不重要，相反，感悟中渗透理性使得作家印象批评更趋于客观公正。

第五章　茅盾民俗学意识及其批评与创作

一

茅盾对左翼文学的发展起了至关重要的作用。民俗学对茅盾文学活动的影响显而易见。五四新文学运动期间，茅盾就对民俗学发生了兴趣。特别是他的神话研究取得了令人瞩目的成就，如《中国神话 ABC》、《北欧神话 ABC》、《神话杂论》等等。和不少现代作家一样，茅盾的民俗学研究并不是，或者说并不主要是为了现代民俗学学科的建设和发展，而是借助民俗学资源为文学创作服务。周作人说："当初听说要懂西洋文学须得知一点希腊神话，所以去找一两种参考书来看，后来对于神话本身有了兴趣……"①茅盾也说过类似的话。他说：那时（1919 年前后）"为要从头研究欧洲文学的发展，故而研究希腊的两大史诗；又因两大史诗即希腊神话之艺术化，故而又研究希腊神话。"②茅盾接触民俗学是受到安德路朗神话学影响，与当时新文学对于神话文学价值的探讨有直接关系。在《楚辞与中国神话》中，茅盾把神话的

---

① 《周作人民俗学论集》代序，上海文艺出版社 1999 年版。

② 茅盾：《〈神话研究〉序》，百花文艺出版社 1981 年版。

地位提升到民族文学源泉的高度。他说："就文学的立点而言，神话实在即是原始人民的文学。迨及渐进于文明，一民族的神话即成为一民族的文学的源泉：此在世界各文明民族，大抵皆然，并没有例外。"20年代，民间歌谣的搜集和研究颇为盛行，茅盾也无法置身其外。在他看来，民间歌谣质朴、真挚和刚健的特色正是新文学的内在特质，符合文学现代性要求。1925年3月，茅盾在《文学周报》第163期上发表《打弹弓》一文，认为"民谣是民众思想的结晶的表现，在民俗学上占着极重要的地位。"肯定"打弹弓"这类民间恋歌的真挚和纯正。"他们是民众的真挚恋情的表现，是健全的民众的恋爱思想，既不带有偷香窃玉以恋爱为游戏的怪相，亦不夹着色情狂的邪气"。进而得出了结论："各民族的歌谣，其体制虽然不尽相同，可是基本特色则大抵不外乎：质朴，刚健，有音乐性而又容易传唱。"①

茅盾民俗学意识无疑影响到他小说理论特别是乡土小说理论的建构。茅盾立足于"为人生"的创作方向，倡导"农民文学"（乡土文学）。"中国以农业立国，换句话说是立脚在农业生活的基础上而进于文明的。"②而乡土文学与极富地域色彩的民俗有密切关联。1921年，茅盾与刘大白、李达等人编撰《文学小辞典》，把民俗作为"地方色"的主要标志并进行初步厘定："地方色就是地方底特色，一处的习惯风俗不相同，就一处有一处底特色，一处有一处底性格，即个性。"民俗不仅与地域特色关系密切，而且还体现出"时代精神"。"时代精神，也就是一个群体据以个别化并与其他群体相区别的性格特征的总和。"③1928年，茅盾在

① 茅盾：《民间、民主诗人》，《茅盾文艺杂论集》上海文艺出版社1981年版，第1197页。
② 茅盾：《神话杂论》，上海世界书局1929年版。
③ [美]萨姆纳：《民俗》，转引自高丙中《民俗文化与民俗生活》，中国社会科学出版社1994年版，第201页。

《小说研究ABC·环境》中要求作家“处处抓住时代精神”。“时代精神就是一时代的色彩或空气。一般人共通的思想,共通的气概,乃至风俗习惯等等,都是时代精神之表现”;把它同小说人物“内心的和时代的空气的动摇”结合起来。茅盾提倡文学创作要注意民俗生活细节的准确描写,否则“小说的真实性往往会因此等琐细的错误而受了损害”,导致作家创作的“时代错误”。所以茅盾认为,“地方色彩”是“地方色”与“时代精神”的有机结合。“我们决不可误会‘地方色彩’即是某地的风景之谓。风景只可算是造成地方色彩的表面而不重要的部分。地方色彩是一地方的自然背景与社会背景之‘错综相’,不但有特殊的色,并且有特殊的味。”正是从这一意义上,茅盾认定许地山小说具有特殊的时代氛围,“真”气扑鼻。茅盾的民俗学意识及其知识素养,对当时创作的“概念化”、“公式化”弊端有一定纠偏作用。

茅盾善于将民俗学理论贯穿于小说批评中。如果说周作人关注民俗学是基于文学规律揭示的话,那么茅盾则重视作品民俗事象的审美功能。他曾评价彭家煌的《活鬼》,是“对于宗法社会的不良习俗的讽刺”;许杰的《惨雾》揭示了“农民们自己的原始性的强悍和传统的恶劣风俗”。1935年,茅盾从社会分析角度推崇马子华的《他的子民们》,认为作家民俗描写很好把握了乡土社会本质内涵:“南中国,封建制度是更深的表现于那特有的土地生产关系上,”进而提出对“乡土文学”的见解:“我以为单有了特殊的风土人情的描写,只不过象看一幅异域的图画,虽能引起我们的惊异,然而给我们的,只是好奇心的餍足。因此在特殊的风土人情而外,应当还有普遍性的与我们共同的对于命运的挣扎。”特别是强调“风土人情”同“世界观和人生观”的结合,对于左翼文学发展所具有的重要意义。《子夜》便是采用这种社会分析创作方法的代表性作品。“用一个新兴社会科学者的严密正确的态度告诉我们资本主义的社会是如何没落着的”;“用那种积极振起的精神宣示下层阶级的暴兴”。[①] 茅盾创作的社会分析的方法以及对小说民俗审美功能的理解,影响了30年代小说创作。

茅盾民俗学意识与他倡导文艺大众化理论有关。20年代他在《楚辞与中国神话》中就说:任何一个民族的文学发展,大都经过“民间文学”和“文士文学”这两个阶段。“文士文学,亦必须以民间文学的神话与传说为源泉,然后这些文士文学有民众的基础,为民众所了解。”抗战爆发后,茅盾主张文艺和文艺家要“深入民间”。“抗战文艺中如果没有民间文艺形式的作品,那就决不能深入广大的民间。”[②]1943年8月,茅盾在《论大众语》中进一步指出,“方言中有些语法能够传达某一种情趣的,都有被注意的价值,都有成为大众语的新鲜血液的资格。”当然,他在《关于艺术的技巧》也承认,作为作品整体审美的“地方色彩”,并不是仅仅依靠方言俗语就能达到目的,“而要通过典型的风土人情的描写,来创造特殊的气氛”。进而从文学民族化高度阐述民间文艺(文艺民俗)的重要价值。在《再谈“方言文学”》中,茅盾认为:“一个文明国家的文艺应有它自己的作风。我们中国的真正文艺作风既不是腐旧不堪的,也不是全盘西化的,而是一种独创特有的风格.这种风格即存在于民间的通俗文学中。”因此,“不论是方言,是‘民间形式’,在为人民而战斗的作家的手里,都是有效的武器,而且必须使其成为服务于人民的武器!”“一切对于民间艺术形式的探讨和学习,都值得鼓励。”[③]

---

① 吴组缃:《评茅盾〈子夜〉》,《二十世纪中国小说理论资料》第3卷,北京大学出版社1997年版,第208页。

② 茅盾:《关于大众文艺》,《茅盾文艺杂论集》上海文艺出版社1981年版,第693页。

③ 茅盾:《民间·民主诗人》,《茅盾文艺杂论集》下集,上海文艺出版社1981年版,第1198页。

二

茅盾民俗学意识不仅体现在小说理论、小说批评、文学思潮等方面，而且渗透于创作之中。茅盾的“农村三部曲”(《春蚕》、《秋收》、《残冬》)十分重视民俗运用和描写，再现30年代农村生活的苦难现实和半殖民地半封建社会的畸形特征，表现农民“对于命运的挣扎”的时代主题。“丰收成灾”因此而成为30年代众多作家竞相表现的题材，如叶圣陶的《多收了三五斗》、丁玲的《水》、叶紫的《丰收》、夏征农的《禾场上》、蒋牧良的《高定祥》等等。现代作家试图从不同角度去揭示农村衰败凋敝的社会根源。

《春蚕》是茅盾短篇小说代表作，同时也是乡土小说的经典作品。这篇小说是当地蚕事活动程式化的艺术再现。夏志清认为《春蚕》描写了“用中国传统的方法来殖蚕，是一个古老而粗陋的方法，需要爱心、忍耐和虔诚。整个过程就象一种宗教的仪式。”而民俗描写是“真正道出这故事成功的地方和它吸引人的地方”①。浙江桐乡自古以来蚕业发达。光绪《桐乡县志》云：“男子务耕桑，服商贾；妇人勤纺织，工蚕缫。”由此形成民间独特的养蚕风俗。相传腊月十二是蚕的生日。这一天，养蚕人家要供奉祭品祭拜蚕神，乞盼丰收。就像当地民谣唱的那样：“黄金白金鸽卵圆，小锅炊热汤沸然。今年生日粉茧大，来岁山头十万颗。”当地，清明节前的庙会俗称烧香节。庙会上，女子发髻和男子衣襟别有“蚕花”以图吉利。每年清明时节，浙江桐乡等地都要举办蚕花盛

① [美]夏志清：《中国现代小说史》，转引自《茅盾研究资料》(中)，中国社会科学出版社1983年版，第442页。

会祭祀蚕神。江南水乡有在船上供奉蚕神的习俗，因此，许多船只汇集祭拜，表演节目，延续数日。养蚕期间也须祭祀蚕神。民间蚕神有种种称谓，相传蚕神是由一女子裹马皮变成，故称“蚕花娘娘”、“马鸣王菩萨”、“马头娘”、“马头神”等。这些都是茅盾小时候耳濡目染的蚕乡风俗，为他创作《春蚕》打下了基础。

小说从老通宝家蚕事活动开始。蚕树萌芽，民间俗语“清明切口，看蚕娘娘拍手”，意味农家蚕事开始。小说第二部分，作家艺术地再现了老通宝家的蚕事活动。首先是准备养蚕的器具如“团匾”、“蚕箪”和“缀头”。接下来依次是“窝种”、“收蚕”和“上山”。小说详细描写了老通宝一家“收蚕”的仪式：

> 终于“收蚕”的日子到了。四大娘心神不定地淘米烧饭，时时看饭锅上的热气有没有直冲上来。老通宝拿出预先买了的香烛点起来，恭恭敬敬放在灶君神位前。阿四和阿多去到田里采野花。小小宝帮着把灯芯草剪成细末子，又把采来的野花揉碎。一切都备齐全时，太阳也近午刻了，饭锅上水蒸气嘟嘟地直冲，四大娘立刻跳了起来，把“蚕花”和一对鹅毛插在发髻上，就到蚕房里。老通宝拿着秤杆，阿四拿了那揉碎的野花片儿和灯芯草碎末。四大娘揭开“布子”，就从阿四手里拿过那野花碎片和灯芯草末子撒在“布子”上，又接过老通宝手里的秤杆来，将“布子”挽在秤杆上，于是拔下发髻上的鹅毛在布子上轻轻儿拂；野花片，灯芯草末子，连同“乌娘”，都拂在那“蚕箪”里了。一张，两张，……都拂过了；最后一张是洋种，那就收在另一个“蚕箪”里。末了，四大娘又拔下发髻上那朵“蚕花”，跟鹅毛一块插在“蚕箪”的边儿上。

程式化的收蚕仪式，再现了桐乡乌镇一带流传的“谷雨三朝掸花蚕”(俗称“请蚕花”)习俗。当蚕蚁孵出后,蚕农要准备香烛供奉蚕神像,蚕娘头上要插红绿纸的“蚕花”。“蚕花”是蚕乡女子特有的装束。民间也流传这样的“蚕花歌”:“蚕花生来像绣球,两边分开红悠悠,花开花结籽,万物有人收,嫂嫂接了蚕花去,一瓣蚕花万瓣收”。清代朱恒的《武原竹枝词》亦云:“小年朝过便焚香,礼罢观音渡海航,剪得纸花双鬓插,满头春色压蚕娘”。另外,根据当地养蚕习俗,蚕娘还要将剪碎的灯芯草和野蔷薇花的细末撒蚕种纸上,再用蚕种纸挽在秤杆上,用鹅毛将幼蚕(蚕蚁)、灯芯、野花末一起掸往蚕匾中。(幼蚕特别柔嫩易破,需用剪碎的灯芯草和野花末置于蚕匾,再用柔软鹅毛把幼蚕拨于蚕匾中。用秤杆、灯芯草,取其谐音“称心”。)

茅盾在小说中还穿插描写与蚕事相关的风俗。首先是“占卜”习俗。桑蚕养殖是重要而又变化莫测的农事,古代人们往往求助于占卜来预测蚕事的丰歉和吉凶。清代湖州汪曰帧在《湖蚕述》中辑录了许多桑蚕的占卜术。小说描写桐乡乌镇有用蒜头占卜蚕事的独特习俗。老通宝在收蚕蚁前就将蒜头涂泥放在蚕房角落。民间相信,如果大蒜芽苗多,就意味今年蚕事丰收;否则蚕事不利。其次,是“望蚕讯”习俗。董蠡舟在《乐府小序》中说:“缫丝时,戚党咸以豚蹄、鱼鲔、果实、糕饵相馈遗,谓之望蚕信”。按习惯,当“蚕开门”后,亲朋好友互相探望,询问收成,互致庆贺。桐乡人把“望蚕讯”谓之“望山头”或“浪山头”。人们所带礼物一般是鰳鲞(取其谐音“立想”,有丰收的意思)、糕团、粉丝等;还有一类是绿豆糕或枇杷、梅子等等,取其色泽或黄或白,象征金银,图个吉祥。桐乡流传着这样一首“望蚕讯”的民谣:“秧凳、箬笠、拔秧伞,枇杷、梨子、灰鸭蛋,黄鱼、鲜肉、鰳鲞篮,软糕、包子,挑一担。”当然,歌谣用桐乡方言唱出,抑扬顿挫,别有一种趣味。

小说书写了蚕事禁忌。《礼记·典礼》云:“入竟(境)而问禁,入国而问俗,入门而问讳。”禁忌习俗源远流长并积淀为民众的集体无意识,自觉不自觉地规范和约束人们的思想行为,渗透于日常生活的各个层面。民间禁忌包含了不少迷信的东西,但也有经验性、科学性和礼仪性的成分。《西吴蚕略》、《吴兴蚕书》、《广蚕桑说》等书记载了不少蚕事禁忌。《春蚕》同样描写了民间蚕事禁忌。一是“蚕关门”的禁忌。民国《濮院志》记载:蚕事开始后,“乡村家家闭户,以芦帘围绕屋外,杜绝往来,官府停征收,里闻庆吊皆罢,谓之蚕关门。至采茧时,亲戚问遗,谓之蚕开门”。《湖洲府志》亦云:“蚕时多禁忌,虽比户不相往来,官府勾摄、征收,及里用往来庆吊,俱罢不行。”二是“窝种”的禁忌。这期间,特别是女子有事串门须折桃枝插于蚕户门上或放于墙脚辟邪。驱鬼除邪由来已久。《左传》就有“桃弧棘矢”“以除其灾”的记载。《淮南子》、《搜神记》记载神荼、郁垒看管桃树治理群鬼的故事。《春蚕》写道:“现在这村里家家都在‘窝种’了。稻场上和小溪边顿时少了那些女人们的踪迹。一个‘戒严令’也在无形中颁布了;乡农们即使平日是最相好的,也不往来;人客来冲了蚕神不是玩的!他们至多在稻场上低声交谈一二句就走开。这是个‘神圣’的季节!”三是“上山”时节的禁忌。小说叙述菊花家的蚕“出火”差,并将二眠蚕倾倒在小河里。这一行为招徕村民的愤怒:对菊花家开始了“戒严”,以防晦气传染。老通宝告戒阿多:“那母狗是白虎星,惹上了她就得败家!”民间禁忌习俗,一定程度上造成了乡村人际关系的紧张,似乎“人和人中间有什么地方是永远弄不对的”。据《崇明方言词典》记载,“白虎星:骂女人是灾星,命不好”,是对女性最恶毒的诅咒。菊花偷偷跑进老通宝的蚕房,以此报复老通宝对她的侮辱。当然,无论老通宝蚕房中大蒜芽苗的稀疏,还是菊花对老通宝的报复,蚕事丰收验证了乡间迷信的荒诞不经。

此外,小说描写养蚕过程中带有禁忌成分的术语。可以说“提青”、“上山”、“青娘”、“蚕宝宝”等,而讳言“爬”、“葱”、“四”、“酱”、“姜”。从民间语言习俗来看,“四”与“死”谐音,因此,当蚕进“四眠”时须改称为“大眠”。养蚕最忌蚕房温度把握不好,“冲”常常是温度偏高导致的蚕病。因为“葱”与“冲”谐音,于是日常生活不能说葱而只能说“香头”。“僵”也是蚕病的一种,由风寒所致,所以“酱”、“姜”与“僵”谐音,也须改为“咸酸”、“辣烘”等。在吴方言中,“虾”改成了“弯转”。因“虾”音与“浮肿”同义。即便是避邪的桃枝,也被称为“掌头”或者“涨头”。蚕农也忌讳说“亮”(亮头是一种蚕病),忌讳说“笋”(与“损”同音)等等。种种禁忌习俗甚至影响到乡民的生活习惯和生活方式。民间禁忌的影响之大,以至于光绪《嘉兴府志》多有记载。洪景皓的《蚕诗》这样写到:“遮莫村儿也解事,暂呼春笋叫钻天。”濮院陈梓的《养蚕词》中也说:“掘笋不叫笋,叫笋蚕要损,吃姜勿唤姜,唤姜蚕要僵”。从民间蚕事的禁忌习俗中,不难发现蚕农驱祟避凶、趣吉企福的心态。这既说明养蚕是一种技术活,也是当地农民重要的经济产业和家庭经济来源。在蚕乡,衣食住行、生老病死,以至人际交往的方方面面,都渗透着对桑蚕的特殊情结。

“一切生活都混合经验与迷信,因此单独凭经验可望得到的进步,若无迷信搀杂其间,便不容易接受。”①詹姆森说:“迷信、信仰、传统,以及其复合的行为方式组成一种比经典更有力、比理性更容易使人接受的心灵感知的具体方式。……不要忘记:关于迷信的任何神圣的讨论,都导致了关于迷信的神圣的认识,导致了迷信高于我们的情感的认识,也导致了关于迷信的全部历史的

① 沈从文:《长河》,《沈从文全集》第10卷,北岳文艺出版社2002年版,第21页。

及其传播的认识。”[①]沈从文说：民间生活“一切离不了象征，惟其象征，简单仪式中即充满了牧歌的抒情。”(《雪晴》)茅盾陶醉于老通宝养蚕的“那种安于世代相传的工作的情形是如此的亲切感人”，在描写“收蚕”仪式后，茅盾不禁感叹：“这是一个隆重的仪式！千百年相传的仪式！”(《春蚕》)

民俗的发育与形成往往与特定地理环境有直接联系。“打蕰草”这一农事民俗也只存在于江南水乡。《水藻行》的民俗虽不如《春蚕》那样典型，但小说水乡风貌的描写相当突出。小说以“打蕰草”农事活动很自然地进行空间转换，把30年代乌镇农村凄凉萧条的场景推到读者眼前。

茅盾乡土小说民俗描写还表现在对民间方言的成功运用，并对这些方言等民俗事象进行了文本注释。显然，注释在作者与受众之间充当了沟通交流的途径。这种小说创作的独特方式，一方面昭示了乡土小说创作题材视阈的扩大，以及文艺大众化思潮对创作的影响，另一方面也意味着中国现代作家民俗学意识的自觉。这种小说书写模式给予现代作家以很好的启发。

三

在20世纪20年代作家笔下，民俗描写更多的是一种相对狭小、静态的文化呈现；而到了30年代，民俗描写已经不再局限于短篇叙事，而成为现代作家特别是左翼作家表现广阔社会生活和重大历史事件的艺术手段。例如“东北作家群”的端木蕻良的《科

---

① [美]詹姆森：《一个外国人眼中的中国民俗》(田小杭译)，上海文艺出版社1995年版，第1—2页。

尔沁旗草原》、《科尔沁旗前史》、《大地的海》等等。在民俗叙事技巧的运用上，30 年代作家普遍表现得比较成熟和老到。某种程度上说，茅盾乡土小说理论和创作的示范意义功不可没。茅盾继承和发展了五四新文学启蒙主义传统，善于通过细腻的民俗书写，开掘民族文化心理结构层，呈现出鲜明的时代精神，侧重把握和透视社会生活特别是经济生活中“萧条的原因在于乡村工业和世界市场之间的关系问题。”[①]他的小说（包括《子夜》描写乡土生活的章节），尤其重视那些潜在稳定的民众心理和集体无意识的嬗变，深刻折射出社会的剧烈变动。加上无产阶级世界观、科学的人生观和现实主义的创作观，导致 30 年代“社会分析”创作方法的形成。“文艺家的任务不仅在分析现实，描写现实，而尤重在于分析现实描写现实中指示了未来的途径。所以文艺作品不仅是一面镜子——反映生活，而须是一把斧头——创造生活。”[②]因此，在民间个体的形象塑造上，茅盾将民俗融入人物性格的变化与发展之中，自然地展示人物由蒙昧向觉醒的转变过程。

我们还是回到茅盾的小说文本去看，《春蚕》叙述了旧式农民“老通宝”和新一代农民“阿多”不同的人生轨迹。老通宝身上带有明显的“仇洋”心态，烙印着那个特殊时代中国民众朴素的民族情绪和情感心理，也是主人公在苦难生活中作出的不自觉的抗争的一种本能反应。客观地讲，主人公的这种民俗心理反应是暂时的，有限的，恰恰反映出民众的固步自封、墨守成规和安于现状的小农意识。自足自给的经济生活方式，使得老通宝生活在一个定型的、缺少变动的社会环境里。“当一个人碰着生活上的问题时，……祖辈们的经验尽可抄袭来作为自己生活的指南。……而

① 费孝通：《江村农民生活及其变迁》敦煌文艺出版社 1997 年版，第 210 页。
②《茅盾文艺杂论集》（上集），上海文艺出版社 1981 年版，第 330 页。

且，愈是经过前代生活证明有效的方案，也愈值得保守——而且对之不必讲究学理：既然有效，就用不着探究来龙去脉，只要依照着传统的规定去做"[①]。在历史上，自古便有"桐乡之地，土沃人稠，男服耕桑，女尚蚕织，易致富贵的"[②]传统。特别老通宝从家族经验中得出结论：养蚕是摆脱贫困的唯一出路。年轻时他家"养蚕也是年年都好，十年中间挣得了二十亩的稻田和十多亩的桑地，还有三开间两进的一座平屋。"殊不知，时代发生了深刻变化，封建主义生产关系遭遇世界资本主义经济的冲击，造成中国农村经济的毁灭，形成"丰收成灾"的怪圈。老通宝隐约感到："蚕愈养得多，愈好，就愈加困难，——'真正世界变了！'"现实面前，年轻的农民阿多不愿延续父辈的生活方式，选择一条不同于父辈们的道路。"他永不相信靠一次蚕花好或是田里熟，他们就可以还清了债再有自己的田；他知道单靠勤俭工作，即使做到背脊骨折断也是不能'翻身'的"。小说的潜台词是：革命和斗争才是彻底改变悲惨境遇的唯一出路。和《春蚕》一样，《秋收》和《残冬》继续在浓郁民俗氛围中展开新旧两代农民的叙事。即便是表现中国民族资本和民族工业发展的《子夜》中，茅盾也关注中国乡村变化和民俗生活叙事。

丰富的民俗描写成就了作家小说创作。首先，民俗(生活)是塑造典型形象、营造典型细节和环境不可忽缺的审美要素。人物典型也只有置身于特定地域、特定民俗生活中才具有鲜活的艺术生命和触手可及的审美质感。其次，民俗描写是文学民族化、现代化的必然要求，二者相互依存不可偏废。民族化和现代化是中

---

① 费孝通：《乡土中国》，北京三联书店1985年版，第131页。

② 转引自钟桂松《吴越文化氛围中成长的茅盾》，《茅盾与中外文化》南京大学出版社1993版，第124页。

国现代文学在发展过程中追求的目标。缺乏民族文化和地域色彩的文学不可能确立起文学现代性的标杆。不少作家都有这样的教训。例如阳翰笙曾反思《深入》的创作失误："我本想去反映那时咆哮在农村里的斗争的，但我在写的时候，却把本来很落后的中国农民，写得那样的神圣。我只注意去描写他们的战斗热情，忘记了暴露他们在斗争过程中必然要显露出来的落伍意识。这样的写法，不消说，我是在把现实的斗争理想化。"[①]在我们看来，弥补这一创作失误的有效方法是重视风土人情的书写，在民俗生活基础上塑造坚实的形象。反观茅盾乡土小说作品，作家深厚的民俗学学养、扎实的民俗细节对形象塑造和性格刻划起了关键作用。例如，在《秋收》中融入民间泥鳅精的故事，既生动刻画老通宝的民间心态，又增强了作品的地域色彩。茅盾没有人为拔高老通宝这个人物，而是为他走向朦胧的觉醒提供了一个合乎情理的过程。阿多也实现了从自发斗争向自觉斗争的角色转换。老通宝和多多头"他们属于同一阶级，象征两种存在：前者是过去在现实之中的结束，后者是未来在现实之中成长。"[②]尽管他们带有自私、迷信的落后意识，但作家还是从农民身上看出，为了"大希望"，他们有一种"大紧张，大决心，大奋斗"的精神；"为了自己的利益，他们是能够斗争，而且斗争得颇为顽强"[③]的。

正像茅盾所说："我们必须……指示出农村破产的过程，农民的原始反抗性，农民的小资产阶级意识，……落后的农民封建意识……我们必须在这样复杂的机械，这样提示了斗争中的严重问题，这样透视的观察与辩证法的分析上，建立我们描写农村革命

① 华汉：《谈谈我的创作经验》，见《创作的经验》，上海天马书店 1933 年版。
② 《叶紫的小说》，《李健吾批评文集》(郭宏安编)珠海出版社 1998 年版，第 168 页。
③ 茅盾：《我怎样写〈春蚕〉》，《青年知识》1940 年第 1 卷第 3 期。

作品的题材！”[①]即便是描写“革命”“斗争”宏大叙事的左翼小说，也需要正视现阶段农民的特性。不论是农民的“原始反抗性”还是“封建意识”，所有这些问题的艺术阐释都离不开民俗生活的描写。这种左翼小说创作模式，给 30 年代左翼作家提供了示范作用。

① 《茅盾文艺杂论集》(上集)，上海文艺出版社 1981 年版，第 327 页。

第六章　妈祖原型与许地山小说

一

文学作品的产生一定程度上取决于时代精神和风俗的影响。具体来说，地域环境中的民俗文化对作家创作起着潜移默化的制导作用。“群众思想和社会风气的压力，给艺术家定下一条发展的路，不是压制艺术家，就是逼他改弦易辙。”丹纳由此得出结论：“要了解一件艺术品，一个艺术家，一群艺术家，必须正确的设想他们所属的时代精神和风俗概况。这是艺术品最后的解释，也是决定一切的基本原因。这一点已经由经验证实；只要翻一下艺术史上各个重要的时代，就可看到某种艺术是和某些时代精神与风俗情况同时出现，同时消灭的。”[①]一方面，民间故事与文学创作在思维方式和思维结构上存在相似性。西方学者卡尔·施皮斯曾接受布洛伊勒的“我向思维”概念，提出“民俗是形象思维的产物”[②]；另一方面，艺术思维和文学创作不能也不会脱离创作主体

---

① [法]丹纳：《艺术哲学》人民文学出版社 1983 年版，第 7—8 页。

② [美]詹姆森：《一个外国人眼中的中国民俗》（田小杭译）上海文艺出版社 1995 年版，第 113 页。

民俗心理影响。“不论作家、艺术家的才智如何横溢思绪如何汪洋恣肆，它总是在既定的界限内活动。作者在创作中艺术思维、形象塑造、情节提炼无法背离自己思想情感中深层民俗机制的导向。”[①]许地山小说与福建沿海的妈祖文化有着直接关系。

1925年，胡适在《现代评论》发表《狸猫换太子故事的演变》，从个案考察了史实演化为民间故事的过程。詹姆森认为，这是民间故事生成的一般规律：“历史的原型被编造成一种普遍的型式，进而又发展成为一个固定的模式。”[②]在“这个历史原型中，即使某些细节是失真的，但这一历史事件所表现的清晰的内容与意义，……为后来情节的进一步扩展提供了沃土。”[③]原型与“母题”关系密切。汤普森说：“一个母题是一个故事中最小的，能够持续存在于传统中的成分。……绝大多数母题分为三类。其一是一个故事中的角色……。第二类母题涉及情节的某种背景……。第三类母题是那些单一的事件——它们囊括了绝大多数母题。……显然，为数众多的传统故事类型是由这些单一的母题构成的。”[④]许地山对民间故事传播特征是清楚的。他在谈到翻译孟加拉民间故事时说：“因为我对‘民俗学’(Folk—Lore)底研究很有兴趣，每觉得中国有许多民间故事是从印度辗转流入底，多译些印度底故事，对于研究中国民俗学必定很有帮助”[⑤]。

妈祖故事(传说)也经历发展、变异和演化过程。妈祖系福建方言，是“娘娘”“奶奶”的意思。妈祖原名林默，生于宋代建隆元

---

① 陈勤建：《中国民俗》中国民间文艺出版社1989年版，第272页。

② [美]詹姆森：《一个外国人眼中的中国民俗》(田小杭译)上海文艺出版社1995年版，第93页。

③ [美]詹姆森：《一个外国人眼中的中国民俗》(田小杭译)上海文艺出版社1995年版，第81页。

④ [美]汤普森：《世界民间故事分类学》(中文版)，上海文艺出版社1991年版，第499页。

⑤ 许地山：《〈孟加拉民间故事〉译序》，商务印书馆1929年版。

年(960年)三月二十三日,莆田湄洲屿人氏,民间称林默娘。宋太宗雍熙四年(987年)九月初九去世。据《林氏大宗谱》记载:"北宋初北方流民涌入莆田湄洲沿岸,林默造木排渡难民往澎湖定居谋生。"正是妈祖在宋元史籍的零星记载,构成妈祖故事不断演化的最基本原型和母题。南宋廖鹏飞《圣墩祖庙重建顺济庙记》记述的妈祖故事的叙事特征已很明显:

> 世传通天神女也。姓林氏,湄洲屿人。初,以巫祝为事,能预知人祸福;既殁,众为立庙于本屿。圣墩去屿几百里,元佑丙寅岁,墩上常有光气夜现,乡人莫知为何祥。有渔者就视,乃枯槎,置其家,翌日自还故处。当夕遍梦墩旁之民曰:'我湄洲神女,其枯槎实所凭,宜馆我于墩上。'父老异之,因为立庙,号曰圣墩。岁水旱则祷之,疠役降则祷之,海寇盘亘则祷之,其应如响。故商舶尤借以指南,得吉卜而济,虽怒涛汹涌,舟亦无恙。宁江人洪伯通,尝泛舟以行,中途遇风,舟几覆没,伯通号呼祝之,言未脱口而风息。既还其家,高大其像,则筑一灵于旧庙西以妥之。宣和壬丙岁也。越明年癸卯,给事中路允迪出使高丽,道东海,值风浪震荡,舳舻相冲者八,而覆溺者七,独公所乘舟,有女神登樯竿为旋舞状,俄获安济。因诘于众,时同事者保义郎李振,素奉圣墩之神,具道其详,还奏诸朝,诏以'顺济'为庙额。

此后,《夷坚支景》、《天妃显圣录》[①]等突显妈祖的海神功能,

① [清]丘人龙在《天后显圣录》中说:妈祖"窥井得符,遂灵通变化,驱邪救世,屡显神异。"《魏叔子文集》第16卷《扬州天妃宫碑记》也记载妈祖"生有灵异,幼通悟秘法,预知休咎。比笄不字,能乘席渡海,御云以游岛屿,众呼为龙女"。

同时已失去本来面貌。明周瑛云："考《仙溪志》有所谓三妃庙者，其一'顺济'，其一'昭惠'，其一'慈感'，皆巫也。'顺济'谓湄洲林氏女，能知人祸福，即妃也。予少时读宋《郡志》，得绍熙初本，亦称妃为里中巫，及再见延祐本称神女，今续志皆称都巡检愿女，渐失真矣。""失真"是民间故事(传说)传播过程中不断变异的普遍范式。"故事的本体并不是现实世界的本来面目，故事的描述也不是对实际事件的真实描述。故事的本体主要是一种想象和幻想；故事所描述的也主要是人们的一种心理状态，是一种由社会或家庭生活环境、条件产生的心态、精神的表述。"[①]元人黄渊曾对神灵比较后发现："所谓神者，以死生祸福惊动人，唯妃生人、福人，未尝以死与祸恐人，故人人事妃，爱敬如母。"[②]正因如此，妈祖受到民间的喜爱。东南沿海家家供妈祖，行船出海前要在妈祖神位前祈求保佑。民间还衍化出许多同型故事[③]。这些同型故事"随地加上许多'本地风光'"，但"剥去枝叶，仍旧可以看出它们原来同出于一个'母题'"[④]。普罗普将民间故事情节分为可变与不变两个部分，指出"民间故事的双重特征：它既是多样态的，丰富多彩；又是统一样态的，千篇一律"[⑤]。另外，妈祖故事符合宗教伦理和社会道德，贯穿慈悲博爱、扶危济困的主题。所以我们

① [美]詹姆森：《一个外国人眼中的中国民俗》(田小杭译)上海文艺出版社 1995 年版，第 100 页。

② 参见《圣墩顺济祖庙新建蕃厘殿记》，《黄如四文集》第 1 卷。

③ 在福建东南沿海一带还流传着很多与妈祖有关的民间故事。如"挂席泛槎"、"祷雨济民"、"祷神起　碇"、"灵符回生"、"湄州飞升"、"收伏宴公"、"平大溪寇"、"火烧陈长五"、"紫金山助战"、"拯兴泉饥"、"神助修堤"等等。从这一类妈祖传说中，我们不难看出民间故事虚构敷衍的特征。

④ 胡适：《歌谣的比较的研究法的一个实例》，《努力周报》1922 年 12 月 31 日，第 31 号。

⑤ [俄]普罗普：《民间故事形态学》，参见叶舒宪主编《结构主义神话学》，陕西师范大学出版社 1988 年版，第 3—11 页。

看到,“历史原型中的简单内容……在后来的发展变化中被不断地加以想象、丰富,得到加工与改编。这就是民间故事所特有的虚构性。可以说,一个民间故事的主题思想被确立了,那么一个民间故事也就会被逐渐编造出来。”①

妈祖在传播过程中逐渐打上佛教色彩。从妈祖最初女巫身份可以推测东南沿海巫觋文化的盛行。《宋史》云:福建等地“其俗信鬼尚祀,重浮屠之教。”②明代王应山在《闽大记》中也说:“福州,……多信鬼,崇浮屠,自闽越及伪闽王已然。”“浮屠”乃“浮图”“佛陀”“浮陀”。《广弘明集》云:“浮图,或言佛陀,声明转也,译云净觉。灭秽成觉,为圣悟也。”《南山戒本疏》亦云:“言佛者,梵云佛陀,或言浮陀、佛驮、步陀、浮图、浮头,盖传音之讹耳。”“浮屠”语汇的出现印证了民间佛教的盛行,为妈祖佛性化提供了可能。当然,妈祖佛性色彩最明显的,当数宋代以降历代朝廷给予的佛性“封号”。北宋徽宗赐妈祖庙以“顺济”庙额;南宋封妈祖为“灵惠夫人”、“昭应夫人”、“灵惠昭应崇福善利夫人”乃至“灵惠妃”。由“夫人”升格为“妃”,意味着妈祖地位和影响的扩大。尽管宋代整体氛围是崇道的,但妈祖封号中依稀透露出佛教成分。元代统治者信奉佛教,妈祖先后被册封为“护国明著天妃”、“护国明应天妃”。“天妃”则使妈祖跻身于最高神灵的行列,成为最具影响力的神明。明代,妈祖被册封为“孝顺纯正孚济感应圣妃”、“护国庇民妙灵昭应弘仁普济天妃”。清代帝王则封妈祖为“护国庇民妙灵昭应仁慈天后”。特别是咸丰七年(1857 年),妈祖地位与封号达到无以复加的地步:“护国庇民妙灵昭应弘仁普济福佑群生诚

---

① [美]R. D. 詹姆森:《一个外国人眼中的中国民俗》(田小杭译)上海文艺出版社 1995 年版,第 102 页。

② 参见《宋史·地理志·福建路》。

感咸孚显神赞顺垂慈笃佑安澜利运潭覃海宇恬波宜惠导流衍庆靖洋锡祉恩周德普卫漕保泰振武绥疆天后之神”。封号中的“普济”,正体现出“世界不尽,有情不尽;有情不尽,轮回不尽;轮回不尽,济度不尽;济度不尽,乐土乃能显现不尽”[①]的佛家思想,妈祖最终实现了神性佛性的统一。妈祖最终形成表明,民间“非常喜欢这类故事,并不断地复述它们,同时又不断加进各种想象,以此得到快乐或满足某种其他欲望。”[②]出于航海实际需要和妈祖的灵验所诞生的这个海神,受到民间的崇拜是在情理之中的事情。

从民俗学角度考察许地山小说内在机制是一个很有意义的话题。我们在论述妈祖民间故事发展的大致情况后,还有一个问题需要解决,那就是妈祖的佛性文化特征与创作主体之间的关联性。这个问题的论证能够为许地山与妈祖之间的关系建立合理的定位。也就是说,许地山对佛教的认同,是作家接受这一民间叙事的内在心理因素。

“宗教力量对民族性格的形成有着决定性的影响”[③]。民族性格在很大程度上体现在民俗群体的日常民俗生活中,进而影响到民族文学。正如贾植芳所说:“许地山在新文学作家中的卓尔不群,还不在于他既是作家,又是学者,而在于,不管是创作,还是学术研究,以及为人,都与宗教有极密切的关系。”[④]许地山受到宗教特别是佛教的濡染,首先来源于地域文化和家庭的影响。历史上,福建东南沿海巫觋文化颇为盛行。《八闽通志》云:闽地“尚淫祠,不立社稷。”中唐诗人刘禹锡也说:“闽有负海之饶,其民

---

① 许地山:《七宝池上的相思》,《许地山选集》,人民文学出版社 1987 年版,第 57 页。
② [美]詹姆森:《一个外国人眼中的中国民俗》(田小杭译)上海文艺出版社 1995 年版,第 91 页。
③ [德]马克斯·韦伯:《新教伦理与资本主义精神》,三联书店 1987 年版,第 121 页。
④ 贾植芳:《缀网劳蛛·序》(李子云等主编),珠海出版社 1997 年版。

悍而俗鬼。”[①]从元代开始，由于统治者推崇和民间巫觋文化心理的共同作用，朝野普遍信奉佛教。许地山的家庭也不例外。其父许南英对佛学有着相当精深的研究和造诣，曾以“留发陀头”自称。许地山的一个舅舅是佛家禅师，曾教幼小的许地山读过佛经。而许地山母亲则是虔诚的佛教徒。这些对许地山宗教文化性格的塑造有着极大关系。社会心理学家认为，早年的生活体验对人的一生都能产生重大影响。“童年处境、父母纽带、畏惧、精神上的畸形，这一切表明：作家们都从自己的体会来谈宗教，以自己的生活经历来看宗教。因此，触及宗教也就是触及自己，触及自己的历史和身份。”[②]其次是作家的个人生活和学习经历。值得注意的是，1913 年，二十岁的许地山赴缅甸仰光，在当地华侨学校任教。众所周知，缅甸仰光是著名的佛教胜地，社会生活的方方面面都渗透着浓重的佛教文化色彩。身处他乡异国的许地山在那种环境中找到了似曾相识的感觉，更加深了他对佛教的感知和兴趣。这三年的缅甸生活对许地山一生的创作和研究影响极大。1921 年，许地山从燕京大学文学院毕业后，即入神学院学习，同时发表了以缅甸仰光为故事背景的小说处女作《命命鸟》，不久成为文学研究会成员。1922 年他留校，教授“中国古代宗教史”。被同学曾戏称为“许真人”多少反映出作家身上颇为明显的宗教气质。1923 年，许地山远赴美国哥伦比亚大学联合宗教研究所研究宗教和宗教史；1924 年入英国牛津大学继续研究他的宗教学和民俗学；1926 年和 1934 年，许地山两度到印度大学研究梵文和佛学。由于佛教的慈悲同基督教的博爱具有内在

---

① 刘禹锡：《唐故福建团练观察史薛公（謇）神道碑》，参见徐晓望《福建民间信仰源流》，福建教育出版社 1993 年版，第 180 页。

② [德]库舍尔：《神学与当代文艺思想》，上海三联书店 1995 年版，第 215 页。

的一致性，许地山在北平时曾一度加入基督教会。从许地山丰富的个人经历来看，佛教文化构筑了他宗教精神的基础。

许地山在北平读书期间，适逢北京大学歌谣学运动轰轰烈烈地开展。"'五四'前后的歌谣学，就其主要的倾向而言，可以说是新文学运动所倡导的民族和科学在这一方面的一种体现。"[①]"当时的歌谣学运动，实际上便是民俗学运动。"[②]民俗学思潮与许地山研究路数合拍，或者说是当时民俗学思潮直接开启了他的宗教学研究。1922 年，许地山发表《宗教的生长与灭亡》。此后又相继发表了《道家思想与道教》、《观音崇拜之由来》等。在潜心研究宗教的基础上，许地山撰写了《大乘佛教之发展》(未完)、《云芨七签校异》，出版《中国道教史》、《扶箕迷信底研究》等民俗学著作。1933 年他与人合编研究《大藏经》的工具书《佛藏子目引得》；1940 年又着手编撰《道教史》工具书《道藏子目通检》。综观许地山一生，其学术研究从未脱离过宗教领域。陈平原指出："作为宗教研究家，许地山既有真正的宗教热情，也能超越某一教派的局限。……他更具备宗教徒的气质和修养。"[③]

中国民俗学很大程度表现为民间文学特征。在民俗学思潮影响下，许地山凭借佛教学养和梵文功底，翻译了孟加拉民间故事和印度神话故事《二十夜问》、《太阳底下降》。这种宗教学、民俗学知识结构和研究背景，无疑为他小说创作提供了丰富独特的文化视界。

许地山潜心钻研的宗教学、民俗学，在一般人眼里却是恍如

---

① 钟敬文：《"五四"前后的歌谣学运动》，《钟敬文民间文学论集》(上)，上海文艺出版社 1982 年版。

② 参见《中国民俗学年刊》(1999)，上海文艺出版社 1999 年版，第 311 页。

③ 陈平原：《论苏曼殊、许地山的宗教色彩》，《中国现代文学研究丛刊》1984 年第 3 期。

隔世的古董，是一种纯学院派的研究。其实未必尽然。许地山学术研究并未与时代精神、现实生活隔离。举个例子来说，1940年前后，正是抗战最为艰难和关键时期，民间普遍弥散着用气数看待民族战争前途的消极气氛。为此，许地山写了《扶芨迷信底研究》，对国人命定心态进行挖掘和揭示。“对于人事命运，在信仰上胡乱崇拜。芨仙指示他等候机缘，他只好用赌博的行为来等候着，因此养成对于每事都抱一种侥幸心和运气思想。”总之，正如杨义指出，许地山对民俗学、宗教学特别是对佛学的研究兴趣，以及“这种潜心研究之所得，不能不影响到他的谋篇立意和艺术想象。”[①]这是说到点子上的。

二

在宗教学、民俗学研究初期，许地山开始了文学创作。这里需要指出的是，为保持妈祖故事与许地山小说内在关系的完整性，除了作家小说外，还涉及到他的文学创作。

妈祖叙事对许地山影响最显著的地方在于，他的作品大都塑造以女性为主人公的艺术形象。如“尚洁”（《缀网劳蛛》）、“惜官”（《商人妇》）、“云姑”（《枯杨生花》）、“玉官”（《玉官》）、“麟趾”（《女儿心》）、“金娘”（《桃金娘》）和“春桃”（《春桃》）等等。尽管小说女主人公的身世大都十分的艰难和坎坷，特别是人物心态、性格随着故事情节的发展也趋于稳定，表现出慈悲为怀、乐善好施，遭遇挫折却能达观通脱的佛家性情。在许地山小说中，这些因素逐渐

① 杨义：《许地山：由传奇到写实》，周俟松、杜汝淼编：《许地山研究集》南京大学出版社1989年版，第237页。

形成作家一种相对固定的写作模式。《命命鸟》是中国新文学第一篇充满“异域情调”的小说。主人公在佛教“涅槃节”晚上，与恋人携手走进了“绿绮湖”徇情，成为“极乐世界”的一对“命命鸟”。小说佛教氛围，一方面受到《阿弥陀经》[①]启发，并设置主人公的幻觉及投水细节；在《佛说阿弥陀经》中，佛云：“若有善男子善女人，闻说阿弥陀佛，执持名号，若一日、若二日，若三日，若四日，若五日，若六日，若七日，一心不乱，其人临命终时，阿弥陀佛，与诸圣众，现在其前。是人终时，心不颠倒，即得往生阿弥陀佛极乐国土。”另一方面则体现在主人公的宗教性格和气质上。这篇处女作初步具备妈祖叙事的某些原型成分，特别是人物性格和佛教氛围为后来的女性形象塑造奠定了基础。

此后，许地山小说基本具备了妈祖原型。《商人妇》叙述闽南农妇惜官不远千里到南洋寻夫，可她却被狠心的丈夫卖掉，不久又遭遇了丧夫和逃亡的痛苦。命途多舛印证了人生苦海的佛教教义，但主人公相信：“人间一切事情本来没有什么苦乐底分别”。正是佛教“生本不乐”的教义给予了惜官[②]顽强的生活意志。此外，小说还出现“过番”（去南洋）、“头家”（店主）等一些闽南方言。佛教教义讲究广爱博施，并从帮助别人解脱苦难中获得快乐。《缀网劳蛛》中的尚吉是一位仁慈高洁的女性。小偷受伤后反而为他包扎。在受到丈夫怀疑并被刺伤后赶出家门，女主人公仍以平常和淡定的心态看待和接受这一切。即便后来丈夫真诚忏悔，把她接回家中，尚洁也没有表现出任何惊喜。从主人公的“蜘蛛哲学”、“色空观念”中，我们发现女性忍辱负重，不屈服命运的意

① 阿弥陀经有三个译本，即《佛说阿弥陀经》、《佛说小无量寿经》和《称赞净土佛摄受经》。

② 闽南称呼女性往往用“官”字后缀。作家在小说“原注”里是这样解释的：“闽俗长辈称下辈，或同辈的男女彼此相称，常加‘官’字在名字之后。”

志。不可否认，这种宗教情绪多多少少地消解了女性抗争的意识和行为。《枯杨生花》描述闽南渔村寡妇云姑漂洋寻子，不经意中与年轻时的情人相逢。主人公风烛残年的团聚，“如失宝重还”得到善报，应验了“因果报应”的佛家观念。小说在充满传奇色彩中展示了闽南渔村的地域特色、亚热带风光，以及瞎子占卜、酬神社戏等风俗。正是这些浓郁的民俗风情的书写，使小说虽带有佛教玄想意味，仍不乏现实生活的意义。《女儿心》是一部极具宗教象征意义的小说。小说描写女性主人公麟趾寻父的苦难历程。主人公经历了一连串的遭遇劫掠、流落江湖、坠落红尘的磨难，但仍用一颗慈悲博爱之心同情和善待弱者，执著于人生的信仰。心诚则灵。麟趾终于在航船上找寻到了自己的父亲。说实在的，那位死去的和尚是不是麟趾的父亲似乎都很难说，当然也无关紧要。最重要的是，那位“燃指奉佛”的和尚是佛的化身，是麟趾苦苦寻觅的精神之父，是主人公博爱慈悲对象化的呈现。在佛教传说中，就有“剥肤为纸，刺血为墨，燃指为灯”的典故以示对佛祖的虔诚。因此，我们是否可以这么理解，与其说女主人公麟趾的寻父历程，倒不如说寻佛来得更准确些。

《玉官》是作家唯一一部中篇小说。故事讲述年轻寡妇玉官含辛茹苦把儿子培养成了一个有出息的人，但在请示“旌表节妇”的匾额问题上与儿子发生了龃龉。于是，玉官回乡从事教育，用自己无私的德行赢得了乡民爱戴和崇敬。主人公逐渐意识到：“以前她的错误就在于贪图报酬，而所得的只是失望和苦恼，她现在才知道，不求报酬的工作才是有价值的，大众若是得着利益，就是她的荣耀了”。作家把女主人公着力塑造成一个“爱己如人，爱人如己”的宗教徒形象。不过，小说描写玉官以人格魅力让强暴妇女的兵士幡然醒悟显然有损艺术的真实性，但也从另一侧面说明作家骨子里仍然沿袭了民间妈祖叙事。需要特别指出的是，

《玉官》和《缀网劳蛛》等小说虽然表面宣扬了基督教思想，但基于佛教与基督教在教义方面的趋同性，“许地山往往借用基督教的意象表达佛教的思想”，“真正深入骨髓、制约着许地山整个言谈举止、情感趣味的是佛教思想，而不是基督教思想。”[①]

许地山后期的小说增强了现实主义因素。《春桃》既是一篇现实主义作品，同时也体现主人公利他、随缘和自强不息的性格特征。1934 年 3 月，许地山在印度考察途中完成了该小说。作家用主人公“春桃”命名小说是经过一番考虑的，在他看来，小说“偏重描写女人方面，那两男子并不重要”[②]。小说男性人物的设置，只为刻画春桃摒弃世俗偏见，追求慈悲救世普度众生的佛家境界。《女国士》也存在同样现象。许地山根据民间流传的薛仁贵故事创作了该剧本，塑造了深明爱国大义的柳迎春形象。这也是一个由史实演化为民间故事的例子。[③] 作家谈及该创作时说：“本剧注重在柳氏劝夫投军，其他脚色不过是陪衬而已。”[④]《东野先生》和《铁鱼的鳃》两篇小说，如果撇开主人公性别，就其性格与气质而言，他们同许地山塑造的众多女性主人公基本一致。拿《铁鱼的鳃》中“雷先生”来说，尽管生活历经磨难，但他对钟爱的事业有着宗教般虔诚。身处逆境却慈悲为怀；面对灾难，处变不惊。“越逃，灾难越发随在后头；若回转过去，站住了，什么都可以

---

① 陈平原：《论苏曼殊、许地山的宗教色彩》，《中国现代文学研究丛刊》1984 年第 3 期。

② 许地山：《旅印家书》（七），《许地山研究集》南京大学出版社 1989 年版，第 457 页。

③《新唐书》卷一百一十一、列传第三十六云：“薛仁贵，绛州龙门人。少贫贱，以田为业。将改葬其先，妻柳曰：‘夫有高世之材，要须遇时乃发。今天子自征辽东，求猛将，此难得之时，君盍图功名以自显？富贵还乡，葬未晚。’仁贵乃往见将军张士贵应募。至安地，会郎将刘君邛为贼所围，仁贵驰救之斩贼将，系首马鞍，贼皆慑伏，由是知名。”

④ 许地山：《〈女国士〉后记》，1939 年 1 月。参见《许地山选集》（下卷），人民文学出版社 1982 年，第 292 页。

抵挡得住。”不难看出，人物形象的塑造与民间妈祖叙事有着内在深层次关联。如果说《命命鸟》是在宗教外衣下表达对现世生活追求的话，那么我们是不是可以这么说，许地山后期创作则是在现实情景中表达执著的宗教情怀。正是对妈祖自觉不自觉的运用，使得许地山小说“幽婉柔丽、空灵洒脱的笔致，在后期的优秀作品中非但没有被废置，相反，它增加了质朴和老到的成份”①。

根据闽南民间的桃金娘传说改写成的《桃金娘》也包含妈祖叙事。小说赞美女性乐善好施的美德。故事讲述桃金娘出生不久，父母在桃林中被雷电击死，村民们认为这是报应，纷纷不与金娘来往。直到有一天，金娘一副织布的好手艺才博得村民好感。但洞主的女儿银姑怀恨在心并伺机暗害金娘。金娘被迫逃到山中。银姑企图放火烧死金娘时神秘失踪，洞主也被雷电劈死。此后，村民拥戴金娘为洞主。金娘不辞劳苦，在村民安居乐业后悄然隐退。许地山尝试把妈祖原型与“灰姑娘”型民间故事统一起来，既突出童话道德教化意味；同时也强化了佛教随缘、利他的思想。

为了使妈祖式的人物气质与审美期待取得一致，许地山注重对女主人公肖像外貌进行“神化”处理，突显主人公圣洁的性格。《缀网劳珠》这样处理尚洁的肖像：“……尚洁斜倚在床上。流动的眼睛，软润的颔颊，玉葱似的鼻，柳叶似的眉，桃绽似的唇……凡形体上各样的美都凑合在她头上。她的身体，修短也很合度。”春桃“有满口雪白的牙齿”，“脸上虽没脂粉，却呈露着天然的秀美”。桃金娘也同样“长得绝世的美丽”。许地山在对敏明（《命命鸟》）的刻画更为精妙。“敏明坐在席上，手里拿着一本《八大人觉经》，流水似地念着。她底席在东边的窗下，早晨底日光射在她脸

① 杨义：《中国现代小说史》第1卷，人民文学出版社1986年版，第375—376页。

上，照得她底身体全然变成黄金的颜色。她不理会日光晒着……”这种描写自然让人联想到妈祖佛像的神圣与庄严。不难发现，许地山对女性主人公的塑造渗透了对妈祖独到的感悟，以及对女性崇拜、赞美、同情和理解。

三

周作人在《无生老母的信息》中说：“人类根本的信仰是母神崇拜”。象女娲是中华民族共同崇拜的祖始母一样，民间流传的妈祖故事同样也反映了当地人民对祖始母崇拜的心理习俗。这种女性崇拜被长久地传承下来，并作为一种集体无意识保存于人们的记忆之中。“作为记忆本身，我们可能会注意到，我们对现在的体验在很大程度上取决于我们有关过去的知识。我们在一个与过去的事件和事物有因果联系的脉络中体验现在的世界，从而，当我们体验现在的时候，会参照我们未曾体验的事件和事物。相应于我们能够加以追溯的不同的过去，我们对现在有不同的体验。”①

首先，妈祖原型表达了许地山的现代意识。五四时期，妇女问题是一个备受关注的社会话题。思想文化界普遍认为，妇女解放的程度是衡量社会进步的一个重要标尺。为此，就女性的恋爱婚姻、家庭权利乃至社会地位等诸多问题展开热烈讨论。文学界一大批作家对妇女问题也给予积极回应。许地山发表了《十九世纪两大社会学家底女子观》、《宗教妇女观》等文章。在《宗教妇女

① [美]保罗·康纳顿：《〈社会如何记忆〉导论》纳日碧力戈译，上海人民出版社 2000 年版，第 2 页。

观》中，许地山指出：虽然佛教对女性抱有偏见，但仍然护佑女性。“丈夫妻子必须相爱才能成就宗教的本质”是对男权思想的批评。女性的生存状态成为重要的创作题材与主题取向。然而就创作实际情况看，“问题小说”普遍存在“小说问题”，表现在“不少作品思想胜于形象，提出了问题而艺术没有跟上去，有的还缺少新鲜活泼的生活气息，出现图解观念的现象。”[①]倒是许地山的创作把这一主题处理得较为妥帖。其小说异域情调和地方色彩“真”气扑鼻倍受茅盾青睐。其中很重要的原因就在于运用妈祖叙事进行现代性升华。《命命鸟》虽然包裹着宗教外衣，但小说流露出对现世生活的追求，仍然表达了“近代的情绪”[②]。《商人妇》、《缀网劳蛛》、《枯杨生花》对女性人格魅力的肯定和赞美，与五四时期提倡男女平等的社会思潮合拍。许地山后期的《玉官》、《铁鱼的鳃》等小说，妈祖叙事运用得更为娴熟，“将宗教精神与中国传统的德行观念进行了一种尝试性的融合”[③]。总的说来，许地山小说不乏宗教玄想意味，但他还是基于现实，关注现实人生的思考。正因为如此，新文学的民族性、现代性在他小说中得到了较为完美的体现。

其次，许地山文本出现了众多的海意象。除了以海为背景的小说(《商人妇》、《枯杨生花》、《缀网劳蛛》、《女儿心》、《铁鱼的鳃》)外，还有直接用“海”为标题的作品(《海世间》、《海角底孤星》和散文《海》)。这一方面与妈祖文化有密切关系；另一方面也同“人生苦海”的佛教理念相关。但需要指出的是，许地山借用苦海意象，目的是从佛教中求得人性张扬、心灵解脱和精神超拔，表达

① 严家炎：《中国现代小说流派史》，人民文学出版社1989年版，第38—39页。
② 成仿吾：《〈命命鸟〉的批评》，《创造》季刊1923年5月1日，第2卷第1期。
③ 刘登翰主编：《香港文学史》人民文学出版社1999年版，第107页。

对现实人生的理性认识，强化人的生存意志。在《七七感言》中，许地山说："知识是不能绝对克服意志底，我们所怕底是意志的薄弱易陷于悲观底迷途的牧者。……我底意思不是鼓励舍弃知识，乃是要指出意志要放在知识之上，无论成败如何……"许地山生活的时代社会动荡，风雨如晦。个人经历也如"弁言"所说："自入世以来，屡遭变难，四方流离，未尝宽怀就枕。"在"生本不乐"的世间，就象"在一个狂风骇浪的海面上"。即使"坐在一只不如意的救生船里，眼看载着我们到半海就毁坏的大船渐渐沉下去"。即便如此也应该这样想："在一切的海里，遇着这样的光景，谁也没有带着主意下来……我们尽管划吧。"《缀网劳蛛》则用形象的比喻表达作家对于人生的感悟："人生就同入海采珠一样"，得着与否也未可知。早年佛教的影响、个人的精神气质以及宗教研究等因素的作用，使他对佛教产生了心理认同和情感共鸣，也加深了对社会人生的理解。因此，许地山利用妈祖原型创作，"决不是图解宗教，引导人们去否定人生，消极出世；而是要引导人们走向心理平衡，灵魂净化和道德完善，从而进一步入世。"①苦海意象和妈祖原型的融合，表达了作家的生活哲理与人生境界。

许地山处理文学的民族性与现代性关系是值得称道的。他《孟加拉民间故事》译序中指出，"……故事底内容与体例不但是受过环境底陶冶，并且带着很浓厚的民族色彩。在各民族中，有些专会说解释的故事，有些专会说训诫或道德的故事，有些专会说神异的故事，彼此一经接触，便很容易互相传说，互相采用，用各民族底环境和情形来修改那些外来的故事，使成为已有。"许地山对妈祖故事传奇性手法和佛教意象（"海"）借鉴的同时，还对具

① 王盛：《中国现代文学的卓越贡献者》，《文学研究》第 4 辑，南京大学出版社 1996 年版，第 30 页。

有地域和民族特色的妈祖叙事进行现代转化。例如,《女儿心》在采用传奇手法基础上,融入西方小说意识流、象征、隐喻等技巧,造成一种空灵通脱的审美韵致。

妈祖叙事体现了许地山对理想化、道德化的人格追求。沈从文认为"落花生的创作,同'人生'实境远离,却与艺术中的'诗'非常接近。"[①]作家本人曾坦率地说:"人间生活不能离开道德的形式。"[②]同时,作为理想化道德化的形式,妈祖带有的佛教信仰,代表了许地山对现实人生的感悟。宗白华说:"文艺从它的左邻'宗教'获得深厚热情的灌溉……第一流的文学作品也基于伟大的宗教热情。"小说的宗教气氛造成许地山小说独特的审美内蕴。即便后来小说增强了现实主义因素,带有"土腥气"和"时代的血肉",但许地山仍把智慧头脑"伸进精神光明的高超的天空,指示着生命的真谛,宇宙的奥境。"[③]

① 沈从文:《论中国创作小说》,《沈从文全集》第 16 卷,北岳文艺出版社 2002 年版,第 204 页。

② 许地山:《创作底三宝和鉴赏底四依》,《小说月报》1922 年第 13 卷第 7 号。

③ 宗白华:《艺境》,北京大学出版社 1997 年版,第 184—185 页。

第七章　论沈从文早期的民俗学意识

沈从文的名字是与“湘西世界”联系在一起的。一提起沈从文，人们立马就联想到他笔下风俗淳朴、诗意感动的“湘西世界”。湘西地域的自然景观、民俗风景和人文风情，既构成沈从文“湘西小说”的重要内涵，也成就了作家创作的主要特色。这种创作风格的形成，无疑与他早期受到民俗学影响是分不开的。

一

1923 年 8 月，沈从文独自从湘西来到北平①。做出这样的人生抉择，一个直接的原因是，几个月前他被安排在陈渠珍创办的

① 从湘西来到北平是沈从文人生的重要选择。从无意识到最终确定的过程充满了传奇色彩。1919 年前后，沈从文受骗，愧对母亲和家人，有了“预备到北京”的冲动(《女难》)。接下来是从川东回湘西，看到统领官收藏的书籍字画，“对于人类智慧光辉的领会，发生了极宽泛而深切的兴味”，“间或有些不安于现实的打算”，“总觉得有一个目的，一件事业，让我去做，这事情是合于我的个性，且合于我的生活的，但我不明白这是什么事业，又不知用什么方法即可得来。”(《学历史的地方》)最关键的是他暂时调到新报馆作校对，遇到一个印刷工人，喜欢上了《新潮》《改造》等杂志。“我想我得进一个学校，去学些我不明白的问题，得向些新地方，去看些听些使我耳目一新的世界”，于是“准备过北京读书”，“不再作别的好打算了。”(《一个转机》)参见《从文自传》，《沈从文全集》第 13 卷，北岳文艺出版社 2002 年版。

报馆做校对，开始接触到了《新青年》《新潮》《改造》和《觉悟》等一批新文化刊物。他“记下了许多新人物的名字，好像这些人同我都非常熟悉。我崇拜他们，觉得比任何人还值得崇拜”[①]。这些刊物为沈从文打开一个神奇而崭新的世界，给他留下了深刻印象。正是这样一个偶然机会，让他产生了去北平读书的想法。沈从文后来也这样说过，若没有这些新刊物，“我虽时时刻刻为人生现象自然现象所神往倾心，却不知道为新的人生智慧光辉而倾心。”[②]于是，凭着军人“打烂战”的那种果断与决绝，沈从文打算“向更远处走去，向一个生疏世界走去，把自己生命押上去”[③]，揣了几十块银元，磕磕碰碰地来到北平。

此时的北平，五四新文化运动的高潮虽已过去，但新文学、民俗学活动正如火如荼。研究沈从文及其创作，他在北京大学学习的这段经历无论如何也绕不过去。不夸张地说，没有他在北京大学学习的这段经历，就可能没有后来的作家沈从文。当时的北京大学，不仅仅是中国著名高等学府，更是一种独特的文化现象，它在沈从文走上创作道路起到了至关重要的作用。正是在北京大学学习期间，沈从文文学创作以及民俗学意识酝酿形成，并且，民俗学意识与文学创作在他身上发生了奇妙的结合。

首先，沈从文民俗学意识是在北京大学民俗学活动氛围中形成的。第一，北京大学是中国现代民俗学的发祥地。1918 年 2 月 1 日，《北京大学日刊》刊载了刘半农主笔的《北京大学征集全

---

① 《沈从文全集》第 13 卷，北岳文艺出版社 2002 年版，第 362 页。另外，沈从文还在他的小说《我的二哥》中说：“从一个印刷工人方面读了报纸以及杂志之类的东西，知道了世界的阔度与生活的深度，引起了向不可知的一个世界走去的欲望。”参见《沈从文全集》第 16 卷，第 183 页。

② 《沈从文全集》第 13 卷，北岳文艺出版社 2002 年版，第 361 页。

③ 《沈从文全集》第 13 卷，北岳文艺出版社 2002 年版，第 364 页。

国近世歌谣简章》，希望“本校教员学生，各就闻见所及，自行搜集。”还“嘱托各省官厅，转嘱各县学校或教育团体，代为搜集。”并且就搜集歌谣的年代、范围、来历、记录方法等诸多方面做出了具体规定。蔡元培同期也撰写了《征集全国近世歌谣启事》对歌谣搜集活动表示支持：“本校现拟征集全国近世歌谣……敬请诸君帮同搜集材料”。短短两个月的时间，就征集到1100多首民间歌谣。征集近世歌谣的简章后来还在天津、上海、武汉、广州等地陆续刊发，产生了较大影响。值得一提的是，一向以社会文化批评为宗旨的《新青年》杂志，也在1918年3月15日（4卷3号）全文转载了这则简章，给早期中国现代民俗学活动推波助澜。

第二，北京大学成立了完备的民俗学机构，开展民俗学活动。一是1918年2月成立“歌谣征集处”，作为搜集民间歌谣的专门机构。二是1920年12月19日成立“歌谣研究会”，并由周作人、沈兼士等文化名人主持，继续搜集全国近世歌谣。1923年初，“歌谣研究会”扩大了民俗学搜集范围，除了民谣以外，神话传说、民间故事、童话谣谚、方言土语等都成为采集的对象。三是1923年5月成立“风俗调查会”，采用西方现代民俗学流行的“田野作业”方式展开民俗学实地考察。例如，风俗调查会与歌谣研究会就组织人员对北京郊区的妙峰山、东岳庙展开实地民俗学调查，取得一批有价值的研究成果。四是1924年1月成立“方言调查会”，进一步把方言土语纳入民俗学研究的范畴。需要补充的是，在1936年5月北京大学成立的“风谣学会”上，沈从文被吸纳为该会会员并出席了第一届年会。总之，北京大学相继成立的民俗学机构和组织，聚结了大批的文化名人，如周作人、刘半农、罗家伦、沈兼士、胡适之、林语堂、朱自清等等。他们参与了不同时期的民俗学活动，为民俗学活动提供了智力支持和保障，推动了中国现代民俗学的发展。

第三，北京大学在设立民俗学组织机构的同时，积极创办民俗学刊物，出版民俗学著作，深化民俗学研究，扩大了民俗学影响。一是1922年“歌谣研究会”并入北京大学研究所国学门创办的《歌谣周刊》。它摆脱了早先只在《北京大学日刊》刊载民谣“日刊一则”的局限，成为中国现代民俗学第一个专门性学术刊物。从1922年创刊到1925年，《歌谣周刊》出98期（包括增刊1期），发表歌谣达2200多首。顺便提一下，1935年，北京大学文科研究所恢复“歌谣研究会”，《歌谣周刊》复刊。从1936年4月到1937年6月，共出53期。二是1925年10月，《北京大学研究所国学门周刊》创刊，发表歌谣故事和民俗学研究成果。三是“歌谣研究会”相继推出和出版一系列的民俗学研究著作，“歌谣丛书”、“故事丛书”和“歌谣小丛书”。其中有顾颉刚的《吴歌甲集》、《孟姜女故事的歌曲甲集》、董作宾的《看见她》等。

据现有资料来看，沈从文几乎没有论及当年参与民俗学活动的情况。但这并不意味着他没有受到民俗学的影响，没有形成民俗学意识。沈从文是以独特方式参与民俗学活动的，将民俗学活动与文学创作紧密结合在一起①。民俗学意识刺激了他对故乡民俗的关注，而民俗事象的自觉描写又逐渐形成创作的特色，二者相得益彰。众所周知，由于蔡元培的远见卓识，当时北京大学“对不注册的旁听生，毫无限制”②。这为沈从文提供了在北京大学旁听学习的机会，因此也不可能不置身于北京大学民俗学和新文学活动的氛围中。他这样说过：“热情为物是具有传染性的，领

① 沈从文除了20年代中后期搜集发表了若干的“镇筸歌谣”外，30年代初就曾打算创作系列作品，其中一个主题就是描写“故乡的民族性与风俗及特殊组织”。或许就是有这样一个想法，促成了沈从文后来的《湘行散记》、《湘西》等作品。参见《沈从文全集》第14卷，北岳文艺出版社2002年版，第48页。

② 凌宇：《沈从文传》，十月文艺出版社1988年版，第187页。

导的既由大学师生,所以对学生分子影响特别大。这影响直接虽限于学校,间接实普及全中国。”[①]虽然沈从文谈论的是文学活动,但与文学活动共时存在的民俗学活动也大体如此,且二者密不可分。随着北京大学歌谣搜集、研究和出版的热络,民俗学、文化人类学渐成“显学”。这从当年北京大学开设的课程就可以看出来。当时的国文系、历史系、哲学系都开设了“人类及人种学”等民俗学课程。1925 年国文系开设的“中国方言学”、“中国古方言学”课程,显然与方言调查等民俗学活动有直接关系。北大校园兴起的一波又一波民俗学活动的高潮,自然提升了民俗学的关注度和接受面。再就是从沈从文学科背景来看,由于早年只接受了几年私塾教育,他根本不可能也没兴趣旁听毫无学科背景的理科课程,他最有可能旁听的就是国文、民俗学、人类学这样一些文科课程。不过话又说回来,虽然沈从文入籍未果,但旁听生的身份使得他比那些有学籍的学生更具优势,完全可以集中精力,投入更多时间,专注于自己感兴趣的文学、民俗学等文科课程学习。而这些知识背景为他后来的文学创作带来了便利。

其次,北京大学是五四新文学的堡垒。众多文学名家和文学青年汇集于此,他们一边工作或学习,一边从事创作,启发和引导了沈从文走上创作道路。众多作家的名字常见诸报刊,沈从文是再熟悉不过的了。在北京大学,他终于把那些熟悉的名字与鲜活的人对上了号,并与郁达夫、徐志摩、林宰平等人过从甚密。郁达夫很关心沈从文并到公寓找过他,对他在艰苦环境中坚持创作深表钦佩。徐志摩欣赏沈从文的才华并刊发他若干作品。例如 1925 年 11 月,徐志摩特地写了《志摩的欣赏》推介他的《市集》。

---

① 沈从文:《文运的重造》,《沈从文全集》第 12 卷,北岳文艺出版社 2002 年版,第 81 页。

“作者的笔真像是梦里的一只小艇，在波纹瘦鳒鳒的梦河里荡着，处处有着落，却又处处不留痕迹。这般作品不是写成的，是‘想成’的。给这类的作者，批评是多余的，因为他自己的想象就是最不放松的不出声的批评者。奖励也是多余的，因为春草的发青，云雀的放歌，都是用不着人们的奖励的。”①沈从文回忆第一次见到徐志摩的情景，此前“读过他不少散文，觉得给我崭新深刻动人印象，也正是我自己开始学习用笔时”，“不知不觉受到一种鼓舞，以为文章必须那么写”②。林宰平对沈从文《遥夜》也给予蛮高的评价：认为这篇小说“凄清，无聊，失望，烦恼”的情绪书写”，“全文俱佳——实在能够感动人”③。几十年后，沈从文仍感念林宰平知遇之恩。他说：林宰平先生是“影响我一生极大，良师中最亲近的一人。”④此外，沈从文还结识了清华的朱自清。即便是老派文人辜鸿铭也给予沈从文创作以深刻启示。他说：“我却引起一种警惕，得到一种启发，并产生一种信心：即独立思考，对于工作的长远意义。”⑤1934 年，《从文习作选集》出版。在该书序中，沈从文对给予他帮助、鼓励和支持的人表达了由衷敬意：“这十年来没有他们对我种种的帮助和鼓励，这集子里的作品不会产生，不会存在。”⑥

北京大学教授的多重身份也吸引沈从文。他们除了日常教学活动，有的还是新文学作家、民俗学学者。例如刘半农既是诗

---

① 徐志摩：《志摩的欣赏》，《晨报副刊》1925 年 11 月 11 日。
② 沈从文：《回忆徐志摩先生》，《沈从文全集》第 27 卷，北岳文艺出版社 2002 年版，第 436 页。
③《沈从文全集》第 14 卷，北岳文艺出版社 2002 年版，第 497 页。
④《沈从文全集》第 14 卷，北岳文艺出版社 2002 年版，第 496 页。
⑤ 沈从文：《二十年代的中国新文学》，《沈从文全集》第 12 卷，北岳文艺出版社 2002 年版，第 379 页。
⑥《沈从文全集》第 9 卷，北岳文艺出版社 2002 年版，第 7 页。

人，《新青年》的编辑，又是民俗学者和民俗学活动的倡导者。他率先提倡近世歌谣的搜集，在家乡江阴收集了 20 首船歌并一一加以注释[①]；历史学家顾颉刚也搜集家乡 300 多首吴歌。胡适、周作人、罗家伦等人也一边创作一边投身民谣搜集、整理和研究。一时间北京大学民俗学活动风生水起。尤其是 1918 年 5 月 20 日，北大学人不顾老派人士对民间歌谣“不入流品”的指责，坚持在《北京大学日刊》发表民谣。这些都给沈从文留下了深刻印象。

沈从文结识的众多文学青年对他创作的导向也是很显著的。在《〈沈从文小说选集〉题记》中，他回忆说：“虽然到北京一年后，在北大、农大、燕京我就认识了好些习文学的朋友，充满热情和幻想”[②]。可以肯定的是，沈从文的创作始于北京大学学习期间。而在来北平之前，沈从文在湘西就已接触到新文学刊物，“被这些大小书本征服了”，“对于新书投了降”。[③] 刚到北平的时候，沈从文每天到京师图书馆阅读新文化刊物和新文学作品，积累了文学创作的基本知识，激发了创作兴趣。他向往北京大学，渴望有机会与新文学作家能够面对面交流。他从“酉西会馆”搬到北京大学红楼附近的银闸胡同公寓，就颇有“近水楼台”的意味。虽然沈从文入籍北大未果，但他先后结识了一批年轻人。据沈从文回忆，“原来一年中，我先后在农业大学、燕京大学和北京大学，就相熟了约三十个人。农大的多属湖南同乡。”[④]在燕京大学，由认识董景天开始，“先后认识了张采真、司徒乔、刘廷蔚、顾千里、韦丛

---

① 刘半农 1919 年在家乡江阴搜集的 20 首船歌，后由民俗学家常惠于 1923 年以《江阴船歌》之名刊发在《歌谣周刊》第 24 号。后来，刘半农根据江阴船歌的民间形式创作了 60 首诗歌，后以《瓦釜集》出版。

② 《沈从文全集》第 16 卷，北岳文艺出版社 2002 年版，第 373 页。

③ 《沈从文全集》第 13 卷，北岳文艺出版社 2002 年版，第 362 页。

④ 《忆翔鹤》，《沈从文全集》第 12 卷，北岳文艺出版社 2002 年版，第 253 页。

芜、于成泽、焦菊隐、刘潜初、樊海珊等人。”[①]沈从文搬到北大附近，“即迁居沙滩附近小公寓后不多久就相熟了许多搞文学的朋友。湖南人刘梦苇、黎锦明、王三辛……四川人陈炜谟、赵其文、陈翔鹤”[②]。在这些朋友中，“一部分和我情形相近，受了点‘五四’影响，来到北京，为继续接受文学革命熏陶，引起了一点幻想童心，有所探索有所期待而来的。”[③]应该是心理学上的“从众效应”，沈从文也开始学着这些文学青年的样子，一面“时断时续地在北大听课，一面在公寓那间‘窄而霉小斋’里，开始无日无夜地伏案写作。”[④]值得一提的是，与沈从文几乎同时来到北平，同样在北大旁听的台静农，1923 年利用假期回到家乡霍丘，搜集了两千多首当地民谣。1925 年《歌谣周刊》还刊载了其中的 113 首，后来又陆续在其他报刊上发表了几十首。这件事在当时北大学生中产生了轰动，给沈从文留下深刻印象和启发。1926 年 12 月起，沈从文在《晨报副刊》发表了湘西地域的 41 首民间歌谣；1927 年 8 月，又在《晨报副刊》发表了朋友代为搜集的 8 首湘西对唱歌谣。

最后，沈从文阅读大量的期刊杂志，在拓展文学视野的同时形成了自觉的民俗学意识。在民俗学十分热络的环境中，当时几乎所有刊物都刊载歌谣及民俗学文章。民俗学家魏建功也证实，“新期刊继《北大日刊》之后而发表歌谣谚语，已成为一种风气。[⑤] 这个时期，众多刊物纷纷效仿《北京大学日刊》的编排方式，以“专栏”、“专号”发表民俗学文章。这对于熟悉期刊的沈从

① 《忆翔鹤》，《沈从文全集》第 12 卷，北岳文艺出版社 2002 年版，第 254 页。
② 《忆翔鹤》，《沈从文全集》第 12 卷，北岳文艺出版社 2002 年版，第 254 页。
③ 《忆翔鹤》，《沈从文全集》第 12 卷，北岳文艺出版社 2002 年版，第 254—255 页。
④ 凌宇：《沈从文传》，十月文艺出版社 1988 年版，第 189 页。
⑤ 魏建功：《〈歌谣〉四十年》，《民间文学》1962 年第 1 期、第 2 期。

文来讲，当然会注意到这个时期刊物编辑体例的某种变化。

二

今天来看，沈从文对众多刊物熟悉的程度似乎难以置信。作家回忆说："当时想读书，无学校可进，想工作也无办法，只有每天到玄武门内京师图书馆分馆去看书取暖，不问新旧，凡看得懂的都翻翻。消化力既极佳，记忆力也特别好，不少图书虽只看一二次，此后三十年都还得用。"[①]我们从沈从文发表的《北京之文艺刊物及作者》一文就可以看出他的阅读量之大，阅读面之广，以及对民俗学的关注。虽然这只是沈从文第一篇评论性文字，但文章结构条理明晰，资料详实，尤其是对文学作品的把握和分析，彰显他良好的艺术感受力和文字敏感性。例如，沈从文论及鲁迅的杂文，"对那类觉得是虚伪的地方抨击，不惜以全力去应付。"文字"论断周密，老，辣，置人于无所脱身的地步，近于泼刺的骂人，从文字的有力处外，我们还可以感觉着他的天真。"[②]在谈到周作人散文小品时，他觉得"周先生的文章，像谈话似的，从朴质中得到一种春风春雨样的可亲处来……从他的文字上，可以看出他是一个极懂人生艺术的人。"[③]对徐志摩的诗，沈从文认为"有一种莲花落似的格调，而用字的丰富，都是能于新诗外另立一种新形式的。"[④]至于他的散文，沈从文觉得是"把他做诗用不胜用的美丽字句用到散文上，写无论哪件事都好……念他的散文，那上面简

① 《沈从文全集》第 16 卷，北岳文艺出版社 2002 年版，第 372—373 页。

② 《沈从文全集》第 17 卷，北岳文艺出版社 2002 年版，第 27 页。

③ 《沈从文全集》第 17 卷，北岳文艺出版社 2002 年版，第 27 页。

④ 《沈从文全集》第 17 卷，北岳文艺出版社 2002 年版，第 20 页。

直都是诗了。字句的美丽与流畅，成了种特殊的文风，纵有天才亦无从去学。"[①]同时也指出徐志摩的缺点是处处"辞句奔放"。"若为得是说一种淡淡的或者杳然而去的片段情事时，似乎值不得那么奔放……正如把极酽冽的酒代了一瓯清淡的茶"[②]。这些评论就是放在今天看仍不乏精彩到位。

除了从刊物性质、宗旨、出版时间、销售数量及价格等方面介绍"晨副""京副"等众多刊物的情况外，沈从文对登载民俗学内容的刊物也颇为关注。他注意到《民众文艺》，"是'想发掘民间固有文艺宝藏'的一种刊物，登载些用很笨的笔调记录下的民间故事与歌谣。"[③]"很笨的笔调"就是民间故事和歌谣的纯客观记录。他也提到"研究国故之北大《国学门周刊》""常录了许多美丽的民歌"[④]。正是出于对民俗学兴趣，沈从文就故乡凤凰特殊民俗写信给江绍原寻求解释。沈从文对故乡民俗如数家珍。例如1930年，他在给王际真的信中，饶有兴味地介绍家乡"烧灯"习俗："苗乡里过年有'跳年'，元宵有烧灯。烧灯夜人家把大油松树挖孔，筑硝磺炭与钢砂调和而成的药料，筑数千槌，再用黄泥封口，开小孔，从小孔中引火，即刻烟花上冲数十丈高，发大声如雷，五里外皆可见闻。苗人打野皮鼓吹牛角与铜角，呼啸如狂"[⑤]。

论述沈从文早期民俗学意识，必须解决这样一些问题，即民俗学(活动)是以什么样的方式，在多大程度上，在哪些方面对作家产生了影响，是如何产生影响以及为何能产生影响的。虽然沈

① 《沈从文全集》第17卷，北岳文艺出版社2002年版，第27页。
② 《沈从文全集》第17卷，北岳文艺出版社2002年版，第20页。
③ 《沈从文全集》第17卷，北岳文艺出版社2002年版，第14页。
④ 《沈从文全集》第17卷，北岳文艺出版社2002年版，第5页。
⑤ 《沈从文全集》第18卷，北岳文艺出版社2002年版，第45页。

从文极少使用民俗(学)概念[1],但他民俗学意识是不言而喻的。概括地说,沈从文以特殊方式回应民俗学(歌谣学)活动,即他早期民俗学文章有诸多文学性成分,而文学作品(尤其是戏剧)又普遍具有民俗(学)元素。《镇筸的歌》、《镇筸谣曲》、《筸人谣曲选》等大概是记录和研究湘西民谣最早的民俗学成果。首先,在民俗学成果中,沈从文保留了湘西民谣的原生形态,即便是猥亵歌谣也不例外。这符合歌谣搜集的科学规范。1918 年,刘半农在“简章”规定了征集近世歌谣的标准:“征夫野老游女怨妇之辞,不涉淫亵,而自然成趣者”;“歌辞文俗一仍其真,不可加以润饰。俗字俗语亦不可改为官话”等。[2] 其实,“一仍其真”、“不涉淫亵”是自相矛盾的。尤其是“不涉淫亵”并不符合民歌搜集的客观要求,再说“淫亵”的标准与尺度因人而异,很难拿捏。所以到了 1922 年,“歌谣研究会”新章程采纳周作人建议,把搜集歌谣“不涉淫亵”改为“歌谣性质并无限制;即语涉迷信或猥亵者亦有研究之价值,当一并录寄,不必先由寄稿者加以甄择。”[3]这代表了周作人等学者对歌谣科学性比较全面的理解。他认为:“我们所要的是‘民歌’,是民俗研究的资料,不是纯粹的抒情或教训诗,所以无论如何粗鄙,都要收集保存”[4]。至于猥亵歌谣,周作人说:“我说猥亵这个字是用在没有色彩的,学术的意思上,表示人生的平常看不见的

---

① 《关于西南漆器及其他》的后半部分基本上可以说是沈从文民俗学或文化人类学的成果。文中提到了“民俗学”、“人类学”概念。作家最早提到“民俗学”大概在 1946 年的小说《虹桥》(《沈从文全集》第 10 卷,395 页);之后 1948 年《苏格拉底谈北平所需》也提及(《沈从文全集》第 14 卷,第 375 页)。解放后,沈从文从事古代服饰研究,其实也是民俗学、文化人类学研究。参见《沈从文全集》第 27 卷,北岳文艺出版社 2002 年版,第 31,34 页。

② 王文宝:《中国民俗学史》,巴蜀书社 1995 年版,第 185—186 页。

③ 周作人:《猥亵的歌谣》,《谈龙集》,河北教育出版社 2002 年版,第 68 页。

④ 周作人:《江阴船歌序》,《谈龙集》,河北教育出版社 2002 年版,第 49 页。

那一面，所谓幕后的一面。并不含有什么一定不好的意味”[1]。为纠正对“猥亵歌谣”的偏见，周作人在《歌谣周刊》发刊词中特别声明：“我们希望投稿者……尽量的录寄，因为在学术上是无所谓卑猥或粗鄙的。”[2]在周作人看来，猥亵歌谣除了“言语”方面的原因外，它与生活的关系非常密切。“猥亵的歌谣，赞美私情种种的民歌，即是有此动机而不实行的人所采用的别求满足的方法。他们过着贫困的生活可以不希求富贵，过着端庄的生活而不能忘情于欢乐，于是唯一的方法是意淫，那些歌谣即是他们的梦，他们的法悦”。周作人引用《所罗门雅歌》、《碧玉歌》中猥亵歌谣进行人类学分析，认为这种现象“说明猥亵的分子在文艺上极是常见，未必值得大惊小怪”[3]。1923年，周作人在《歌谣周刊》发表《猥亵的歌谣》；1925年又在《语丝》发表《征求猥亵的歌谣启》，再三强调“猥亵歌谣”的文化价值。他说：“大家知道民间有许多猥亵的歌，谜语，成语等，但是编辑歌谣的人向来不大看重，采集的更是不愿记录，以为这是不道德的东西，不能写在书本子上。我们觉得这是很可惜的，现在便由我们来做这个工作，专门搜集这类猥亵的歌谣等。”并且从文艺的角度高度肯定猥亵歌谣的价值：“实在是后来优美的情诗的根苗”，“从这里窥测中国民众的性的心理”[4]。虽然民间歌谣含有“猥亵”成分甚至带有调情意味，但不可否认它是民间性启蒙的一个重要环节。受到周作人民俗学思想影响，沈从文除发表若干民间歌谣，创作中多次引用猥亵歌谣[5]。《边

---

① 周作人：《猥亵论》，《自己的园地》，河北教育出版社2002年版，第83页。

② 周作人：《猥亵的歌谣》，《谈龙集》，河北教育出版社2002年版，第68页。

③ 周作人：《猥亵的歌谣》，《谈龙集》，河北教育出版社2002年版，第73、74页。

④ 钟叔河编：《周作人文类编》第6卷，湖南文艺出版社1998年版，第562页。

⑤《雨后》引用猥亵歌谣：“大姐走路笑笑底，一对奶子翘翘底，心想用手摩一摩，心子只是跳跳底。”。

城》、《神巫之爱》还引用迎神歌谣①。这些方面可以看出 20 年代搜集民谣的嬗变。

其次，沈从文在民俗学文章中严格标注歌谣采集者和搜集地点。这种做法符合歌谣研究会“歌谣通行于某社会、某时代，当注明之”②的要求，反映沈从文接受了歌谣学活动影响以及民谣搜集的严谨性。沈从文解释“镇筸土话”“即苗民杂处及同化外之湘边镇筸地方土话”③。在《镇筸谣曲》“前文”，沈从文写道：“我谢小表弟，及其他的副爷们，所寄来的一部分歌谣，却给了我一个颇感趣味的工作了。”④这些可以看出沈从文民歌搜集的严谨态度。

最后，为便于读者理解镇筸歌谣，沈从文对民谣加以注释。这同样符合歌谣研究会章程“歌谣中有关于历史地理，或地方风俗之辞句，当注明其所以”⑤的规范。尤其是异域方言，如果不加以注释，读者是很难理解个中趣味的。沈从文“为保存趣味的缘故，本想不加什么注释；但为使这趣味普遍的散到读者心中去，又不由我不下一点小注解了。”⑥以上几个方面不难看出，沈从文对北京大学征集近世歌谣简章，以及稍后“歌谣研究会”章程及其民歌搜集程序都非常了解，并在搜集和发表的民谣中自觉加以遵守。搜集歌谣方面，沈从文一面根据自己印象记录下民间歌谣；另一面通过朋友代为搜集湘西民谣。他甚至还打算回到湘西搜集民谣。他说：“我还希望我在一两年内能得到一点钱，转身去看看，把我们那地方比歌谣要有趣味的十月间还傩愿时酬神的喜剧

① 参见《沈从文全集》第 9 卷 378—379 页，第 10 卷 96—97 页。
② 王文宝：《中国民俗学史》，巴蜀书社 1995 年版，第 195 页。
③《沈从文全集》第 15 卷，北岳文艺出版社 2002 年版，第 7 页。
④《沈从文全集》第 15 卷，北岳文艺出版社 2002 年版，第 19 页。
⑤ 王文宝：《中国民俗学史》，巴蜀书社 1995 年版，第 195 页。
⑥《沈从文全集》第 15 卷，北岳文艺出版社 2002 年版，第 7 页。

介绍到外面来。此外还有苗子有趣的习俗,有和价值的苗人的故事。我并且也应把苗话全都学会,好用音译与直译的方法,把苗歌介绍一点给世人"。因经济拮据,沈从文民歌搜集的愿望,"只好当成一不能实现的辽远晃着金色的梦"[①]。

如果说刘半农主持下的歌谣学活动解决了民歌搜集的问题,那么1920年以后在周作人倡导下则解决民歌的实际应用,即把民歌搜集与"五四"新文学相联系,肯定民歌"真挚""诚信"的价值。周作人说:"民歌是原始社会的诗,但我们的研究却有两个方面,一是文艺的,一是历史的。从文艺的方面我们可以供诗的变迁的研究,或做新诗创作的参考。在这一点上我们需要现存的民歌比旧的更为重要……民歌与新诗的关系,或者有人怀疑,其实是很自然的,因为民歌的最强烈最有价值的特色是他的真挚与诚信,这是艺术品的共通的精魂,于文艺趣味的养成极是有益的。"[②]1922年,胡适之发表《北京的平民文学》,强调民歌的文学审美价值。胡适的看法深得周作人的认同。1923年,周作人在为《歌谣周刊》所作的"发刊词"就多处采纳了胡适的看法。周作人发表《歌谣周刊》"发刊词"之际,正是新文学初期"问题小说"流行之时。问题小说普遍存在着思想艺术不相称的"小说问题",表现为小说人物的抽象化和作家观念的直白化。胡适和周作人都有意将民间歌谣引向服务于新文学创作实践中来。与此同时,周作人的《地方与文艺》提倡将地方性特色纳入到新文学的创作视野,促成了新文学由早期"问题小说"向"乡土小说"的转型。

诸多因素的合力和文化语境,形成了早期沈从文民俗学与文学互相融合的特点。这个时期发表的《镇筸的歌》、《镇筸谣曲》、

---

① 《沈从文全集》第15卷,北岳文艺出版社2002年版,第20页。

② 周作人:《歌谣》,《自己的园地》,河北教育出版社2002年版,第36页。

《箪人谣曲选》以及用湘西方言创作的《乡间的夏》、《春》等文本，又带有某些文学性成分。

第一，沈从文发表的民间歌谣，特别是《箪人谣曲》、《箪人谣曲选》在辑录与写法上与众不同。他在辑录民谣（山歌）的同时，除了对每首民谣（山歌）的种类、性质、内容、形式、特殊语境、具体地域等作民俗学技术性分析和介绍外，还从文学角度对民歌内容进行观照。这种方式为沈从文累积了初步审美体验和文学创作经验。沈从文创造的“湘西世界”一个很重要方面，就是借重民俗的审美感知和诗意书写。这种独特写法体现出作家民俗学意识与文学创作的结合。

第二，沈从文发表的民谣流露出文学创作的基本立场、题材选择路径以及叙事特色。就主题来说，《镇箪的歌》、《镇箪谣曲》、《箪人谣曲选》绝大多数是恋歌。这与其他人收集的民歌没有什么两样，但在辑录写作上有自己的特色。一方面，沈从文在对民谣的阐释中，开始把湘西与都市比照，呈现鲜明的价值立场与审美取向。例如在介绍《镇箪谣曲》第 26 首民谣时，他指出都市与乡村的爱情的差异，“这种解释用到在别的如像近来都市中的男女关系上，那当然是只见其傻，但在真率的代帕们心中，能够使她的态度坚决走向男的所希望的那一面，那是无疑的吧。”[①]沈从文分析第 32 首民谣写道：“爱人的技术在乡下是除了唱歌以外用不上什么别的方法的，若是同一个新式城中女人去唱歌，高雅点去做诗，那可不行，最好，还是赶快找一点钱吧。”[②]可以看出，早期沈从文发表的民间歌谣，影响或开启了“都市”与“乡土”两种不同的文学叙事路径；另一方面，沈从文的民谣文本中流露出忧郁审

---

① 《沈从文全集》第 15 卷，北岳文艺出版社 2002 年版，第 32 页。

② 《箪人谣曲》，《沈从文全集》第 15 卷，北岳文艺出版社 2002 年版，第 34 页。

美基调。《筸人谣曲》的"前文"中，叙写自己在北京穷困潦倒，无所适从的尴尬情绪。"目下的生活样子，因了伤风，鼻子流血，连两毛往协和医院去挂个号的钱还找不到，而冬天的威严到了身边，薄薄的蓝布衫子还不知要在何日始能找到代替者。"①这种忧郁与文学作品的感伤基调基本一致。

第三，沈从文借民俗学文本表达他对文学及文学创作的基本观念。1925 年 7 月 12 日，《京报·国语周刊》刊发他的《乡间的夏》（镇筸土话）。在"话后之话"中，沈从文认为"文学"是"用笔写出来的比较上新鲜，俏皮，真实的话而已。若因袭而又因袭，文字的生命一天薄弱一天，又那能找出一点起色？"②沈从文主张"新鲜"、"俏皮"、"真实"，反对"因袭"的文学语言标准，契合五四新文学的现代性要求。新文学从白话文运动起步，目的是用通俗易懂、鲜活生动的白话文取代文言文进行创作。歌谣的搜集与发表恰恰可以作为新文学创作的参照和借鉴。胡适从文学发展与方言的关系角度指出，"国语不过是最优胜的一种方言；今日的国语文学在多少年前都不过是方言的文学，正因为当时的人肯用方言做文学，敢用方言做文学，所以一千多年之中积下了不少的活文学，其中那最有普遍性的部分遂逐渐被公认为国语文学的基础。我们自然不应该仅仅抱着这一点历史上遗传下来的基础就自己满足了，国语的文学从方言的文学里出来，仍须要向方言的文学里去寻他的新材料、新血液、新生命。"③1924 年 12 月 22 日，《一封未曾付邮的信》在《晨报副刊》发表，标志着沈从文抱着庄严的态度走上了崎岖艰难的文学道路。他采用民间鲜活的话语进行

① 《筸人谣曲》，《沈从文全集》第 15 卷，北岳文艺出版社 2002 年版，第 21 页。
② 《沈从文全集》第 15 卷，北岳文艺出版社 2002 年版，第 7 页。
③ 《〈吴歌甲集〉序》，《胡适全集》第 3 卷，安徽教育出版社 2003 年版，第 755 页。

创作，相继发表了系列民间歌谣和用“镇箪土话”创作的作品。他说：“我想来做一种新尝试。若是这尝试还有一条小道可走，大家都来开拓一下，也许寂寞无味的文坛要热闹一点。”[①]他早期文学作品，如深受志摩欣赏的《市集》，就是用新鲜俏皮的民间话语对故乡民俗生活的描摹和再现。在“附告白”中他这样写道：“文中有许多叠句叠字处，看来已不大通，这乃是保全乡土趣味缘故，只得如此。若是但失之鄙俚，那么，大概还会有个把读者感到趣味”[②]。

三

在沈从文早期作品中，剧本不太为读者所重视。从 1925 年到 1927 年，沈从文先后发表了 11 个剧本。1925 年创作了《卖糖复卖糕》、《赌徒》和《野店》；1926 年有《母亲》、《支吾》、《盲人》、《鸭子》、《霄神》、《羊羔》、《蟋蟀》和《过年》；1927 年发表了《蒙恩的孩子》和《刽子手》等。除《盲人》、《蒙恩的孩子》和《支吾》外，其余剧本都是描写故乡生活的题材。同沈从文乡土小说一样，这些剧本民俗意蕴相当显著。

第一，民俗书写构成沈从文剧本一个很重要的内容和特色。沈从文抓住“剧本”的特点与优势，采用“对话”刻画形象。在《卖糖复卖蔗》和《鸭子》两个剧本，描写主人公做小本买卖吆喝的场景。人物浓烈的乡土气息和地方色彩的对话，生动刻画了油滑、风趣又不失精明的小贩性格。这些剧本虽然只是一个片段，一个

---

① 《乡间的夏》，《沈从文全集》第 15 卷，北岳文艺出版社，2002 年版，第 7 页。

② 《市集》，《沈从文全集》第 11 卷，北岳文艺出版社，2002 年版，第 48 页。

场景,但可以发现沈从文善于运用鲜活风趣的方言土语进行创作。《羊羔》通过把总和屠户的对话推动故事情节的发展。特别是把总请吃一碗面条,就成功将屠户那只肥羊搞到手。屠户虽然心知肚明这是圈套,但碍于权势和情面,不得已顺水推舟,做下这桩赔本买卖。人物对话机智幽默,简单风趣,并穿插不少当地歇后语,如“傩妈看戏,依不得那么多傩”;“三个钱开当铺,搅手脚不匀”等。风趣活泼的方言土语的运用,既是沈从文民俗学意识的流露,也符合早期对于文学的见解。

“斗蟋蟀”是中国民间古老的娱乐活动和习俗。清人《燕京岁时记》从侧面记载了当时这一习俗的流行。“七月中旬则有蛐蛐儿,贵者可值数金。有白麻头、黄麻头、蟹胲青、琵琶翅、梅花翅、竹节须之别,以其能战斗也。”《蟋蟀》是沈从文根据早年生活提炼出的文本。作家在自传曾讲述用一只蟋蟀的代价向木匠借“泥罐子”的经历。该剧本围绕弟弟捉蟋蟀未归,妹妹与哥哥风趣对话与周旋,以及弟弟回家被哥哥戳穿了洋相,展现了这个家庭生活中风趣活泼的一面。

另一剧本《赌徒》再现了民间赌博习俗。除了推牌九,民间赌博的形式多种多样,均是侥幸刺激的冒险,也是民间娱乐方式。沈从文说自己在这方面也很有经验。《从文自传》写到:“起始当三五个蹲到那些戏楼下,把三粒骰子或六粒骰子抓到手中,奋力向大土碗掷去,跟着它的变化喊出种种专门名词时,我真忘了自己也忘了一切。那富于变化的六骰子赌,七十二种‘快’‘臭’,一眼间我皆能很得体的喊出它的得失。”(《我上许多课仍然不放下那一本大书》)《赌徒》通过甲、乙、丙、头家等几个赌徒的对话,活灵活现地刻画出人物面对输赢时所表现出的不同性格。沈从文后来也在其他作品描写赌博的习俗。“……照生活习惯,像马锅头或相熟客人,借支一点点钱,和同伴蹲在地下翻翻宝,决个胜败，赌一回小输赢；输光了，再不说话，躺下睡去，赌赢了，俟到大站头停脚时，就找个大臀肥奶子妇人，猫头鹰似的整夜不闭眼睛；泄尽火气，将所有钱一撒手花光，也就换来个心安理得，太平无事。”(《〈断虹〉引言》)

沈从文擅长从民间故事汲取创作素材。例如《霄神》本源于民间笑话。讲述淘气的外甥假扮霄神显灵，将舅舅供奉霄神的三牲饱餐一顿。而贪婪迂腐的舅舅则被自己外甥捉弄，穿着“霄神”的衣服和鞋子，出去偷盗邻家的腊肉火腿而出尽洋相。剧本把舅甥二人的性格刻画得淋漓尽致，初步显示出沈从文创作的功力。

《刽子手》通过太太与丈夫的对话，展现了湘西刽子手杀人的独特风俗。沈从文在他作品中多次写到这种风俗。“杀人那天如正值场期，场中有人卖猪肉牛肉，刽子手照例便提了那把血淋林的大刀，后面跟着两个火夫，每到一个屠桌前可割三两斤肉……”(《从文自传·怀化镇》)在当地乡民看来，“刽子手”是让人羡慕的上等职业。因为“凡是刽子手，口粮是双份”；“战兵要出防，要下操，要该班，刽子手则一例免”；“刽子手另外有一种出息”就是“杀人的刀子，当每次杀人以后，拿到各处屠桌边去时，屠户为敬重这特殊的屠户的原故，照例有割肉赠刽子手习惯”。正是看中作“刽子手”的好处，这位太太不停督促丈夫在家练习砍头，希望早日成为一个出色的“刽子手”。小说结尾很是风趣。由于买来的酒不慎被调皮的儿子打翻，“刽子手”不禁大怒，提“刀”出门追着儿子去拼命了。

《夜店》通过男女两性对话，展现湘西边地健康纯朴的两性关系。沈从文后来根据这个题材创作了《旅店》以及类似的《夫妇》、《采蕨》等小说。值得注意的是，《旅店》除表达湘西两性关系外，作家开始思索人事的“无常”，成为沈从文作品中较早关注“常与变”的命题。

从民俗学角度看，佛教是一种独特的民俗事象。《三兽窣堵坡》是沈从文第一次运用佛经故事创作的文本。佛经讲述狐、猿都拿出自己最好的食物招待远道而来的长者（“佛”的化身）。当兔子拿出自己最爱的萝卜白菜，受到两个师兄的嘲讽。这只是个玩笑，可没想到兔二爷一赌气便跳入沸腾的水中，用自己的肉身招待那位远道而来的长者。显然，这与《六度集经》“投身饲虎”同属一个故事类型。沈从文之所以选择这个佛教题材，是因为故事符合他的“新鲜”、“俏皮”的文学标准。正像沈从文自己说：这“原是一个传说，一个原始的神话，看看，有趣，开心”。[①] 顺便说一下，沈从文创作的佛教意识由此发韧，并在后来的作品中表现得愈加自觉和沉潜，成为不可忽缺的创作风格。沈从文在谈到此类“趣剧”给予创作的启示时说：“我之所以把这类故事改成小剧，这又正如我近来把故乡中大小皆知的笑话改成像《鸭子》一类的那种‘狂言式’的小剧样：若无《狂言》中各种趣剧作我的启示，纵要写，是无从写，也是很明白的”[②]。剧本体现了沈从文把文学当做自己情绪书写的观念，同时也反映出作家自觉的民俗学意识。

第二，在书写湘西民俗生活时，沈从文对方言、谚语等特殊民俗事象进行民俗学注释。众所周知，注释是学术性论文的规范，沈从文在剧本中加注比较普遍。这印证了作家接受了民俗学影响。当然，有的剧本没有加注也实属无奈。例如《过年》描写占兵被老将甲戏弄的情节。占兵是当地出名的艺人，他做的“鱼儿灯”、“竹篾狮子头”是孩子们最喜爱玩具。这个时候，衙门大人突发奇想与民同乐，找他去衙门扎花灯。占兵不知其中原委，被老将甲戏弄了一回。整个对话风趣生动。沈从文运用当地的谚语，

---

① 《关于〈三兽窣堵波〉》，《沈从文全集》第1卷，北岳文艺出版社2002年版，第63页。
② 《关于〈三兽窣堵坡〉》，《沈从文全集》第1卷，北岳文艺出版社2002年版，第64页。

如“道标三千六百八十名兵额，要催粮，单单点到我陈复泰”；“傩妈看戏，依不得那么多”；“不怕你精似鬼，今天轮到来吃老娘洗脚水”、“刘三踢倒凳，上算一世人”；“顺顺吃猪脚！——舒服”等等。这些民俗谚语对本地读者来说是“颇为解颐的”，可是放在异质文化中则令人费解。而且这些民间方言谚语，“要加以注解，是恐怕不胜其注的。”[①]《赌徒》中的“推牌九”有太多“行话”也是读者所不能理解的。如果要注释的话，那也要句句注释也无从注释。难怪沈从文在剧本前面写道：“这也太专门了，非另做一篇骰经作注不可。因其字字须注，反而不下注解！乡土性分量多的东西，纵注也很难使外乡人体会。”[②]顺便说一下，正是沈从文自觉的民俗学意识，30年代和40年代，作家对《边城》《长河》进行了非常系统详尽的民俗学注释[③]。

剧本主要通过民俗个体的对话刻划人物性格，符合沈从文早期的文学标准，即文学是“用笔写出来的比较上新鲜，俏皮，真实的话”。[④]“新鲜”主要表现在剧本从湘西边地甚至佛经取材。“俏皮”体现出人物设置和民间话语的使用，增添了文本原生态意味。“真实”既是题材的现实性日常性，也体现为艺术的真实性。从这些剧本中，不难发现沈从文创作天赋。

最后，剧本流露出“忧郁”的审美特色。《三兽窣堵坡》在表达文学观念同时，也传达出沈从文个人生活的尴尬。剧本的最后写道：我“同二爷为人捣药一样，莫可奈何的写下来了。呵，创作，这样果真也说是创作！我只觉得可哀。捣药的事业虽无聊，能够

① 《过年》，《沈从文全集》第1卷，北岳文艺出版社2002年版，第334页。
② 《赌徒》，《沈从文全集》第1卷，北岳文艺出版社2002年版，第21页。
③ 参见《〈长河〉自注》，《沈从文全集》第10卷，北岳文艺出版社2002年版，第171—182页。
④ 《乡间的夏》，《沈从文全集》第15卷，北岳文艺出版社2002年版，第7页。

如我所想象的那样，总之比之目下在寂寞中想完女人又来奋笔直书为二爷作传好点吧。”[1]这些剧本与同期其他文本共同构成沈从文创作的基本路向和价值立场。他说：“一面是生活的屈辱，一面是环境可怕，唯一能救助我的，仅有一点旧小说，和乡村简单生活和自然景物，小小的农家水磨拜访，掘药，捉鸟，捕鱼，猎狐等等小事，冲淡了现实生活一面。这两者却同样影响到将来的生命或工作，这就是在我作品中对平静乡村人民生命的理解基础。”[2]

现代民俗学和五四新文学开启了沈从文的创作道路。作家一方面将文学创作与民俗结合，营造出风俗淳朴风格独特的“湘西世界”。另一方面，民俗学意识使他在创作中保持对民俗的浓厚兴趣。《从文自传》、《湘行散记》和《湘西》等，某种意义上是他的民俗学（文化人类学）著作。40年代，沈从文饶有兴味地给《边城》《长河》进行系统的民俗学注释。甚至有意识地搜集云南边地的民俗器物以供专门研究。沈从文的《关于西南漆器及其他》记录了他在云南的民俗学或文化人类学活动[3]。总之，沈从文自觉的民俗学意识对创作产生了深刻影响。

---

① 《关于〈三兽窣堵坡〉》，《沈从文全集》第1卷，北岳文艺出版社2002年版，第65页。

② 《一个人的自白》，《沈从文全集》第27卷，北岳文艺出版社2002年版，第12页。

③ 沈从文自觉的民俗学及其审美意识，使他在30年代就开始关注和搜集明清瓷器。他说：“其时经济上和时间上，都像是容许我把生命一部直接消耗到美术品的搜集上，因此有机会进而从北平市面还缺少商业价值，却具有充分美术价值的明清彩瓷和青花瓷平面小件器物，有系统保留一点印象。这种生命分散的形式，像是有使我离本日远的趋势，不能说是理想的，却可说是适合当下环境的。”40年代沈从文在云南也搜集了当地丰富的漆器及其他民俗器物。这些都与他20年代形成的民俗学意识不无关系。参见《西南漆器及其他》，《沈从文全集》第27卷，北岳文艺出版社2002年版，第28—37页。

第八章　废名小说的禅宗意识

一

废名的创作大致经历了两个阶段，即“冯文炳”时期和“废名”时期。两个时期的小说风格变化，论者都有中肯评述。鲁迅对主题嬗变尤为敏锐。他说废名早期小说尚能“以冲淡为衣”，表现社会人生的一隅；而后来的创作，则“过于珍惜他有限的哀愁，不久就更加不欲像先前一般闪露……只见其有意低徊，顾影自怜”[①]了。周作人从文本形式出发，强调从“文体的变迁上着眼看去，更觉得有意义”。即由“平淡朴纳”向“简洁或奇僻生辣”[②]的转化。废名文体变化是周作人文学观念在创作上的表现，将平淡朴纳的散文风格拓展到小说领域。正如周作人说：“废名君是诗人，虽然做着小说；我的头脑是散文的”[③]。李健吾则就“形象”这一基本命题精辟指出，从“冯文炳”向“废名”的转变，作家“渐渐走出形象的沾恋，停留在一种抽象的存在。”

① 《〈中国新文学大系・小说二集〉序》，《鲁迅全集》第 6 卷，人民文学出版社 2005 年，第 252 页。

② 周作人：《看云集・〈枣和桥〉序》。

③ 周作人：《永日集・〈桃园〉跋》。

冯文炳受到五四新文化运动的感召来到北京。作家回忆这段往事时说:“在五四以后中国社会运动发轫的时候,我正是一个青年,时常有许多近乎激烈的思想,仿佛新时代就在我们的眼前”[①]。早期小说如《长日》、《讲究的信封》、《少年阮仁的失踪》等,或多或少描写了社会人生,值得一提的是,作家长于描绘农村风物,流露出情感理性相冲突的痕迹,“从他们中理出我的哀愁”。《柚子》写出了爱情与封建婚姻制度的矛盾;《浣衣母》表现出中国传统美德与封建礼俗的冲突;《河上柳》慨叹世风不古的缺憾。冯文炳早期“柔和的忧郁”[②]的现实主义创作折射出作家潜在精神气质,为“废名”时期小说风格作了心理上艺术上的准备。

废名追求审美意境已隐藏在“冯文炳”时期的创作中。《柚子》、《浣衣母》等开始对传统美学意境的初步探索。作家的叙事态度、叙事方式和叙事话语都为了追求“东方逆日暖,柳下惠风和”的审美意境。1924 年创作的《竹林的故事》显示出“冯文炳”向“废名”过渡的明显征兆。首先是与禅宗关联的“竹”意象。参佛需明心见性,竹对佛学修行有益。通过击竹领悟禅意,正所谓“青青翠竹,尽是法身;郁郁黄花,无非般若。”(《大珠禅师语录》)悟禅与创作有相通之处。陈子昂《夏日游晖上人房》云:“山水开精舍,琴歌列梵筵。人疑白楼赏,地似竹林禅。对户池光乱,交轩岩翠连。色空今已寂,乘月弄澄泉。”其次是颇具禅意的“废名”。“不立文字”是禅宗对文字的基本态度,正所谓“羚羊挂角,无迹可寻”,讲究顿悟。1926 年,冯文炳在《忘记了的日子》中说:“从昨

① 废名:《〈周作人散文选〉序》。

② 周作人:《〈父亲拿洋灯回来的时候〉译后记》,《现代小说译丛》第 1 集,上海商务印书馆 1922 年版。

天起，我不要我那名字，起一个名字，就叫做废名。我在这四年以内，真是蜕了不少的壳，最近一年尤其蜕得古怪，就把昨天当个纪念日子罢。”当然，“不立文字”不代表不使用文字，这对作家来说是不可想象的。这预示作家试图用简洁的文字构建审美意境。废名重温“冯文炳”时期作品不禁感慨道：“《竹林的故事》，《河上柳》，《去乡》，是我过去的生命的结晶，现在我还时常回顾他一下，简直是一个梦，我不知这梦是如何做起，我感到不可思议！这是我的杰作呵，我再不能写这样的杰作。”①

废名“蜕壳”是时代和社会激荡所引发的脆弱敏感心理的反映，进而导致创作的变化。作家尽可能冲淡现实底色，在一己心性中构筑审美的“白日梦”。“字与字，句与句，互相生长，有如梦之不可捉摸”（《说梦》）。小说人物，“与其说是本然的，无宁说是当然的人物，这不是著者所见闻的实人世的，而是梦想的幻景的写象。”②在《桃园》、《菱荡》、《枣》等小说中，废名从日常细微处得到审美启示，在自然风光、民俗风情中领略到幽深玄远的情趣和宁静纯美的喜悦。这与禅宗一拍即合。而禅宗又使他更注重主体“内省”和“直觉体验”，寻求精神超脱。废名用“郑重和欣羡的心情”开拓审美领域，为五四落潮期的文坛带来别样情趣，给人耳目一新的感觉。

从民俗学角度看，禅宗是民间信仰的一部分。“人类文化中的许多现象从宗教学的角度看是宗教现象；从民俗文化学的角度来分析，则又是民俗现象。”③禅宗从佛教中择取与中国传统文化相契合的，适宜于本民族心理和人生观的文化因素。不仅包括老

---

① 废名：《说梦》，《语丝》1927年5月第133期。

② 周作人：《永日集·〈桃园〉跋》。

③ 仲富兰：《中国民俗文化学导论》浙江人民出版社1998年版，第146页。

庄玄学思想，还融化外来文化分。“与欧洲人把宗教与世俗信仰截然分开是完全不同的”[①]，中国文化史上的文人名士对禅宗颇感兴趣，禅宗对文人生活的影响不容低估。谢灵运、王维、孟浩然、柳宗元、韦应物等人，向来都有学禅话禅的习惯。

作为人生态度和处世哲学，禅宗在废名身上留下了明显痕迹。综观废名作品，既没有封建剥削压迫所造成的农村凋敝的客观反映，也没有资本主义入侵引发的骚动和畸变。揭露兵燹匪祸成为当时“反战小说”的题材取向。当废名涉及这一题材时则进行审美重构：颠覆现实生活中“可怖的事实”，人物生活在圆满恬静的世界；现实的兵民对立冲突被融洽和睦的关系所取代。《浣衣母》这样写道：“李妈的名字遍知于全营，有两个很带孩子气的，简直用了妈妈的称呼。”小说塑造理想化的“翁媪儿女”是出于对文化性格美的挖掘和审美意境的营造。作家“禅化”的人生态度，缓解了与现实的紧张关系，进而获得心理平衡。

1930年《桥》在《语丝》发表。这是废名通往禅境的“桥梁”，体现作家“追求罕见的和谐完美”。废名“把全部的努力都放在当地的风土人物的描写上，对故事本身的开展是完全忽略的”[②]，将《竹林的故事》隐逸风格推到了极致。《桥》中，废名以自我心灵感悟故乡风物，直达无限的人生体验，呈现出“一种非写实非浪漫，似写实似浪漫的田园诗”。他对乡风民俗尤为关注。如三月三望鬼火，清明节上坟，打杨柳，在佛庙里坐蒲团，端午节包粽子以及史家庄的老习惯（给初次登门的孩子“送牛”，给死者“送路灯”等）。在不背离世俗生活的情况下，废名以禅超然出世的姿态，感知和处理民俗事象，体现了禅宗排斥对抗，崇尚谐和的智慧。文

---

① 杨存田：《中国风俗概观》，北京大学出版社1994年版，第254页。

② 《现代》1923年8月1日，第4期。

本在呈现幽然淡远意境的同时,作家也获得了自由无碍、本然清净的心境。

最能体现"禅宗"特色的是《莫须有先生传》和《莫须有先生坐飞机以后》。作于1930—1931年的《莫须有先生传》,描写莫须有先生隐居北京西山的生活经历。其中不乏对宇宙人生的参悟。正像"废名"一样,"莫须有"也具有禅意。1927年,废名在西山隐居求道,与熊十力探讨佛学。1931年4月12日,周作人在给废名信中称他为"莫须有翁"。我们大概可以认为,这篇作品是废名这一时期心境变化的自传性记录。小说除语言"奇僻生辣"外,引起周作人兴趣的是颇为费解的禅趣机缘。虽然废名小说是中国现代小说中最为难懂的作品,但我们从禅宗角度解读文本,相对来说会比较容易一些。

1947—1948年完成的《莫须有先生坐飞机以后》,接续了《莫须有先生传》的禅宗特色,参禅悟道,玄谈佛经的成分更多。这个时期,小说语言再次发生变化,通篇散发出空灵通达的气息。从废名语言和叙事的渐次变化中,我们可以观照废名参禅悟道的层次与境界。

废名写意化特征是建立在禅宗文化基础上的。禅宗代表了一种符合中国文化精神的世界观和观察世界的方式,重视实际生活的体验和感悟。李泽厚说:"禅宗在客观上仍包含有对感性世界的肯定和自然生命的欢欣,而这正是审美感受不同于宗教经验之所在。"①废名的禅宗意识是个性解放思想在30、40年代的余绪和回响。

地域文化对废名性格形成具有举足轻重的影响。黄梅戏原是湖北黄梅的地方戏,后流传到安徽并成熟起来。在儒家文化影

① 李泽厚:《中国古代思想史论》安徽文艺出版社1994年版,第212页。

响下，民间戏剧讲究“乐而不淫，哀而不伤”的审美规范。加上日常生活的四时八节、民间游艺、饮食风俗，日神文化对废名性格的影响不可忽视。

黄梅以其佛国胜境吸引无数高僧名士凭吊游览。据《黄梅县志》记载，陶渊明、高僧慧远、李白、裴度、苏东坡等都慕名前来。尤其是鲍照终老黄梅，至今保留着鲍公祠、鲍母祠、鲍参军墓和俊逸亭等文化遗迹。在禅宗史上，东晋开始，名士名僧多有交往，名士禅化，禅僧士大夫化渐成时尚。例如慧远不拒与陶潜、殷浩往来，应酬唱和。可以这么说，名士禅僧的交往使禅学渐渐脱去神秘的宗教面纱，深受普通人喜爱。

在禅宗史上黄梅久负盛名。五祖弘忍乃黄梅人氏，受衣钵于四祖道信，传与六祖慧能。黄梅的五祖寺据信是弘忍开创道场，弘扬禅法的地方，从此兴盛不衰。五祖寺周围，群山环绕，古木参天，自然风景无不透着禅意。《黄梅县志》记载，五祖十五代嗣孙法演禅师的法嗣表自禅师，“修造石道，自一天门直达白莲峰顶，历数里许及讲经台，三佛桥，沿路五塔，引路百松，悉出其手，至今赖之。”白莲峰顶相传有五祖亲手栽种的白莲。佛祖与莲花的关系，据佛经记载，佛陀化作白象入胎摩耶夫人，随即王宫池沼内盛开出莲花。佛经有“法开念佛人人上莲花”、“接引众生上莲台”。禅宗对莲的认同寓于“即凡成真”的禅趣。《莫须有先生坐飞机以后》第十五章“五祖寺”，字里行间流露出废名对禅宗的亲切感。

四祖寺位于黄梅县城外西北三十里，建筑规模宏大。四祖道信曾在双峰山弘法。“学侣云臻”就是当时禅门盛况。传说四祖道信“引颈就刃，神色俨然”，博得太宗钦佩。由于黄梅的文化底蕴，生于斯长于斯的废名受到禅宗濡染不足为奇。禅宗给予废名影响,“成就了二十年后的文学事业”[①]。

如果说地域文化和作家心理造成废名与禅宗亲近的话,那么周作人闲适的文化姿态则加速了他的“禅化”。周作人思想1926年前后发生了变化。一改《小河》隐忧沉重的现实主义精神而喜欢谈禅说鬼,沉溺苦茶古玩。1931年,周作人跟废名说,自己前身系一老僧,曾在梦中得一小诗。“偃息禅堂中,沐浴禅堂外,动止虽有殊,心闲故无碍。”因此写下这样的诗句:“前世出家今在家,不将袍子换袈裟。街头终日听谈鬼,窗下通年学画蛇。老去无端玩骨董,闲来随分种胡麻。旁人若问其中意,请到寒斋吃苦茶。”这分明道出“在家和尚”周作人埋头书斋,吃苦茶的生活趣味。周作人将书斋戏称“苦茶庵”,常常提及吃苦茶的种种趣味。“茶有三德”之说,即佛僧修炼,饮茶可以提神、有助消化和抑制性欲等。中国的名茶与佛家有关。据《黄山志》记载:“云雾茶,山僧就石隙微土间养之,微香冷韵,远胜匡庐。”僧人茗饮之事也是重要功课。“净坛风扫地,清课月为灯。”明代乐纯的《雪庵清史》把“焚香、煮茗、习静、寻僧、奉佛、参禅、说法、作佛事、翻经、忏悔、放生”等视为佛徒日常“清课”。在普通人生活中,茶有“一人得神,二人得趣,三人得味”之说。文章风水茶,更说明文人名士与茶的不解之缘。“茶禅一味”。茶之味觉,禅之心境,二者得悟于一种精神境界的感兴与体验。周作人在书斋之中、大树底下品茗自适,反映出“禅化”的生活状态。

“病趣”也是周作人诸多趣味中的一个。正如纪果庵所说的:“中国人却不免把病当作闲情逸致之一,名士与美人,尤不能不按时而‘多愁多病’。”“且雅人也者,对于病又有一种趣味的看法,那

---

① 废名:《黄梅初级中学同学录序三篇》之三,参见《冯文炳选集》人民文学出版社1984年版,第386页。

就是因病得闲是。药本是不好吃下去的，但红楼梦中宝玉反把黛玉房里的药香作为难得的隽永，又如浮生六记里也把病里光阴礼赞得特别有情致，中国士大夫很喜欢把不艺术的东西看成艺术，病与愁殆均其一端也。”[①]当然，周作人的病趣与其清澈通明的理性有关。周作人喜好称病懒散是人所共知的，甚至将居室戏称为“锻药庐”。“既病卧在床，外事不得不暂时从脑筋里挤出去，于暂时之安息里，收视返照，……故在病榻乃大有悟道的机缘”，因为“理智当静处时顶易活动，佛家坐禅，或取意于斯。”[②]大抵称病养安可以暂时放下世俗的烦恼，不失为文人名士的雅好。

周作人对庄子、佛经有浓厚兴趣。根据周作人回忆，他在南京求学就涉猎佛经。在西山养病期间，周作人更是大量阅读佛经。周作人也承认，“我的杂学里边最普通的一部分，大概要算是佛经了吧。”[③]正是佛经文化的积淀，使得周作人在读了废名《莫须有先生传》后“忽然大悟”：“前此做序纯然落了文字障，成了文心雕龙新编之一章了”，并大加赞赏该小说是“贤者语录”。“语录中的语可得而批评之，语录之心境‘禅’岂可批评哉。”[④]显然，周作人在文学上找到了同道和知音，并将废名视为自己最得意的传人之一。

其实，从冯文炳和废名两个时期创作来看，周作人对他的影响是深刻持久的。早期为温和的现实主义，后期是朴讷中和的趣味。如果把两人稍作比较，不难发现周作人更喜欢“话禅”，亦即

① 纪果庵：《病中谈病》，《中国沦陷区文学大系》（散文卷），广西教育出版社 1998 年版，第 71 页。

② 纪果庵：《病中谈病》，《中国沦陷区文学大系》（散文卷），广西教育出版社 1998 年版，第 74 页。

③ 周作人：《我的杂学》。

④ 周作人：《知堂书信》华夏出版社 1994 年版，第 245 页。

张中行所说的“禅外谈禅”。周作人把谈论禅宗作为自己名士雅趣的点缀,把禅宗作为生活的哲学看待。在他的骨子里,话禅只是逃避的借口和情绪的缓冲,话禅依然表达了非“禅化”的观念,流露出精神的孤独与焦虑。所以林语堂在《周作人诗读法》中说,周诗所表现出的生活态度是“冷中有热,寄沉痛于幽闲”。废名倒是正儿八经地隐居西山,“喜静深思”,参禅打坐。在日常生活中寻求涅槃境界。尽管周作人与废名对禅宗意义取舍有别,但他们师生情谊,恰恰在于禅宗成为彼此默契的纽带。

作为学贯中西的文化大家,周作人思想极其庞杂,包含了“叛徒”和“隐士”双重成分。《泽泻集·序》提出“蔼理斯是叛徒和隐士合一”的观点:“我希望我的趣味之文里也有叛徒活着”。早期周作人主要以反封建的叛逆性格出现。五四高潮退去,他的思想情绪逐渐“消沉”。尽管他意识到早期文章“满口柴胡,殊少敦厚温和之气”,但目前“浮躁凌厉”的“振作之志亦时有之”。1925 年,周作人在《雨天的书》序中说:“我近来作文极慕平淡自然的境地。但……像我这样褊急的脾气的人,生在中国这个时代,实在难望能够从容镇静地做出平和冲淡的文章来。”1935 年 10 月,周作人又在《畏天悯人》“附记”中袒露“叛徒”心态:“年纪大起来了,觉得应该能够写出一点冲淡的文章来吧。如今反而写得那么剑拔弩张,自己固然不中意,又怕看官们也不喜欢,更是过意不去。”正是在这一点上,王瑶在《中国新文学史稿》中作出这样的概括,认为五四以后从叛徒走向隐士的人很多,但周作人还远不够典型。

“叛徒”“隐士”在废名身上则体现为历时性特征。“废名”时期的作品,一味地从现实世界遁入文化视野,难得再有“冯文炳”时期的写实,尽管那种现实主义与时代要求相去甚远。而周作人则体现出“叛徒”“隐士”共时性的存在。既有禅宗的超脱,也有现实的关怀,二者处于自我调适状态。对于废名的生活态度,周作人时而表现出欣赏的趣味，时而又不乏惋惜之情。这种看似矛盾的心理验证了周作人儒禅互补的文化动态结构，使得他在面对现实时常常表现得进退得法，张弛有度。例如，1929 年周作人得知废名隐居西山，在给废名的信中写道："知山居求道，体验日深，至为欣慰。"1937 年周作人给隐居雍和宫的废名信中却又这么说："……自知如能将此种怅惘除去，可以近道，但一面不无珍惜之意，觉得此种怅惘，故对于人间也未能恝置。此虽亦是一种苦，目下却尚即舍去也。"我们不妨这么推测，周作人"未能如废名之悟道"，委婉表达了对废名超脱的生活态度有所保留，或者干脆说不认同。因为"照我个人的意见说来，废名谈中国文章与思想确有其好处，若舍而谈道，殊为可惜。"①

周作人欣赏废名"独立的精神"和充满"隐逸气"的艺术才情，称赞废名"文思诗思均佳"。对于废名小说，周作人几乎是包作序跋，评价甚高。鉴于周作人文坛的影响，这是非常令人艳羡和称道的。更有甚者，周作人鼓励废名为他写序。这对废名来说无异于抬举他了，后来废名曾坦言："我自己的园地，是周作人先生，我自己的园地，是周作人先生的走来。"②

二

张中行认为：禅宗"影响某些人又是必然的"，并且"大多数会或有意或无意，取他们认为有用的，搀和在自己立身处世的指

---

① 周作人：《怀废名》。

② 废名：《〈竹林的故事〉序》。

导思想里，并表现为行为和爱好，这就是禅的影响”[①]。如果说周作人在生活方式和处世哲学上借鉴禅宗的话，那么废名则吸纳禅宗的思维方式，并在艺术实践中进行审美意境的开拓。“参禅须悟禅境，学诗须悟诗境，正是在‘悟’这一点上……在禅与诗之间找到他们的共同之点。”[②]刘西渭曾这样评价：“废名先生仿佛一个修士，一切是向内的；他追求一种超脱的意境，意境的本身，一种交织在文字上的思维者的美化境界，而不是美丽自身。”[③]这是说到点子上的。

意境是中国传统审美的最高标准。意境的获得是需要具有基本相同的文化心理和审美能力的作者与读者共同创造。意境的产生是“顿悟”的结果，与中国文化思维有重要关系。季羡林明确指出：“西方文化的思维模式是分析的，而东方（中国）文化的基本思维模式则是综合的。所谓‘综合’，主要是要强调‘普遍联系’和‘整体概念’”，[④]其核心是一个“悟”字。其实，西方学者也看到分析思维在艺术审美中的局限性。“艺术的魅力并非诉诸意识知觉，而是诉诸于直觉领悟”，“仅靠解释或界定的方法，也就是说，仅靠对艺术作品进行有目的的分析，是不可能从作品中获得快感享受的。”[⑤]

读过《莫须有先生传》和《莫须有先生坐飞机以后》的人，一定注意到废名小说语言由凝练朴讷向空明通达的变化。禅宗主张

---

① 张中行：《禅外谈禅》，黑龙江人民出版社 1991 年，第 285 页。

② 敏泽：《中国美学思想史》第 2 卷，齐鲁书社 1987 年版，第 290 页。

③ 李健吾：《评〈边城〉》，《李健吾文学评论选》，宁夏人民出版社 1983 年版。

④ 季羡林：《作诗与参禅》，《禅与东方文化》商务印书馆 1994 年版，第 28 页。梁漱溟在《东西文化及其哲学》中说：“西洋人是要用理智的，中国人是要用直觉的”。朱光潜在《随感录》中也谈到：“西方思想本长于推证与分析，所以西方文学大半以结构擅长。”

⑤ [英]里德：《艺术的真谛》王柯平译，辽宁教育出版社 1987 年版，第 43 页。

“不落言筌”，认为文字某种程度会制约主体的直觉思维。当然“不立文字”并不意味不使用文字，而是尽可能精简文字的使用，创造出阔大的艺术空间。废名有意识地“不肯浪费语言”[①]而留有足够文本空间，让读者品味艺术的韵致和情趣。废名语言的转变，追求从“知道了世间无一可言”到“随后那时侯或者说世间无一不可言”[②]的禅境。

多灾多难的时代呼唤历史宏大叙事。如果用主流艺术观念衡量，废名浓重的禅味小说受到诘难显然是不可免的。阿英在《现代十六家小品·序》中指责某些作家漠视现实，蜷曲心灵的“艺术世界”。但也应该看到，在文化高压下，废名小说恰恰体现了自由安全的写作策略。朱光潜说：“在军阀横行的那些黑暗的日子里”，废名等文学同仁们，“把文艺的一条不绝如缕的生命线维持下去也不是一件易事”[③]。从审美看，艺术讲究独创性和新颖性，创作的雷同会扼杀艺术的生命力。周作人就发现废名小说的特殊审美价值并给予支持。首先，周作人提倡“文艺的生命是自由而不是平等，是分离而不是合并”[④]。而“统一”、“服从多数”，只能抹煞创作个性，有损于文艺的发展和繁荣。其次，主张“艺术至上”原则，反对艺术上的功利主义。“有益社会并非著者的义务，只因为他是这样想，要这样说，这才是一切文艺存在的根据”。最后，周作人提出“个性的文学”命题。“艺术是独立的，又原来是人性的；是人生的，但不是为人生的；是个人的，亦即为人类的”[⑤]。废名对自己的小说也表现出浓厚欣赏趣味：“最高兴我

① 废名：《〈废名小说选〉序》。

② 周作人：《〈看云集〉草木虫鱼小引》，开明书店 1932 年版。

③ 朱光潜：《从沈从文先生的人格看他的文艺风格》，《花城》1980 年总第 5 期。

④ 周作人：《〈自己的园地〉文艺上的宽容》。

⑤ 周作人：《〈自己的园地〉文艺上的宽容》。

的文章的是我自己，最不高兴我的文章的是我自己。”①

“意象”与“意境”是两个重要且相互关联的美学范畴。审美意境的发展经历了相当长的历史阶段。中唐皎然的“取境”说，晚唐诗人司空图在《诗品》对此加以阐论。继南宋严羽《沧浪诗话》的“兴趣”说，清代王士祯又提出“神韵”说，再到近人王国维的“境界”说。中国传统意境理论臻于完善。一方面，意象形成既有赖于作家主体身观目接，又依赖于主体反观内省；既是现实世界的物象，又是心理世界的虚象。随着主体欣赏体验的深入，意象不断充实延伸。主体正是在对意象的把握中，领悟到人与自然的和谐。韦勒克在《文学理论》中认为，意境是“一种在瞬间呈现的理智和感情的复杂经验”，是“各种根本不同的观念的联合”。另一方面我国古代意境论者对禅宗都有精深造诣，把对禅宗的体验和理解带到诗歌领地，把“心境”引入审美领域。

由于社会生活环境的变化，中唐以后，众多诗人崇尚“半是诗家半禅家”的生活方式和趣味。这为诗家用禅宗静观默照进行文学创作，追求诗歌美学意境提供了条件。宋人李之仪说：“禅与诗无别，笔悟与禅悟相同”。《沧浪诗话》亦云：“大抵禅道惟在妙悟，诗道亦在妙悟。且孟襄阳学力下韩退之远甚、而其诗独出退之之上者，一味妙悟而已。惟悟乃为当行，乃为本色。”显然，禅宗经由魏晋、唐、宋诗人运用，为宋代诗论诗话提供了契机。废名论及小说时，承认在表现手法和美学追求方面受到中国诗词影响，写小说同唐人写绝句一样。这是造成小说诗化的重要原因。废名对“情景交融的诗的意境的追求”，“既是现代化的，又是民族化的”②。

① 废名：《说梦》，《语丝》1927 年 5 月，第 133 期。

② 王瑶：《论现代文学与中国古典文学的历史联系》，《王瑶文集》第 5 卷，北岳文艺出版社 1995 年版，第 92 页。

禅宗影响了废名直觉体悟的思维向度。“这种直觉体悟的思维走向，实质上是一种‘反向内省’的思维形态，也就是思维主体对个体感受和直观体验的感悟，因而，它具有极大的随意性。中国小说运用这种思维表述方式明显地拓宽了审美自由度。”[①]随着废名“禅化”加深，小说创作犹如“信腕信口”不讲“章法”，显示出通脱自如的灵性。废名后期小说正如他自己所说：“我以前写小说，现在则不喜欢写小说，因为小说一方面也要真实——真实乃亲切，一方面又要结构，结构便近于一个骗局，在这些方面费了心思，文章乃更难得亲切了。”[②]相应地，意境建构也达到更高的境界。如果说冯文炳时期的意境还呈现明朗化特征的话，那么废名时期特别是后期小说，则从典故以及典故运用方式上获得意境审美的灵感，把意境审美推向更高更抽象层次。如果说废名早期意境可以借助文字捕捉的话，那么他后期小说对意境的理解，不仅要把握文字表象呈现的浅层意象，而且也要将典故幽深的意蕴与表层意象有机结合，并展开审美切换和数度重构，在更高层次上对意境进行创造性审美照观。

好用典故是中国古代文人特别是那些隐逸山水的诗僧创作的爱好和传统。废名对禅宗认同使他擅长从宗教典籍特别是佛经汲取典故，构筑小说意境。钱理群指出，废名在“着意破坏语法规则，自闯一些具有特殊语言效果的‘拗句’”同时，“还实验着象古典诗词一样，在现代小说语言中创造性地运用‘典故’”[③]。不

① 吴士余：《中国文化与小说思维》上海三联书店 2000 年版，第 7 页。

② 钱理群：《中国现代唐·吉诃德的“归来”》，《文学研究》（第 1 辑）南京大学出版社 1992 年版，第 8 页。

③ 钱理群：《中国现代唐·吉诃德的“归来”》，《文学研究》（第 1 辑）南京大学出版社 1992 年版，第 13 页。

妨从《莫须有先生传》中摘录宗教典故分析它的蕴藉：

> 我真不晓得，我的世界，是诗人的世界，还是你们各色人等的世界！维摩诘室，有一天女，或者就是狐狸的变化也好，只要她忽然一现身，我也并不以为幻。何物老媪，中寿墓之木拱矣，发短心长，我倒不以为真。①

废名用此典故旨在营造此岸彼岸、物我无分的境界。这给没有相应知识储备的读者审美着实带来了困难，但另一方面小说阔大的文化时空和意境的多层次性，正成就废名小说"曲高和寡"的价值。"废名先生爱用典，无论来源是诗词，戏曲或者散文。然而，使用的时节，他往往加以引申，或者赋以新义，结局用典已然是通常读者的一种隔阂，何况节外生枝，更其形成一种障碍。无论如何，一般人视为隐晦的，有时正相反，却是少数人的星光。"②也如宗白华所说："意境不是一个单层的平面的自然的再现，而是一个境界层深的创构。从直观感相的模写，活跃生命的传达，到最高灵境的启示"③。

---

① 《维摩诘所说经》"观众生品第七"云："舍利弗言：汝何以不转女身？天曰：我从十二年来，求男人相了不可得，当何所转？譬如幻师化作幻女。若有人问何以不转女身，是人为正问不？舍利弗言：不也。幻无定相，当何所转？天曰：一切诸法，亦复如是，无有定相，云何乃问不转女身？即时天女以神通力，变舍利弗如天女，天自化身如舍利弗，而问言：何以不转女身？舍利弗以天女像而答曰：我今不知何转，而变为女身。天曰：舍利弗，若能转此女身，则一切女人亦当能转。如舍利弗非女而现女身，一切女人亦复如是。虽现女身，而非女也。是故佛说一切皆法，非男非女。"

② 李健吾：《画梦录——何其芳先生作》，《李健吾批评文集》（郭宏安编）珠海出版社1998年版，第133—134页。

③ 宗白华：《中国艺术意境之诞生》，《艺境》北京大学出版社1997年版，第163页。

三

包含独特文化精神和审美理念的禅宗，对废名艺术思维和审美心理产生了多方面的影响。

“温柔敦厚”是中国古代诗学温文谦恭、含蓄儒雅的风格。按照儒家的看法，情感表达讲究“发乎情，止乎礼”。废名深谙我国传统文化的要义。因此用“温柔敦厚”阐述废名民俗审美特点是恰当的。而“和”也正是中国文化和艺术审美精神的重要概念。从宗教角度看，禅宗讲究把这一趣旨落实到人的一己心性上，即以个体心的闲适应对外界的矛盾冲突，达到悠闲恬淡，舒缓自足的境界。废名小说的整体风貌，首先特别注重含蓄、朴纳、中和的审美情致。在民俗个体的塑造上，我们不难发现人物典型往往都不是那种狂热激动与果敢冒险的文化性格。与此相适应的是，小说人物是一些“翁媪儿女”。即便是在民间节日、人生礼仪的场合，他们仍然能够保持平静和理性，有节制，不过分。这种节制感和分寸感并非不近人情，而是表现出禅的淡定。在禅家看来，无情不成佛。如《唯识述记》所云：“梵音萨埵，此言有情。……情者爱也，能有爱生故。”没有情的介入是不能真正得悟的。汪曾祺在读了废名小说后颇有感触，认为小说流淌着真情，“他不写故事，写意境。但是他的小说是感人的，使人得到一种不同寻常的感动”[①]。客观地说，这种节制和分寸感也不是对人的本性和欲望的压抑，而是讲究情通理达的“和”的圆满。其次，注重人与自然的统一，人与人的谐和。构成了一幅世外桃园的风俗画，显示出

---

① 汪曾祺：《万寿宫丁丁响(代序)》，《晚翠文谈新编》，生活・读书・新知三联书店 2002 年 7 月版，第 240 页。

民俗个体同时也是作家对于基本生活条件的满足，以及渴望平安祥瑞的心态，从一侧面折射出动荡不安的时代面貌。最后，作为沟通个体心理平衡和社会默契的民俗，符合民俗文化心理和审美趣味。废名小说“不与时代为伍，自有他永生的角落”，成为作家“流连忘返的桃园”[①]。废名的小说能够给那些骚动不安，坎坷困顿中的灵魂些许的温馨和慰抚。

受到禅宗的影响，废名创作出现了复杂向简单的流向。冯文炳时期，他的小说缺乏怨刺时世鞭挞黑暗的社会功能，而是更多从文化和艺术的功能着眼。作家尝试将禅宗和古典诗词引入现代小说领域，形成一种独特文本意境。朱光潜评论废名说：除了“偏重人物对于自然景物的反应”，他的小说“充满的是诗境，是画境，是禅趣”[②]。禅宗的影响使作家能以随缘任远的恬淡心态，直观了悟的方式，摒弃世俗的烦恼，追求心灵澄静的喜悦和超脱，获得“澄怀味象”的审美体验。废名小说体现了作家对东方智慧的偏爱。

废名的禅宗体现在小说的忧患意识和乐感意识上。面对时代动荡和社会无序，作家产生了情绪焦虑。冯文炳时期的现实主义精神就体现了这一点；同时，忧患是生存苦难的体验。究其根源，“禅宗思维的形成，在很大程度上是根因于春秋战乱所造成人们对社会空间的恐惧和困惑。”而作家坎坷的生活经历，困顿的生活处境以及严酷的社会现实，强化了对世事沧桑，命运多舛和人生无常的忧患感。“人们对社会空间的恐惧和困惑，便使他们对生活现实的认识由社会外相返回到自我的心灵空间，由此诱发和

---

① 刘西渭：《画梦录——何其芳先生作》，《李健吾批评文集》，珠海出版社 1998 年版，第 132 页。

② 孟实（朱光潜）：《桥》，《文学杂志》第 1 卷第 3 期，1937 年 7 月。

建构了自我完善其道德人格的思维图式。"[①]与忧患意识相对的是乐感意识，一种截然不同的审美情怀。废名凭借禅宗获得心理平衡。具体说来，就是以禅的适性自然、寂静恬淡的阴柔之道，自觉消解现实的忧患恐惧，强化个体心性修养，化解精神苦闷。废名对禅宗个中精义的真切感悟和对民俗生活的审美感知，无疑为作家的忧患意识寻找到了精神寄托。《桥》所描写的清明、中秋、重阳等岁时节日，观灯、踏青、赏月、登高等游乐活动，以及敬神、祭祖、驱鬼等风俗习惯，无不洋溢着民间的那种明快、清丽的乐感意识。在盎然的民俗氛围中获得无尽的快乐，"表现出来聊以自宽慰消遣"[②]的人生极致。

《竹林的故事》、《枣》、《桥》等小说，民俗书写流露出心理补偿和精神寄托的特点。补偿是由现实缺憾引发的。人们在混乱无序的现实面前，需要一种精神寄托疏导心理的痛苦和焦虑。通过某种补偿，使心理缺失得到填充而获得暂时平衡；同样，心理寄托也是因为对现实的失望和不满所致。在作家看来，心理寄托最好的办法是，将经验世界中无法得到的满足和慰藉，托付给小说世界中人性化的自然和自然化的人生。因此我们不难发现，废名小说将自己失衡的文化心理，托付给了迷人的自然风光，善良的翁媪儿女以及淳朴的乡风民俗，营造出乌托邦家园，实现作家的"精神返乡"。

顿悟是禅宗思维方式的衍化，即调动人的直觉感受而达到高度综合，类似现代心理学"高峰体验"。客观上，这种"以心观物"非理性直觉体验，有利于发挥主体的自觉性，对创作有积极作用，但也应看到顿悟给创作带来的局限性。注重内省反思的叙述方

---

① 吴士余：《中国文化与小说思维》上海三联书店 2000 年版，第 71 页。

② 周作人：《〈看云集〉草木虫鱼小引》，开明书店 1932 年版。

式以及主张自我超脱的主体意识，可能进一步强化废名的心理封闭和性格克制，愈加追求悠远情调和审美趣味。胡兰成就废名禅宗意识作过分析："废名在那诗论里指出生之感情的自由，用来发扬升华说是有功的，但他把升华当作解脱，终于走到了禅悦，这便成了艺术的还原，倒头阻碍艺术的发展了。""升华的东西还是有它的根。倘若根被丢掉了，升华的东西就只靠自身的水份来养它，鲜艳也只得一时。"[①]一味追求自我圆满的禅宗意识，无意中束缚生命本性进一步觉醒和自由，导致对现实生活的无视。因此，在肯定废名高扬生命主体性价值同时，也不能忽视小说存在的消极因素。

---

① 胡兰成：《随笔六则》，《中国沦陷区文学大系》（散文卷），广西教育出版社 1998 年版，第 105—106 页。

第九章　沈从文情爱小说文化意象

沈从文善于运用民俗意象表达审美观照和现代感知。他的情爱小说，往往是由以“水”为主的“云”、“风”、“雨”核心意象群，“溪”、“谷”、“鱼”外围意象群，以及“星宿”、“节气”等边缘意象群构成。这些文化意象与爱情故事显然存在关联。

一

走进沈从文“湘西世界”，最吸引人的是“水”。作家受到“水”的影响无所不在，留下很多有关“水”的论述。

智者乐水。沈从文觉得自己人生智慧是“水”赋予的。他说：“我感情流动而不凝固，一派清波给予我的影响实在不小。我幼小时较美丽的生活，大部分都与水不能分离。我的学校可以说是在水边的。我认识美，学会思考，水对我有极大的关系。”①“我学会用小小脑子去思索一切，全亏得是水。我对于宇宙认识得深一

① 《从文自传》，《沈从文全集》第13卷，北岳文艺出版社2002年版，第252页。

点，也亏得是水。”[1]给张兆和的信中，沈从文说自己“好像从这条河中得到了很多智慧”[2]。“我倘若还有什么成就，我常想，教给我思索人生，教给我体念人生，教给我智慧同品德，不是某一个人，却实实在在是这一条河。”[3]到了40年代，沈从文依然肯定水对他多方面的影响。他说：“水的德行为兼容并包，柔弱中有强韧，从表面看，极容易范围，其实则无坚不摧。水教给我粘合卑微人生的平凡爱乐，并作横海扬帆的美梦，刺激我对于工作永远的渴望，以及超越普通个人功利得失，追求理想的热情洋溢。”[4]

“水”给予沈从文丰富的智慧，也影响他的人生道路。作家坦承创作与“水”关系密切。他说：“我虽离开了那条河流，我所写的故事，却多数是水边的故事。故事中我所最满意的文章，常用船上水上作为背景。我故事中人物的性格，全为我在水边船上所见到的人物性格。我文字中一点忧郁气分，我文字风格，假若还有些值得注意处，那只因为我记得水上人的语言太多了。”[5]《我与文学》这样写道：“……我这个工作的基础，并不建筑在‘一本合用的书’或‘一堆合用的书’上，因为它实在却只是建筑在‘水’上。”[6]“我一切作品的背景，都少不了水。我待完成的十个故事，将是十个水边城市人民的爱恶哀乐。”并打算“再来好好工作十年二十年，写写那些生和死都和水离不开的平凡人的平凡历史。这

① 《我的写作与水的关系》，《沈从文全集》第17卷，北岳文艺出版社2002年版，第206页。

② 《沈从文全集》第11卷，北岳文艺出版社2002年版，第188页。

③ 《沈从文全集》第11卷，北岳文艺出版社2002年版，第172页。

④ 《一个传奇的本事》，《沈从文全集》第12卷，北岳文艺出版社2002年版，第218页。

⑤ 《我的写作与水的关系》，《沈从文全集》第17卷，北岳文艺出版社2002年版，第209页。

⑥ 《我与文学》，《沈从文全集》第17卷，北岳文艺出版社2002年版，第210页。

个分定对于我是分义务不能拒绝”。[①] 在小说《来客》中，沈从文以主人公的口吻说：“我的教育全是水上得来的，我的智慧中有水气，我的性格仿佛一道小小河流。我创作，谁告我的创作？就只是各种地方各样的流水，它告我思索，告我如何去……”“当我回忆到各种河水，思路正从从容容，为我平生极少有的舒适”。

走进沈从文小说世界，“水”无论如何也绕不过去。沈从文对“水”充满立体性的情感叙述，似乎提醒人们，在他这里，“水”不只是客体的自足性存在，也不是单纯对水象的描摹，“而起于物我之间因生命之气的交流共鸣而感应互通，是基于同态对应的深切认同。”[②]“水”既是起情动意的物象，更是含情蕴意充满情致的意象。

审美意象是在原始兴象基础上发展而来。“万物有灵”构成原始人精神生活的内涵和特征，即“客观世界在开始被认识的同时，又被赋予了浓重的神秘意义和属性”的自然宗教色彩[③]。费尔巴哈指出：“对于自然的依赖感，再加上那种把自然看成一种任意作为的有人格的实体的想法，就是祭献这一自然宗教的基本行为的基础。”[④]在此基础上，中国古代民歌直观了然的物象被赋予了特定观念和内容。“客观物象与想象的观念内容之间在人们心理上建立起某种特殊的联系。随着社会历史的发展，这种渊源于原始宗教生活的联想，由于成千上万次的不断重复而逐渐被强化和巩固，并在人们心理上建立起越来越牢固的联系，并终于形成了以习惯性的条件反射为特征的联想”。随着自然兴象依赖的自然宗教性质和神秘性的消解，失去自然宗教观念内容的习惯性联

---

① 《一个传奇的本事》，《沈从文全集》第 12 卷，北岳文艺出版社 2002 年版，第 218 页。
② 汪裕雄：《意象探源》，安徽教育出版社 1996 年版，第 332 页。
③ 赵沛霖：《兴：宗教观念内容向艺术形式的积淀》，《天津社会科学》1985 年第 5 期。
④ [德]费尔巴哈：《费尔巴哈哲学著作选集》下卷，商务印书馆 1984 年版，第 460 页。

想，逐渐演化为抽象联想的思维模式。“原始兴象在诗中出现的形式有一个从不规范逐渐趋向规范，从不稳定逐渐趋向稳定的过程，这个过程正是具体的原始兴象向作为一般的规范化的艺术形式和方法的兴的演化和发展过程，同时也是原始兴象逐渐失去其原有的观念内容变成为抽象的形式的过程”①。最终确立了以他物起兴的诗歌（民歌）形式。而兴象“其实在当年却是有着非常重要的内容和含义”②。这种自然物象“兴象化”的内在机制，以及原始兴象包含的观念内容，为研究沈从文小说提供了可能。

先看看《柏子》。主人公柏子与吊脚楼女子刻骨铭心的故事发生在雨夜。这不是一个简单的以雨为背景的故事，而是基于作家追求一种情景交融的审美意境。从民俗学角度去分析，就会发现小说的“雨”包含了丰富的性爱意念。民间认为，风、云、雨都是天地造化、阴阳交合的结果。由此，风、云、雨与男女两性就有了某种暗示或象征性的关联。“巫山云雨”出自《高唐赋》：“妾在巫山之阳，高丘之阻。旦为朝云，暮为行雨，朝朝暮暮，阳台之下。”民间形象地把行男女之事喻为“云雨”。《柏子》描写了男女两性云雨之欢的故事，在情节安排上显得含蓄别致。从开始飘下濛濛细雨，转入大雨，再到结束时的小雨，雨水过程暗合了男女情事的三阶段，也是小说的主体结构。小说一开始描写柏子下船去吊脚楼相会情人。作家没有描写柏子心情，而是写了雨：“……没有月，没有星，细毛毛雨在头上落”。蒙蒙细雨暗合了主人公心情。柏子与吊脚楼女子尽情欢爱，文本简洁又意味深长地写到：“外面雨大了。”小说最后，柏子满足地走下吊脚楼，“他想起眼前的事心是热的。想起眼前的一切，则头上的雨与脚下的泥，全成为毋须

① 赵沛霖：《兴：宗教观念内容向艺术形式的积淀》，《天津社会科学》1985 年第 5 期。
② 李泽厚：《美的历程》，安徽文艺出版社 1994 年版，第 23—24 页。

置意的事了。”沈从文恰当运用文化意象，把主人公只可意会不可言传的情绪表达出来，显示出惊人的谐和。

“云”“雨”是情爱、性爱的隐喻。朱熹《诗集传序》说：“凡诗之所谓风者，多出于里巷歌谣之作，所谓男女相与咏歌，各言其情者也。”周作人认为，“民歌的中心思想专在恋爱，也是自然的事。”[1]总体上看，“中国文学（包括诗与散文）以抒情胜。然而并非情感的任何抒发表现都能成为艺术。主观情感必须客观化，必须与特定的想象、理解相结合统一，才能构成具有一定普遍必然性的艺术作品，产生相应的感染效果。”而民歌的兴象或意象正好成为“非概念所能穷尽，非认识所能囊括”[2]的情感表达最佳方式。不妨从《诗经》看看风云雨意象。

“郑风”《风雨》：

风雨凄凄，鸡鸣喈喈。既见君子，云胡不夷？
风雨潇潇，鸡鸣胶胶。既见君子，云胡不瘳？
风雨如晦，鸡鸣不已。既见君子，云胡不喜？

《雨后》通过“云”“雨”意象，表达男女主人公微妙的情感变化。小说开头，“她”的一番话出现五次“雨”意象，不露痕迹地流露出女子含蓄的性爱意识。接下来小说写到：“这时节行雨已过前山，太阳复出了。还可以看前山成块成片的云，象被猎人追赶的野猪，只飞奔。”加上对面山上七妹“天上起云云重云”，“天上起云云起花”的山歌。在渗透性爱意象的浓郁氛围中，女主人公下意识吟起了晏小山“落花人独立，微雨燕双飞”的情诗。多重“云”

① 周作人：《中国民歌的价值》，原载《歌谣》周刊1923年1月21日，第6号。
② 李泽厚：《美的历程》安徽文艺出版社1994年版，第61页。

“雨”意象自然催生了男女主人公的性爱行为。一切过后，“雨已不落了。她还是躺着，看天上的云，不去采蕨。”都市小说《夜》也是借助“雨”意象，揭示风尘女子渴望得到爱情的心绪。

性爱意象有时是以“风”呈现出来的。唐代王建《宫词一百首》云：“树头树底觅残红，一片西飞一片东。自是桃花贪结子，错教人恨五更风。”写出宫女移情于物，惜花恨风，隐含对自身红颜薄命的嗟叹。闻一多说：“在桃花，结子是快乐的满足，光荣的实现，……对于五更风，她的感激之不暇的。结子的欲望，在原始女性，是强烈得非常，强到恐怕不是我们能想象的程度。”[①]沈从文对这些意象的文化内涵很清楚。《媚金·豹子与那羊》使用了“风”意象。媚金唱着山歌表达对豹子的忠贞：“红叶过冈是任那九月秋八月的风，把我成为妇人的只有你。”“我的风，我就照到你的意见行事，我但愿你的心如太阳光明不欺……”年轻“夫妇”（《夫妇》）看到天气太好，“于是坐到那新稻草集旁看风景，看山上的花，那时风吹来都有香气，雀儿叫得人心腻，于是记起一些年轻人可做的事”。正是在“风”以及“花”“雀”意象的综合作用下，夫妇做“呆事”水到渠成。《龙珠》有关“风”意象是这么写的：“让好女人守在家中等候那命运中远方大风吹来的美男子作配，这是神的意思。”《月下小景》描写本地恶俗使傩佑和情人难成眷属。即便如此，这对相爱的人仍用歌声表达忠贞。“你好听歌声如温柔的风”；“请轻轻的吹，轻轻的吹；（吹春天的风，温柔的风，）把花吹开，不要把花吹落。”

“风”的性爱意象《诗经》中随处可见。

“小雅”《谷风》：

① 闻一多：《匡斋尺牍》，《学文》（北平）1934年5月1日，第1期。

习习谷风，维风及雨。将恐将惧，
维予与女。将安将乐，女转弃予。
习习谷风，维风及颓。将恐将惧，
置予于怀。将安将乐，弃予如遗。
习习谷风，维山崔嵬。无草不死，
无木不萎。忘我大德，思我小怨。

“邶风”《谷风》：

习习谷风，以阴以雨。黾勉同心，不宜有怒。
采葑采菲，无以下体。德音莫违，及尔同死。

“文章合为时而著，歌诗合为事而作。”《诗经》是中国古代现实主义文学经典，同时也反映出社会分工、劳动生产、家庭婚姻、社会心理、思维方式等文化现象，可以被视为文化人类学著作。古人对“风”“云”“雨”的理解包含了独特的文化思维。《毛传》和朱熹《集传》云：“东风谓之谷风”。《通义》云：“‘谷风，谷中之风也。’……古人以为窍穴井谷之类，为风之所生。”现代《诗经》研究者闻一多、林庚、冯沅君等都认可这种解释。闻一多《通义》：“邶风”《谷风》“与《小雅·谷风》篇，所咏一事，唯文词详略为异，当系一诗之分化。”《周易》：“润之以风雨，是风雨共为润泽。”《毛诗正义》也云：“风而有雨，则润泽行，润泽是雨之事，但雨得风而行，则润泽亦由风故。”在原始交感，天人合一的野性思维下，“谷风”由此获得了与“云”“雨”相同的性爱意象，“是天地阴阳交媾的产物，寓有男女之事的象征意义。”①

---

① 杨琳：《云雨及古代生殖观》，《社会科学战线》1991年1期。

如果说“风”“云”“雨”是性爱意象，那么作为其变化的结果“水”，具有相同意义不言自明。“人，水也，男女精气合，而水流形。”清人戴望在《管子教正》注：“阴阳交感，水流成形。”《周易·说卦》亦云：“兑为泽，为少女。”因此民间逐渐有了“水性人儿”、“水性扬花”甚至“红颜祸水”等与女性、性有关的词汇。吊脚楼女人与柏子调情就围绕“水”展开：“悖时的！我以为你到常德府，被婊子尿冲你到洞庭湖了！”“老子若是真在青浪滩上泡坏了，你才乐！”《诗经》有关“水”意象的民歌很多。

“王风”《扬之水》：

扬之水，不流束薪。彼其之子，不与我戍申。怀哉怀哉！曷月予还归哉？

扬之水，不流束楚。彼其之子，不与我戍甫。怀哉怀哉！曷月予还归哉？

扬之水，不流束蒲。彼其之子，不与我戍许。怀哉怀哉！曷月予还归哉？

尽管不同时代的学者对《扬之水》主题的解释不尽相同，不论是朱熹《诗集传》的“淫者相谓”，还是闻一多《风诗类钞》的“将与妻别，临行劝勉”等，但有一点是相通的，那就是与男女两性有关。正如一位研究者所指出的那样：“《诗经》中有许多与水有关的兴象，这些兴象常常与爱情、性爱、子嗣繁衍有关。”并援引《诗经》中“邶风”、“曹风”、“齐风”、“郑风”的民歌加以论证，认为“涣涣春水正是情欲萌动的一种象征，具有原型意义。”①

① 胡传志：《〈诗经〉兴象原型例探》，《文学研究》第 4 辑，南京大学出版社 1996 年版，第 89 页。

顺便提一下，萧萧作童养媳还是一个十二岁的小姑娘。小说描写萧萧的性爱意识从懵懂到朦胧的变化。这种变化一方面与她是小丈夫媳妇这样一种身份意识有关。

> 萧萧嫁过了门，做了拳头大丈夫的媳妇，一切并不比先前受苦，这只看他半年来身体发育就可明白。风里雨里过日子，象一株长在园角落不为人注意的蓖麻；大叶大枝，日增茂盛。这小女人简直是全不为丈夫设想那么似的长大起来了。(《萧萧》)

另一方面，有关"云"意象的民歌也催生了萧萧性爱意识，为下文萧萧与长工花狗的性爱关系作了铺垫。

> 天上起云云起花，包谷林里种豆荚，
> 豆荚缠坏包谷树，娇妹缠坏后生家。
> 天上起云云重云，地下埋坟坟重坟，
> 娇妹洗碗碗重碗，娇妹床上人重人。

充满性爱意象的民谣，让萧萧"就这样给花狗把心窍子唱开，变成个妇人了。"由此给她带来更大的人生悲剧。

二

《诗经》是闻一多研究的重点。他在《诗经的性欲观》、《匡斋尺牍》中提出《诗经》特别是"国风"基本是性欲观的表现，并从性爱角度进行了阐释。据研究者统计，《诗经》中有关情爱主题的民歌占了六分之一。主要包括男女两性和祈祝子嗣繁盛等方面的内容。当然，性爱意象并非只有风、云、雨，自然界的动植物都是民歌表现情爱的意象。

"周南"《芣苢》：

采采芣苢，薄言采之，采采芣苢，薄言有之。
采采芣苢，薄言掇之，采采芣苢，薄言捋之。
采采芣苢，薄言袺之，采采芣苢，薄言襭之。

相传禹的母亲是吞食芣苢怀禹的。正像莲蓬在梵文中与"子宫"是一个语汇，闻一多经过考证认为芣苢的本意是"不以"，即"胚胎"[①]的意思。"……从生物学的观点看去，芣苡既是生命的仁子，那么采芣苡的习俗，便是性本能的演出，而《芣苡》这首诗便是那种本能的呐喊"，"是母性本能的最赤裸最响亮的呼声"[②]。"国风"中不论植物属于"赋"的范畴，还是属于"兴"的功能，它们都建构了情爱抒发的氛围，大抵具有性爱含义。

"国风"《召南》：

陟彼南山，言采其蕨；未见君子，忧心惙惙。亦既见止，亦既觏止，我心则说。

陟彼南山，言采其薇；未见君子，我心伤悲。亦既见止，亦既觏止，我心则夷。

---

① 《闻一多全集》第1卷，北京生活·读书·新知三联书店1991年版，第345—346页。

② 《匡斋尺牍》，《闻一多全集》第1卷，生活·读书·新知三联书店1991年版。

《诗经》中“桑林”与情爱的关系也十分密切。

“小雅”《隰桑》：

隰桑有阿，其叶有难，既见君子，其乐如何。
隰桑有阿，其叶有沃，既见君子，云何不乐。
隰桑有阿，其叶有幽，既见君子，德音孔胶。
心乎爱矣，遐不谓矣，中心藏之，何日忘之。

“魏风”《十亩之间》：

十亩之间兮，桑者闲闲兮。行与子还兮。
十亩之外兮，桑者泄泄兮。行与子逝兮。

可以大胆推论，沈从文小说中“蕨”、“虎儿草”同样具有性爱含义。例如，《采蕨》描写阿黑和五明率性纯真的两性故事。小说借“采蕨”之名，行情爱之实。关于这一点，贵州作家蹇先艾《到溪镇去》可以验证。小说讲述男主人公追求老板娘的故事。其中有这样一首民歌：

叫你哟……栽花哟……你不栽，
半山哟……半岭哟……采蕨……苔，
去时哟……是个哟……黄花……女，
转来时候哟……大……肚哟……怀。

“植物”的情爱意象最典型的要算《边城》。其中六处提到的“虎耳草”，把翠翠隐秘纯真的情爱心理烘托得淋漓尽致。

翠翠不能忘记祖父所说的事情，梦中灵魂为一种美妙歌声浮起来了……去作什么呢？摘虎耳草！白日里拉船时，她仰头望着崖上那些肥大虎耳草已极熟悉。爷爷，你说唱歌，我昨天就做在梦里听到一种顶好听的歌声，……摘了一大把虎儿草，得到了虎耳草，我可不知道把这个东西交给谁去了。……

翠翠，梦里的歌可以使你爬上高崖去摘那虎耳草，若当真有谁来在对溪高崖上为你唱歌，你预备怎么样？

祖父唱了十个歌，翠翠傍在祖父身边，闭着眼睛听下去，等到祖父不作声时，翠翠自言自语说："我又摘了一把虎耳草了。"

她梦得古怪，说在梦中被一个人的歌声浮起来，上对溪悬岩摘了一把虎耳草！

翠翠把竹蓝向地下一倒，除了十来根小小鞭笋外，只是一把大虎耳草。

动物也是情爱意象的主要类型。我们最熟悉的莫过于《诗经》的"雎鸠"。《集传》云："睢鸠，水鸟。……状类鳬鹥。"闻一多在《诗经通义》中把雎鸠看成"与鳲鸠、鹘鸠同类。"民间常有"鹭鸶恋鱼"、"鸬鹚恋鱼"的工艺美术品。鸟是原始社会的图腾，反映原始人的生殖崇拜。应该指出的是，鸟和鱼具有性别指涉的不确定性。不过，把"鸟"视为男根则更为普遍。郭沫若在考证"玄鸟生商"①这一神话传说后认为，玄鸟指涉燕子或凤凰，但不论是何种

① 《诗经·商颂·玄鸟》："天命玄鸟，降而生商，宅殷土芒芒。古帝命武汤，正域彼四方。方命厥后，奄有九有。商之先后，受命不殆，在武丁孙子。武丁孙子，武王靡不胜。龙旂十乘，大糦是承。邦畿千里，维民所止，肇域彼四海。四海来假，来假祁祁。景员维河。殷受命咸宜，百禄是何。"

鸟类，都是生殖器的象征[1]。“在我国古代神话传说中有许多关于鸟……的故事，……后来，鸟的形象逐渐演变为代表太阳的金乌”[2]。自然，民歌的“鸟”意象与性爱有高度的关联性。《边城》在描写“鱼”意象同时，也出现“鸭子”意象。端午节里，男性不仅龙舟竞渡，而且有“捉鸭子”习俗。小说写到：“不拘谁把鸭子捉到，谁就成为这鸭子的主人。于是长潭换了新的花样，水面各处是鸭子，同时各处有追赶鸭子的人。”（《边城》）在端午节这样一个男女相会时节，“捉鸭子”这一民间游戏包含了男女追逐欢会的模式和意念，“鸭子”被视为性爱意象的重要构成。当二老（傩送）捉到鸭子后，有人开玩笑说：“你这时捉鸭子，将来捉女人，一定有同样的本领。”老船夫也一再提及大老送鸭的事：“翠翠，端午又来了。你记不记得去年天保大人送你那只肥鸭子。”

不难看出，翠翠的情爱意识是在“鸭子”这类意象，以及下文的“鱼”、“端午节”等综合意象的作用下萌生的[3]。

“鱼”则展示了另一种重要的性爱意象。我们还是先看看《诗经》中的民歌再说。

“陈风”《衡门》：

> 衡门之下，可以栖迟。泌之洋洋，可以乐饥。
> 岂其食鱼，必河之鲂。岂其娶妻，必齐之美。

“齐风”《蔽笱》：

---

① 参见《郭沫若全集》第1卷，人民出版社1982年版，第328—329页。

② 严文明：《甘肃彩陶的源流》，转引自李泽厚《美的历程》，安徽文艺出版社1994年版，第31页。

③ 黄永玉的木刻准确传达了沈从文小说中的情爱意象。参见《沈从文全集》第8卷，北岳文艺出版社2002年版，第81、127页。

蔽笱在梁，其鱼鲂鳏。齐子归止，其从如云。

蔽笱在梁，其鱼鲂鱮。齐子归止，其从如雨。

蔽笱在梁，其鱼唯唯。齐子归止，其从如水。

“鱼”意象是一个具有世界性的文化现象。正如恩格斯所说：“人在自己的发展中得到其它实体的支持，但这些实体不是高级的实体，不是天使，而是低级的动物。由此就产生了动物崇拜。”[①]1955年，中国考古工作者在半坡遗址发现了新石器时代的鱼纹陶盆。考古学家从科学的角度，详细介绍了陶盆被发掘的时间、地点，以及陶盆的规制、形状、尺寸、材质和产生年代，至于陶盆具有的文化人类学价值则鲜有介绍。我们大体上可以认为，鱼纹陶盆并不是日常生活的普通器皿，极可能是一个祷祝子嗣繁衍的神圣祭器。这是因为，原始先民的生活环境极为恶劣，猛兽、饥饿、寒冷、疾病严重威胁着生存和繁衍。食与色的本能在原始先民的观念中变得异常自觉和迫切。我们很难想象繁衍后代对于原始先民来说有多么重要。原始人类发现，在动物中，鱼的繁殖能力是最强最旺盛的。他们由此联想到，部落女性一旦具有鱼的繁殖能力，部落种的繁衍的问题就得到了解决。在“万物有灵”的原始社会，“原始思维”（“野性思维”）成为思维活动的主要方式。要获得鱼的繁殖能力，须借助法术（巫术）和仪式来实现。在文化人类学者安东尼·华莱士看来，这种仪式就是宗教的起源。“由神话使之合理化的一整套仪式，它调动超自然力量旨在达到或防止人类和自然状态的改变。”[②]因此宗教的功能表现在两方面：一

① 《马克思恩格斯全集》第27卷，人民出版社1972年版，第63页。

② [美]哈维兰：《文化人类学》，翟铁鹏、张钰译，上海社会科学院出版社2006年版，第392页。

是个体"减少焦虑和维持较高的信心"并"赋予宗教以生存价值"[①]。二是"传统的宗教强化群体规范，为个体行为提供道德约束，并为那些共同体福祉仰赖的共同目标和价值提供基础。"[②]在母系氏族时代，部落首领由生育儿女最多、最年长的女性担任，同时也充当沟通神人的巫。于是，一场庄严的生殖崇拜场景出现了：特定时节和特殊场合，(最有可能在春天，水边)聚集氏族所有成年女性，也可能是全体女性。女巫把鱼纹的陶盆放置妥当后，带领全体女性举行类似舞蹈的仪式。仪式极可能模仿鱼的交尾动作行为，以达到神人交感的目的。仪式的结束意味着女性获得了"鱼"的生殖能力。女巫会将鱼纹陶盆郑重收藏，在下一次某个场合使用。正是在生殖崇拜的基础上，"鱼"被赋予了祈盼生殖和子嗣繁衍的意义，并取得原始"图腾"的地位。

易中天说："最先用来作为生殖崇拜之象征和符号的，大概是一些动物形象。……它们的生殖力和性特征，更容易为原始人类所发现和直观地把握，也更为他们所注意……最早出现的可能是鱼，最多出现的也可能是鱼。"[③]与原始人鸟图腾所孕含的生殖崇拜一样，鱼也具有相同的文化功能。把鱼作为生殖象征而加以崇拜是一个世界性文化现象。如印度史诗《摩诃婆罗多》"天女变鱼"传说；欧洲"美人鱼"神话。在希伯莱语中，"鱼字可作'繁殖'解"[④]。如前所述，半坡遗址出土的鱼纹彩陶极有可能就是生殖崇拜的神圣祭器。所以有学者认为："原始先民的以鱼为神，象征

① [美]哈维兰：《文化人类学》，翟铁鹏、张钰译，上海社会科学院出版社 2006 年版，第 392 页。

② [美]哈维兰：《文化人类学》，翟铁鹏、张钰译，上海社会科学院出版社 2006 年版，第 391 页。

③ 易中天：《艺术人类学》，上海文艺出版社 2001 年第 2 版，第 104 页。

④ [英]卡纳：《性崇拜》，方智弘译，湖南人民出版社 1988 年版，第 51 页。

着以女阴为神，实质上是生殖崇拜，以祈求人口繁盛。”[①]

春秋时代儒家典籍有以鱼指涉男性的记载：“卫侯贞卜，其繇曰：如鱼竀尾，衡流而方羊……”[②]这里以鱼喻卫侯的荒淫。当然，用“鱼”指涉女性在《易经》、《诗经》中也很普遍。“鱼”指涉性别的不确定性被闻一多先生意识到。他指出，由于鱼的繁殖能力强，并且与原始时代崇拜生殖，重视种族蕃衍有着最直接关联。“正如鱼是匹配的隐喻，打鱼，钓鱼等行为是求偶的隐喻”；“以烹鱼或吃鱼喻合欢或结配。”由此推断“鱼在中国语言中具有生殖繁盛的祝福含义。”“为什么用鱼来象征配偶呢？这除了它的蕃殖功能，似乎没有更好的解释，大家都知道，在原始人类的观念里，婚姻是人生第一大事，而传种是婚姻的唯一目的。这在我国古代的礼俗中，表现得非常清楚……。种族的蕃殖既如此被重视，而鱼是蕃殖力最强的一种生物，所以在古代把一个人比作鱼，在某一意义上，差不多就等于恭维他是最好的人，而在青年男女间，若称其对方为鱼，那就等于说：‘你是我最理想的配偶！’现在浙东婚俗，新妇出轿门时，以铜钱撒地，谓之‘鲤鱼撒子’，使是这观念最好的说明……”[③]李泽厚也认为“鱼”的崇拜，反映了民间对子孙“瓜瓞绵绵”长久不绝的祝福[④]。30年代，闻一多曾搜集到南方地区“鱼郎莲妹”的民歌五十多首，并专门讨论这一民俗学课题。他令人信服地阐释和论证了《诗经》的“饥”具有性饥渴的含义。沈从文小说也有这种表述。例如《神巫之爱》，仆人对“饥”的解释就是如此：“一个年青男人，他应当有别一种饥饿，不是用钱可以买到的。”

---

① 赵国华：《生殖崇拜文化略论》，参见《中国社会科学》1988年第1期，第140页。

② 参见《左传·哀公十七年》。

③ 闻一多：《说鱼》，《闻一多全集》第1卷，生活·读书·新知三联书店1991年版，第126—135页。

④ 李泽厚：《美的历程》，安徽文艺出版社1994年版，第22页。

此外在他《婚前》、《雨》、《旧梦》里都有类似描写。鱼的婚媾、性爱意象在民间美术中常常表现为“鱼儿戏莲”的图式，常常出现在特定时空里。鱼和莲分别象征男女，鱼戏莲象征着子嗣繁衍。

“汉乐府”《江南》：

> 江南可采莲，莲叶何田田。鱼戏莲叶间。
> 鱼戏莲叶东，鱼戏莲叶西，鱼戏莲叶南，鱼戏莲叶北。

晚唐诗人鱼玄机《寓言》：“芙蓉叶下鱼戏，螮蝀天边雀声。”在闻一多看来，鱼喻男，莲喻女，鱼与莲戏，是一种恋爱的舞蹈，是原始生殖崇拜仪式的变形。“食鱼”、“钓鱼”、“摸鱼”自然就有婚嫁的含义。沈从文《凤子》描写男子的羊角乐器上，“还用朱红漆绘了极美丽的曲线和鱼形花纹”。古人崇拜鱼完全在于其极强的繁殖能力，凝聚着人类生殖崇拜的观念，正如黑格尔说：“在讨论象征型艺术时我们早已提到，东方所强调和崇敬的往往是自然界的普遍的生命力。不是思想意识的精神性和威力，而是生殖方面的创造力。”①

与“鱼”有关男女性别指向都出现在沈从文小说里。萧萧梦见自己“变成鱼到水中各处溜”，以及三三提及的“摸鱼”、“钓鱼”，显然指代女性；而三三梦到河里吃鸭子的大鱼又暗示了男性。三三的性爱意识表现在她两个梦中。第一个是三三看见别人在溪边钓鱼所做的梦：“三三照例应当记得夜间做梦，梦到大鱼从水里跃起来吃鸭子”。第二个是听到寨中锣鼓声，让母亲陪她去看“接亲”所做的梦。于是“三三觉得只有这类事是顶有趣味的事情。在雨里打灯笼走夜路，三三不能常常得到这机会，却常常梦到一人那么拿

① [德]黑格尔：《美学》第3卷上册，商务印书馆1979年版，第40页。

着小小红灯笼，在溪旁走着，好象只有鱼知道这件事。”(《三三》)

《三三》性爱意象则主要集中在“鱼”、“溪”等方面。《尔雅·释水》云：“水注溪曰谷。”把谷看成是女阴象征物不仅在中国，国外也是如此。“这种宗教崇拜是普遍的，……更具体的说，是对自然界普遍的生殖力的看法是用雌雄生殖器的形状来表现和崇拜的。”[①]弗洛依德在《梦的解析》中，认为山谷通常是女性的象征。《老子》云：“谷神不死，是谓玄牝。玄牝之门，是谓天地根。绵绵若存，用之不勤。”“玄牝”正是对谷神女性性别的解释。《大戴礼记·易本命》也说“邱陵发牡，溪谷为牝”。因此，“溪”“鱼”的意象一样，都具有性爱内涵。现代作家萧红《生死场》(第一章)，也叙述成业唱着这样的民谣得到金枝的：“昨晨落着毛毛雨……小姑娘，披蓑衣……小姑娘……去打鱼。”沈从文小说那个“丈夫”也唱着一首民谣：“水涨了，鲤鱼上梁，大的有大草鞋那么大，小的有小草鞋那么小。”不久，丈夫用诙谐、不庄重的口吻唱起了“山坳里团总烧炭，山脚里地保爬灰；爬灰红薯才肥，烧炭脸庞发黑。”(《丈夫》)这些歌谣正是丈夫性爱心理自觉不自觉的流露。可是，当妻有意露出极风情的红绫胸褡上“鸳鸯戏荷”时，丈夫对妻子的行为表示了不满：“如今和妻接近，与家庭却离得很远，淡淡的寂寞袭上了身，他愿意转去了。”(《丈夫》)

司汤达的《爱情论》对少女朦胧的性爱心理作过准确描述。他说：“一个居住在偏僻乡村一座孤堡里的年轻女子，在她那颗天真无邪心灵里，最小的惊奇也能引起她轻微的赞叹，而如果随之出现最微弱的期望，就会使她萌生爱的结晶。爱情首先是因为觉得有趣而又令人喜悦。惊奇和期望使 16 岁时对爱的需要产生的忧郁感大大增加。人们很了解，这种年龄的心神不宁正是对爱的

---

① [德]黑格尔：《美学》第 3 卷上册，商务印书馆 1979 年版，第 40 页。

渴求……”随着故事情节的展开，三三与“陌生人”有了接触。“你住在这个山沟边，不怕大水把你冲去吗?”这一带有性意象的暗示，引起主人公一连串反常的行为和心理活动。三三时常“走到外边站在溪岸旁，望着清清的溪水”出神；也照例更喜欢听有关婚嫁的事情。每次到溪边玩耍，听到母亲喊她回去，她“一面走一面总轻轻的说：‘三三不回来了，三三永不回来了。’”特别是在梦里，三三看着“原来那两个人在水里摸了许多鱼，上了岸，拍拍身上的水点，把鱼全拿走了。”醒来后，三三满脸通红。这些一再暗示，女主人公对陌生青年产生了好感。当城市青年死亡的消息传来后，“三三站立溪边，眼望一泓碧流，心里好象掉了什么东西。极力去记忆这失去的东西的名称，却数不出。”淋漓尽致地传达出莫名失落的心理。

《边城》沿袭了《三三》的叙事手法。特别是意象的运用，《边城》表现得更为娴熟自然。正如三三对寨中人婚事和对城市青年好奇一样，翠翠也对乘坐渡船的新娘子产生兴趣，主动帮爷爷摆弄渡船，并且在渡船靠岸后，“必跟着走，站到小山头，目送这些东西走去很远，方回转船上”。后来翠翠“喜欢看扑粉满脸的新嫁娘，喜欢述说关于新嫁娘的故事，喜欢把野花戴到头上去，还喜欢听人唱歌。”对二老由先前“鱼咬了我也不管你的事”的排斥态度，转变为“心里又吃惊又害羞”。杜牧这样描写少女的豆蔻年华：“娉娉袅袅十三余，豆蔻梢头二月初。”至于翠翠的年龄问题，沈从文在修改电影剧本时提出了看法。他说：“翠翠应是个尚未成年女孩，对恋爱只是感觉到，其实朦朦胧胧的，因此处理上盼处处注意到。”①少女的敏感、羞涩与多情，通过“鱼”这一意象含蓄地传达了出来。

---

① 沈从文：《对〈边城〉电影文学剧本的改评》[附录]，《沈从文全集》第8卷，北岳文艺出版社2002年版，第154页。

小说中一再提到“鱼吃人”、“鱼咬人”的地方就多达十几处，出现在三个端午节的七个场面中[①]。端午节里，二老傩送同翠翠的第一次接触便是从“鱼”意象展开的。“你不愿意上去，要呆在这儿，回头水里大鱼来咬了你，可不要叫喊！”接下来，二老家的伙计也以“鱼”意象对翠翠说：“翠翠，你长大了！二老说你在河边大鱼会吃你，我们这里河中的鱼，现在吞不下你了。”其实，萧萧接受“鱼”意象信息最多的恰恰来自自己的外祖父。因为老船夫知道，自己已是耄耋老人，将不久于人世。而可怜的外孙女又是一个孤儿，所以，老船夫希望她有一个好的归宿，而二老正是翠翠可以托付的最理想的人选。于是老船夫时常有意对翠翠说起“二老”和“鱼”来，希望“二老”能在翠翠心里留下好感。

“前年还更有趣，你一个人在河边等我，差点儿不知回来，天夜了，我还以为大鱼会吃掉你！”

“我人老了，记性也坏透了。翠翠，现在你人长大了，一个人一定敢上城去看船，不怕鱼吃掉你了。”

“翠翠，你不记得你前年在大河边时，有个人说要让大鱼咬你吗？”

祖父望着翠翠干笑着，“翠翠，大鱼咬你，大鱼咬你。”

翠翠对“鱼”的情爱内涵逐渐有了意识。当老船夫喊翠翠时，她故意不理会祖父，心里却轻轻说：“不是翠翠，不是翠翠，翠翠早被大河中鲤鱼吃去了。”翠翠帮祖父拿东西，“结果却只拿了那尾鱼。”再后来，当翠翠遇到二老时，“心中便印着两年前的旧事，‘大鱼吃掉你！’”翠翠对二老的好感随之清晰起来。

① 参见覃宏勇：《〈边城〉中的水意象》（硕士论文）。

很显然,“鱼”意象的性别差异同样也出现在沈从文的小说里。例如《三三》中的“鱼”的性别指涉的女性,而《边城》里的“鱼”则是男性象征。翠翠对“鱼”意象所蕴涵的性爱意识的萌生,就是在傩送、二老家的伙计,特别是老船夫等人不断的暗示下,在翠翠反复咀嚼和品味中所产生的。“鱼”、“鸟”常常与“雨”、“云”、“水”等意象同时出现,虽然“鱼”、“鸟”意象在性别指向上存在一定的模糊性,但并不影响其情爱、性爱叙事的整体象征意义。

三

《边城》中“鱼”意象是最值得称道的。除鱼意象外,小说还四次描写了“端午”这一民俗节日。作家为什么对端午节情有独钟?作家这种大胆的艺术冒险难道不怕给小说造成情节和视觉上雷同之嫌?我们的担心不无道理,但确实是多余的。在中国传统文化中,农历五月五日端午,是天地交会合德的日子,最佳时辰在午时,因此“端五”又称“端午”。端午起源说法很多,有一种说法与女性生产有关。《史记·孟尝君列传》云:“五月子者,长于户齐,将不利其父母。”王充《论衡》亦云:“讳举正月、五月子;以正月、五月子杀父与母,不得举也。”由于五月出生男孩被视为不吉,民间以避讳方式把端午节说成“女儿节”[①]。明人沈榜《宛署杂记》云:

① 按中国夏历看,三月三上巳日,民间认为是女儿节。《周礼》郑玄注:“岁时祓除,如今三月上巳如水上之类”;五月五日端午节亦视为女儿节。清潘荣陛在他的《帝京岁时纪胜》“端午”条目下云“呼是日为女儿节”;七月七日乞巧节更被视为女儿节,因为乞巧拜月皆少女之事。九月九“重阳节”亦被民间认为是女儿节。据明代刘侗《帝京景物略》记载:“九月九日,父母家必迎女归宁,食花糕。归宁就是已嫁之女归省父母,花糕是指掺入干果,插上装饰旗的重阳糕。”

“五月女儿节，系端午索，戴艾叶，五毒灵符。宛俗自五月初一至初五日，饰小闺女，尽态极研。出嫁女亦各归宁。因呼为女儿节。”

《易经·系辞》云：“参伍以变，错综其数，通其变，遂成天地之文；极其数，遂定天下之象。”“参五以变”被视为“天下之至变”。万变不离其宗，何为至变？“一阴一阳之谓道”，“生生之谓易”。“乾，阳物也；坤，阴物也。阴阳合德，则刚柔有体，以体天地之撰，以通神明之德。”故“阴阳合德”乃“天下之至变”的前提。五月五日系天地合德的时辰。“五”因此表示成直观的“☒”。而“×”乃“爻”的一部分。

“人法地，地法天，天法道，道法自然。”端午既然是天地合德的时辰，那么人类就要效法自然节律，男女相爱。“龙舟竞渡”实为女性挑选意中人的关目。此外《边城》描写的“捉鸭子”场景，其文化功能大致与之相同。苗民族婚姻不受儒家“父母之命，媒妁之言”的传统约束，青年男女用“对歌求偶”方式找到意中人，可以到外面（山峒）生活一段时间，父母从不干涉。

小说是以刻画人物的性格和心理为核心的。除了“鱼”、“溪”、“虎耳草”等具体物象外，小说启用“端午”节气作为性爱意象的暗示。《边城》细腻展现了翠翠在几个端午节从懵懂到羞涩、怀春的心理变化。

第一个端午节，翠翠还是一个懵懂的小姑娘，整日在渡口玩耍。当听到远处划龙船的鼓声时，会急急忙忙“渡过了小溪，站在小山头听了许久”。

第二个端午节，翠翠接触到“鱼咬人”的信息，同二老有了最初接触。翠翠对异性有强烈的排斥感，不愿同二老说话，“大鱼咬我也不关你的事。”

第三个端午节，翠翠对二老有了朦胧的好感。“想起自己先前骂人那句话，心里又吃惊又害羞”。觉得所有的热闹“总不如那个端午所经过的事情甜而美”。“翠翠为了不能忘记那件事”，在端午节，“又同祖父到城边河街去看了半天船”。

> 翠翠温习着两次过节、两个日子所见所闻的一切，心中很快乐，好象目前有一个东西，同早间在床上闭了眼睛所看到那种捉摸不定的黄葵花一样，这东西仿佛很明朗的在眼前，却看不准，抓不住，想放又放不下。

第四个端午节，描写了翠翠少女怀春，言不由衷的情态。“祖父同翠翠在三天前业已预先约好，祖父守船，翠翠同黄狗过顺顺吊脚楼去看热闹。翠翠先不答应，后来答应了。”这个端午节，翠翠在吊脚楼听到众人议论后情绪发生了变化。言者无心，听者有意。小说描写翠翠不可名状的心理：

> 翠翠到河下时，小小心腔中充满了一种说不明的东西。是烦恼吧，不是！是忧愁吧，不是！是快乐吧，不，有什么事情使这个女孩子快乐呢？是生气了吧，——是的，她当真仿佛觉得自己是在生一个人的气，又像是在生自己的气。

和五月五“端午节”蕴涵的情爱意象一样，民间还有用“星相”确定男女欢爱时节的习俗。

“唐风”《绸缪》：

> 绸缪束薪，三星在天，今夕何夕？见此良人。子兮子兮，如此良人何！
>
> 绸缪束刍，三星在隅，今夕何夕？见此邂逅。子兮子兮，

如此邂逅何！

绸缪束楚，三星在户，今夕何夕？见此粲者。子兮子兮，

如此粲者何！

《毛传》以“三星”为“参星”[①]。孔颖达疏：“参有三星，故言三星参也。”《汉书·天文志》亦云：“参为白虎，三星直者，是为衡石。”故“三星”就是“参宿”星。民间有把“参星”叫作“生星”的习惯。俗信这是民间男女欢会的时辰。《渔》描写弟弟在“山桂野菊”、“明月清风”，还有天上“××星”的暗示下，春心萌动，“只觉得凡是女人声音、颜色、形体都是柔软的，一种好奇的欲望使他对女人有一种狂热。”笼罩在情爱氤氲中的“渔”夜，“那吴家年轻一点的汉子，他只得一束憔悴的花。”在《媚金·豹子·与那羊》中，豹子两次到村保家时，村保看到天上的参星后，催促豹子与媚金相会。

多子的果实是象征爱情、婚姻和子嗣繁盛的习俗和心理。

“卫风”《木瓜》：

投我以木瓜，报之以琼琚。匪报也，永以为好也！

投我以木桃，报之以琼瑶。匪报也，永以为好也！

投我以木李，报之以琼玖。匪报也，永以为好也！

民间举行婚礼一个重要程式是“撒谷豆”，包括枣子、花生等。除祈福避凶外，主要是企盼子嗣繁衍。“枣子”有“早生贵子”的含

① 《中庸》：“唯天下至诚，为能尽其性。能尽其性则能尽人之性；能尽人之性则能尽物之性；能尽物之性则可以赞天地之化育；可以赞天地之化育，则可以与天地参矣。”“参”即“叁”，也即是说，人可以与天、地并列为三的意思。

义。《三三》《萧萧》都描写了“枣子”意象。在三三梦境里，“她零零碎碎就记起一些属于别人的印象来了……一顶凤冠，用珠子穿好的，搁到谁的头上？金琐金鱼，这是谁？……床上撒满了花，同百果莲子枣子，这是谁？……”(《三三》)萧萧也是在“花狗”打“枣子”，唱“天上起云云起花”的民歌后，完成由少女向妇人的转变。

四

据《三字经注释备要》载：“(伏羲)始画八卦，造琴瑟，教嫁娶，作书契代绳结，造网罟教渔猎，在位一百一十五年。”《世本·作篇》亦云：“女娲作笙簧。”至于笙、簧的用途，后唐马缟在《中华古今注》中说：“女娲伏羲妹……人之生而制其乐以为发生之象。”[①]可以看出，笙、簧等乐器与女性生产有关系。在女性生产过程中，吹奏笙簧可以减轻女性心理和生理紧张；湘西民间流传的“芦笙”故事无一例外与情爱婚姻有关。同时也说明芦笙的性爱意象不断被传播、认同并积淀为民俗文化心理。在民间美术中，“人生人的大事被寓于鱼生人、莲生人、鸟生人等的图式之中，并借来桂花和笙，情景交融，表喻这乃是一种神圣的德行。”[②]这样看来，沈从文小说中的“笛子”“唢呐”也具有类似功能。《秋》中的五明，出门除了烟管、镰刀外，就是一枝短笛。只要五明“把笛子一吹，一匹鹿就跑来了。笛子还是继续吹下去，鹿就呆在小子身边睡下，听笛子声音醉人。来的这匹鹿有一双小小的脚，一个长长的腰，一张黑黑的脸同一个红红的嘴。来的是阿黑。”《渔》中

① 转引李辛儒：《民俗美术与儒家文化》中央民族学院出版社 1992 年版，第 24 页。
② 李辛儒：《民俗美术与儒家文化》中央民族学院出版社 1992 年版，第 95 页。

的“弟弟”在毒鱼时还后悔忘带笛子。因为按照乌鸡河华山寨的风俗习惯，这个弟弟拾了女子留下的花，就可以对她吹笛唱歌，“把女人的心得到”。《边城》的翠翠也喜欢听悠扬缠绵的笛声了。“茶峒人的歌声，缠绵处她已领略得出。”这些无疑与他们（她们）自觉不自觉的性爱意识有关。

“花”是女性的符号。当然，最具代表性的还是“莲花”。由于莲花花瓣形似女阴，因此“民间妇女就是在莲花瓣的形状上达成感悟的”①。在沈从文的小说《夫妇》里，主人公以及“璜”对花的心理感受已经蕴藏着明显的性爱意识。那对夫妇在途中小憩，“坐到那新稻草集旁看风景，看山上的花”，加上“那时风吹来都有香气，雀儿叫得人心腻”。做了“呆事”被捉住后，“不知是谁还在女人头上极可笑的插了一把野花”。当都市中人“璜”为这对夫妇解围并送走他们时，“因微风送来花香，他忽觉得这件事可留一种纪念”。最后，小说这么写到：“得了一把半枯的不知名的花的璜，坐在石桥边，嗅着这曾经在年青妇人头上留过很希奇的花束，不可理解的心也为一种暧昧欲望轻轻摇动着。”“倘若自己有这样的一个太太，他这时也将有一些看不见的危险伏在身边了。”“璜”对花流露出的性爱意识，从侧面说明“夫妇”行为的正常。

“魏风”《汾沮洳》：

> 彼汾沮洳，言采其莫。彼其之子，美无度。美无度，殊异乎公路。
>
> 彼汾一方，言采其桑。彼其之子，美如英。美如英，殊异乎公行。

① 李辛儒：《民俗美术与儒家文化》中央民族学院出版社 1992 年版，第 71 页。

彼汾一曲，言采其藚。彼其之子，美如玉。美如玉，殊异乎公族。

古代桑林是祭祀场所，根据闻一多的考证，桑林乃“宋之社”。《墨子·明鬼下》云：“……燕之有祖，当齐之有社稷、宋之有桑林、楚之有云梦也。此男女之所属而观也。”可见，“桑园既是举行仪礼求雨的场所，也同样是接待年轻男女前来举行春季斗智和婚礼的地方。”①民歌中“沮洳”（低湿之地，河滨）同样是青年男女欢爱的场所。

“号南”《采蘋》：

于以采蘋？南涧之滨。于以采藻？于彼行潦。
于以盛之？维筐及筥。于以湘之？维锜及釜。
于以奠之？宗室牖下。谁其尸之？有齐季女。

这是少女将嫁的民谣。《毛传》云：“古之将嫁女者，必先礼之于宗室；牲用鱼，芼之以蘋藻。”郑玄引《礼·昏义》亦云：“古者妇人先嫁三月，祖庙未毁，教于公宫；祖庙既毁，教于公室。教以妇德、妇言、妇容、妇功。教成之际，牲用鱼，芼之以蘋藻，所以成妇顺也。”蘋藻是长于水边的植物。“滨”指年轻女性采集蘋藻的地点，包含的情爱意念是很自然的。《三三》和《边城》爱情故事发生地点都在水边。既是举行祭祀仪式和龙舟竞渡游乐活动的地点，也自然是青年男女交流的场所。

① 桀溺：《牧女与蚕娘——论一个中国文学的题材》，《牧女与蚕娘》钱林森编，上海古籍出版社 1990 年版，第 175 页。

五

沈从文的情爱小说往往有一个中心意象。如“花”之于《夫妇》,“雨”之于《柏子》,“云”之于《雨后》,“风”之于《月下小景》,“鱼”之于《三三》、《边城》等等。不难看出,“水”成了情爱叙事的核心意象。

值得一提的是,《诗经》出现的“薪”、“斧”物象,同样具有性爱功能指向。

“小雅”《车舝》:

陟彼高冈,析其柞薪。析其柞薪,其叶湑兮。鲜我觏尔,我心写兮。

高山仰止,景行行止。四牡騑騑,六辔如琴。觏尔新婚,以慰我心。

“周南”《汉广》:

南有乔木,不可休息。汉有游女,不可求思。汉之广矣,不可泳思。江之永矣,不可方思。

翘翘错薪,言刈其楚。之子于归,言秣其马。汉之广矣,不可泳思。江之永矣,不可方思。

翘翘错薪,言刈其蒌。之子于归,言秣其驹。汉之广矣,不可泳思。江之永矣,不可方思。

宋人段昌武作《毛诗集解》云:“诗人常以婚娶比析薪……故诗人之托意如此。”魏源《诗古微》亦云:“三百篇言取妻者,皆以析薪起兴。盖古者嫁娶必以燎炬为烛，故《南山》之析薪，《车》之柞薪，《豳风》之伐柯，皆与此错薪、刈楚同义。”[①]有些研究者从性别角度认定“薪”指涉女性，“斧”则代表男性，并进一步指出：“《诗经》中凡以‘不流束薪’等句式起兴的下文，都描写的是‘受阻型’男女之事”[②]。这种分析是到位的，同时也提出“情爱隔阻”这一经典叙事模式。“牛郎织女”或许是中国最早的“情爱隔阻”原型。

“小雅”《大东》：

……维天有汉，监亦有光。跂彼织女，终日七襄。
虽则七襄，不成报章。睆彼牵牛，不以服箱……

《诗经》中与“河”“水”意象相关的民歌，往往不同程度存在着情爱隔阻的审美形态。

“周南”《关雎》：

关关雎鸠，在河之洲。窈窕淑女，君子好逑。

“秦风”《蒹葭》：

蒹葭苍苍，白露为霜。所谓伊人，在水一方。
溯洄从之，道阻且长。溯游从之，宛若在水中央。

钱钟书通过对中西方文化的考察，认为这是人类普遍存在的

---

① 魏源：《诗古微》中编之一《二南答问》，《续修四库全书》第77卷，上海古籍出版社1995年版，第145页。

② 李辛儒：《民俗美术与儒家文化》中央民族学院出版社1992年版，第154页。

文化情结，“以水涨道断之象示欢会中梗”[1]揭示情爱叙事的悲剧性。同时用“桥”或“舟”作为打破隔阻的载体。

“鄘风”《柏舟》：

> 泛彼柏舟，在彼河中。髧彼两髦，实维我仪。之死矢靡它。母也天只！不谅人只！
>
> 泛彼柏舟，在彼河侧。髧彼两髦，实维我特。之死矢靡慝。母也天只！不谅人只！

《边城》“情爱隔阻”叙事背后，蕴藏着作家对文化、文明乃至人类发展的理性审视。

从文化人类学理论看，沈从文对“现代文明”的认识是理性客观的。不可否认，“现代文明”正以不可阻挡的力量，侵蚀和摧毁着传统湘西文化系统。虽然“习惯的力量往往成为接受的障碍”，但现代文明也“必须和一个社会的需要、价值与目标一致”[2]，并借助“传播”和“涵化”两种文化策略的推进，在带给人们物质便利化的同时，也改变人们的生活习惯，生活方式，进而颠覆传统道德观念和价值信仰。这意味着传统的“文化遗失”[3]。

一般来说，文化意象大体可分为两类：一类是传统文化意象。很多作家都从传统文化中汲取创作的资源和滋养。沈从文传统意象运用具有代表性。他娴熟地使用了众多风云雨、动物植

---

① 钱钟书：《管锥编》第1册，中华书局1979年版，第123页。

② ［美］哈维兰：《文化人类学》，翟铁鹏　张钰译，上海社会科学院出版社2006年版，第459页。

③ “传播”是指“一个社会的成员向另一个社会借用文化元素的过程”；“涵化”是指“当有着不同文化的一些群体开始频繁而直接接触的时候，其中的一个或两个群体原有的文化模式内部随之发生极大的变化”。哈维兰：《文化人类学》，翟铁鹏　张钰译，上海社会科学院出版社2006年版，第461页，464页。

物、节气星相意象，增强文本的审美蕴藉。一类是作家独创的意象。如波德莱尔的“恶之花”，艾略特的“荒原”等。这些独创意象无疑成为作家艺术成就的标志。可以这么说，“恶之花”只属于波德莱尔，“荒原”也只属于艾略特。沈从文则将传统“水”意象创造性转化为独特的“洪水”意象，表达作家对现代文明的态度和立场。

隔阻叙事的背后，“河水”构成横亘于都市文化与湘西文化的象征。《三三》中的“都市青年”和“三三”体现出截然不同的文明特质。“都市青年”外表堂皇但身染沉疴，而“三三”则素朴健康、富有活力。人物设置显示出两种文化的差异性，且代表沈从文对都市文化和湘西文化的态度。“都市青年”孱弱身躯旨在说明都市文化的历史局限性，“死亡”是它的必然命运。“三三”对“都市青年”产生好感，是都市文明虚假幻象的迷惑所致。

在对“都市文明”失望与对湘西文化自信的同时，沈从文依稀流露出对湘西文化前途命运的忧虑。“三三”对都市青年的好感预示湘西文化潜藏危机。在沈从文看来，现代都市先天不足，藏污纳垢，即便穿越文化边界，也无从获得生机，死亡不可抗拒。沈从文在揭示都市文化局限性同时，也指出异质文化的对话交流是要付出代价的。对湘西文化而言，接近或认同都市文化是危险的，“死亡”便是湘西文化价值迷失的隐喻或象征。

都市文化的本质是现代文明。有意思的是，沈从文为什么以否定或批判的态度对待都市文明？大致有这样几个原因。第一，与他早年都市生活的苦难经历有关。早年都市生活的落魄潦倒，使他对都市印象呈现出负面或漫画式的。第二，作家文化身份的痛苦转换。沈从文显然适应了湘西文化生活方式，但他又不得不为适应都市生活而放弃或者说暂时放弃业已习惯的湘西文化模式。这反过来更加深了沈从文对都市文明的排斥。所以我们很容易发现，沈从文都市题材的小说如《八骏图》、《绅士的太太》等，都带有比较明显的反讽或批判意味。这似乎就更有意思了。既然如此排斥现代都市，可他为什么1923年来到北平，除了抗战八年离开过，此后一直生活在都市？看来，作家创作归创作，生活归生活，这是两码事。或者说，对现代都市的反讽和批判，意味着沈从文对理想现代都市文明的探寻。第三，批判都市文明是世界性文学主题。西方工业革命之后走向现代化道路，都市文明高度发达，但西方作家对现代都市的历史进步性并无兴趣，而是聚焦于都市的物质主义，人情冷漠，人性异化等诸多方面。法国都市文学、日本新感觉派文学都是如此。艾略特的“荒原”，波德莱尔的“恶之花”，正是他们对现代文明（都市文明）的深刻批判。尤其是《恶之花》，被誉为是法国“伟大的传统业已消失，新的传统尚未形成的过渡时期里开放出来的一丛奇异的花”。中国都市文学从一开始也表现出对都市文明的批判。30年代的施蛰存、刘呐鸥、穆时英等人的“新感觉派”，继承法国都市文学和日本新感觉派传统，几无例外地对中国现代都市的光怪陆离展开批判性书写。对都市文明负面化书写，或许有利于文学表现或揭示复杂幽暗的人性，或许都市负面化素材特色鲜明，作家可能更容易上手。

《边城》成为文化探索的界碑。在“隔阻”叙事中，沈从文将“水”创造性转化为“洪水”意象。在作家看来，都市文明如洪水猛兽，侵蚀湘西文化的河床，导致湘西文化系统异变乃至崩溃。如果说都市青年的“死亡”（《三三》）多少表现出沈从文对湘西文化的自信，那么《边城》“洪水”及一系列“死亡”，则传达了对湘西文化的理性甚至不乏悲情的思考。“死亡”实源于湘西文化个体（“大老”）接受了都市文化观念（“车路”），最后被“淘剩一个空壳”。所以大老遭遇“洪水”死亡是必然的。把都市青年“死亡”与湘西天佑“死亡”放在一起，似乎宿命地应验了作家早先的担忧，同时作家文化心态也发生了改变，对湘西文化的自信转变为深刻的怀疑。湘西文化一旦被都市文化观念左右，爱情悲剧非但无可避免，甚至引发道德体系的崩溃。天佑的死亡引发了老船夫死亡、白塔坍塌，渡船消失的多米诺效应。众多“死亡”叠加意味着湘西文化生态的异化，道德体系的崩塌以及美好神性的失落。

湘西文化悲剧性结局并非沈从文所乐见。作家对湘西文化的不舍与热爱是毋庸置疑的。他对湘西文化的情感取向超越了理性审视，抑或是沈从文更高层次的精神观照。所以小说最后作家进行了大胆艺术设置，“死亡”被复活。神性“白塔”被“重造”；象征人类自我拯救的“渡船”（诺亚方舟）重新安放在渡口。尤其是翠翠接替老船夫，更具有湘西文化美好德行代际传承的仪式感。

沈从文有着不同于常人的艺术才情。“洪水”意象设置，也体现出作家对人类发展的理性思考。人类必须借助积累起来的经验、价值、道德与智慧，克服和超越种种隔阻。因此，人类优秀文化传统不能失落。这是沈从文观照湘西文化难以舍弃也无法舍弃的根本所在。爱情是人类繁衍发展的基础，是人类进程中特殊的情感体现。翠翠与二老的情爱故事，隔阻叙事并未消解，而是留下更大的隔阻。这是否意味着人类发展进程，不断超越“隔阻”又不断遭遇“隔阻”，“所带走向一个不可知的命运”[①]？

《边城》的隔阻叙事从苗族“洪水神话”获得启示。清人陆次云《峒溪纤志》说：“苗人腊祭曰报草，祭用巫，设女娲伏羲位。”苗人将自己视为伏羲女娲的后裔。洪水神话也是一个世界性的文化现象，沈从文藉此表达对人类发展中“常与变”的思考。“这个人也许永远不回来了，也许明天回来”，揭示了偶然（无常）是人类

① 《边城·题记》，《沈从文全集》第 8 卷，北岳文艺出版社 2002 年版，第 59 页。

社会的不变法则。《边城》显然是这一哲学命题的艺术概括。

人类社会充满着变数，又无不从遭遇“阻隔”到超越“阻隔”的发展过程。人类在“白塔”的神性光辉下，驾驭理性的方舟，“用划龙船的精神活下去”[①]，终究能到达理想彼岸。沈从文小说蕴藏的阔大内涵和艺术境界，是意象以外其它手段无法实现的。诚如朱光潜所说：“艺术所摆脱的是日常繁复错杂的实用世界，它所获得的是单纯的意象世界，意象世界尽管是实用世界的回光返照，却没有实用世界的牵绊，它是独立自主，别无依赖的。”[②]

① 《箱子岩》，《沈从文全集》第 11 卷，北岳文艺出版社 2002 年版，第 281 页。
② 朱光潜：《文艺心理学》，复旦大学出版社 2009 年版，第 8 页。

第十章　沈从文创作的忧郁审美

沈从文的忧郁审美与他性格有密切关系。1948 年 12 月，沈从文在给姚明清信中谈到，“由于性格内向，埋头努力易，活动应变难，所以近年在此教书用笔实有和全个发展脱节之势”[①]。1949 年 2 月，作家在《一个人的自白》中总结自己“内向型”性格与创作的关系。他说：“我企图由一个在‘病理学或变态心理学可作标本参考’目的下，写下这点东西。将来如和我的全部作品同置，或可见出一个‘人’的本来。”作家认定自己是“内向型的人”并作了具体分析。一是“脆弱，羞怯，孤独，顽野而富于幻想”；二是“永远有‘不承认现实’的因子，随生命发展。”[②]“不承认现实”就是沈从文常说的怀疑和否定。“否定”与“幻想”构成沈从文内向性格两个相互关联的重要维度，是作家忧郁审美的心理基础。他说：“从现实环境来说，我早应当被困难打到了。可是没有自杀，因为在‘否定’中有力量支住了自己。我也并没有堕落，内向型的胆小而贫穷，在那种生活方式中，实无从堕落”；“‘否定’在生长中，随‘幻想’而生长，因为这是求生存唯一的支柱，二者合并作成

---

① 《复姚明清信》，《沈从文全集》第 17 卷，北岳文艺出版社 2002 年版，第 4868 页。
② 《一个人的自白》，《沈从文全集》第 27 卷，北岳文艺出版社 2002 年版，第 7—8 页。

一个抽象而强韧支柱，失去其一都不会继续生存，产生‘未来’”①。

一

沈从文忧郁文化特质，首先源于故乡文化与都市文化鲜明对比而产生巨大的心理落差。湘西凤凰地处偏僻一隅，这里山清水秀，物产丰富，民风淳朴。由于地理环境影响，地域文化呈现出闭塞自足的形态。《从文自传》把这个苗民居住区域描绘成与世隔绝的“世外桃园”：

> 城中人每年各按照家中有无，到天王庙去杀猪，宰羊，磔狗，献鸡，献鱼，求神保佑五谷的繁殖，六畜的兴旺，儿女的长成，以及作疾病婚丧的禳解。人人皆很高兴担负官府所分派的捐款，又自动的捐钱与庙祝或单独执行巫术者。一切事保持一种淳朴习惯，遵从古礼；春秋二季农事起始与结束时，照例有年老人向各处人家敛钱，给社稷神唱木傀儡戏。旱暵祈雨，便有小孩子共同抬了活狗，带上柳条，或扎成草龙，各处走去。春天常有春官，穿黄衣各处念农事歌词。岁暮年末居民便装饰红衣傩神于家中正屋，捶大鼓如雷鸣，苗巫穿鲜红如血衣服，吹镂银牛角，拿铜刀，踊跃歌舞娱神。

来北平前，沈从文在民风淳朴的环境中度过了早期生活。他的行伍经历也主要在湘西度过的。人类学家哈维兰认为早年生

① 《一个人的自白》，《沈从文全集》第 27 卷，北岳文艺出版社 2002 年版，第 9—11 页。

活对成年人格产生显著影响。[①] 他说：除了“遗传特征决定某些综合潜能和局限”外，“尤其是早期生活经验，在塑造个人人格方面也是至关重要的。因为不同文化以不同方式安排儿童的养育和教育”[②]。有关沈从文早期教育，他在《从文自传》中为我们提供了大量信息。用他自己的话说：“我读一本小书同时又读一本大书”。这本“大书”就是湘西社会文化生活。沈从文性格、心理、观念乃至气质，与湘西社会和文化有密切关系。

民俗是族群中最感性的文化和文化标识。民俗文化以传统和仪式的方式，经久持续地唤醒和强化个体的文化记忆，进而保持社会与个体，个体与个体间的文化默契，维系社会结构的平衡。然而，在既定文化环境中成长的民俗个体，一旦脱离原有文化生态，民俗个体文化心理将发生不同程度的失衡状况。“入乡随俗”正说明异质文化间的对话与交流是不对等的。也就是说，外来民俗个体必须转换文化身份以适应新的环境。

可是，转换文化身份谈何容易。初来乍到的“乡下人”面对光怪陆离的都市，非但没有常人的新奇和兴奋，倒是处处感到格格不入，时时“觉得自己是俨然多余的一个人”[③]。早年的湘西生活“这一分经验在我心上有了一个分量，使我活下来永远不能同城市中人爱憎感受一致”；“使我对于城市中人在狭窄庸懦的生活里产生的作人善恶观念，不能引起多少兴味，一到城市中来生活，弄得忧郁强悍不像一个‘人’的感情了。”[④]对沈从文来讲，个人生计

---

① [美]哈维兰：《文化人类学》，翟铁鹏、张钰译，上海社会科学院出版社 2006 年版，第 128 页。

② [美]哈维兰：《文化人类学》，翟铁鹏、张钰译，上海社会科学院出版社 2006 年版，第 128 页。

③ 《旧梦》，《沈从文全集》第 6 卷，北岳文艺出版社 2002 年版，第 100 页。

④ 《从文自传》，《沈从文全集》第 13 卷，北岳文艺出版社 2002 年版，第 306 页。

成为他在都市必须直面的难题，文化身份转换尤为紧迫。从他内向性格来看，选择文学创作是最合适不过的。作为一种纯粹个人性的工作，写作可以避免与他人发生交流接触，但封闭的创作环境又强化了他内向忧郁气质。沈从文早期作品的“零余者”形象正是他自卑孤独的体现。这种孤独的创作经历对沈从文来说又并非坏事。他曾回忆这段生活，“在一种无望无助孤独寂寞里，有一顿无一顿的混过了。这一段日子并不白费，甚至于可说对我以后十分有益。而且对于我近卅年的工作，打下了十分良好的基础。”[①]说实在的，沈从文并没有像其他青年那样怀抱浪漫的文学梦想，他创作纯属是“赶鸭子上架”的被逼无奈。对于文学是什么都不清楚的沈从文来说，创作的困难可想而知，但生活逼迫他不得不用写作维持。他在小说中说：“我的作品是为一个仇敌而写的，永远为了仇敌动笔，仇敌是什么？就是‘生活’。”（《知己朋友》）这种窘迫的生活环境，自然又加重了沈从文孤独忧郁的情绪。

其次，沈从文忧郁气质同“内向型”文化性格不无关系。从心理层面看，内向型人格往往表现出否定现实，追求理想的自觉意识。具有这种性格的人常常给自己设定远大目标，对自己要求特别严格甚至苛刻，并在自我超越中得到极大的心理满足。这种不安于现状不断进取的意识，对现实否定和怀疑的态度，往往是形成“孤独”的重要因素。当然，这与湘西文化“地方性”有很大关系。沈从文在《湘西》“题记”中对“地方性”作了简要概括：“湘西人向外谋出路时，人自为战，与生活环境奋斗的精神，很受到国人

① 《二十年代的中国新文学》，《沈从文全集》第12卷，北岳文艺出版社2002年版，第377页。

尊敬，至于集团的表现，遵循生活组织……就不大如人。”[①]在《新党中一个湖南乡下人和一个湖南人的朋友》中，沈从文直接点出了“人自为战”的精神气质：“鸣默之际均如可摸可触。凡属于这个底子，都不免受一种夙命拘束；宜于孤立陷阵，不易集团同功。能进取，难守成”[②]。这种“人自为战”的“楚人底子”在沈从文身上体现得淋漓尽致。不论是从湘西独自跋涉来到北平，还是把创作当作个人的事业，我们都看出他孤独又不乏独立的性格。朱光潜认为，这是作家“受过长期压迫而又富于幻想和敏感的少数民族在心坎里那一股沉郁隐痛”。[③] 沈从文说自己“是个内向型的人，长处或弱点统统由之而生。”[④]这种性格培育了沈从文否定和怀疑的思维习惯。“不安于当前事务，却倾心于现世光色，对于一切成例与观念皆十分怀疑，却常常为人生远景而凝眸。”[⑤]“否定因之在我生命中生长。我的生命并没有对困辱屈服。我总要想方法抵抗，不受这个传统力量和环境征服或压倒。”[⑥]

加上多年军营生活的历练，沈从文在“性格方面永远保持到一点坚实军人的风味，不管作什么总去作，不大关心成败”[⑦]。尽管他在北平“没有一处熟悉的地方，没有一个熟悉的人，没有一件熟悉的事”[⑧]，但他敢于独自闯荡，发展自己的事业，实现人生梦想。特别是在北京大学听到辜鸿铭的讲学，“引起一种警惕，得到

① 《〈湘西〉题记》，《沈从文全集》第 11 卷，北岳文艺出版社 2002 年版，第 331 页。
② 《新党中一个湖南乡下人和一个湖南人的朋友》，《沈从文全集》第 14 卷，北岳文艺出版社 2002 年版，第 288 页。
③ 朱光潜：《从沈从文先生的人格看他的文艺风格》，《花城》1980 年第 5 期。
④ 《一个人的自白》，《沈从文全集》第 27 卷，北岳文艺出版社 2002 年版，第 7 页。
⑤ 《从文自传》，《沈从文全集》第 13 卷，北岳文艺出版社 2002 年版，第 253 页。
⑥ 《从文自传》，《沈从文全集》第 13 卷，北岳文艺出版社 2002 年版，第 287 页。
⑦ 《一个人的自白》，《沈从文全集》第 27 卷，北岳文艺出版社 2002 年版，第 8 页。
⑧ 《一个人的自白》，《沈从文全集》第 27 卷，北岳文艺出版社 2002 年版，第 12 页。

一种启发，并产生一种信心，即独立思考，对于工作的长远意义。"①在现实生活中，沈从文的文化性格赋予他不随波逐流，更不向命运屈服的性格。他竭尽全力地学习写作，挑战物质的贫困，用文学实现人生理想，证明自己存在的价值。不过，从另一方面来看，这种内向性格气质的人，往往由于给予自己压力太多太大而极易引发身心不适，如疲劳、恐惧、忧郁和焦虑，甚至引发生理上的疾病。例如，沈从文在小说(《长夏》、《不死日记》等)中，常常提及身体糟糕，常流鼻血的情况。这与他生活艰苦、工作劳累、精神高度紧张有着直接关系。总之，"内向"与"孤独"的性格，"否定"与"怀疑"的文化气质，无时无处不影响着沈从文。

最后，沈从文忧郁气质与苗民族历史记忆有关。用沈从文话说，湘西历史造就了他性格中的"楚人气质"。"因为那地方本位种族征服一个重要据点。五溪蛮千年来如何被消灭同化，年远世易已难得其详。然清代以汉治苗的毒辣统制政策……说是'血染赤了每条官路及碉堡'而来，则并非过言。"②作家始终不能忘却身上流淌的苗人血液。这种文化身份的认同感，使他在小说和文章中屡次讲述苗民族被杀戮被征服的血泪史。《从文自传》描写的古战场遗迹，不难想象苗民在反抗和被征服过程中的悲壮场景。

> 试将那个用粗糙而坚实巨大石头砌成的圆城，作为中心，向四方展开，围绕了这边疆僻地的孤城，约有四千到五千左右的碉堡，五百以上的营汛。碉堡各用大石块堆成，位置在山顶头，随了山岭脉络蜿蜒各处走去，营汛各位置在驿路

① 凌宇：《沈从文传》，北京十月文艺出版社1988年版，第188页。

②《新党中一个湖南乡下人和一个湖南人的朋友》，《沈从文全集》第14卷，北岳文艺出版社2002年版，第294页。

> 上，布置得极有秩序。这些东西在一百七十年前，是按照一种精密的计划，各保持相当距离，在周围数百里内，平均分配下来，解决了退守一隅常作蠢动的边苗叛变的。两世纪来满清的暴政，以及因这暴政而引起的反抗，血染赤了每一条官路同每一个碉堡。[①]

固化的遗迹是无言历史的诉说，永久保留在沈从文印象中。作家说："楚人历史传统的激情，极容易形成性格上的孤立性和悲剧性。竟若自然的分定无可避免。"[②]这种痛苦沉重的历史记忆必然影响到他敏感而忧郁的性格和精神气质。总之，沈从文在湘西文化语境中养成了"自我意识"、"自我认同"的文化心理。这种"行为环境"也培育了个体"客体定向"、"空间定向"和"时间定向"，赋予了作家"规范定向"[③]和"情感模式"[④]，推动个体稳定的思维、情感和行为等独特"人格"的形成。这种人格使得沈从文在与故乡文化存在巨大差异的都市中，显得独孤而难以适应，表现出浓重的忧郁气质。

二

亚里士多德认为，那些在哲学、政治学、诗学或艺术方面有着

① 《从文自传》，《沈从文全集》第 13 卷，北岳文艺出版社 2002 年版，第 244 页。

② 《湘人对于 64 新文学运动的贡献》，《沈从文全集》第 17 卷，北岳文艺出版社 2002 年版，第 164 页。

③ [美]哈维兰：《文化人类学》，翟铁鹏、张钰译，上海社会科学院出版社 2006 年版，第 132 页。

④ [美]哈维兰：《文化人类学》，翟铁鹏、张钰译，上海社会科学院出版社 2006 年版，第 134 页。

杰出才能的人，几乎都是多愁善感的人。沈从文显然就是这样一位忧郁的作家，且忧郁贯穿于整个创作过程。根据忧郁不同的内涵，我们大体上可将他创作分为早期(1924—1933)、中期(1933—1937)和后期(1937—1949)三个阶段。具体地说，早期创作阶段，是从沈从文1924年发表第一部作品开始，到1933年9月同张兆和结婚止。这十年，作家的创作普遍表现出“形而下”的个人忧郁。当然，这种忧郁同他性格有很大关系。如前所述，沈从文否定、幻想的精神气质在来北平前就已基本形成。《从文自传》就谈到当初离开湘西的原因：“好坏我总有一天得死去，多见几个新鲜日头，多过几个新鲜的桥，在一些危险中使尽最后一点气力，咽下最后一口气，比较在这儿病死或无意中为流弹打死，似乎应当有意思些。”“尽管向更远处走去，向一个生疏世界走去，把自己生命押上去，赌一注看看，看看我自己来支配一下自己，比让命运来处置得更合理一点呢还是更糟糕一点?”[①]这种永不服输，不向命运低头的内向性格与心理，使得沈从文能够在极为艰难的境遇中坚持创作。

这个阶段，沈从文发表了近180篇小说。其中约有60篇都市题材小说。都市小说是基于作家对于现实的“否定”，且带有浓重的忧郁色彩。例如《公寓中》、《春天》、《冬的空间》、《自杀的故事》、《呆官日记》等小说，反复书写“没有任何一种方法可以把日子维持下去”的穷困潦倒的生活，以及孤独绝望的个人情绪。《一个晚会》、《长夏》等作品，流露出被人轻视奚落，自卑难堪的心理隐痛。就像《阿丽思中国游记》的后序中说：“一种错误的轻蔑，从别个人的脸嘴上，言语上，行为上，要我来领受，我领受这个像是太多了点了！使我生到这世界上感到凄凉

① 《从文自传》，《沈从文全集》第13卷，北岳文艺出版社2002年版，第364页。

的……是这个误解的轻视。”[①]《旧梦》、《不死日记》、《中年》、《知己朋友》、《一个天才的通信》，记录了他创作遭遇到难以想象的困难。创作对于粗通笔墨的沈从文来说困难重重，精神抑郁是不难想象的。他给王际真的信中诉说了自己都市的遭遇和苦闷：“我是从农村培养出来的人……无一样性情适合于都市这一时代的规则，缺处总是不能满足，这不调和的冲突，使我苦恼……”[②]拿小说中的话来讲：“生到这时代，从旧的时代由于一切乡村城镇制度道德培养长大的灵魂，拿来混到大都市中去与新的生活作战，苦闷是每一个人都不缺少的东西。”（《一个女剧员的生活》）

爱情题材是年轻的沈从文绕不过去的创作题材。这个时期创作的不少带有自传体性质的爱情叙事，如《怯汉》、《一件心的罪孽》、《老实人》、《第一次作男人的那个人》、《十四夜间》、《长夏》等，流露出他“受压抑无可安排的乡下人对于爱情的憧憬”[③]和忧郁感伤气息。从审美心理来看，“忧郁情调来自对不愉快事物的沉思，因为它是活动受阻碍的结果，所以是痛苦的；但这种痛苦在被强烈地感觉到并得到充分表现时，又可以产生快乐。”[④]沈从文意识到自己是“在一种类乎作僧的寂寞生活中，我却看得出我是真正在活”（《南行杂记》）。对于内向要强的沈从文来说，排遣忧郁苦闷，获得心理慰藉，只能靠写作；而生活更需要用写作来维持。写作似乎从一开始就成为生活于都市的沈从文无法摆脱的人生宿命。

---

① 《〈阿丽思中国游记〉后序》，《沈从文全集》第 3 卷，北岳文艺出版社 2002 年版，第 5 页。

② 《沈从文全集》第 18 卷，北岳文艺出版社 2002 年版，第 63—64 页。

③ 《水云》，《沈从文全集》第 12 卷，北岳文艺出版社 2002 年版，第 111 页。

④ 朱光潜：《悲剧心理学》，人民文学出版社 1985 年版，第 166 页。

沈从文的创作普遍存在伤感和忧郁情绪,某种程度造成了文本明显的抒情气氛。抒情源自于作家主体心理和精神需求。“从心理学家说来……方可以抵补作者人格上的自卑情绪,增加他的自高情绪。抵补或增加,总之都重在使作者个人生命得到稳定”[①]。受制于沈从文“形而下”忧郁情绪,他近30篇散文和30首诗歌都在反复抒写自己抑郁的感受。柯灵“以散文的形式抒发忧郁”,正是看出散文文体在忧郁抒情方面具有审美优势。沈从文第一部作品《一封未曾付邮的信》便是散文。开篇就精准抓住“阴郁”的情绪。稍后《遥夜》、《狂人书简》等都相继抒发自己“悲哀佛郁”的精神焦虑。

与散文相比,诗歌应该更适宜个人忧郁情绪的表达。沈从文除了发表镇筸谣曲外,也尝试现代诗歌创作。沈从文说:“诗应当是一种情绪和思想的综合,一种出于思想情绪重铸重范原则的表现。”[②]这个时期,作家的诗歌与小说、散文乃至剧本,在书写个人情绪方面存在明显的互文性。诗歌主题与题材集中在以下四个方面。一、描写世间冷暖百态,如《失路的小羔羊》、《到坟墓的路》、《到坟墓去》、《余烬》。其中,《失路的小羔羊》以羔羊口吻,揭示世间虚伪冷漠的病态;《到坟墓的路》写出都市生活的绝望。诗中写道:“我什么也不要——我要一切毁灭,我要空虚,我要死。”二、描写爱情的苦闷忧郁,如《爱》、《悔》、《其人其夜》、《我喜欢你》、《月曲》、《颂》、《“狒狒”的悲哀》、《读梦苇的诗想起那个“爱”字》和长诗《曙》等。其中,《我喜欢你》写出对异性的矜持和内向性格,抒发“抑郁了的沉默”:“只有在那星子的夜里,我才敢低低的喊叫你底名字。”三、对于未来希望的憧憬,如《希望》、《呈小莎》

① 《小说作者与读者》,《沈从文全集》第12卷,北岳文艺出版社2002年版,第70页。
② 《致灼人先生二函》,《沈从文全集》第17卷,北岳文艺出版社2002年版,第436页。

等。四、把对故乡的回忆作为精神慰藉,如《想——乡下的雪前雪后》、《无题》等等。

诗歌创作上,沈从文采用虚实相间或借景抒情方式表达精神苦闷。例如《春月》,"虽不如秋来皎洁,但朦胧憧憬;又另有一种凄凉意味。"《残冬》借景生情,写出爱情的怅惘。"轻薄的杨柳,做着新梦——梦到又穿起一身淡黄裙裳,嫁与东风!"《絮絮》是一首长诗,从妓女"非人"遭遇和经历的描写中,感受"同是天涯冷落人"的惆怅。沈从文更多是以即景抒情方式,含蓄表达怅惘的情绪。在爱伦·坡看来,忧郁是诗的情调中最正统的,最纯正的。[①] 朱光潜也认为"忧郁是一般诗中占主要成份的情调"[②]。总体而言,沈从文这个时期诗歌流露的"形而下"忧郁,艺术表现手法较为稚嫩,但对忧郁的审美感受和把握是准确的。

在北平最初的几年,沈从文生活是落魄的,难熬的,但这个性格内向但倔强的年轻人,还是克服了一切困难。"物质上虽十分艰窘,精神上倒很壮旺。没有钱,就用空气和幻想支持生活,且好像居然可以如此继续支持下去。"(《大小阮》)古老的皇城似乎刺激了这个远道而来的乡下人天才的发挥。他近乎疯狂地创作,不断变换着笔名投稿,终于为自己赢得了"多产作家"、"天才作家"的名号。很难想象,在北平这个中国最大的都会和文化高地,对于一个初通笔墨,连标点符号尚不清楚的年轻人,要在文坛获得一个名字是多么不容易的一件事。沈从文做到了,不过,让人费

---

① [美]爱伦·坡:《创作哲学》,参见董衡巽《美国十九世纪文论选》上海译文出版社1991年版,第52页。

② 朱光潜:《悲剧心理学》,人民文学出版社1985年版,第221页。

解的是，这个年轻人为什么要用那么多笔名[①]发表作品？那样做对他成名似乎没有好处。比较靠谱的解释是，这与沈从文悒郁敏感的性格有很大关系。他生怕创作的作品不成熟招徕读者的奚落与熟人的嘲讽，所以他用不断更换笔名的方法发表作品，尽量掩盖或避免可能出现的尴尬和难堪。关于这一点，从他自传体小说可以得到验证。小说这样写道："自己的生活也将同自己的工作有同一命运，被人看到的只是那顶不精彩的一面"，"因此我总想设法把自己姓名换成另外一个"(《中年》)。沈从文确实也遭遇过难堪的经历。他说："我把所有初期作品上百篇，向一个著名副刊投稿时，结果却只作成一种笑话传说，被这位权威编辑，粘接成一长幅……当着所去一群名教授……一齐揉入字纸篓里。"[②]那位编辑就是《晨报副刊》的孙伏园。即便到了 1980 年，沈从文在美国哥伦比亚大学讲学时，重提当年这段往事仍难以释怀。可以看出，这件事给沈从文造成了长久的精神伤害。1930 年 2 月，他在给朋友的信中无奈地说："我还是得尽一些市侩支配，不同他们来往，我的文章就找不到出路，过去是这样子，未来也还仍然是这样子。"[③]或许正是当年受辱的经历，所以当他后来做了文学刊物编辑的时候，就特别能理解文学青年呵护他们的创作热情，真诚提出修改意见或建议，甚至牺牲创作时间帮他们修改推荐作品，奖掖扶持文坛新生力量。

---

① 作家早期(1924—1932)除了用沈从文、从文发表作品外，先后用过 30 多个笔名：休芸芸、芸芸、茂林、懋林、则迷、小兵、凤哥、茹、懋琳、木铃、岳焕、沈懋琳、甲辰、焕乎、琳、璇若、为琳、何远驹、菌、疑珷、远桂、王寿、张琲、自宽、罗俊、沈岳焕、王玖、茄椒、巴库、红黑旧人、黑君、岳林等。1933 年后，除上面一些笔名，沈从文还用季蕤、上官碧、某甲、沈甲辰、朱张、沈着、李綦周、章翥、炯之、瀧羽、雍羽、刘季、巴鲁爵士、王运通、窄霉斋主、翰墨等笔名。

②《一个人的自白》，《沈从文全集》第 27 卷，北岳文艺出版社 2002 年版，第 18 页。

③《沈从文全集》第 18 卷，北岳文艺出版社 2002 年版，第 129—130 页。

回忆是带有功利性和选择性的精神活动。沈从文排解忧郁抚慰心灵，除了用文字记录和书写个人现实境遇及其感受外，另一个就是退回到自己的记忆世界，寻求精神的安慰和寄托，“在各种穷困危难生活里将一堆连续而来的日子支持过”①。对于栖身北平的沈从文来说，故乡是一个温暖而遥远的梦，一个巨大的精神诱惑。作家与故乡形成的空间距离逐渐转化为心理距离和审美距离，在回忆中得到心理补偿和慰藉。他说：我“把那点过去属于自己的痛苦和寂寞，镶嵌在各不相同自然景物中，一再温习。尤其是儿时无拘束的生活，所保留的新鲜快乐印象，可以把当前的绝望勉强稳住。”②在湘西“诗意的栖居地”，沈从文找到了自我，宁静而从容。这个时期，沈从文创作的约70篇乡土小说和十多个乡土剧本③，成为他孤寂悒郁的精神寄托。他说：“作品中的乡土情感，混和了真实和幻念，而把现实生活痛苦印象一部分加以掩饰，使之保留童话的美和静”，“成为我生存的最大快乐和支柱”④。然而，短暂快乐过后是无边的孤独和苦闷。“我爱悦的一切还是存在，它们使我灵魂安宁，我的身体却为都市生活揪着，不能挣扎。两面的认识给我大量的苦恼，这冲突，这不调和的生命，使我永远同幸福分手了。”⑤至于别人对他作品的评论，沈从文颇不以为然，认为批评者很大程度忽视了他“生命经验的连续性和

---

① 《〈记丁玲女士〉跋》，《沈从文全集》第13卷，北岳文艺出版社2002年版，第230页。

② 《一个人的自白》，《沈从文全集》第27卷，北岳文艺出版社2002年版，第17页。

③ 1925年沈从文创作了《卖糖复卖糕》、《赌徒》、《野店》，1926年创作《母亲》、《支吾》、《盲人》、《鸭子》、《霄神》、《三兽窣堵坡》、《羊羔》、《蟋蟀》、《过年》，1927年发表《蒙恩的孩子》、《刽子手》。其中，《母亲》、《支吾》属于都市题材，《三兽窣堵坡》为佛经题材，其余皆为乡土题材。

④ 《一个人的自白》，《沈从文全集》第27卷，北岳文艺出版社2002年版，第14页。

⑤ 《生命的沫题记》，《沈从文全集》第16卷，北岳文艺出版社2002年版，第306页。

不可分割性”[1]。这种“生命经验的连续性和不可分割性”除了作家独特的个人经历外，自然也包含他的忧郁气质。

虽然这个阶段沈从文创作大多流于感性描述，但他的忧郁审美初露端倪，忧郁的书写呈现出多样化特征。

1925年5月，沈从文给林宰平的信中说：我“只想到写自己生命过程所走过的痕迹到纸上。”[2]沈从文创作从一开始就呈现“自叙传”色彩。第一，他动用文学的所有文体，全面真实地表达自己忧郁愁苦的情绪状态。文体是特殊的意识形态。从文体功能看，“散文”、“诗歌”具有直抒胸臆，表达感情的明显优势。而“小说”、“剧本”则长于叙事和刻画性格。严格地说，抒情不是叙事文体的基本要素，远不如散文诗歌来得直接。例如《一封未曾付邮的信》，开篇就以“忧郁的从文……”奠定伤感的基调。稍后的散文基本都是对凄清、无聊、失望、烦恼等情绪的抒写。沈从文的剧本创作主要集中在这个时期。和小说、散文一样也流露出忧郁的气息。不过，沈从文善于采用反衬手法，用热闹活泼的喜剧氛围，折射自己孤独忧郁的内心世界。值得一提的是，小说《龙珠》表面看来是喜剧性叙事，但实质上仍是作家悲剧性的构境。正文前的一段文字是理解小说的关键，流露出他目下忧郁愁苦的状态。

> 我只有一天忧郁一天下来，忧郁占了我过去生活的全部，未来也仍然如骨附肉。你死去了百年另一时代的白耳族王子，你的光荣时代，你的混合血泪的生涯，所能唤起这被现代社会蹂躏过的男子的心，真是怎样微弱的反应！想起了你

---

① 《一个人的自白》，《沈从文全集》第27卷，北岳文艺出版社2002年版，第14页。
② 《致唯刚先生》，《沈从文全集》第17卷，北岳文艺出版社2002年版，第41页。

们，描写到你们，情感近于被阉割的无用人，所有的仍然还是那忧郁！

看得出来，沈从文忧郁来自重建文化身份的焦虑。外来文化个体生活于异质的现代都市，意味着他不得不放弃既有传统以适应新的环境。对沈从文来说这是一个痛苦的蜕变过程。湘西文化的观念信仰、思想价值、行为规范、思维方式，在他身上形成或已定型，并植根于他的灵魂之中，但他又不得不（暂时）放弃已有文化身份，重建一套异质文化系统。显然，在文化身份的放弃与重建，异质文化的适应与冲突，沈从文是痛苦的，内向自卑心理愈加凸显出来。1930年，沈从文给好友的信中袒露了自己真实境况："到任何地方总似乎不合式，总挤不进别人那种从容里面去，因此每个日子只增加一种悲痛。"[①]既然生活在都市，就必须适应都市文化环境，必须作出个体文化身份的转换。"到底还是社会势力比个人能力大，我是终不能用农民感情活到都市中的。"[②]然而，文化身份的转换谈何容易，文化隔阂和裂痕依然存在。沈从文反复用"你"、"你们"、"你们民族"，表达了自己不得不放弃已有文化身份的痛苦。

血管里流着你们民族健康的血液的我，二十七年的生命，有一半为都市生活所吞噬，中着在道德下所变成的虚伪庸懦的大毒，所有值得称为高贵的性格，如像热情、与勇敢、与诚实，早已完全消失殆尽，再也不配说是出自你们一族了。

你们给我的诚实，勇敢，热情，血质的遗传，到如今，向前

---

① 《沈从文全集》第18卷，北岳文艺出版社2002年版，第112页。

② 《沈从文全集》第18卷，北岳文艺出版社2002年版，第130页。

证实的特性机能已荡然无余，生的光荣早随你们死去了。皮面的生活常使我感到悲恸，内在的生活又使我消沉。我不能信仰一切，也缺少自信的勇气。（《龙珠》）

与《龙珠》几乎同时创作的还有《媚金·豹子和那羊》。沈从文意识到，时代在变，一切都在改变，古老的湘西也不例外。“时代是过去了，好的风俗是如好的女人一样，都要渐渐老去的。”而这变化的幕后推手是都市流行的商业主义和物质主义，一种难以言说的痛苦弥漫在字里行间。

地方的好习惯是消灭了，民族的热情是下降了，女人也慢慢的像中国女人，把爱情移到牛羊金银虚名虚事上来了，爱情的地位显然是已经堕落，美的歌声与美的身体同样被其他物质战胜成为无用的东西了……（《媚金·豹子和那羊》）

第二，除了散文诗歌外，这一时期沈从文普遍采用“第一人称”限知视角，并与多样化文体相结合，如“书信体”小说（《一个天才的通信》）、“日记体”小说（《篢君日记》、《不死日记》、《呆官日记》、《篢君日记》、《一个妇人的日记》、《公寓中》）以及“自传体”小说（《焕乎先生》、《中年》、《老实人》、《善钟里的生活》、《绝食以后》）等个性化叙事。多样化的小说文体给读者以身临其境的艺术感染力。这些都市题材小说集中叙写了“我”落魄狼狈的生活，以及由此而来无从排遣的抑郁情绪。就像作家在《老实人》“自序”中说：“心是像失了弹性，驰缓了，依稀见到这一堆散碎了的情绪，散碎到成极细极小的物质，各处飞。”①

① 《〈老实人〉自序》，《沈从文全集》第1卷，北岳文艺出版社2002年版，第3页。

第三，小说展示主人公阴郁心理与梦境书写，突出“自己是俨然多余的一个人”（《旧梦》）。爱情的忧郁是作家这个时期主要审美取向。《狂人书简》、《遥夜》描写主人公渴望异性的苦闷。“再不会有人来为我揾拭眼角余泪！再不会有人来偎着脸慰藉我了！……再不会有人来劝我珍重为忧伤而憔悴的身子了！”（《遥夜》）《一件心的罪孽》、《用A字记录下来的事》则描写异性的脂粉气所引起的心理反应，以及由此产生自卑自责心理。《燥》可以看作是沈从文早期“意识流”小说。书写主人公“维特式”的烦恼。《白丁》、《重君》等小说，借助梦境获得心理慰藉。主人公对梦境的沉醉是作家对爱情的绝望。这些小说与爱伦·坡作品所流露的情绪有几分相似。“那长梦中也有忧伤和绝望，可于他也胜过清醒生活的现实。”（《梦》）《中年》、《旧梦》采用类似复调叙事，在“本我”“自我”的冲突中，展现忧郁的心理与意识的流动。这种叙事手法后来在沈从文其他作品中也出现过。例如《水云》通过自信的“我”与世故的“我”的论辩，表达忧郁美学思想。《老实人》用叙述者（我）与被叙述者（自宽）合二为一的叙事方式，书写生活的狼狈和精神抑郁。尤其是1928年发表的《焕乎先生》，沈从文视之为“可以名之为忧郁的创作”；“一幅苦闷象征的名作”。

最后，沈从文的小说通常融入议论、抒情等非叙事性成分。[①] 确切地说，作家创作一开始就异于“为人生”派的社会写实，而类似“创造社”的抒情浪漫风格，初步呈现出小说散文化随笔化倾向。不过话也说回来，沈从文叙事中议论抒情，主要是基于忧郁情绪的书写。

---

① 沈从文早期创作常常存在这样一种现象，即在文本前后附有一些区别于正文的文字。例如《一个妇人的日记》、《龙珠》、《一件心的罪孽》等。这些文字显然与文本叙事有别，类似于“前言”或“后记”。虽然与文本内容关系不大，但它表现出作家创作过程中的忧郁心境。

> 生命不过是一粒微尘，比微尘还容易被风吹落到一个生地方的是命运。我的遭遇不感谢天也不怨天，悲剧的扮演直到死为止。我分内应得到的灾难，虽不能毅然的承当，也总在逃遁退避中仍然得到了。一卷不精彩的凡庸的生活史，在此时计算来已到了第一卷读完的二十六岁，二十六岁中的一小章生活成了如所重述的此记，其余则因因果果造成了在所记中所说及的忧郁无用徘徊柔弱的我的性格，以及此时依然不适于应付女人，金钱名誉的掠取的潦倒生活……(《旧梦》)

这种非叙事性成分折射出沈从文潜在的思想者气质，为后来美学的抽象思索作了准备。不妨看看他小说中的议论。

> 我要的生活是孤僻遐想，是关了自己的门来将社会一切悲观的证实而从这悲观中得到生活意义的归结。我要欢喜一切别人引为平常的事物，而并恼着那人人所谓为美与善的东西。我把一切所见的所触的想到的赋予以一种与人不同的爱憎，而又否定一切情形的肯定一切空幻的美的存在。(《旧梦》)

沈从文早期创作弥漫的一股抑郁气息，验证“把文学当成一种个人抒写”的创作观念。这个时期，作家创作了第一部长篇《阿丽思中国游记》。虽然作者说创作这部作品的初衷是为他母亲，让“这善良的老人家在她烦恼中暂时把忧愁忘掉，我的工作算是一种得意的工作了”①。《篁君日记》的自序也说：“……若是在她

① 《〈阿丽思中国游记〉后序》，《沈从文全集》第3卷，北岳文艺出版社2002年版，第3页。

事务的暇裕中，见到这忠忠实实的报告，还能保持到她那蕴藉的笑容在脸上，我算是释了一件冥冥中负了多日的重担了。”[①]“母亲”也好，“她”也罢，其实并没有多少的实在意义，只是沈从文借他人酒杯，浇自家胸中块垒的托辞。生活的周遭如骨附肉，虽然想“极力设法要把它忘掉”，但“结果剩下的惆怅”[②]。

人算不如天算。“凡庸的生活史”并未在沈从文二十六岁的时候结束。年龄的增长，阅历的丰富，困顿的生活依然继续。经过四五年创作磨练，沈从文意识到议论抒情并不适合小说文体，尝试用“自嘲”方式抒写个人的忧郁情绪。“所谓牢骚，把悲愤放在一浅薄事情上出气，我真不应当再有，我且应学着用力来克制这东西的生长机会了。”[③]并且，“一个人到真真感到寂寞时节，是没有牢骚可发的。”[④]作家所说的“克制”应该是摆脱早先直白的情绪化表达，而是将忧郁的言说潜植于人物心灵，隐藏在自嘲诙谐的叙事中。1927 年，沈从文在《这个男人和那个女人》[⑤]的开篇仿佛提醒自己：“君休矣，收拾牢骚，且作工，毋自馁，忧能伤人，兹可念也！”这种最初变化发生在 1928 年出版的《入伍后》和《不死日记》两部小说集里。沈从文后来在《入伍后》扉页上写道：“内中多带点谐谑味，或许受二周译文影响相当多。”[⑥]在《不死日记》“献辞”中他又写道：“牢骚呵，忏悔呵，苦呀苦呀全是成为过去；一切皆离开我身体，同生命一样，不见了。我可以得着的似乎只是

① 《〈篁君日记〉自序》，《沈从文全集》第 2 卷，北岳文艺出版社 2002 年版，第 246 页。

② 《〈篁君日记〉自序》，《沈从文全集》第 2 卷，北岳文艺出版社 2002 年版，第 246 页。

③ 《〈阿丽思中国游记〉第二卷的序》，《沈从文全集》第 3 卷，北岳文艺出版社 2002 年版，第 147 页。

④ 《〈老实人〉自序》，《沈从文全集》第 2 卷，北岳文艺出版社 2002 年版，第 4 页。

⑤ 《这个男人和那个女人》以《一件心的罪孽》之名，收录于 1928 年现代书局出版的小说集《老实人》。

⑥ 《题〈入伍后〉扉页》，《沈从文全集》第 14 卷，北岳文艺出版社 2002 年版，第 453 页。

因此而来的讪笑”[①]。话虽然是这么讲，但由于生活的郁闷，沈从文并未完全隐藏起“牢骚”。只是到了1931年初《石子船》(小说集)出版，沈从文叙述风格才真正有所改变。

> 这一集与过去一些小册子，另外还有不同的，是仿佛近来性情更沉郁了一点，往日能在文章中生感慨，近则没有了。近来牢骚很少。在忧郁的情调中找出诙谐的风致，把一个极端土地性的人物，不知节制的加以刻画，一切皆近于自嘲，是自己所看出的特色之一。[②]

自嘲，说得难听一点，就是拿自己开涮调侃。此时的沈从文非但不掩饰个人隐私和缺点，反而将它夸张放大，反复调侃自己难堪的生活处境。从另一侧面也显示出作家创作走向成熟自信。《呆官日记》的开头这样写道：“听人说，记下了日记，将来有许多用处，仿佛还可以卖钱，我定下志愿，从此以后要每天写日记了。”“我不相信有谁比我计虑得更周到更妥善一点。在以前，我恨我自己的蠢笨，是有过的，如今我才看出我的天才！”不论“天才”也好，“蠢笨”也罢，诙谐戏谑的背后，包含了沈从文对现实的怀疑否定。梁遇春说：“诙谐是从对于事情取种怀疑态度，然后看出矛盾来，所以怀疑主义者多半是用诙谐风格行文。”[③]“自嘲”背后仍然流露出生活的辛酸。《呆官日记》里，“我从前是苦恼过，发过狂，

---

① 《〈不死日记〉献辞》，《沈从文全集》第3卷，北岳文艺出版社2002年版，第399页。

② 《〈石子船〉后记》，《沈从文全集》第5卷，北岳文艺出版社2002年版，第319页。1930年沈从文给程朱溪的信中也说：“近年来，凡事皆无味，作文章亦深感无聊，人则无牢骚可言，殆真近于‘老’也。”《沈从文全集》第18卷，北岳文艺出版社2002年版，第102页。

③ 梁遇春：《醉中梦话》，原载《奔流》第1卷第10期，1929年4月20日。

病过，这是从前。过去了。如今我就是我。心是稳稳当当，不能受任何事支配，也不想支配世界。我是融到社会中，在这融洽上找到新的生存的意义。”并一再以“日子，滚你的吧。”“日子，留着吧。”“日子，生命，滚你的吧”(《呆官日记》)，调侃度日如年，颓唐抑郁的感受；《自杀的故事》用满不在乎的戏谑口吻，讲述因失恋差一点自杀的“我”，是“完全一个一九二八式的男子情绪”。《一个天才的通信》叙述“天才”的生活原是这般困顿潦倒：“生活打着我的右颊，我又用手拍打我自己的左脸，我就为这意义把这通讯写下来了。”并且，“只要有人愿意要我的通讯。我或者一面用左手抵自己流血的鼻孔，一面用右手能写出很闲适萧散的通讯。”戏谑的背后流露出作家对于生活的绝望。他说：“在认识这死的‘天才’的人读来，是可以从一种胡言谵语中找出一些东西的。因为这上面没有别的好处，却不缺少一个害热病的死前一月来近于疯狂的人心的陈列。”[①]小说《中年》，作家这样调侃：“我是适宜于一钱不名的生活，到那时，才会写出什么的。倘若说伟大作品之类，在过去，或未来，都会有，那么这产生的来源，总不外乎要穷来通吧。”1930年底，沈从文从武汉回上海不久，在给王际真信中也不忘调侃目下生活的窘境：“新的小房子倒真与做文章相宜，因为似乎要这样不舒服地方，才能写得出东西来。”[②]这种插科打诨，自嘲自解的意味十分明显。可以看出，沈从文一改前期直抒胸臆的手法，采用诙谐戏谑的方式叙述，仍然源于生活的窘迫和无奈。恰如他在《冬的空间》中所说：“悲剧不是死亡，不是流血，有时并且流泪也不是悲剧。悲剧应当微笑，处处皆是无可奈何的微笑。”

---

① 《〈一个天才的通信〉编者序》，《沈从文全集》第4卷，北岳文艺出版社2002年版，第325页。

② 《沈从文全集》第18卷，北岳文艺出版社2002年版，第125页。

与此同时，沈从文继续写作湘西题材小说，作为百无聊赖生活的慰藉，如《龙珠》、《夫妇》、《会明》、《道师与道场》、《参军》、《菜园》、《说故事的故事》、《男子须知》等等。沈从文在给好友信中说："我的世界总仍然是《龙珠》、《夫妇》、《参军》等等。我太熟悉那些与都市相远的事情了，我知道另一个世界的事情太多，目下所处的世界，同我却离远了。我总觉得我是从农村培养出来的人，到这不相称的空气里不会过好日子，无一样性情适合于都市这一时代的规则，缺处总是不能满足，这不调和的冲突，使我苦恼……仿佛看到我一部分的生命的腐烂。"①虽然没有见到《生命的沫》出版，但从沈从文为集子写的"题记"，可以感受到作家的精神苦闷和情绪抑郁。"今年来，生命沉静了，生活转到深秋，澄清见底，所以这泡沫为自己见到时，在晚春的蓝天燠阳里觉得有灰色的冬的暗淡。"②

三

沈从文第二个阶段（1933—1937）创作是从他结婚开始的，一直到"卢沟桥"事变后离开北平。作家忧郁审美并未改变。"忧郁……从不会由我心上挪开……忧郁的残骸积淀在我的心上"（《忧郁的欣赏》）。改变的是他忧郁内涵的变化，从"形而下"转变为"形而上"忧郁审美。其实，沈从文20年代后期的某些创作，忧郁审美已表现出抽象的苗头。"我向虚空微笑，向虚空低头，向虚空伸出瘦瘦的手儿，也没有捏到"（《中年》）。"这世界有

---

① 参见《沈从文全集》第18卷，北岳文艺出版社2002年版，第63—64页。

② 《〈生命的沫〉题记》，《沈从文全集》第16卷，北岳文艺出版社2002年版，第307页。

一些人在‘生活’里‘存在’，有一些人又在‘想象’里‘生活’”。[①] 与早期“形而下”忧郁不同，这个时期沈从文试图从主体精神世界探寻生命存在的本质意义，留下了一批堪称经典的现代文学作品。

1933年9月9日，沈从文与张兆和在北平中央公园举办婚礼。用他自己的话说，是“身和心都仿佛有了着落”[②]，此时的沈从文，经过十年坚持不懈的创作，终于化蛹成蝶，成为文坛知名作家了。凡是过往，皆为序章。早期物质贫困，生活难堪、爱情烦恼等“形而下”个人忧郁，统统随着新的生活的开始消解了。早期坎坷的生活经历和生命体验，已经形成作家人格中的自我认同与心灵默契，为这个时期“形而上”思索提供必要的前提。正如普鲁斯特在《追忆逝水年华》中说，当岁月流逝，所有的东西都消失殆尽的时候，唯有空中飘荡的气味还恋恋不散，让往事历历在目。沈从文在构思《边城》的过程中，虽然“准备创造一点纯粹的诗，与生活不相粘附的诗”，但他始终无法忘怀早年生命的怆痛。“我需要一点传奇，一种出于不巧的痛苦经验，一分从我‘过去’负责所必然发生的悲剧。换言之，爱情生活并不能调整我的生命，还要用一种温柔的笔调来写各式各样爱情，写那种和我目前生活完全相反，然而与我过去情感又十分相近的牧歌，方可望使生命得到平衡”。[③] 作家所说的“温柔的笔调”，其实就是混合了他早期忧郁的感伤的叙述。沈从文也承认：“里面自然浸润由悲哀，痛苦，在困难中的微笑，到处还有‘我’！但是一切都用和平掩盖了……心

---

① 《〈阿丽思中国游记〉后序》，《沈从文全集》第3卷，北岳文艺出版社2002年版，第4页。

② 《关于西南漆器及其他》，《沈从文全集》第27卷，北岳文艺出版社2002年版，第27页。

③ 《水云》，《沈从文全集》第12卷，北岳文艺出版社2002年版，第110—111页。

身多方面的困苦与屈辱烙印,是去不掉的。"[①]在着手创作《边城》的时候,沈从文就说得很清楚了。他说:"……境遇的两重,对于一个人实在太惨了。我直到如今,总还是为过去一切灾难感到一点忧郁……那些死去了的事,死去了的人,也仍然常常不速而至的临近我的心头,使我十分惆怅的。"(《泊杨家岨》)有意思的是,从艺术审美的角度来看,弥散于《边城》淡淡的忧郁气氛,非但没有损害到小说审美,反而成全了小说,使《边城》无可争议地成为了30年代中国小说的经典。沈从文后来也说:"接近我这个作品,也许可以得到一点东西,不拘是什么;或一点忧愁,一点快乐,一点烦恼和惆怅"[②]。这似乎印证了波德莱尔的看法,他说:"我并不主张'欢悦'不能与'美'结合,但我的确认为'欢悦'是'美'的装饰品中最庸俗的一种,而'忧郁'却似乎是'美'的灿烂出色的伴侣;我几乎不能想象……任何一种美会没有'不幸'在其中。"[③]人生不如意十之八九。现实生活中无处不在的人生缺憾,小说才引起读者普遍的共鸣。这应该是小说打动读者的地方。

阅读小说就是和作家猜谜。《边城》是将"社会现象"与"梦的现象"作"恰当"处理的典范之作。沈从文创作《边城》的目的,并不是为读者讲述爱情故事,而是借助爱情叙事表达对于生命、人生、命运的哲学沉思。所以,作为"社会现象"有机组成部分,日常生活的偶然性事件成为他关注的题材取向。综观沈从文作品,从创作一开始,他就有意无意地描写生活的偶然事件,如《初八那日》、《草绳》等。前者讲述了"七老"接亲当日却发生了意外,被滚木压死。后者则描写"老兵"备好草绳准备打捞上游漂来的物件,

① 《一个人的自白》,《沈从文全集》第27卷,北岳文艺出版社2002年版,第10—11页。

② 《习作选集代序》,《沈从文全集》第9卷,北岳文艺出版社2002年版,第5—6页。

③ 转引伍蠡甫:《西方文论选》,上海译文出版社1988年版,第215页。

然而往年如期而至的山洪偏偏今年不曾出现。或许迫于生活压力,也可能是生活困顿需要纾解,这些都转移了沈从文早期对“偶然”作更深的思索。到了1928年,沈从文在小说集《老实人》“序”中,才有意识地去揭示生活的偶然:“我所认识的是人与人永没有了解时候,在一些误解中人人都觉可怜的;可怜之中复可爱”。“我的工作方向当略略转变,应当专从这人类怎样在误解中生活下来找一种救济方法”[①]。例如,《船上岸上》正文前的那段文字,表达了世事难料的人生况味。“生来就多灾多难的我,居然还来吊叔远,真是意料不到的事!”《老实人》借主人公“自宽”被拘的意外遭遇,感受到“人事不可逆料”(《旧梦》)。《媚金·豹子与那羊》讲述“豹子”为寻找羊羔作为媚金信物而耽搁了约会,而媚金以为豹子爽约而自杀。生命的悲剧往往出自善良的愿望,其中偶然又如影相随。《旅店》、《萧萧》进一步揭示了偶然与生命、命运的关系。特别是萧萧的悲剧命运,似乎被冥冥之中的偶然所播弄。1931年6月,沈从文在《由达园给张兆和》一文中,明确表达对生命、人事偶然性的看法。他说:“我想到这些,我十分忧郁了。生命都是太脆弱的一种东西,并不比一株花更经得住年月风雨,用对自然倾心的眼,反观人生,使我不能不觉得热情的可珍,而看重人与人凑巧的藤葛。”[②]

美国哲学家悉尼·胡克对“偶然”这一形而上学命题有着深刻见解。他说:“从理论上说,偶然涵盖了以下几个方面的内容:第一,“所谓偶然就是一种被给与的、或被发现的事物,它的存在在逻辑上不是必然的;而它的不存在,在逻辑上也不是不可能的。”换句话说,“任何存在于世间的东西没有不是偶然的,连那描

① 《〈老实人〉自序》,《沈从文全集》第2卷,北岳文艺出版社2002年版,第4、5页。
② 《由达园给张兆和》,《沈从文全集》第11卷,北岳文艺出版社2002年版,第93页。

述偶然事件怎样发生相互关系的规律也不能例外。”第二，“所谓偶然乃是不发生关系的意思。一旦我们在各组事物之间发现了一项相互联系的规律，那末，从这个规律的角度上来看，凡与此无关的现象都是偶然的。”第三，“如果一个事物是作为两个事变系列的交叉点而发现的，而中两个事变系列又得分别由两种互不相关的规律来加以描述的话，那末，这个事件就是偶然的。”[①]显然，哲学学理深奥玄妙，哲学话语晦涩难懂。沈从文倒来得干脆，索性把无从把握和无法预知的“偶然”界定为“命”、“命运”。他这样描述：“命运是什么？就是忽然而来的一种祸福”；“命运是什么？是凡事均在人意料之外”；“命运是什么？是料到这样偏那样。”（《好管闲事的人》）总之，沈从文对“偶然”的思考，并不表现出个人道德因素，而是面对生活、社会流露出的真实心理和思想。

“偶然”的审美表达必然导致文本叙事情节起伏跌宕，结构大开大阖，人物命运南辕北辙。对偶然事件的描述，使得沈从文频繁使用与“偶然”相近的词汇，如“凑巧”、“意外”、“恰巧”、“居然”、“忽然”、“结果、“天知道”等等。“天地间事情是有凑巧的，悲剧同喜剧的不同，差别处也不过是一句话同一件小事，在凑巧上有所变化罢了。”（《一个女演员的生活》）“我们都预料不到明天的事。每一个人都有意外事情发生，每一个人都不能打算”（《医生》）；“我们并无能力支配自己。一切都还是有一只看不见的手在捉弄，一切都近于凑巧。”（《凤子》）偶然性事件生发于具体时空中，所以沈从文借人物之口吻，说自己是“在任何事情上不忘记‘时间和空间’的一个人”（《第四》）。人生猝猝难自料，天道茫茫定有讹。无法把握无从预知的偶然人事，给沈从文带来了无言悲戚。

① [美]悉尼·胡克：《历史中的英雄》，王清彬等译，上海人民出版社1964年版，第100页。

我们常常在他小说里看到"忧郁"、"阴郁"、"抑郁"、"沉郁"、"悒郁"、"忧愁"、"惆怅"、"痛苦"和"悲悯"等词汇。

《边城》是沈从文对"偶然"哲学命题所作的经典艺术阐释。"一切充满了善,充满了完美高尚的希望,然而到处是不凑巧。既然不凑巧,因之素朴的良善与单纯的希望终难免产生悲剧。"[①]小说用"这个人永远不回来了,也许明天回来"这句话结尾,揭示"偶然"("无常")这个生命中无法抗拒的力量是人类永恒的宿命,是命运的另类表达,流露出作家的无奈和悲哀。从这个意义上讲,李健吾的批评一语中的,他说:"作者的人物虽说全部良善,本身却含有悲剧的成分。唯其良善,我们才更易于感到悲哀的力量……自然越是平静,'自然人'越显得悲哀:一个更大的命运罩住他们的生存。这几乎是自然一个永久的法则:悲哀。"[②]另外,沈从文还将"死亡"与"偶然"相结合,强化小说的忧郁氛围。

如果说《边城》是一则历史寓言,那么《长河》就是现实故事。将《边城》与《长河》并置就能发现沈从文创作的意图。即"拟将'过去'和'当前'对照,所谓民族品德的消失与重造,可能从什么方面着手。""民族品格的消失与重造"在民族抗战背景下殊为重要,但必然也存在偶发性因素。因此,当他用"辰河流域一个小小的水码头作背景,就我所熟悉的人事作题材,来写这个地方一些平凡人物生活上的'常'与'变',以及在两相乘除中所有的哀乐。问题在分析现实,所以忠忠实实和问题接触时,心中不免痛苦"[③]。

首先,现实人事的偶然充满了不确定性。"人事上的对立,人事上的向左,更仿佛无不各有它宿命的结局"。在"常与变错综"

① 《水云》,《沈从文全集》第12卷,北岳文艺出版社2002年版,第111页。
② 《〈边城〉——沈从文先生作》,《李健吾批评文集》,珠海出版社1998年版,第56页。
③ 《〈长河〉题记》,《沈从文全集》第10卷,北岳文艺出版社2002年版,第6—9页。

的“过去”与“当前”环境中，“那个发展中的未来”必然充满了变数和不确定性。人类有意无意选择的历史，也就选择了“偶然”这种表达历史归宿的方式。不论是《边城》还是《长河》，沈从文希望尽可能回避现实中的丑陋和阴暗。他说：“不管是故事还是人生，一切都应当美一些！丑的东西虽不全是罪恶，总不能使人愉快，也无从令人由痛苦见出生命的庄严，产生那个高尚情操。”①因此，当作家“作素朴的叙述”②时，“特意加上一点牧歌的谐趣，取得人事的调和”。可事与愿违，买椟还珠。“有意做成的乡村幽默，终无从中和那点沉痛感慨。”③

其次，在处理具象事实与抽象观念过程中，沈从文表现出创作的两难。他说：“我不惧怕事实，却需要逃避抽象，因为事实只是一团纠纷，而抽象却为排列得极有秩序的无可奈何苦闷。”并且，“我那时最宜写的是忠忠实实记述那些偶然行为如何形成一种抽象意象的过程。若能够用文字好好保留下来，毫无可疑，将是一个有光辉的笔录。”④《边城》多少还能给读者“一点有会于心的快乐，也许只是痛苦”，然而时过境迁，《长河》“依然只是一个平常的故事”。“过去写的也许还能给他们一点启示或认识，目下可什么全说不上了。”⑤

最后，忧郁并不意味着悲观，更不是绝望，而是理性清醒的认知。沈从文在《长河》后记中说：“横在我们面前许多事都使人痛苦，可是却不用悲观。骤然而来的风雨，说不定会把许多人的高

① 《〈看虹摘星录〉后记》，《沈从文全集》第 16 卷，北岳文艺出版社 2002 年版，第 342—344 页。
② 《〈边城〉题记》，《沈从文全集》第 8 卷。北岳文艺出版社 2002 年版，第 59 页。
③ 《〈长河〉题记》，《沈从文全集》第 10 卷，北岳文艺出版社 2002 年版，第 6—9 页。
④ 《水云》，《沈从文全集》第 12 卷，北岳文艺出版社 2002 年版，第 121 页。
⑤ 《〈长河〉题记》，《沈从文全集》第 10 卷，北岳文艺出版社 2002 年版，第 8 页。

尚理想，卷扫摧残，弄得无踪无迹。然而一个人对于人类前途的热忱，和工作的虔诚态度，是应当永远存在”①。从这个角度看，《长河》展开的忧郁叙述是“庄严与认真的”，“可以帮助我们对社会多有一点新的认识，即在战争中一个地方的进步的过程，必然包含若干人情的冲突与人和人关系的重造。”②

1934年初，沈从文踏上了返乡的路程。这是漂泊十年的游子第一次返乡。此时沈从文功成名就，颇有衣锦还乡的意味，喜悦之情溢于言表。但沿途见闻却实在令他痛苦。他说：“表面上看来，事事物物自然都有了极大进步，试仔细注意注意，便见出在变化中那点堕落趋势。最明显的事，即农村社会所保有那点正直素朴人情美，几几乎快要消失无余，代替而来的却是近二十年实际社会培养成功的一种唯实唯利庸俗人生观。”③这是沈从文对湘西现实的直观体认。途中，他给张兆和写了一组信件。受制于书信体式、书写环境和主体情绪的影响，这些书信显得有些仓促，但情真意切，所见所闻触动了心中最柔软的部分。沿途的乡镇、乡风和乡民，引起沈从文情绪的剧烈反应：“我是很忧郁的，因为我认识他们的哀乐，看他们也依然在那里把每个日子打发下去，我不知道怎么样总有点忧郁”（《夜泊鸭窠围》）；“我……对于人生，对于爱憎，仿佛全然与人不同了。我觉得惆怅得很……对于我自己，便成为受难者”（《历史是一条河》）；作家抚今思昔，触景生情，“想起这些人的哀乐，我有点忧郁。”（《夜泊鸭窠围》）。

沈从文说：“是我于一九三三年冬还乡，经过约一个月时间写回北京家中一堆通信，后来加以整理贯串完成的。乍一看来，给

① 《〈长河〉题记》，《沈从文全集》第10卷，北岳文艺出版社2002年版，第9页。
② 《〈长河〉题记》，《沈从文全集》第10卷，北岳文艺出版社2002年版，第7页。
③ 《〈长河〉题记》，《沈从文全集》第10卷，北岳文艺出版社2002年版，第3页。

人印象只是一份写点山水花草琐碎人事的普通游记，事实上却比我许多短篇小说接触到更多复杂问题。”①虽然《湘行散记》只是回乡途中家书的“二度创作”，但“更多复杂问题”的存在和无解，让沈从文充满抑郁。

> 这个小册子表面上虽只像是涉笔成趣不加剪裁的一般性游记，其实每个篇章都于谐趣中有深一层感慨和寓意，一个细心的读者，当很容易理会到。内中写的尽管只是沅水流域各个水码头及一只小船上纤夫水手等等琐细平凡人事得失哀乐，其实对于他们的过去和当前，都怀着不易形诸笔墨的沉痛和隐忧，预感到他们明天的命运——即这么一种平凡卑微生活，也不容易维持下去，终将受一种来自外部另一方面的巨大势能所摧毁。生命似异实同，结束于无可奈何情形中。②

首先，“常”与“变”共时性呈现出空间的错位与反差。一方面，在沈从文看来，外边的世界纷扰变动，而“边鄙之地”湘西似乎一成不变，依然保留和延续着传统生活方式。“一切极朴野，一切不普遍化，生活形式生活态度皆有点原人意味”（《滩上挣扎》）。湘西人粗野慷慨的人性，对于生存的惊人执着和忍耐，生命所显现的庄严和神圣令作家感动。然而，天时地利不与人变。偶然与命运的纠结，让他体会到人生况味；另一方面，在叙述“‘变’中之‘常’，即自然与人生命中神性的永恒、庄严与和谐，以及这种生命

① 《〈湘西散记〉序》，《沈从文全集》第16卷，北岳文艺出版社2002年版，第388—389页。

② 《〈湘西散记〉序》，《沈从文全集》第16卷，北岳文艺出版社2002年版，第390页。

神性的表现形态（形式）”[①]时，作家尤为关注“常”中之“变”，即湘西社会神性的失落。“表面上看，事事物物自然都有了极大进步，试仔细注意注意，便见出在变化中那点堕落趋势。最明显的事，即农村社会所保有那点正直素朴人情美，几几乎快要消失无余，代替而来的却是近二十年实际社会培养成功的一种唯实唯利庸俗人生观。”[②]面对现实的湘西，沈从文是矛盾痛苦的。他既不愿扰动这些民俗个体的原有生活，“觉得他们的欲望同悲哀都十分神圣，我不配用钱或别的方法渗进他们命运里去，扰乱他们生活上那分应有的哀乐。”（《一个多情水手与一个多情妇人》）又希望这些“与自然妥协，对历史毫无负担”的个体，“感觉一种惶恐，且放弃过去对自然和平的态度，重新来一股劲儿，用划龙船的精神活下去?”更不清楚“有什么方法，可以改造这些人狂热到一件新的竞争方面去?”（《箱子岩》）

其次，“常与变”还表现在人事历时性的巨大差异中。沈从文是一个对“时间”很敏感的作家。他说：“我不大在生活上的得失关心，却了然时间对这个世界同我个人的严重意义”。（《一个爱惜鼻子的朋友》）“偶然”本质上是人事在特定时间空间中的特殊表现形态。“时间使一些英雄美人成尘成土，把一些傻瓜坏蛋变得又富又阔”（《一个戴水獭皮帽子的朋友》）。沈从文不曾想到，故地重游，当年狂热的印瞎子如今却成了明哲保身的乡绅不愿见我（《一个爱惜鼻子的朋友》）；谁能料到当年的贺龙，“二十年后得惊动三省集中十万军队来解决这马夫”（《箱子岩》）。昔日曾经繁华的浦市、闻名遐迩的滕回生堂，今非昔比，破败不堪。不难看

① 钱理群：《对话与漫游——四十年代小说研究》，上海文艺出版社 1999 年版，第 18 页。

② 《〈长河〉题记》，《沈从文全集》第 10 卷，北岳文艺出版社 2002 年版，第 3 页。

出，沈从文这次返乡，非但没有缓释积压多年的乡愁，相反，沿途所见所闻，物是人非，让他伤怀喟叹，更加抑郁，难以自持。“一切事物在‘时间’下都无固定性，存在的意义，有些是偶然的”[①]。正像他在《老伴》中写道：“可是，过去的，有谁能拦住不让它过去，又有谁能制止不许它再来？时间使我的心在各种变动人事上感受了点分量不同的压力，我得沉默，得忍受。”

最后，沈从文“时间”意识衍生出独特的“历史”观念。不过，他的历史观与正统史观有着根本区别：

一，善于从生活日常中发掘历史内涵。在沈从文看来，历史不仅存在于官方记载的“正史”典籍之中，也存在于民间口述的“野史”当中，而且更多更普遍地存在于为我们所忽视的生活日常之中。无论“正史”也好，“野史”也罢，几乎不可能还原和呈现历史本相的。丰富感性的日常生活及其细节被选择性地无视和遗忘，在时间长河中耗散和湮没。

二，倾向于将个体视为历史主体。对普通人事的关注，很自然地使得沈从文将历史主体赋予芸芸众生，体现出作家唯物主义和人道主义的历史观念。唯其如此，才能构筑和还原历史的细节和面貌。

三，基于“今天”的历史解读方式。沈从文对“时间”敏感，将其划分为“昨天”（历史）、“今天”（当前）和“明天”（将来）。沈从文对历史本质的把握正是着眼“今天”。不过令他沮丧的是，人们并不关心“今天”，对它的感知是被动和无意识的，只是为了等待“明天”的一个过渡性存在。这些“人是把每一个今日葬送每一个昨日，无从挽留也无从抵拒，但又独流下一些影子，使人对这过去永生徒然追恋，以及从明日一天上希望这影子终于成形——且相信

① 《烛虚》，《沈从文全集》第12卷，北岳文艺出版社2002年版，第4页。

这明日比目下为好，致令人永远不能享受一天‘今天’的。今天的存在，于许多人的意义上，只是因为明天要来。”(《旧梦》)沈从文把“湘西之行”看成是“翻阅一本用人事组成的历史”的最好方式(《虎雏再遇记》)。他认为“历史”存在于现实人事中，有助于发掘和思索历史的本质。“人事却使我增加爱无量智慧”(《过新田湾》)。“逝者如斯，不舍昼夜”。沈从文把历史看成是一条河流。给予了他启迪与智慧。“……看了许久水，我心中忽然好像彻悟了一些，同时又好像从这条河中得到了许多智慧。”(《历史是一条河》)同时也给予他“丰富的痛苦”。“我看久了水，从水里的石头得到一点平时好像不能得到的东西，对于人生，对于爱憎，仿佛全然与人不同了。我觉得惆怅得很，我总像看得太深太远，对于我自己，便成为受难者了。这时节我软弱得很，因为我爱了世界，爱了人类。”(《历史是一条河》)

在《湘行书简》、《湘行散记》、《湘西》中，沈从文的所见所闻某种程度正是他对“历史”的透视和解读。惟有对日常人事(“常与变”)的关注，才能揭示历史本来面貌，体味出“历史”的厚重感和苍凉感。在《从文自传》里，沈从文就体会到人事给予他复杂的心理感受。他说：“独自坐在河岸高崖上，看船只上滩。那些船夫背了纤绳，身体贴在河滩石头下，那点颜色，那种声音，那派神气，总使我心跳。那光景实在美丽动人，永远使人同时得到快乐和忧愁。”(《一个大王》)凝重的“历史”感在他文章中表现得尤为显著。

> 看到日夜不断千古长流的河水里石头和砂子，以及水面腐烂的草木，破碎的船板，使我触着了一个使人感觉惆怅的名词，我想起‘历史’。一套用文字写成的历史，除了告给我们一些另一时代另一群人在这地面上相斫相杀的故事以外，

我们决不会再多知道一些要知道的事情。但这条河流，却告给了我若干年来若干人类的哀乐！小小灰色的渔船，船舷船顶站满了黑色沉默的鹭鸶，向下游缓缓划去了。石滩上走着脊梁略弯的拉船人。这些东西于历史似乎毫无关系，百年前或百年后皆仿佛同目前一样。他们那么忠实庄严的生活，担负了自己那分命运，为自己，为儿女，继续在这世界中活下去。不问所过的是如何贫贱艰难的日子，却从不逃避为了求生而应有的一切努力。在他们生活爱憎得失里，也依然摊派了哭，笑，吃，喝。对于寒暑的来临，他们便更比其他世界上人感到四时交替的严肃。历史对于他们俨然毫无意义，然而提到他们这点千年不变无可记载的历史，却使人引起无言的哀戚。(《一九三四年一月十八日》)

四，从"常与变"角度把握历史本质。在沈从文看来，正统历史对个体和人性的漠视，意味着人事的"常与变"及其丰富性被排除在"历史进程"之外。而人事的"常与变"恰恰成为了历史构境，呈现出历史的本质。所以，在沈从文的意识中，"历史"是沉重忧伤的字眼。他在《记丁玲续集》中说："这一切都可以说是偶然的，综合这些偶然的事件，便产生所谓历史。"[①]说白了，历史是由一连串偶发性事件构成并发挥影响。作为主体的人在历史进程中对此无法预知，也无从把握，只能被动接受命运的播弄。沈从文深感懊丧，"我明白'我不应当翻阅历史，温习历史。'在历史面前，谁人能够不感惆怅?"(《老伴》)当然，惆怅与绝望并不是一码事，而是更为深沉的理性态度。"对于历史学家来说，只有一条规律是有把握的：在人类命运的发展之中，所能认识到的只有那偶然

① 《记丁玲　续集》，《沈从文全集》第13卷，北岳文艺出版社2002年版，第198页。

和意外的作用。这并不是什么犬儒主义或绝望的学说……”①沈从文相信，“一切无常，一切也就是真正的历史”（《不毁灭的背影》）。认为只有理性看待“偶然”具有的不可抗拒的势力，方“可以增加你一点忧患来临的容忍力，和饮浊含清的适应力”②。总之，出于对正统历史的怀疑和否定，关注平凡人事日常生活书写，是沈从文独特历史观念的体现，符合由“思”而“智”的思维方式。“思量从虚无证实自己生命存在”（《时和空》），“为所谓人生，解释得比任何人皆庄严些与透入些”（《历史是一条河》）。

沈从文的历史观念影响了他创作题材和主体的取向，关注那些为正统历史抛弃的普通人的命运和人性。用张爱玲话说，“他们虽然不过是软弱的凡人，不及英雄的有力，但正是这些凡人比英雄更能代表这时代的总量。”③沈从文与张爱玲创作题材大体相同，创作观念却大有区别。不管怎么说，在崇尚宏大叙事时代氛围里，这种边缘化叙事受到质疑和批判也是很自然的事。

对“历史”缅怀，深化了沈从文对湘西文化的思考。无可否认，作家对湘西文化的认识经历了逐步深化和反思过程。总的来说，早期沈从文是把湘西文化作为对抗都市文明的利器，作为主体价值认同的诗意栖居地，表现出鲜明的价值立场和情感取向。在尚未完全融入都市的沈从文看来，湘西文化都是美好的，合理的，正当的。所以，早期沈从文对湘西文化的局限性并不关心，负面的文化价值也不在意，甚至加以诗性升华。例如《柏子》对吊脚

---

① 转引自悉尼·胡克：《历史中的英雄》，王清彬等译，上海人民出版社 1964 年版，第 102 页。

② 《水云》，《沈从文全集》第 12 卷，北岳文艺出版社 2002 年版，第 97 页。

③ 《自己的文章》，《张爱玲散文》浙江文艺出版社 2000 年版，第 96 页。

楼女性出卖肉体的生活不以为然，视之为朴素美好人性的表现。[①] 从这个阶段开始，随着文化身份转换的完成，沈从文对现代文明理性思考的背景下，开始意识到湘西文化并非理想中的阳春白雪。在现代理性的观照下，湘西文化的历史局限性着实影响了理想"生命形式"的构建。特别是湘西文化中陋习恶俗的大量遗存，完全不适应现代人格的培养与发展。沈从文颇多感慨："实在说来，这个民族如今就正似乎由于过去种种文化所拘束，故弄得那么懦弱无力的。"[②]在回望历史与观照现实中，沈从文骨子里还是出于对湘西未来发展的忧虑："我们用什么方法，就可以使这些人心中感觉一种'惶恐'，且放弃过去对自然和平的态度，重新来一股劲儿，用划龙船的精神活下去？这些人在娱乐上的狂热，就证明这种狂热使他们还配在世界上占据一片土地，活得更愉快更长久一些。不过有什么方法，可以改造这些人的狂热到一件新的竞争方面去？"[③]尽管如此，沈从文还是希望通过自己的创作，展示这个民族在忧患中"一切活人素朴的心"，"对于人生的坦白与热诚"，"对于爱情的腼腆和纯粹"，"从习惯中受侮辱，受挫折，受牺牲的广泛沉默"以及"沉默中所保有的民族善良品性"。[④] 在当时历史条件下，沈从文并不能给出一个令人信服的答案，文中

---

① 1934年，沈从文在《一个多情水手与一个多情妇人》仍将这种两性关系作为美好人性加以表现。"许多在吊脚楼寄宿的人，从妇人热被里脱身，皆在河滩大石间踉跄走着，回归船上。妇人们恩情所结，也多和衣靠着窗边，与河下人遥遥传述那种种'后会有期各自珍重'的话语。很显然的事，便是这些人从昨夜那点露水恩情上，已经各在那里支付分上一把眼泪与一把埋怨。想到这些眼泪与埋怨，如何揉进这些人的生活中，成为生活之一部分时，使人心中柔和得很！"《沈从文全集》第11卷，北岳文艺出版社2002年版，第257页。

② 《〈凤子〉题记》，《沈从文全集》第7卷，北岳文艺出版社2002年版，第79页。

③ 《湘行散记·箱子岩》，《沈从文全集》第11卷，北岳文艺出版社2002年版，第281页。

④ 《黑魇》，《沈从文全集》第12卷，北岳文艺出版社2002年版，第173页。

自然流露出深沉忧郁和无奈感慨。

> 表面上虽只像是涉笔成趣不加剪裁的一般性游记，其实每个篇章都于谐趣中有深一层感慨和寓意，一个细心的读者，当很容易理会到。内中写的尽管只是沅水流域各个水码头及一只小船上纤夫水手等等琐细平凡人事得失哀乐，其实对于他们的过去和当前，都怀着不易形诸笔墨的沉痛和隐忧，预感到他们明天命运——即这么一种平凡卑微生活，也不容易维持下去，终将受一种来自外部另一方面的巨大势能所摧毁。生命似异实同，结束于无可奈何情形中。①

1936年元旦，沈从文在《国闻周报》发表了《习作选集代序》。斗转星移，又是一个岁末年初的当口。这个时候往往让人对于时间流逝生发出几分慨叹和惆怅。他写道："时间太快，想起来令人惆怅。我的第一个十年的工作已快要结束了……编成这个集子，算是我这个乡下人来到都市十年一点纪念。"岁月易逝，生命不过是一段流逝的时光。沈从文感到了时间紧迫和重压，渴望创作更多更优秀的作品。可时间又是最公正的。"我希望我的工作，在历史上能负一点儿责任，尽时间来陶冶，给它证明什么应消灭，什么宜存在。"②世间的一切，"只有时间可以调处。时间将改变一切，重造一切。"③

1938年，《湘西》在香港《大公报》连载。沈从文对湘西地理环境、历史、地方性、物产、民俗、交通以及军事等方面进行初步介

① 《〈湘西散记〉序》，《沈从文全集》第16卷，北岳文艺出版社2002年版，第390页。
② 《习作选集代序》，《沈从文全集》第9卷，北岳文艺出版社2002年版，第6—7页。
③ 《真俗人和假道学》，《沈从文全集》第17卷，北岳文艺出版社2002年版，第236页。

绍。和《从文自传》一样，《湘西》也可以说过是一本地方志或文化人类学著作。用作家的话来说，“是一点‘土仪’，一个湘西人对于来到湘西或关心湘西的朋友们所作的一种芹献。”①就湘西地方性来看，由于地域偏远闭塞，“湘西人负气与自弃”而形成“一种极顽固的拒他性”②。《湘西》的叙述依然流露出作家抑郁与痛苦的情绪。他说：“当我拿笔写到这个地方种种时，本人的心情实在很激动，很痛苦。”③这种“痛苦”，不仅是沈从文情感与理性的矛盾与纠结，更是对湘西过去历史、当前现状与未来出路的忧郁想象。例如，“湘西的神秘，和民族性的特殊大有关系。历史上楚人的幻想情绪，必然孕育在这种环境中，方能滋长成为动人的诗歌。想保存它，同样需要这种环境”(《沅陵的人》)；在人们印象中，湘西是匪区。解决这个问题应着眼全局，“还是应当从根本上着手，使湘西成为中国的湘西，来开发，来教育。”(《苗民问题》)设想总归是设想，湘西社会诸多问题的解决绝非一朝一夕的事，当然也不是沈从文这样的一介书生所能左右的。

沈从文文化身份的改变，让他获得了审视湘西文化的角度。加上生活视野扩大，理性思考深入，湘西文化的消极性逐步暴露出来。“实在说来，这个民族如今就正似乎由于过去种种文化所拘束，故弄得那么懦弱无力的。这个民族种种的恶德……就似乎莫不因为保有了过去文化遗产过多所致。”④作家文化身份呈现出都市文化和湘西文化融合的动态互补结构。两种异质文化调和融合，必然表现出排斥与妥协，接受与放弃的矛盾，并一直伴随着作家。在具体情境中呈现出不同的形态和特点。特别是把湘

① 《〈湘西〉题记》，《沈从文全集》第 11 卷，北岳文艺出版社 2002 年版，第 329 页。
② 《〈湘西〉题记》，《沈从文全集》第 11 卷，北岳文艺出版社 2002 年版，第 330 页。
③ 《〈湘西〉题记》，《沈从文全集》第 11 卷，北岳文艺出版社 2002 年版，第 330 页。
④ 《〈凤子〉题记》，《沈从文全集》第 7 卷，北岳文艺出版社 2002 年版，第 79 页。

西文化置于现代文化情境加以观照，作家常常不自觉地流露出忧伤悲悯的情怀。1981年，沈从文为《湘西散记》集子作序时，竟发现作品流露出忧郁的情绪。他说："重读这个选本各篇章时，我才感觉到十分离奇处，是这……性质不同，时间背景不同，写作情绪大不相同的散文，却象有个共同特征贯串其间，即作品一律浸透了一种'乡土性抒情诗'气氛，而带着一分淡淡的孤独悲哀，仿佛所接触到的种种，常具有一种'悲悯'感。"①

① 《从周作人鲁迅作品学习抒情》，《沈从文全集》第16卷，北岳文艺出版社2002年版，第259页

第十一章　四川作家群小说民俗学意蕴

日本学者井之口章次将文学民俗学研究概括为三种方向："第一个方向，为了正确理解文学的作品，有必要了解它背后的环境和社会，为此要借助于民俗学。第二个方向：要了解文学素材向文学作品升华的过程，因为在现实性上，文学素材往往就是民间传承。第三个方向，在进一步，把文学作品作为民俗资料，也可称之为文献民俗学方向"①。从民俗学角度看，四川作家在带给人们异域情调和风土人情的审美享受同时，民俗描写也呈现出多样化的审美意蕴。

一

用井之口章次文学民俗学研究"第一个方向"概括沙汀小说大致是不会错的。沙汀原名杨朝熙，四川安县人，1932 年加入"左联"。需要指出的是，沙汀早期某些创作曾出现比较明显的概念化倾向，一个很重要的原因就在于作家没有找准自己的创作定

① [日]井之口章次：《民俗学的位置》，参见陈勤建《民俗学研究述评》，《新华文摘》1985 年第 5 期。

位，未能有效调动起自己熟悉的乡土生活积累。其实，作家乡土生活阅历是丰富的。出生于封建家庭的沙汀，少年时常随舅父出入于家乡周围的乡场，对军阀、乡绅以及三教九流的人物比较熟悉。直到 1935 年，沙汀奔丧返川，这个时期作家收集了不少农村生活的现实素材，触动了他创作灵感，开始把笔锋转到熟悉的农村社会去了。《丁跛公》是沙汀第一篇揭露基层官绅腐败的小说，此后便一发不可收。《代理县长》、《在其香居茶馆里》、《龚老法团》、《人物小记》以及长篇小说《淘金记》、《还乡记》等都是沿着这一题材和主题开掘的，形成了鲜明的艺术风格，一个“农民派作家”诞生了。

阅读沙汀的乡土小说，理解他所描写的民俗事象是很关键的。首先，沙汀的民俗描写构筑起人物活动和情节发展的典型环境，折射出特定时期四川内地的时代风尚，如短篇代表作《在其香居茶馆里》。历史上，四川盆地是最早发现和食用茶叶的地区。据《神农本草经》记载，“神农尝百草，一日遇七十毒，得茶而解之”。清代顾炎武《日知录》亦云：“自秦人取蜀以后，始有茗饮之事。”饮茶成为日常生活习俗。向培良小说《在堤上》这样写道：“上茶馆子差不多是他们那些地方的人们生活之一大部分，也就是那些地方社会中心。一切的纠纷，一切的解决，一切的消息，都在这里面开展着的。”巴蜀地区一个特别的人文景观就是乡场都有或大或小的茶馆。茶馆不仅是消闲的所在，而且在维系社会关系、保持社会稳定等方面扮演着独特功能。从这个角度看，在“无讼”的乡土中国，茶馆自然成为调解社会矛盾与关系的重要场所。四川俗称“吃讲茶”，一般由双方当事人邀请德高望重的长者或有影响力的人物主持。《在其香居茶馆里》描写了这样一位调解人：“新老爷是前清科举时代最末一科的秀才，当过十年哥老会的头目，八年前才退休的。他已经很少过问镇上的事情了。但是他的意见还同团总时代一样”。并且，茶馆中的客人增加了调解的公信力和公正性。“俗遇不平事，则往茶肆争论曲直，以凭旁人听断，理曲者则令出茶钱以为罚。”[①]按“吃讲茶”的习俗，纠纷双方由中间人出面调解，双方当事人各坐一方。在中间人主持下，双方一边喝茶，一边论争申辩。最后由中间人和其他茶客仲裁是非。一句俗话是这样说的：“一张桌子四只脚，说得脱来走得脱。”“吃讲茶”本身就含有讲开算数，用茶敬客的意思。正如老舍说：“茶馆是三教九流会面之处，可以容纳各色人物。一个大茶馆就是一个小社会。”[②]像张天翼的《清明时节》把故事放在“随缘居”茶馆，沙汀则“在其香居茶馆里”通过一场“讲茶”，把乡镇基层的兵役黑幕暴露得淋漓尽致。既然是非已明，理所当然由输方支付茶资，意为赔礼道歉。这种颇有人情味的“讲茶”客观上有利于缓解彼当事人的矛盾纠纷。当然，吃讲茶发生斗殴事件也屡见不鲜，因此讲茶常被官府查禁。为避免池鱼之殃，茶馆通常悬挂“奉谕禁止讲茶”的招牌。

沙汀安排了一场“讲茶”的全过程。一方面，小说将把持乡村基层政权的“软硬人”方治国与“火炮性子”邢么吵吵二人及其矛盾充分展开，另一方面，“吃讲茶”又为当事人握手言和作了必要铺垫。“讲茶”的结束意味着乡村官绅沆瀣一气的重新开始。所以，不论是讲茶中相互攻讦，还是讲茶后彼此勾结，都是官绅鱼肉民众的把戏。小说把他们借抗战之名行一己私利之实的本质暴露无遗。

其次，沙汀善于运用民俗刻画人物性格，揭示真实社会心理。那位口口声声“小，补之哉”的龚老法团，相信采阴补阳之术可以

① 清光绪《罗店镇志》卷1，风俗。

② 老舍：《答复有关〈茶馆〉的几个问题》，1958年《剧本》月刊第5期。

延年益寿(《龚老法团》)。1934 年,沙汀《人物小记》塑造了吝啬精明的小高利贷者"幺鸡"形象。幺鸡的精明就体现在甄别钱币的真伪上。

当他收到一块洋钱的时候,他总先用大指头去审查一下花边的匀称,然后拿两个指尖钳住适中的地方,放近挺直的松须边吹一口,再送往耳朵上去。有时候碰见声誉恶劣的人,他尽可以再拿到口里去麻烦一下他的牙齿和舌头。至于铜元,不管在这奇怪的省份里是如何的复杂和作弊,那哑假破滥的识别,他只要在台子上摔几下,在手里过一过,就明明白白的了。

谣言是自发性、扩张性的社会心理现象。社会动荡时期,谣言的传播就特别盛行。谣言产生有两个重要前提,即事件的重要性与模糊性。由于传播过程中不断被民众有意无意地"削平"、"磨尖"和"同化",谣言成为被社会广泛认同,具有高度"真实性"的"事实"。例如美国人孔飞力出版的《叫魂》,探讨了 1768 年中国社会"叫魂"妖术流行的全过程。"叫魂"的流行是以民众确信"妖人"通过剪割发辫、偷取衣物甚或呼唤姓名的方式盗取他人灵魂的信仰作为心理基础的。"这样的歇斯底里,影响到了十二个大省份的社会生活,从农夫的茅舍到帝王的宫邸均受波及。"①可见,谣言是由群体性参与,不断加以想象构建的结果。沙汀的《毒针》采用中国传统叙事手法与西方现代心理描写技巧,揭示乡间流传"毒针"的谣言给郭老娃带来的巨大心理恐慌和压力。小说叙述主人公进城被人撞了一下,联想到最近民间毒针传闻,无疑

① [美]孔飞力:《叫魂——1768 年中国妖术大恐慌》,上海三联书店 1999 年版,第 1 页。

增加了他巨大的心理负担。小说写道:“他缩手缩脚地走着,不时又拿手掌在怀里探索一下。但由于一种奇怪的心理,那叫他最注意的倒是他前夜里给人开过玩笑的腰部。他时常忽地立定,按摩它一下,一面弯转颈子向背后胆怯的一瞥。而且他还同时联想到磨房里的传说,以及那由错觉做出的可怕的梦境。他原是未老先衰的,他的背上沁出虚汗来了。”把《毒针》看成是沙汀心理小说也是不过分的。

运用民俗刻画性格和表现心理最成功的当数《淘金记》。1941年,沙汀写信给叶以群,讲述四川绅士们不是为民族抗战服务,而是挖空心思淘金牟利,大发国难财的事实,为此创作了第一部长篇小说《淘金记》。在川西北小镇上,哥老会舵把子“林么长子”和乡绅“白酱丹”为争夺何寡母祖坟地黄金开采权,上演了一出出勾心斗角的闹剧。从人物绰号上,不难看出作家对故乡民俗的倾心。“么长子”是泼皮耍赖,“白酱丹”是暗中使坏的民间说法。小说表面上围绕黄金开采权的争夺,实际上是深层民俗机制起了关键作用。

民间把看风水称为堪舆。这一古老的职业是专门替人察看宅地、墓地的方位、地势、朝向以及与周围环境的配合,以此来预测宅地、墓地家人的凶吉祸福和贵贱荣枯。《黄帝内经》云:“气者,人之根本;宅者,阴阳之枢纽,人伦之轨模,顺之则亨,逆之则否。”《易经》亦曰:“星宿带动天气,山川带动地气,天气为阳,地气为阴,阴阳交泰,天地氤氲,万物滋生。”堪舆家又称风水先生。“风水”最早见于郭璞的《葬书》:“葬者,乘生气也。气,乘风则散,界水则止。古人聚之使不散,行之使有止,故谓之风水。”明徐善继《地理人子须知》云:“气之来,有水以导之;气之止,有水以界之;气之聚,无风以散之。故曰要得水,要藏风。无风则气聚,得水则气融,此所以有风水之名。”清范宜宾为《葬书》作注云:“无水则风到而气散，有水则气止而风无，故风水二字为地学之最，而其中以得水之地为上等，以藏风之地为次等。”可见，民间对于墓地选择也是大有讲究的。父母或祖先葬在“势来形止、山水交汇、踞而候、揽而有”的地方，家道会贵若千乘、富若万全的。李劼人《死水微澜》也有类似描述。“……（郝又三）祖父相信一位由浙江来川的有名堪舆家的话，说那屋基有一片牛眠佳壤，如其作为阴宅，把先人的尸骨葬下去，可保后代人六十年官禄不断。”民间把这些风水宝地视为“龙地”、“妃地”、“鼠朝食”（即墓地位于山的阳坡，坡下是一大片土地），并流传许多这样的故事。何寡母向来认为自家祖坟地筲箕背处在“龙脉”上。现在筲箕背有黄金更“验证”了祖坟地风水发旺。对于这块风水宝地，女主人寝食难安，因为林么长子、白酱丹觊觎筲箕背的黄金由来已久；同时又给绝望的何寡母带来信心。儿子“人种”令她极度失望，但何寡母相信，只要能守住这块风水宝地，就意味着她的家庭和子孙可以富贵荣华。除风水之外，民间还特别看重“孝亲敬祖”传统。墓地的选择更说明敬祖对于后世福祉的意义。再说，最为大逆不道之事是挖掘祖坟，更何况是别人掘自家祖坟。因此，不管林么长子的无赖要泼还是白酱丹的软硬兼施，何寡母一概予以拒绝。可以看出，正是作家对心意民俗的运用，艺术地再现了社会时代风尚，使得何寡母成为小说中最具深度的人物典型。

沙汀把对国民性批判深入到日常民俗生活是非常有见地的。国民性其实就是农民性。沙汀对国民性批判还表现在对乡土世界遗存的原人心理进行大胆的揭露。在原始部落的征战中，女性往往被作为战利品而加以掳掠。这种对女性人格完全漠视的心理和行为，在现代男性社会结构中依然存在。尤其是颇具姿色的女性更是乡绅恶霸竞相追逐的对象。这种现象在内地四川表现得尤为突出。1946 年，沙汀有感于四川农村普遍存在的“霸妻”

现象，创作了长篇小说《还乡记》。在抗战时期的国统区农村，冯大生被迫拉壮丁，乡间恶霸趁机霸占他的妻子。在与保长等人发生冲突后，主人公被迫离开家乡。民众的愚昧保守，乡村的动荡凋敝，国民党基层的腐败交错在一起，构成了一幅幅触目惊心的乡土画卷，四川人民生活的惨烈可见一斑。作家借助民俗描写，表达了对"抗战"、"启蒙"乃至"革命"关系的思考。苛政猛于虎。特别是作家把陋俗的盛行与当地名目繁多的苛捐杂税、兵燹匪祸的现实结合起来，揭示其赖以生存的社会根源。徐懋庸在《神奇的四川》一文中，讽刺了沉重的税赋给民众带来的痛苦和灾难："久闻四川是个神奇的世界，那里的人民过年过得特别快，从同一纪元算起，在同一时期内，别地方的人们到二十四年，四川人至少已到四十多年了。"究其原因，"四川各路军的预征粮税，据说在民五以后，自民五至今，已征到一百余年，这样加速度地下去，说不定在民国一百年之前预征到一千余年，'人生不满百，常怀千岁忧'这两句古诗，也可为四川农民咏了。"①沙汀在描写陋习恶俗时，成功地把川西北民间方言和谣谚运用到小说叙事和人物刻画上，在浓郁的乡土风俗画中揭露国统区的腐败与黑暗。

从作家的创作来看，沙汀国民性批判的启蒙意识并未因抗战有所减弱，而是希望借助于民族抗战，更有效地改造国民性，适应时代发展要求。"因为我们的抗战，在其本质上无疑的是一个民族自身的改造运动，它的最终目的是在创立一个适合人民居住的国家。若是本身不求进步，那不仅将失掉战争的最根本的意义，便单就把敌人从我们的国土上赶出去一事来说，也是不可能的"。所以"将一切我看见的新的和旧的痼疾，一切阻碍抗战，阻碍改革的不良现象指出来，以期唤醒大家的注意，来一个清洁运动"，"是

① 《徐懋庸选集》第1卷，四川人民出版社1983年版，第147—148页。

一桩必要的事”[1]。沙汀在农民身上(《老乡们》)发掘民族抗战进步性因素的同时也意识到农民的自私性、狭隘性和盲目性对民族神圣抗战造成的危害(《闯关》)。他们需要经受民族战争的洗礼,克服自身的传统负累而迈向新生。总之,沙汀浓郁的民俗描写,有助于更准确理解作品的主题。

二

从民俗学角度审示艾芜的“流浪汉小说”是一个很有意义的尝试。美国社会人类学家本尼迪克特说:“我们必须看到,风俗习惯对人的经验和信仰起了决定性的作用,而它的表现形式又是如此千差万别。……每一个人,从他诞生的那一刻起,他所面临的风俗便塑造了他的经验和行为。”[2]社会心理学研究也表明,早年的生活体验和受到的影响对人的一生都可能产生重大影响。这些观点运用到艾芜身上是比较恰当的。某种程度上,正是民间文艺民俗影响和催生了艾芜早期的流浪行为。艾芜在幼年时代受到民间神话故事的熏陶。他的祖母常常给他讲“百里负米”、“哭竹生笋”、“卧冰求鲤”等二十四孝的故事,但对作家影响最大的还是民间流传的“魏小儿西天问活佛”故事。从民俗学理论来看,这是一个在中国和欧亚大陆广为流传的“三根金头发”故事的变体或异文。该故事在中国通称为“问活佛”、“找幸福”等。据民俗学芬兰学派的阿尔奈对民间故事类型的分析整理,该故事编码为

---

① 沙汀:《这三年来我的创作活动》,《沙汀研究资料》中国社会科学出版社 1986 年版,第 125 页。

② [美]鲁思·本尼迪克特:《文化模式》浙江人民出版社 1987 年版,第 2 页。

AT461 型。顺便说一下，中国当代民俗学家刘守华在收集整理中国的该型故事时，似乎没有注意到四川民间流传的“魏小儿西天问活佛”故事[①]。故事讲述了十岁的魏小儿乐善好施，但不知怎么自己越来越穷，于是踏上了西天取经的道路。一路上，他先后遇到了鸦雀、蟒蛇和哑巴少女，并替他们询问如何摆脱苦难的方法。经过长途跋涉，魏小儿终于从西天取经回来，不但教给鸦雀蟒蛇成凤成龙的方法，而且还使哑巴少女开口说话并与她结为夫妻。这个神话故事对幼年的艾芜产生了极大的吸引力和无限遐想，以至于影响到后来生活道路的选择。魏小儿“他小小的年纪，竟能孤独地西行，常常把我幼稚的想象，带得很远很远”[②]。1925 年，艾芜独自离开家乡，开始了长达六年的“魏小儿式”流浪生涯。先后辗转于云南、缅甸、马来亚和新加坡等地，1931 年来到上海。从 1932 年起，艾芜根据自己流浪生活的体验，陆续创作并发表了“流浪汉小说”并结集为《南行记》，形成了稳定独特的艺术风格。

如果说沙汀专注于对假丑恶现象的揭露和批判的话，那么艾芜则执著于对真善美的追求和表现。对真善美的追求正是基于作家早年受到的民间故事的熏陶。给人以正面道德伦理教化的民间故事，在某种程度上使得作家能用人道主义情怀，关注这个纷扰世界上受难的人们。艾芜一开始就把描写的对象定位于“在

---

① 刘守华收集的同类型的民间故事有云南、贵州苗族的“孤儿和龙女”，云南彝族的“淌来儿”，云南壮族的“穷人寨”，广西壮族的“日卡孤儿故事”，海南黎族的“九代穷”，青海藏族的“‘株本’的来由”，青海撒拉族的“日孜根娶妻”，甘肃回族的“太阳的回答”，山东的“找幸福”和“年青的武松找‘出息’”，东北的“魏小与王桂花”，四川的“寻宝聘妻”，湖北的“美丽的姑娘”，以及汉族的“三根金头发”等十四个该类型故事的异文。参见刘守华：《比较故事学》，上海文艺出版社 1995 年版第 459—460 页。

② 艾芜：《我的幼年时代》，《艾芜文集》第 2 卷，四川人民出版社 1984 年版。

现时代大潮冲击圈外的下层人物，把那些在生活重压下强烈求生的欲望的朦胧反抗的冲动，刻画在创作里面。”[①]凭心而论，作为左翼作家，艾芜受到左翼文学思潮和创作方法的影响。尽管作家对那些“被生活抛出去的人们”的同情中多少也包含有“社会分析”所得出的判断，但他的创作并没有出现左翼作家存在的“公式化”或“概念化”的弊端。也许是民间故事、神话传说对艾芜个性气质和审美情绪的影响，也许是流浪生活中奇异的乡风民俗冲淡了左翼小说意识形态的底色，作家采用民间故事中“魏小儿”式的童年视角，“发下决心，打算把我身经的，看见的，听见的，……切切实实地写出来”[②]，传达出对生活和人性的善与美的诉求。

俄国作家果戈里认为，如果不把显示了卑鄙龌龊的全部深度显示出来，就无法使社会乃至整个时代去瞻仰美好的事物。其实，换一种说法也能成立，那就是只有满怀对美好生活的向往和追求，才有与社会“卑鄙龌龊”进行斗争的勇气和信念，因为“艺术正生根在对生活的肯定和追求当中”[③]。既然如此，我们不妨走进艾芜的艺术世界，跟随他做一次奇异的流浪，感受西南边陲浓郁的民俗美、人情美和人性美。

怀着对真善美的憧憬与追求，西南边疆异域情调和民俗风情让艾芜终生难忘。在他流浪汉小说里，既有云南山区客店卖米不卖饭，客人自己做饭的奇特习俗（《人生哲学的一课》）；也有傣族独特的生活习俗：“路上有三五一群的傣族女人，穿着华丽的衣衫，撑起漂亮小巧的花伞，且笑且语地走着。河中年青的傣族男

① 鲁迅：《关于小说题材的通信》，《鲁迅全集》第4卷，人民文学出版社1961年版，第291页。

② 艾芜：《南行记·序》。

③ 王晓明：《赤子的心曲》，《文学评论丛刊》第26辑，中国社会科学出版社1985年版，第162页。

女在游泳,……绿树簇拥的村子边上,披着黄色袈裟的傣族和尚,向大路出神地望了一会,又悄悄地走了进去。路边水沟有冒泉水的地方,竖着大理石作成的小石碑,勒上弯弯曲曲的横行文字。村屋的土墙上,巴着圆圆的牛粪,象晒面饼似的给阳光晒着。”(《我的旅伴》)既有克钦人(景颇族人)奇异的服饰装束:“男的头上缠着黑布帕子,浅发的头顶,或是顶挽的髻子,则露在外边。包的帕子,剩余三两寸长则向上翘着,……嘴里嚼着槟榔,嘴唇现得血样的红。他们腰上,经常带着一把齐头的长刀。女的多半是十五六岁的姑娘,头发剪得短短的,披在头上。穿着黑布短衣,镶着细条的红布边子。围着黑布裙子。只达到膝头上。膝头上和腿肚上的那一部分,则缠着细细的黑色藤子,约有数十圈光景。她们的脸子,棕黄色,大都胖胖的,圆圆的,显得很是结实”;(《山官》)也有荒蛮边地“杀人祭地”的农耕陋习:“每年下种的时候,他们就规定要杀个把外乡人。做啥呢……祭祀谷地!听说不如此,便没好收成,这是祖传的章法。”(《森林中》)我们将沙汀与艾芜笔下的民俗加以比较不难发现:服务于历史、道德的价值判断,沙汀必然要对民俗乃至民俗生活进行适度的艺术变形和重构;而艾芜则注重对民俗进行客观、中性的审美评价,展示民俗的原生形态和真实图景。无疑,艾芜的民俗描写具有“逼真”的特色。

艾芜的《南行记》与“魏小儿西天取经”民间故事存在明显的“同构”现象。AT461型故事不仅影响了他的流浪行为,而且也制约了小说人物塑造。作品中民俗个体大都是流浪汉,如“赶马人”、“小偷”、“盗马贼”、“抬滑竿的”,甚至“私烟贩子”;人情美就体现在这些民俗个体流浪谋生的方式上。应该说,艾芜笔下流浪汉“职业”并不正当,但他以善的情感判断替代价值判断,试图通过这些“异化”的生活样式,反映出西南边的生活原生态及淳朴善良的人性。《山峡中》、《松岭上》和《月夜》,深入到被乡土抛弃的小偷世界。他们用一种特别的方式与社会抗争。小黑牛(《山峡中》)常说的话是,“那多好呀!……那样的山地!……还有小牛!”土地对于农民来说是最亲切不过的,但现实又是那么残酷:“天底下的人,谁可怜过我们?……个个都对我们捏着拳头哪!要是心肠软一点,还能活到今天吗?”因此,“吃我们这行饭,不怕挨打就是本钱!”“我们的学问第一句话,就是不怕和扯谎!”吴大林(《月夜》)因生活所迫做些顺手牵羊的事。“完全由于他从小到大,都过着挨打受骂的生活,便过着流浪生活……生活对他,不再是压迫了,而是逸乐和嬉戏,人性的异化。他的快乐,便是建筑在他们的悔恨和气恼上面的。每次失手被打又增加了新的仇恨。”这群流浪汉在冷酷的姿态下,包藏着一副是非分明、善良诚实的心肠。“夜猫子”(《山峡中》)在书中放了三块银圆后不知了去向。穷汉子因养家糊口被迫偷窃而惨遭毒打,老婆被人强暴,最后杀死恶霸全家和自己妻儿,消失在茫茫山林中。(《松岭上》)诚如巴人所说:“生活的一定的法则,常使善良的灵魂,无意中也干下了杀人的行径。”[①]从老陈(《私烟贩子》)身上也能感受到他的坦诚:“我卖鸦片烟就说卖鸦片烟,并没有说我在卖灵芝草!”“我们卖鸦片烟的,都是天字第一号的诚实人!”艾芜在揭示流浪人畸形生活的社会根源同时,从中也不难发现作家对另类人生“性本善”的肯定。

“偷马贼”是一个神秘的民俗群体。如《森林中》的“马头哥”、《山中送客记》的“大老杨”等。特别是《偷马贼》中“老三”,仿佛又见到阿Q的影子。老三偷马不成反遭打伤,可他非但不难过,反而感到满足。只有这样,他才能出名,马头哥和店主才会尊敬他。他说:“偷马贼的招牌,在这边是值钱的”。这种以恶名换取生活

① 《巴人文集》(长篇小说卷)宁波出版社1997年版,第536页。

资本的人性异化是艾芜流浪汉小说最触目惊心的题材。作为左翼作家，艾芜通过“老三”的遭遇，揭示了人性异化根源于残酷的社会现实。“我们这辈子人，一落下娘胎，就连针尖大的地方都没有……无非是寻裂缝罢了……这就是我老三寻着一条裂缝，钻进去了。”人性“异化”同样存在于“私烟贩子”这一另类群体中。《森林中》、《我的旅伴》、《私烟贩子》描写农民为生计所迫，忙中偷闲贩卖鸦片。他们的敦厚质朴让人感动，就像胡三爸(《快活的人》)说的那样，“人家不要，我哪会作呢?”老陈(《私烟贩子》)也坦承：“人家不吃，我会卖么?”艾芜在对这些民俗群体人性异化的叙述中，念念不忘的仍是“魏小儿”般的善良与真诚。

《南行记》充溢着艾芜人道主义的真切体验。李健吾认为“这种永生的人类的同情”，是“我们的作家有一个相同的光荣的起点”①。流浪生活让作家体会到底层民众的不幸。同时，揭示底层民众葆有的美德也构成了他人道主义的重要内涵。胡三爸自信天无绝人之路；老陈身上“蕴藏着无尽的活力，死的阴影跟他离得极其遥远”。《松岭上》中的主人公，即使被迫从事“不正当”的门路，但内心依然希望有一个安定正当的职业。像“寸大哥”那样规规矩矩地做人，重新做一个赶马人。当别人劝他做盗马贼时，他坚决反对：“这咋好呢? 这不是专同你们为难?”在《我的旅伴》中，艾芜情不自禁地写到：“我赞美……那种敢作敢为富有进取的精神，更喜欢……那种心地善良，处处助人为乐的热心”。

通过对《南行记》的解读，我们可以说，艾芜对真善美不懈追求与早年民间文化熏染是分不开的。正如美国文艺理论家塞米利安论及小说人物时说，最生动最有生命力的人物常来自作家早年生活经历。这是形成最为持久影响的时期，也是最能代表作家

① 刘西渭：《读〈里门拾记〉》，《文学杂志》第1卷2期，1937年6月1日。

个人真实或潜在品格的各个方面[①]。多年后，艾芜在《想到漂泊》中仍这么说："如今一提到漂泊，却依旧心神向往，觉得那是人生最销魂的事……这也许是沉重的苦闷，还深深地压入在我的心头的缘故吧？"

艾芜把他的人道主义情怀和对真善美的追求，延伸到故乡川西平原上。作家在《春天》改版"后记"里，阐明了创作这部小说的意图。艾芜浓得化不开的思乡情绪使他常常怀念故乡。描写故乡生活可以作为消解乡愁的有效补偿，于是"便决定把那些在泯江流域的景色人物，移到纸上，也宛如自己真的回到故乡去一般"。作家构思创作的《丰饶的原野》包括《春天》(1937)、《落花时节》(1945)和《山中历险记》(1979)。《春天》是艾芜小说的精品，其艺术成就在于出色塑造了三种不同类型的农民形象：憨厚懦弱的邵安娃，敢于反抗，富有同情心的刘老九和"阿Q式"的赵长生。在改版后记中，艾芜特别指出："赵长生这类农民，在佃农中，我觉得更占得多些……历史之所以进步得慢，总爱走迂回的道路，赵长生这类人，我疑心他们是不能不负一部分责任的。""哀其不幸，怒其不争。"作家在揭示批判赵长生国民劣根性同时，他的"魏小儿"式心态仍不时流露出来。

《春天》有精彩的民俗描写。如"掏堰捕虾"和孩子们"抱蛋"游戏等。特别是农妇"锯子"的绰号："她嫁过三两个锯木匠，都是嫁一个，死一个，所以人家说她就象锯子一样，将每个丈夫如用锯锯木头那么锯了的"。但总的来说，小说乡风民俗和地域色彩比起《南行记》来有所减弱。用艾芜离开故乡太久似乎不能解释民俗描写淡化的原因。1935年，艾芜在《端午节》里尽情描写了故

① [美]利昂·塞米利安：《现代小说美学》，陕西人民出版社1987年版，第138—139页。

乡“招魂”、“游百病”和“赶韩林”等民俗风情。小说副标题就是“——某乡风俗记事”。看来,我们只能从艾芜受到左翼文学思潮的影响来说明。其实,艾芜的民族意识、阶级意识在《南行记》的一些小说中就已形成。抗战时期,他的民族意识更为自觉鲜明。强烈的阶级意识、民族意识,使艾芜无法遏制宏大历史叙事的冲动,写下了《山野》和反映东北抗日主题的《咆哮的许家屯》。小说采用左翼文学惯用的创作路数。特别是《咆哮的许家屯》,由于缺乏生活体验而显得较为薄弱。这是早期左翼小说的通病。例如王余杞以东北义勇军为题材创作的《急湍》,以及旨在抨击国民政府贪腐的《沉浮》也都存在这一问题。正如一位研究者所说:“一旦强烈的社会意识支配了他的创作情绪,他就很容易会越出这个领域,投向他并不熟悉的题材,甚至陷进力不从心的困境。”[①]其实,阶级意识、民族意识并不妨害小说创作。茅盾的《春蚕》、《林家铺子》等小说的成功之处,就是将阶级意识、民族意识与民俗风情有机结合。艾芜的《端午节》也是一个很好的例子。在湖南期间,艾芜接触面不断扩大,常去乡间了解民众生活、风土人情和方言俚语,还搜集了不少民谣。对普通民众生活和乡风民俗的关注,为他小说创作做了充分准备。艾芜在《认识老中国》一文中意识到:只有深入民间,才能够真正了解“内地的老中国人和旧社会,未被宣传鼓动以前,是不是潜藏有抗战的伟大力量;流行于民间的信仰,风俗,制度到底哪些是对抗战有益,哪些又有妨害的;又目前一般农民最痛苦以及最需要的是甚么东西”[②]。重庆时期,艾芜及时调整创作路向,重新回到熟悉的农村题材,先后完成

① 王晓明:《论艾芜的三部长篇小说》,《文学评论》1984年第4期。

② 转引自周扬《对旧形式利用在文学上的一个看法》,《中国解放区文学书系》(文学运动理论　二),重庆出版社1992年版,第1339页。

《乡愁》、《石青嫂子》和《一个女人的悲剧》等力作。

三

郭沫若在《中国左拉之待望》中，称赞李劼人“大河小说”的风俗描写十分精到：“作者的规模之宏大已经相当地足以惊人，而各个时代的主流及其递禅，地方上的风土气韵，各个阶层的人物之生活样式，心理状态，言语口吻，无论是男的女的老的少的，都亏他研究得那样透辟，描写得那样自然。”李劼人小说之所以取得非凡成就，一个很重要的原因就在于作家深受民俗学思潮影响以及自觉的民俗学意识。

20 世纪 30、40 年代，西南大后方民俗学活动十分活跃。一方面，早期从事民俗学活动的学者由于战争的影响纷纷辗转来到大后方，继续他们的民俗学研究；另一方面，大后方民俗学学会和刊物也纷纷创办起来。1933 年前后，于飞、吴演等人在重庆成立“中国民俗学会四川分会”。并借助重庆《商务日报》创办民俗学副刊《民俗周刊》。1943 年，顾颉刚、娄子匡、于飞等人利用陪都重庆的优势，筹备中国民俗学会。1945 年 9 月，四川国立礼乐馆创办《采风》杂志。同年 10 月，由顾颉刚等人在重庆主编《文史杂志》推出了“民俗学专号”。重庆和成都的民俗学活动如火如荼的开展起来。为响应大后方民俗学活动，1943 年 9 月 30 日李劼人在成都创办《风土什志》，任杂志主编。

李劼人私人藏书有相当一部分是地方志、风俗志一类书籍。在创作之余，李劼人还完成了民俗学著作《说成都》。在“说大城”、“说少城”、“说皇城”、“说河流”、“说街道沟渠”等方面，系统考论了成都历史演变、文化典故和乡风民俗。在他小说中我们都能感受到作家民俗学研究的功力。此外，他还写了《中国人之饮食》、《漫谈中国人之衣食住行》（1943 年 9 月成都《风土什志》）、《旧帐》等民俗学文章。作家也认为：《旧帐》“可以作一种研究的资料”，至少从中可以看出“百年前一般小布尔乔亚的生活情形”和“所谓承平时节的一般小布尔乔亚的人生”①。民俗学知识和作家小说创作珠联璧合。难怪郭沫若赞誉李劼人小说“至少是‘小说的近代《华阳国志》’”。特别是李劼人的《死水微澜》，注重将民俗风情与社会心理、历史风貌、时代风尚有机结合，在现代文学史上占有重要地位。

鸦片战争以后，伴随着帝国主义的军事侵略、经济侵略，西方传教士也开始进行文化侵略，以实现全面占领和瓜分中国的野心。“教会与农民真正意义上的冲突实际上是从风俗之战开始的。”由于东西方文化不同的价值观，客观上决定了西方宗教与中国本土文化，特别是与民间文化之间的冲突不可避免。鸦片战争以后，外国教会在中国出现，甚至在偏远的乡村都设有教堂。西方传教士排拒中国本土的人生礼仪、信仰禁忌和岁时节令等民间文化，取而代之以西方教会的宗教仪式规范“教民”的日常行为。“风俗之战的进一步展开是教会对农村神灵偶像崇拜的破坏与冲击。”②这使得中国传统的生活方式受到了前所未有的挑战，民众的价值观念、精神结构、文化心理和民俗习惯遭遇了极大冲击。有关“教会”题材，20 年代台静农的《为彼祈求》对此就有所涉及。特别是浙东作家王任叔《莽秀才造反记》，对东南沿海一带乡村与教会、农民与教民之间的“风俗之战”进行了艺术再现。在四川，

---

① 李劼人：《旧帐》，1943 年《风土什志》第一卷第五至六期。参见曾智中等编：《李劼人说成都》，四川文艺出版社 2001 年版，第 330—331 页。

② 张鸣：《乡土心路八十年》上海三联书店 1997 年版，第 101—102 页。

作为独特的民间文化,"袍哥"遍布各个乡镇。李劼人的《死水微澜》通过罗歪嘴和顾天成之间"斗法",在"袍哥"与"教民"冲突的过程中,再现了辛亥革命前后四川社会面貌和民众文化心态。

小说前半部描写袍哥得势。罗歪嘴是天回镇袍哥势力的代表。他经营鸦片,开设赌场。顾天成因被罗歪嘴"烫毛子"而产生裂隙,后又被罗歪嘴控制的妓女刘三金欺骗。女儿招弟在"灯市"丢失,更把顾天成与罗歪嘴的矛盾推到顶点。这些都为顾天成放弃卖地捐官,以入教方式对付罗歪嘴作了铺垫。此外,小说对袍哥组织的构成和运作做了详细介绍;对天回镇"赶场"、"青羊宫"等民俗生活场面的细腻描写,尤见李劼人扎实的民俗学功力。例如,小说通过各种"声音"的描写,仿佛置身于赶场的民俗节日中。

> 赶场是货物的流动,钱的流动,人的流动,同时也是声音的流动。声音,完全是人的,虽然家禽、家畜,也会发声,但在赶场时,你们却一点听不见,所能到耳的,全是人声!有吆喝着叫卖的,有吆喝着讲价的;有吆喝着喊路的,有吆喝着谈天论事,以及说笑的。至于因了极不紧要的事,而吵骂起来,那自然,彼此都要把声音互争着提高到不能再高的高度,而在旁拉劝的,也不能不想把自家的声音超出于二者之上。于是,只有人声,只有人声,到处都是!似乎是一片声的水银,无一处不流到。而在正午顶高潮时,你差不多分辨不出孰是叫卖,孰是吵骂,你的耳朵只感到轰轰隆隆的一片。要是你没有习惯而骤然置身到这声潮中,包你的耳膜一定会震聋半晌。

此后的《暴风雨前》、《大波》、《天魔舞》等作品,李劼人把四川地域特色的节令、婚嫁、店铺、饮食起居等民俗生活描写得细腻精彩。例如,他详细描写了“茶铺”在成都人生活的几种功能:“各业交易的市场”,“集会和评理的场所”,以及“普遍地作为中等以下人家的客厅或休息室”。不过话也说回来,由于作家过分注重民俗生活的叙述,影响了叙事的紧凑和连贯。

鲁迅说:“耶稣教传入中国,教徒自以为信教,而教外的小百姓却都叫他们是‘吃教’的。这两个字,真是提出了教徒的‘精神’”[①]。民间也流传了这样的俗语:“耶酥爱我白白脸,我爱耶酥大洋钱。”对顾天成来说,入教并不仅仅为了获得经济上的利益,他之所以“吃教”,实际是借重洋教对抗本地袍哥势力,实现自己的目的和野心。正如小说中曾师母说的那样:“教会里的人,全是官,做了官,要什么有什么,要怎样便怎样”。客观的情形是,“吃教”后的顾天成首先与家族产生了深刻抵牾。“家族之变”所“引起乡村伦理亲属关系的紧张,关键不是信仰的冲突,而是由此带来的习俗的扞格。”同时,“风俗之战不仅令闭塞的乡村真切地感受到了异族侵略的存在,更体验到了异族文化的强横与霸道。”[②]小说描写顾氏家族因顾天成入教声誉扫地,因而竭力反对他入教,甚至威胁注销他族谱上的名字,剥夺他的家产。可见,教会与教民的存在,不仅破坏了农村固有的社会秩序,而且也引发家族内部的瓦解。中国近代史上,由于西方教会的贪婪和罪恶,以及民众对洋教想当然的看法(如挖眼睛做小菜,照像摄人元神等等),尤其是教民依仗洋教势力为非作歹的现实,“教民二字,竟成了护身之符,官吏不能治,王法不能加,作奸犯科,无所不用其极。”这些都加剧了教民与乡民的利害冲突,导致晚清“教案”大量出现。然而对于四川内地的人们来说,这已见怪不怪,习以为常

① 鲁迅:《吃教》,《鲁迅全集》第5卷,人民文学出版社1961年版,第245页。
② 张鸣:《乡土心路八十年》上海三联书店1997年版,第105页。

了。小说这样写到："当义和团、红灯教、董福祥，攻打使馆的消息，传到成都来时，这安定得有如死水般的古城，虽然也如清风拂过水面，微微起了一点涟漪。但是官场里首先不惊慌，做生意的仍是做生意，居家、行乐、吃鸦片烟的，仍是居他的家，行他的乐，吃他的鸦片烟。而消息传布，又不很快；所以各处人心依然是微澜以下的死水，没有一点动象。"李劼人正是凭借民俗学功底，把特定历史时期的民众心态揭示得入木三分。

小说后半部描写"教民"得势。顾天成在教会和洋人支持下赶走了罗歪嘴，得到觊觎已久的蔡大嫂，形象地说明"教民"取代袍哥而成为统治者。教民得势还体现在对传统家族制度的胜利。顾氏家族不仅恢复了顾天成族谱上的名字，没收的家产也完璧归赵，并且为他张罗生活必需品。顾天成俨然是封建家族无上权威。小说形象反映出四川乡村在"风俗之战"中袍哥衰落教民崛起的现实。

顾天成是李劼人精心设计的贯穿"大河小说"的人物。在《暴雨前后》中，顾天成仰仗自己的势力染指赫家乡下祖产；在《大波》中，他则由乡间财主摇身一变为民团首领；继而又从不可一世的"教民"变为哥老会"舵把子"。像四川特有的变脸戏法一样，顾天成扮演着"变色龙"角色，在一潭死水中搅起阵阵微澜。作家有意通过顾天成不同身份的时空转换，把特定历史时期四川广阔的社会风貌、人文历史、风土人情、时代风尚立体性地展示在了读者的面前。从民俗学角度看，李劼人的"大河小说"，"写出许多历史家忘记了写的那部分历史，就是说风俗史。"（巴尔扎克：《〈人间喜剧〉前言》）巴金评价李劼人的："只有他才是成都的历史家，过去的成都都活在他的笔下"。曹聚仁在《现代中国通鉴》中对李劼人小说是这样评价的："……《大波》看起来是小说，其实是历史，……但《大波》是小说，却不是历史，不是传奇小说，而是写实主义的小说。"看似矛盾的评述恰恰点出了李劼人小说民俗描写的魅力。这不仅成为他现实主义创作的重要特色，而且也为民俗学研究提供了有价值的史料。[①]

① 许志英：《从现代小说风俗画谈起》，《五四文学精神》江苏文艺出版社 1991 年版，第 148 页。

第十二章　芦焚乡土小说的荒野意象

“京派”有一位来自河南杞县，30 年代初登文坛的芦焚。他先后创作了短篇小说集《谷》、《里门拾记》、《落日光》和《无名氏》等。40 年代又出版了《果园城记》、《马兰》以及应柯灵之约创作的长篇小说《荒野》。从芦焚创作的整体审美来看，“荒野”似乎最能代表作家小说的美学风格。

美国人明恩溥对中西方的城市比较后发现，“与西方人流行的观念相反，相对整个人口来说，中国大城市的数量并没有西方那样多。许多地区级的城市，县首府，只不过是一些带有围墙和衙门当局的大乡村。”①他的看法与芦焚颇为相似。在《〈果园城记〉序》中，作家这样表述：“在解放以前，中国的县城本来都是大农村，很少例外。它们和普通农村不同的地方就在于豪绅地主更集中，作官的固然是他们，在社会上活动的是他们，开铺子的也多半是他们。大概从秦始皇时代起，土地就成了剥削阶级投资的主要目标，连纯粹的商人，一赚到钱也总是拼命买土地。”并刻意把“果园城”，“一个假想的中亚细亚的名字”，写成“一切这种中国小城的代表”②。

---

① [美]明恩溥：《中国乡村生活》(午晴、唐军译)，时事出版社 1998 年版，第 3 页。

② 《芦焚小说选集》，江西人民出版社 1982 年版，第 400 页。

李健吾将芦焚的小说归于乡土一类，并将他与沈从文进行比较，发现两位作家在相似的“城市—乡镇”二元创作模式中存在着较大的审美反差。如果说沈从文善于“把丑恶的材料提炼成功一篇无瑕的玉石”①而显示湘西世界的“可爱”。不过，这“可爱”背后难以掩饰沈从文的忧郁。而芦焚对故乡的艺术再现，则“因为他的自觉心，或者他的同情心，此后不由自主，潜移默化了他的忿怒。”②这源自作家在“果园城”发现了触目惊心的“荒野”景象。

芦焚的“荒野”意象，首先表现在“果园城”的陋俗恶习上。从民俗书写来看，芦焚应该是京派最特别的作家。例如废名描写民俗事象，尽量回避生活中的陋习恶俗，采用散文化体式，用散点透视的方式，最大限度地最求美和善。沈从文尽管描写了湘西丑陋的风俗，但他站在客观的立场，回避价值判断。而芦焚的民俗描写似乎更接近 20 年代为人生派作家，尤其与 30 年代专注乡土世界假丑恶的沙汀更为接近。在《刘爷列传》和《三个小人物》中，芦焚这么写到：“关于这个城，你可以说任何城市都有它好的地方，都有它的美点，唯独它却是集中了全省的坏、丑、废物与罪恶。”在一个极端闭塞的环境中，作家向我们展示了“果园城”民俗生活的“浮士绘”。果园城种种陋习恶俗都显得那么自然。即使不正常，由于经常也显得极其平常和正常。似乎没有这些丑陋的习俗充斥其间，“果园城”就不成其为“果园城”。例如，《百顺街》向人们展示了中国传统中厚葬习俗。小说这样写道：“按本地习惯，设祭三日，不单和尚的经卷重复八遍，连唱礼儒生的喉咙也都喊哑。这之间，为着死者的令名，丧主的体面，百顺街禁火三日。原来不用招请，妇女全体到场，连未满月的婴儿也都抱来作客。不消说，

① 《李健吾批评文集》，珠海出版社 1998 年版。

② 《李健吾批评文集》，珠海出版社 1998 年版

筵宴是整整继续了三日，百顺街也就共餐大嚼三日，远路的姨母也都受了邀请。吃法也的确令人吃惊，……但一拿到桌上，便什么都不见了，单留着空空的碗盏。……客人《水浒传》式的吃着，喝着，刚抹过嘴巴，又是吃着，喝着，生来就为着大嚼的一副肠胃，任怎样也填不满。”“果园城”萧条破败，与这种极尽铺张的陋习有着内在的关联性。铺张奢侈的风气同样出现在马夫人“做寿”的习俗上。“在寿事上，除开堂戏不算，他在园城四门唱四台戏；宰一百五十口猪；果园城以至五十里以内的鸡鸭被搜索光了；果园城以至五十里以内的人也被号召光了。所有的人——不分男女老幼，有无关系，识与不识，只要肯向马夫人磕三个头的，都可以白玩三天，大嚼大醉三天。”(《三个小人物》)即使是乡间无赖“干契家”和“鬼火”们，在他们“桃园结义”时也不忘大摆筵宴：“饮法的豪爽，酒量的洪大，只有‘响马传’‘水浒寨’上面才看得见。起初是行酒令，继以划拳，轮流把盏，挨次而进，还算文雅。后来可就自由行动，象灌鼹鼠洞一般了。”(《江湖客》)

显然，芦焚一次次描写陋习恶俗的“热闹”、“喜庆”，反衬出“果园城”底层民众必然的生活艰辛和极端悲苦。《雾的晨》以独特的动物(狗)视角揭示了因物质的极度匮乏所引起“九七”们死亡的悲剧。正像小说中所说的：“纵然九七现在已经不中用，难保不会有第二个九七来。”《江湖客》中的“香莩”在忍受生活煎熬的同时，还承受着世俗的偏见和误解。说书人(《说书人》)在风烛残年之际无依无靠，不得不以老本行艰难营生，最终在贫病交加中死去。

其次，道德沦丧是“果园城”荒野意象的另一个具体表现。为维护现存秩序的运作，“果园城”强化了风俗“教化”和“建设”。《路上》集中讽刺了一群果园城绅士们正竭力“恢复废弛了多年的春秋大典”。通过城隍庙前的“丁祭”习俗，戳穿了乡绅们口口声声“礼义廉耻”、“亲亲仁人”的假面。小说描写的“司仪先生”，虽然“耻食周粟”，但他那五六寸长的“苍苍发辫”却是“公认为最聪明的办法，既可以进，如一旦小朝廷复辟，且可以守。”由于“乘审老爷”的三姨太私奔而闹得全城鸡犬不宁。另一位绅士疾呼“褒扬节烈”，背后却是同家中老妈子暗渡陈仓。家庭是社会的细胞。国有国法，家有家规。《“鬼爷”》展示了魁爷的“家规”。“男女授受不亲”的思想，使得“他的‘大内’是一切年满十二岁男人的禁地，四个太太每人有自己的房子，他每人给她们一个丫头，一个女仆，另外一把鞭子。当她们犯错误的时候，他把她们剥得赤条条的，吊起来，然后就用专门给她们设备的鞭子抽打。”更有甚者，为显示封建家长制的权威和体面，魁爷“把他变节的太太接回家，给她一条麻绳，然后，他在房门上下了锁”逼其自杀。这种所谓的道德教化、长幼有序、诚信礼义，一旦涉及到个人私利，温情脉脉的面纱就不复存在。《落日光》描写了雷公大叔的子孙生怕有人觊觎家产竟然对本族长辈出言不逊。当杜振标(《宝库》)的行为危及到同族杜二爷的利益时，不久便招徕了杀身之祸。在进行所谓伦理道德教化的同时，强化“法制建设”就是每天杀掉几个“土匪”，保证“果园城”“单单剩下‘好人’以及他们要保存的国粹”。正如鲁迅说的：“无端杀死几个民众，先前是大家就会嚷起来的，现在却只如见了日常茶饭事，人民真被治得好像厚皮的，没有感觉的癞象一样了……”①

因此，“果园城”民众在绝望中也只能寄希望于宗教和来世，寻求精神皈依和解脱。《受难者》描写在兵荒马乱的年代，果园城人们寄希望于“中山道”。“‘道友’的法术好象一颗救星，从渺茫中忽然发出光亮。实际上一个失去生活支柱的人，很少有自信

① 《鲁迅全集》第4卷，人民文学出版社1981年版，第584—585页。

力，仿佛藤蔓科植物，一抓住什么便爬将上去，死不放松。”这种心态正如法国宗教史及神话学家伊利亚德在《永恒回归的神话》中说：人们“面临灾祸战乱或疾病死亡，或遇社会不公平现象，感到困惑不解，深信一不幸之背后总有根由，惟神秘不可测而已，乃在无助之中求救于神明或巫术，图趋吉避凶，尽管所有行动都无济于事，他们仍一心虔信巫术仪式是对抗苦痛和灾难的手段，不论它多么原始幼稚，仍然是最有效的抗争方法，至少心灵因此得到释放，惟其如此，苦痛就变得可以承受，灾难也熬过来了。无论原始信仰行为模式多么荒谬非理性，它揭示人们深层心理结构，透露人们对永恒的归依、对神灵的信仰、对社会束缚和不公平制度的反动抗争，及自我的豁醒意识和对美好生活的不懈追求。”[①]于是，他们“从油盐开支项下节省几个小钱，买来香烛纸码，念咒语，做祷告，求着道，读着赦令，竭力关紧嘴巴，做出代表神的模样，赶掉脸上的活人气。”“荒野”意象从果园城的道德、法制和民间宗教信仰等方面充分地展现出来。

无论是铺张的红白喜事还是封建家长制的威严，其实都与“老中国儿女”的“面子”相关。《阿嚏》借水鬼“阿嚏”揭示“果园城”人爱慕虚荣的心态。一位老渔夫竟被水鬼的一句话出卖，“加上果园城人有意成全他，竭力替他渲染”，从此就飘飘然地陶醉于虚幻的世界中，虚荣心得到了极大的满足。《塔》则批判了果园城人在面子后面隐藏的极端自私的欲望。“塔”成了果园城丑恶的象征。也许是受到鲁迅“雷峰塔”现代象征的影响，不少乡土作家笔下的“塔”都具有象征内涵。除了芦焚外，还有黎锦明的《铁塔》等。正象芦焚在《百顺街》中进行了集中的讽刺：他们的美德是“按祖先的习惯，平安度日”；“避实击虚，硬来软受”。并且他们几

① 参见刘楚华：《〈广异记〉中的幽冥情缘》，《文学遗产》2003年第2期，第52页。

乎个个是搬弄是非的“侠士好汉，爱打不平”。《倦谈集》描写每天杀人成了这“平静的国土”上“良好的习惯”。“面子”还深刻反映了“果园城”世态炎凉的现实。除了“老包子”绰号的由来以及叉头大叔（人下人）痛苦的心理外，《秋原》批判了乡间“豪杰”（“迫击炮弹”、“省油灯”）横行乡里草菅人命的斑斑劣迹。《北门街的好汉》塑造了“好汉爷”刘秀这一乡间无赖形象。《一吻》、《毒咒》则揭示出果园城蜚短流长的恶习和浓重的封建宗祧意识。

“果园城”是“一滩滩的大小坑，里面乌烂一团的不是泥，不是水，而是血、肉，无数苦男苦女人的汗泪。”①在描写种种陋俗恶习时，芦焚善于运用多样化的艺术视角，透视“果园城”的“荒野”意象。《雾的晨》采用了“狗”的视点叙事，意在消弭人与动物的生存界限，一种彼此无分的生活原生态。这与小说的荒野意象是十分投合的。值得一提的是小说《一吻》，从听觉这一特殊视角描写了“果园城”日常生活混乱与无序。

> 那是个什么时代呀！十字街上有多少好声音哪！那时候这地方的中心……而是在这弥漫着泥土气息的城里。酒楼上震耳欲聋，堂倌们奔走呼应，划拳声、叫嚣声终日闹成一片；乡下人在街上穿来穿去，肩上背着沉甸甸的褡裢；药铺里药臼鸣唱着，用一种无从形容的快乐而又天真的声调说：“叮叮冬冬，叮当叮冬！”锡匠在对过用木棒敲打锡叶子：梆梆！梆梆！然后裁开，打成茶壶、茶托、花瓶、烛台；较远一点，他的老仇敌铜匠用锤子工作着：噹噹，噹！噹噹噹！将铜叶子展延开；预备送客出城的脚驴不安定地动着，项铃喤啷喤啷

① 刘西渭：《读〈里门拾记〉》，《李健吾文学评论选》，宁夏人民出版社 1983 年版，第 143 页。

响着,它们被栓在一排钉在墙壁上的铁环上;一个等待雇主的小车夫,脸朝天躺在阴凉里,忽然破喉大唱:“有为王坐金殿,用目观看……”……于是一个衙役便走过来了,在他面前的是一个小地主,大概刚得到传票。“您老开开赏”,衙役巴结的哼唧,等到钱落到他的藏在长袖里的手里,便欢天喜地高声说包小地主的官司打赢。可是一匹脚驴意外的压倒了他,它发这么大兴,几乎把地面都要震塌的大叫起来,同时所有栓在路口的驴子都应和着叫起来了。真说不尽的声音!

茅盾曾这么评价《呼兰河传》:“呼兰河这小城的生活是充满了各种各样的声响和色彩,可又是刻板单调。”“呕哑嘲哳难为听”的“果园城”同样折射出浓重的“荒野”意味。

芦焚说:“我是从乡下来的人,说来可怜,除却一点泥土气息,带到身边的真亦可谓空空如也。”①乡风民俗的描写反映了作家矛盾的乡土情结。在理性与情感、历史与道德的两难中流露出痛苦的相思。朱光潜敏锐地觉察到作家隐秘的心态。“他所丢开的充满着忧喜记忆的旧世界,不能无留恋,因为它具有牧歌风味的幽闲,同时也不能无憎恨,因为它流播着封建式的罪孽。”这种矛盾胶合的心理似乎让人“不敢说他已失望,可是他也并不像怀着怎样希望。”②李健吾把芦焚对故乡的心绪表述得恰到好处:“当年对于作者,这也许是一块疮伤,然而痂结了,新肉和新皮封住了那溃烂的刀口,于是一阵不期而然的回忆,痛定思痛,反而把这变

① 芦焚:《黄花苔·序》。

② 《朱光潜批评文集》,珠海出版社 1998 年版,第 72 页。

作了一种依恋。”①

果园城的“荒野”意象还表现果园城陋习恶俗造成了各个阶层“女性”的异化。《寒食节》中描写了关七嫂独特的诅咒习俗。因为家中铁锅被盗，“关七嫂用麦秸扎个单人，钉在十字路口土地庙墙上，正端着一木瓢开水，面向东南在那里骂。骂完了，便将木瓢里盛的开水，向那用白麻纸糊的草人头上浇去，然后又在那草人头上连敲三下。”这种原始交感的做法在30年代的“果园城”依然十分盛行。《女巫》描写了“以巫代医”的陋俗。她“女流中的丈夫，不甘便自落漠下去，开始同命运挣扎。”做了女巫后，为获得神道，“大碗吃酒，整块吞肉，这样以来，自己先疯了，然后再把别人弄疯。”结果连儿子的性命也无法挽救。《村中喜剧》中干契家的“童养老婆”也是一个被“果园城”社会扭曲了的“潘金莲”式的女性。这种性格灵魂的异化反映了女性在偏激的姿态下所呈现的深度悲哀。《毒咒》揭示因富户毕四爷娶“小”导致毕四奶的变态。一方面整天诅咒：“这块地上有毒：绝子断孙，灭门绝户。有毒！”另一方面还唆使自己的女儿对付“小”：“今天大姑娘来了，闹一个满天红；明天二姑娘准要害得老灶爷搬家；后天三姑娘会把锅砸碎。……”毕四奶的变态行为正是出于捍卫自己“名分”的极端姿态。除此之外，《桃红》是一篇值得关注的小说。中国妇女在长期封建积习的重压之下，把“习女德、修女容”，“谨女言、勤女工”作为必须恪守的行为规范。如果说《寒食节》、《女巫》、《村中喜剧》和《毒咒》等小说揭示了“果园城”底层与上层的女性异化，那么《桃红》则揭示了中等殷实家庭的女性异化。小说引用了民谚“有桃红的人家就有少女”。描写了生活在“果园城”铁屋子中，素姑

① 刘西渭：《读〈里门拾记〉》，《李健吾文学评论选》，宁夏人民出版社1983年版，第114页。

不断地绣着出嫁的“女红”。少女怀春的羞涩和期待化作一件件“女红”,青春就这样在寂寞中流逝。“时光无声的——正象素姑般无声的过去,它在一个小城里是多长并且走的是多慢啊!”当然,在展露“果园城”的“荒野”同时,从一侧面也显示了中国女性异常惊人的人格力量和创造潜能。《一吻》描写了大刘姐与虎头鱼的嬉戏打闹的行为因有悖于果园城俗规,不得已远嫁他乡。当她返回故乡,发现“荒野”依旧,像《归鸟》中的易瑾那样只好失望地再次逃离。

“荒野”意象还表现在民俗群体极顽固的乡土根性。“果园城”是30、40年代中国内地乡土世界的象征。作为乡土社会的成员,果园城人的乡土意识主要表现在对土地深入骨髓的感情。对土地的依赖自然增长了对土地的依恋。同时这种依恋又成为人们觉醒和抗争的桎梏。长工老包子(《老包子》)视土地为安身立命的命根子。“三十年前人吃土,三十年后土吃人”成了这位“地之子”一生最形象的概括。当了十年副爷的杜振标(《宝库》),因为“无半亩土地”而“忧愁,难过,愤恨”地“诅咒这世界”。同时,“也是怎样被‘用自己的手去弄弄泥土’这愿望煎熬着。”《无言者》也描写一个行将战死疆场的兵士默默地牵挂着家中孤苦无助的妻女。正是这种小农意识造成了人们浓重的迷信观念和神灵信仰。《头》描写人们的风水迷信。“这村子前襟河,后带山,据传说,是‘龙虎都’,气势很凶,风水极高的。倘不出一位有福的善士,全村势必遭殃;出了就压下凶煞,当然要官星高照。”这显然是指“庞局长”的庞府老太太。《雾的晨》则揭示了民间普泛的神灵观念。毛奶奶认为,九七打杨树叶充饥不幸摔死是青杨大仙怪罪的结果。正是这些浓重的迷信观念的作祟,果园城民众在现实的苦难面前保持着容忍和沉默姿态。《头》对民众的这种心态的揭示具有代表性:“人们在期待着什么,又怕那所期待的东西真个到来。”在“无讼”的“果园城”世界，乡民之间的矛盾常常是由乡绅出面加以调解。通行的“公式”“总是把那被调解的双方都骂一顿”。[①]《城主》中的“魁爷”也是如此：“魁爷不用考虑，兜头给他一顿臭骂”。

中国封建社会几千年来土地兼并的历史不断地强化了农民的“土地情结”。土地是命根子的乡土观念导致人们把土地视为财富而拼命地追逐。然而土地兼并的结果只能使那些以土地为谋生手段的“地之子”们失去土地。农民的土地情结导致了人格的弱化和人性的萎缩，犹如永难愈合的疖痂，不断地流淌出令人心痛的血水，养肥了“果园城”的“毕四爷”们(《毒咒》)“他有骡马，他有耕地，还有佃仆。”“那样的房舍，那样的庭院，……有这么一份产业，就是一个皇帝也不换。”正象《三个小人物》里描写了“果园城”流传的一首歌谣：“马家的墙；左家的房；胡家的银子用斗量。”乡土世界极端的贫富悬殊正是“荒野”上的一道萧瑟凄凉的风景。

知识分子是人类文明和社会进步的薪火传播者传承者。然而，“果园城”污浊恶劣的民俗环境也造成了作为特殊民俗群体——小知识分子的人格分裂。芦焚对小知识分子灰色人生的刻画，批判小知识分子的劣根性，揭示“果园城”的精神荒野。由于世俗力量的强大和小知识者自身的弱点，“果园城”培育出了若干的“愤世家”和“隐士”。《贺文龙的文稿》、《颜料盒》和《傲骨》中描写了乡土世界中的小知识者贺文龙在生活重压下，“在豪绅与官吏的气焰下，在不安定的恶劣空气中活着，只怕被别人注意，只怕被别人看见”，苟且偷安地生活。常常用“牢骚，没有完的牢骚”来发泄对现实的不满。理想最终化成了泡影。葛天民(《葛天

① 费孝通：《乡土中国　生育制度》，北京大学出版社 1998 年版，第 56 页。

民》)在“一种散漫的单调生活”中,“慢慢的变得懒散,人也渐渐习惯于成规”。“多余人”正是芦焚对“果园城”精神“荒野”的形象化概括。如果说“贺文龙”式的人物在愤世嫉俗多少具有与社会现实进行抗争的意识,那么“孟安卿”们则离开果园城“开始了生活上的狩猎”。他们要么怀着深深的失望,再次离开自己的故乡(《狩猎》);要么索性客居异乡为异客,做一个“最大的成就却是吃酒”和看戏的“安乐公”(《孟安卿的堂兄弟》);要么像胡凤梧(《三个小人物》)那样投身到藏污纳垢的“果园城”社会大染缸中。作家在揭示了乡村小知识者的精神苦闷和幻灭,对他们寄予同情时也进行了深刻的反思:“为什么这些年青的,应该幸福的人,他们曾经给人类希望,正是他们使世界不断的生长起来,使世界更加美丽,为什么他们遭到种种不幸,难道是因为这样在我们的感情中会觉得更公平些吗?我们被苦痛和沉默压着。”李健吾曾就芦焚对小知识分子的同情心给予这样的评价:“诗是他的衣饰,讽刺是他的皮肉,而人类的同情,在基本的基本,才是他的心。”①朱光潜则看到了同情背后隐约的讽刺意味:“他的理想敌不住冷酷无情的事实,于是他的同情心转为忿恨与讽刺。他并不是一位善于讽刺者,他离不开那股乡下人的老实本分。”②

我们可以从《巨人》的话语中解读作家的创作意图。“我不喜欢我的家乡;可是怀念着那广大的原野。”也许这“广大的原野”给作家带来了丰富的创作灵感。相应地,芦焚把更多的笔墨和小说空间用于“荒野”的景物描写。朱光潜敏感地发现芦焚的创作“爱描写风景人物甚于爱说故事”的艺术倾向,以及景物描写的重要性。“离开四周景物的描写,我们不能想象有什么方法可以烘托

① 《读〈里门拾记〉》,《李健吾批评文集》,珠海出版社 1998 年版,第 148 页。
② 《读〈里门拾记〉》,《李健吾批评文集》,珠海出版社 1998 年版,第 148 页。

出《过岭记》或《落日光》里的空气和情调。”[①]从民俗学角度看，民俗事象往往是在一定的地理环境中发育形成的，因此民俗描写离不开特定地域的景物描写。自然环境不仅是人物生存的物理空间。作家“在拼凑，渲染，编织他的景色，作为人物活动的场所。”[②]而且，景物描写既烘托果园城的凄凉又能收到很好的反讽效果。“一切只是一种不和谐的拼凑：自然的美好，人事的丑恶。尤其可怕的是自然的冷静，人事的鼎沸。”[③]《秋原》、《村中喜剧》、《路上》、《雾的晨》、《倦谈集》、《落日光》等小说的景物描写，更多是用反讽或反衬的手法构筑“荒野”意象。有时作家也无法遏制叙事的冲动，直接用“写实”的手法再现“果园城”的荒凉。例如芦焚在《一片土》中这样写到：“走了多日，终于深入大野，前后一望尽属胡草的莽原。渐渐的小径被野草湮没，再也看不见寂寞中荒凉的小屋，连天际牧人烧起的火烟也稀少了。”如果仅仅从小说情节着眼，那么景物描写使读者不免觉得有累赘之嫌。但应该注意的是，芦焚小说的景物描写与“果园城”乡风民俗息息相关。景物的描写与荒村、废宅、弃园的点缀共同强化和渲染了“荒野”这一中心意象。这或许才是芦焚景物描写的审美趣旨所在。

芦焚在展现“果园城”“荒野”萧瑟凄凉的同时，对“荒野”出现的某种躁动不安，试图打破荒野沉寂的种种迹象给予敏感热情的关注。作家运用“水泊梁山”故事原型创作了富有传奇色彩的《牧歌》，描写印迦姑娘和雷辛等人啸聚山林，共同反抗部落酋长的故事。特别是老马干在受难中的觉醒：“我要当当死的狮子，不做活的羊：祖宗就这样的”。作家试图从民间故事中寻找抗争的“原

① 《朱光潜批评文集》，珠海出版社 1998 年版，第 74 页。
② 《李健吾批评文集》，珠海出版社 1998 年版，第 144 页。
③ 《李健吾批评文集》，珠海出版社 1998 年版，第 146 页。

始的强力”和“基因”。《夜哨》描写在异族入侵时，人们用鲜血捍卫祖先曾经生活过的土地。“既然他们要毁了我们的家，我们的祖宗就在这里住着的家；既然他们不让我们活在地面上，那就拼！”小说具有的现实意义是不言而喻的。《头》描写了民众抗争意识，“老早就有许多人想放他一把火”。杜振标(《宝库》)渴望“果园城”能被“‘共’一下产”。虽然杜振标被杜二爷杀害，但却是死气沉沉的寒冬“荒野”上透露出的一线光明。《期待》和《三个小人物》从侧面传达了“果园城”的年轻人已经觉醒和抗争，给荒野带来了希望。如果说《头》、《谷》等小说揭示了“果园城”极个别民众的觉醒的话，那么在《城主》中分明感受到群体觉醒和斗争的力量。“过民国十六年初，一件意外事情，那些愚蠢的庄稼人扛了笨重的土炮，携带着长枪，大刀，锄头和一点步枪，突然占据了车站，同时向果园城进攻了。他们没有受到任何损失就从城墙上爬进来，……将这些果园城的古老的府邸弄得跟马房一样。”他们为“果园城”吹响了行将灭亡的挽歌。

第十三章　东北作家群小说民俗叙事形态

特殊的历史进程影响一个时代的文学走向。30 年代左翼小说一个重要创作主题就是反帝抗日。早在五四时期，文学的反帝意识就已显现；五卅运动以后，反帝爱国的文学主题得到发展。九·一八事变和一·二八事变，民族矛盾激化。1931 年 11 月，左联执委通过决议，要求作家“在文学领域内，加紧反帝国主义的工作；加紧反对打躬作揖战争……”①不少作家开始反帝小说创作。不过，由于缺乏生活体验，大部分作品显得空洞肤浅。倒是东北流亡作家展示了民众抗日的心路历程，呈现出启蒙叙事、民间叙事和社会分析叙事的共生形态。

一

作为“对于满洲的农民生活，有着深刻的理解与同情，因之在中国被称为把握住描写满洲农民作家的高手”②，萧红的《生死

① 《中国无产阶级革命文学的新任务》，《文学导报》1931 年 11 月 15 日，第 1 卷 8 期。
② 吴瑛：《满洲女性文学的人与作品》，《中国沦陷区文学大系》（评论卷），广西教育出版社 1998 年版，第 642 页。

场》成为具有影响力的小说。女作家继承鲁迅启蒙传统,展开极富才情的叙事。萧红叙事与传统启蒙叙事有很大区别。首先是对女性生存状态的关注。坎坷经历和变故使得萧红性别意识十分敏感,并借助民俗描写揭示乡土女性的精神状态。传统男权社会导致女性“不好反抗,不好争斗”,就“象一块衰弱的白棉”,“心象永远贮藏着悲哀似的”。自然,女性的价值尊严无从谈起。“农家无论是菜棵,或是一株茅草也要超过人的价值。”

女性异化与极度贫困有关,更与封建观念及衍生的积习有直接关联。30年代的“生死场”,自由恋爱仍是忌讳的字眼。金枝同婶婶因为没有遵循“父母之命”而备受村民嘲笑和辱骂,甚至“全村就连孩子们也在传说。”女性生产便是“刑罚的日子”。被“压柴,压柴,不能发财”的俗话出卖,“光着身子的女人,和一条鱼似的,她趴在那里。”小说在女性生产与动物生产共时性叙事中烘托出女性生产的“动物化”状态。恶劣的生存环境消弭了生死界限。重男轻女观念使小金枝刚来到人世便被活活摔死;“以巫代医”的陋习让“最美丽的女人”成了迷信的祭品。最触目惊心的要数王婆的死。村民将一息尚存的王婆当作“死尸还魂”肆意劈打致死;同时派出村民“报庙”,向阎王报告死人的消息。“后村的庙前,两个村中无家可归老头,一个打着红灯笼,一个手提水壶,顺着平儿去报庙。绕庙走了三周,他们顺着毛毛的行人小道回来,老人念一套成圣调的话,红灯笼伴了孩子头上的白布,他们回家去。”一个活人被当作死人提前完成了人世间最后的礼俗和程式。民俗的描写揭示了女性生命、人格受到漠视和践踏。萧红很高明,通过小金枝、小团圆媳妇、月英、麻面婆和王婆等不同阶段的死亡,揭示女性悲苦命运。“在乡村,人和动物一起忙着生,忙着死……”萧红启蒙叙事的性别意识,直达女性生活本相,不自觉地穿插非叙事的议论:“女性有着过多的自我牺牲精神。这不是勇敢，倒是怯懦。是在长期的无助的牺牲状态中，养成了自甘牺牲的惰性。”“女性的天空是低的，羽翼是稀薄的，而身边的累赘又是笨重的！”[①]萧红的女性叙事引起了读者共鸣。

其次，萧红叙事体现“批判——同情——肯定”的价值立场。除了对民众国民性的同情批判外，作家对女性叙事更关注她们的抗争行为。为了生存，“生死场”组织起“镰刀会”。东北民众为生而死的精神让萧红看到民族复兴的希望。在关注女性生存状态同时，萧红对“生死场”的男性也进行客观揭示。赵三和二里半是作家精心塑造的民俗个体。有人对赵三真实性产生怀疑。这种具有鲜明反差性格的人物引起争议是情理之中的事。这不是作家主观想象而是客观审视的结果。作家对人物性格行为的设置是符合生活逻辑的。一，反抗的对象不同。一个是异族日寇，一个是本土东家。二，不同对象引起行为的反差是由民俗心理造成的，是农民宗族观念和乡土观念的使然。通常情况下，东家与佃户往往有着某种利益甚至血缘关系，尽管存在剥削与被剥削的现实关系，但农民认为种地交租天经地义。赵三、二里半的行为自然受到这些观念的制约。三，农民乡土意识极具排他性。异性乱宗以及乡土观念，使得民俗个体（群体）无法容忍异姓（异族）侵占其生活空间，掠夺生活资源，更无法容忍对其本位文化、传统价值和观念信仰的亵渎。农民的政治意识比较缺乏，国家观念也相当模糊，但面对外族入侵，他们的乡土观念和宗族意识则常常表现为朴素的国家观念和民族意识。可见，赵三对东家的忏悔以及激越的抗日行为并不相悖。二里半由舍不得老山羊到最后走向抗日，也不是农民思想的觉悟，而是他（或他们）无法种地的迫不得

① 聂绀弩：《在西安》，《萧红文集》第3卷，安徽文艺出版社1997年版，第410—411页。

已的选择，是他（或他们）无法生活的无可奈何的应对。“他们不知道怎样爱国，爱国又有什么用处，只是他们没有饭吃啊！”萧红看到农民自发抗争的一面，并没有把现实中的农民有意拔高，而是客观进行启蒙叙事。虽然这些农民艰难迈出了一小步，但萧红却给予了热情评价。赵三、二里半等农民形象体现了萧红对重塑民族精神的凝重思索。另外，作家对“萨满教”（《呼兰河传》）和知识分子“逃难哲学”（《马伯乐》）的批判，同样缘自于主题批判意识。

最后，萧红叙事视角与传统启蒙叙事不尽相同。一方面，作家通过传统的“成人—孩童”视角转换，表达理性与情感、道德与历史的现代胸臆。《呼兰河传》前四章，这种情感指向非常鲜明。作家用童年视角描写呼兰小城的自然风光、民俗风情和童年生活，特别是对跳大绳、唱秧歌、放河灯、野台子戏以及娘娘庙大会亲切动人的描绘。然而启蒙批判仍左右作家的深层叙事，情感指向和理性批判胶合在一起。第四、第五章开头都有相似的表述：“四月十八娘娘庙大会，这也是为着神鬼，而不是为着人的。”“这些盛举，都是为鬼而做的并非为人而做的。”小说最后三章呈现道德与历史评价的色彩。萧红注意到，生活的悲剧往往是善良愿望引发的。她们只是“照着几千年传下来的习惯而思索，而生活”。十二岁的“小团圆媳妇”稚气未脱，“大模大样的，两个眼睛骨碌骨碌地转”，“一点也不知道羞，头一天来到婆家，吃饭就吃三碗”。甚至连她的身高都有违人们的观念，最终成了“萨满教”的殉葬品。周作人指出：“要了解中国须得研究礼教，而要了解礼教更非从萨满教入手不可。”[1]萧红对老中国儿女国民性批判显然是抓

① 周作人：《萨满教的礼教思想》，《周作人文选》第1卷（钟叔河选编），广州出版社1995年版，第406页。

到点子的。

另一方面，萧红用流亡者视角传达出深沉家园意识和悲愤情绪。与20年代启蒙作家不同，30年代东北作家真切感受到国破家亡的痛楚。流亡成为作家怀乡的酵母。在《给流亡异地的东北同胞书》中，她说："家乡多么好啊，土地是宽阔的，粮食是充足的，有顶黄的金子，有顶亮的煤，鸽子在门楼上飞，鸡在柳树下啼着，马群越着原野而来，黄豆像潮水似的在铁道上翻涌。"端木蕻良感同身受，他说："在写作时，我对着故乡只有寄托着无比的怀念和泪。一个人对于故乡，'这是不由心中选择，只能爱的'。"①

另外，从鲁迅和茅盾对萧红的不同评价，反映出女作家一贯坚持的启蒙叙事立场。鲁迅认为萧红"精神是健全的"，且将"细致的观察和越轨的笔致"②运用得很娴熟。"越轨的笔致"诚如茅盾对《呼兰河传》的评价："不像是一部严格意义的小说，而在它于这'不像'之外，还有些别的东西——一些比'像'一部小说更为'诱人'些的东西：它是一篇叙事诗，一幅多彩的风土画，一串凄婉的歌谣"。茅盾肯定萧红叙事审美价值的同时，从社会分析而不是文化启蒙的角度，指出作品存在的不足。茅盾说："在这里我们看不见封建的剥削和压迫，也看不见日本帝国主义那种血腥的侵略。而这两重的铁枷，在呼兰河人民生活的比重上该也不会轻于他们自身的愚昧保守罢？"进而认定女作家的寂寞是"不能投身到农工劳苦大众的群中"③的缘故。后期萧红左翼叙事确已淡

① 端木蕻良：《〈大地的海〉后记》，《端木蕻良文集》第2卷，北京出版社1998年版，第209页。

② 鲁迅：《萧红作〈生死场〉序》，《鲁迅全集》第6卷，人民文学出版社2005年版，第422页。

③ 茅盾：《萧红的小说——〈呼兰河传〉》，《二十世纪中国小说理论资料》第4卷，北京大学出版社1997年版，第403页。

化，可她仍坚持新文学启蒙批判的精神。鲁迅与茅盾的评述，恰恰为萧红现代启蒙叙事作了注脚。

二

萧军的民间叙事显得异常突出。这与作家带有民间精神的个性气质有关。文如其人。关东人豪爽刚烈的性格从他笔名就能感受到。萧军喜欢用三郎、田军、萧军等笔名发表作品。笔名是本人而不是他者赋予的具有自觉意识的命名。萧军第一篇小说《懦……》就是用“酡颜三郎”笔名发表的，让人想起水浒“拼命三郎”石秀。早年的流浪生活，特别是东北讲武堂行伍经历，磨砺了萧军坚忍强悍的个性。依照当地观念，男子习武从军是普遍认可的闯荡生活的一条出路。萧军说：“在民间虽然有这样的谚语‘好男不当兵，好铁不打钉’。但在我们的家乡……人们却并不这样看待的。当兵和当匪不独没什么严格的区分以至耻辱的意味，相反的，这当兵竟成了那一带某些青年人的一种‘正当’出路，一种职业，而且是一种近乎‘光荣’的职业。”“当军官或‘红胡子’，是一般怀有野心的青年所向往的理想。”[1]正是民间观念价值的潜移默化，即便后来成为作家，萧军的性格气质也未发生改变。最典型的要算他拒绝作官一事。在《也算试笔》中，萧军坦承自己是“新英雄主义者”。对“个人英雄主义”、“新英雄主义”的言说，变相传达出对民间精神和价值的坚持。一方面，民间代表了与主流相对的社会文化层，它们在价值观念、生活方式、精神形态上截然不同；另一方面，民间意味着对主流价值立场的疏离和抗拒，同主

① 参见《萧军近作》，四川人民出版社 1981 年版，第 5 页。

流观念的抵触与冲突。而作官意味着对民间性格的放弃，接受组织观念的约束和改造。这对萧军来说勉为其难。延安时期，萧军耿直坦率的性格造成了他与文艺界同仁的龃龉。尤其在“整风”前夕，萧军在中共党报发表“自由主义”倾向的文章，批评延安政治意识形态对文学的干预，全然不顾整风“山雨欲来”的气氛。萧军的民间性格可见一斑。

民间性格对创作带来的影响是必然的，主要表现在“胡匪”题材的选择上。乡土世界，农民与胡匪之间存在复杂的社会关系。民间有句俗语：“匪如梳，兵如篦，团防犹如刀子剃。”绝大多数作家对匪祸持强烈否定批判态度，而萧军主张对民间文化积极性因素发掘和弘扬，“胡匪”被赋予了正面价值和审美内涵并获得小说主人公地位。胡匪所体现的民间精神与作家功利性审美也存在密切关联。一方面，《八月的乡村》、《第三代》塑造的胡匪“英雄”形象，是作家未曾实现的理想一种心理补偿和精神慰藉；另一方面，“胡子”剽悍的民间精神是抵抗侵略的有效方式。“九·一八”事变后，萧军认清国民政府的投降本质，抗敌御侮只能指望和依靠民间力量。楚天阔认为胡匪“代表着我们民族性格的灵魂”[①]正是出于这一基本判断，萧军“在照观和描绘东北‘胡匪’现象时，往往不是采取历史主义的‘客观’和‘还原’态度，而是采取了包含着功利内涵的‘主观化’态度。”[②]民族抗争之于“胡匪”也仿佛是神圣的“英雄”仪式。除了萧红、萧军、端木蕻良外，沦陷区作家也展开了以弘扬胡匪刚性精神的小说叙事。如毕基初“盔甲山”小说、疑迟的《雪岭之祭》、小松的《铁槛》、沈寂的《盗马贼》等

① 楚天阔：《谈现在的文学的内容和形式》，《沦陷区文学大系》（评论卷），广西教育出版社 1998 年版，第 17 页。

② 逄增玉：《黑土地文学与东北作家群》湖南教育出版社 1995 年版，第 129 页。

等。这一题材大量涌现反映了特殊时期的民族情绪和审美期待。

挖掘黑土地强悍旺盛的生命力和不屈的反抗意志，是萧军最为醒目的主题。鲁迅最早揭示了作家创作所蕴涵的民间精神。他援引爱伦堡论法国社会"一方面是庄严的工作，另一方面是荒淫与无耻"，对《八月的乡村》民间叙事给予很高评价："'要征服中国民族，必须征服中国民族的心！'但这书却于'心的征服'有碍。"①在现代文学史上，很少有作家像萧军这样在边缘化题材中开掘出如此分量的鸿篇巨制。小说对东北"绺子"刚性精神的艺术再现，揭示了背负沉重历史和传统包袱的农民，在走向民族抗争过程中承受的巨大心理矛盾和压力。民族危亡之际，年轻人主张奋起抗争，而孙兴等老一辈农民则主张"报官"。小红脸做了胡子颇多后悔，"还不如作农民时候自由多了！……那样的日子不会有了！不会再有一个太平的春天和秋天给他过了！……""什么时候我才可以自由耕地呢？手里把持着犁杖柄，也可以吃烟袋……""什么时候才可以太平呢？什么时候可以分到应该得的田地呢？……"田老八则念念不忘他的家："若不是老婆太年青…孩子们太小…我真走啦！"俗话说，三十亩地两头牛，老婆孩子热炕头。农民狭隘的眼光严重阻滞了他们的觉醒。萧军对这种心理的反复描写和渲染，清醒地意识到，作为抗战主体的农民顽固的乡土根性，由此说明民族抗战的艰巨性、复杂性和长期性。"小红脸"、"田老八"等人虽然迈出民族抗争的第一步，但这种抗争精神毕竟十分有限，带有相当的情绪性和自发性因素，与时代要求相去甚远。正如茅盾所说的："我们不否认农民的自发性的斗争，但也决不可忘记，由自发性的斗争发展到觉悟性的斗争，其间有

---

① 鲁迅：《田军作〈八月的乡村〉序》，《鲁迅全集》第6卷，人民文学出版社2005年版，第296页。

一个长期而曲折的过程。”[①]与此形成鲜明对比的是铁鹰这一“胡子”形象。作家刻意把他塑造成一个在性格、品德、能力和行为等方面优于“小红脸”、“田老八”的“英雄”，旨在突出“农民——胡子——英雄”的角色在民族抗战中艰难转换的心路历程。毋庸讳言，萧军一味追求和阐扬民间精神，似乎有意无意把“胡子”作为由农民向“英雄”升华的唯一途径或必然选择，回避了更深层次的理性思考，多少也反映出作家认同民间精神的一面。端木蕻良在《科尔沁旗草原》“初版后记”中指出，虽然他们“蕴含着人类的最强悍的反抗的精神”，但是请记住，“没有一个农民是愿意作马贼的”，“马贼并不是东北农民的必然命运”，关键是如何把这种民间力量“精密地编织到社会的修筑里去”，“建树出人类最伟大的奇迹”[②]。但不管怎么说，萧军对民间精神的开掘是具有现实意义的。鲁迅曾经预言，“这书当然不容于‘满洲帝国’，但我看也因此当然不容于中华民国。这事情很快的就会得到实证。”[③]

《第三代》是萧军对常态下“胡子”生活的艺术再现。这一时期萧军的艺术实践臻于成熟。他从日趋尖锐的阶级矛盾中，发掘胡子背后的社会关系。现实主义创作态度使得作家把启蒙和社会分析的叙事成分有机融入到民间叙事当中。例如，小说详尽描写了地主杨洛中“过寿”的隆重奢华场面，揭示了乡村社会阶级对立的社会本质；从另一侧面也论证胡匪存在的社会根源及其“杀富济贫”民间行为的合法性。萧军对“胡子”日常叙事，展示了这一群体独特隐秘的世界和悲剧命运。海交、刘元(《第三代》)等人“落草”羊角山，本身就意味着将自己推到了官府的对立面。他们

① 茅盾：《谈技巧、生活、思想及其他》，《奔流》新集之二《横眉》，1941 年 12 月。

② 《端木蕻良文集》第 1 卷，北京出版社 1998 年，第 412 页。

③ 《田军作〈八月的乡村〉序》，《鲁迅全集》第 6 卷，人民文学出版社 2005 年版，第 296 页。

要么违背“绺规”接受招安，像杨三那样甘做官府鹰犬，享受荣华富贵；要么在流寇生活中顽强抗争。作家正是在“胡子”两难处境中展开“野性与人性的悲怆”的民间叙事。小说从“三颗松”的传说中寻找论证凌河村人忠义强悍的文化根源性以及现实抗争的合理性。

最后，萧军的叙事手法与“胡匪”题材保持了高度一致。上官筝把这种民间英雄叙事概括为“进步浪漫主义”，并指出“在艺术手法上，便是用粗大的笔触，浓郁的色彩，夸张的比较，激情的形容和尽量有时甚至是过分的典型的人物的活动。”①萧军有意淡化现代小说技巧而采用传统叙事手法。例如小说自然景物描写粗疏，心理刻画借助人物语言行为等传统手法体现。客观地说，这种写法与作家民间叙事比较吻合，呈现遒劲的“炭画式”的审美效果。“……严肃，紧张，作者的心血和失去的天空，土地，受难的人民，以至失去的茂草，高粱，蝈蝈，蚊子，搅成一团，鲜红的在读者眼前展开，显示着中国的一分和全部，现在和未来，死路和活路。”②鲁迅对萧军叙事特征的概括是精当的。虽说才气不及萧红，但萧军民间叙事的独特氛围和美学效果，正是对中国现代小说的贡献。

三

1932 年，端木蕻良加入左联，走上文学创作道路。在当时文

① 上官筝：《新英雄主义、新浪漫主义和新文学之健康的要求》，《中国沦陷区文学大系》（评论卷），广西教育出版社 1998 年版，第 24 页。

② 《田军作〈八月的乡村〉序》，《鲁迅全集》第 6 卷，人民文学出版社 2005 年版，第 296 页。

学界，茅盾“社会分析”这一主导性叙事对青年作家具有相当的吸引力。作家中似乎还没有一位像端木蕻良那样把“社会分析”叙事运用得如此娴熟。《科尔沁旗草原》、《大时代》、《科尔沁前史》等代表了作家在这方面取得的成就。

社会分析叙事是在科学的世界观和方法论基础上，对现实社会进行缜密分析的产物。在创作《科尔沁旗草原》前，端木蕻良就曾“试着从生产关系、以及物质的占有与分配方面，来看待在这片大草原上所反映出来的许多人物和事物”；“十分的分析过这草原上所有的社会的机构。”[①]首先，在科尔沁草原，重心的重心是土地。“土地可以支配一切。官吏也要向土地飞眼的，因为土地是征收的财源。”其次，“地主是这里的重心”。对“地主”精细概括反映了作家敏锐的社会学眼光。他把地主分为“小地主”（“小闷头财主”和“一捧火”）、“中等地主”（“暴发户”、“破大家”、“土鳖财主”和“肉间蛐”）、大地主（“大财主家”、“大粮户”），以及“首户”等四个类型，并揭示各自的基本特征。此外，端木蕻良“严密的分析”了科尔沁旗社会结构的底层民众，包括那些被“异化”的“马贼”和“江北的胡子”。至于其他的农民，作家“也曾经过较严密的分析”，并认为：“把举凡农民都标准在一个系统之下，这是不对的。农民与农民之间的社会距离，也是很远的。他们的思想、行为、希望……也就因这距离而分化极远。”最后，端木蕻良还关注“同时代的青年”[②]。在《科尔沁旗草原》中，“丁宁”最能体现早期左翼小说某种特点。虽然端木蕻良在“初版后记”中否定了这一人物就是作家本人，但他承认具有“同时代的青年的共同的血

① 《书窗留语——关于〈科尔沁旗草原〉》，《端木蕻良近作》，花城出版社 1983 年版。
② 《〈科尔沁旗草原〉初版后记》，《端木蕻良文集》第 1 卷，北京出版社 1998 年版，第 409—415 页。

液”，客观反映了动荡时代知识分子的精神面貌。

端木蕻良的创作基于社会考察和实践。家族史叙述实际上是对东北社会所作的典型分析。在《科尔沁前史》中，作家分析东北社会的商业、投资、贸易，以及东北农村崩溃的诸多根源。特别是小说叙事运用有关统计数字。端木蕻良还将家族史置于中国乃至世界经济背景下展开叙述，揭示家族衰落的必然性。作家这一叙事手法与茅盾异曲同工。不过话也说回来，端木蕻良过分追求社会分析的客观性、科学性，使得他的小说在审美方面受到了某种损害。

不容否认，30 年代流行的社会分析叙事与传统启蒙叙事存在某种趋同性。不论是社会分析还是启蒙叙事，都需要作家对客观现实加以理性审视。像萧红一样，端木蕻良对民俗生活也十分关注。例如《科尔沁旗草原》对萨满教“跳大绳”习俗描写，再现乡民生活的原生态：

> 一间破狼破虎的小马架，两道红烛高烧。四周围定了铁筒似的人，大神临风似的跳上跳下，震恐、不解、急切、紧张的情绪，通过了每个人的心灵。大家都注意的看着大仙的一举一动，想在那里懂得了自己的命运，也懂得了丁四太爷的命运。
>
> 响腰铃震山价响，噌子鼓，丁丁东，丁丁东，东东。
>
> 穿火鞋，绣红絛，吞整纸子香，一切都在人的惊奇的震慑的注意里滚过去。于是李寡妇，一个膀子挎了两把扎刀，左手中另外的一把，没命的向下边的刀刃子上钉，卡卡卡……又是腰里带的四个铁钩子，一把钩子上挂一桶水，全身像一窝风似的轮起来……
>
> 噌子鼓，爆豆似的响，扇拂着一种惊心动魄的感情。炼

丹的丹球，在每个人的眼前都浮动起来，神秘的，震恐的，希翼的，也看热闹的瞪起两眼，丹球慢慢的凝固了，凝固成红毡桌前半斤一对的牛油烛。

眼睛凝住了看着红烛，大仙还是超乎自制似的狂妖。

扎拉子满脸冒着油汗，心里非常的玄虚，左说右恳，大仙总是凶凶妖妖的乱砍乱跳。

詹姆森说，民俗功能是“借此来确保人们心理的平衡与社会的默契，保持和加强社会与个人行为的传统。”①“跳大绳”除了表达民众现实功利性的欲求，同时也是铸造和培育北方民族的精神、性格和心理素质。当然，东北作家对五四新文学启蒙精神的继承，使他们自觉将社会生活中的陋俗恶习与国民劣根性的批判联系起来。而端木蕻良则在民俗生活的基础上进行深刻的社会分析。在《科尔沁草原》中，作家把“跳大绳”这一民间宗教行为与小说中“丁四太爷”阴险贪婪的本性联系起来，揭露丁四太爷借所谓的“大神”之口，为自己的剥削和贪婪寻找“合法性”依据的险恶用心。另外，在《科尔沁前史》里，作家同样叙述了家族的老太爷刻意用民间“风水”、“发狐仙财”等迷信，掩饰对农民剥削压迫的事实，“减低四周的人们的愤怒的情绪”。

端木蕻良社会分析自然关注“胡子”题材与叙事。不过，作家在揭示刚性强悍性格的同时，并未忽视胡匪的破坏性因素。在《遥远的风沙》中，端木蕻良对“煤黑子”的塑造体现了作家对胡匪的清醒认识。作为社会负面价值群体，胡匪来自社会底层。他们饱受欺凌，内心充满对社会特别是对上层社会的仇恨。他们用打

① [美]詹姆森：《民间故事的形成》，《一个外国人眼中的中国民俗》（田小杭译）上海文艺出版社 1995 年版，第 10—11 页。

家劫舍、烧杀淫掠的极端行为向不公道的社会进行报复。作家在描写胡匪江湖气息的同时，更多关注这一群体巨大的社会破坏力量。“煤黑子”匪气十足，强迫房东用粮食喂马，奸污房东的女人，甚至不知廉耻地炫耀自己的恶行。在端木蕻良看来，民族抗战固然需要民间抗争精神，但绝不应忽视胡匪身上的负面因素。如何规范引导胡匪群体，使之成为民族抗战的有生力量，确实是一个迫切需要解决的问题。与萧军不同，他塑造了集“善”“恶”于一身的胡匪形象，既是理性分析的结果，也是对性格小说的丰富发展，对左翼小说人物“脸谱化”的纠偏起到积极作用。

端木蕻良深刻揭示了兵、民、匪之间的关系。铁岭、李三麻子等人由农民、土匪进而成为了抗日战士，但作家并未忽视他们身上的缺点。他们跨入兵士行列，只是身份转换，并不意味着思想觉悟发生了相应转变。在民族战争中，农民的狭隘、土匪的蛮横，在铁岭、李三麻子身上不断暴露出来。小说客观塑造和再现这类人物形象，恰恰说明民族抗战的艰巨性复杂性。“铁岭对于自己的命运是茫然的，……他对民族、国家这些观念的东西，是颇难于理解的。他并不是个大勇者，他可能逃避的时候就尽量逃避，可能不去理解的东西，他也不必去理解”。

对农民深切思考是端木蕻良社会分析叙事的落脚点。作家善于从习焉不察的民俗心理揭示农民性。“他们以儿子对母亲的爱来用铲、用锄、用镰刀来侍奉大地，大地无声，大地渴了喝他们的血，大地的土壤瘠薄了时，他们将血液运给她”[①]。朱万老爹(《北风》)对土地的态度就像对待自己母亲、孩子的感情不忍离开。“这地是娘生娘养的呀，她是我们的妈妈呀，……人是故土难离呀！我们吃是是这地，住的是这地，穿的是这地呀，酒也是高粱

---

① 端木蕻良：《〈大地的海〉后记》，北京出版社 1998 年版，第 207 页。

做的……谁能离开，这土捏着也柔软呀，土就长在你血液里，一滚一个泥球呵，……我们把土地侍弄大了，看他成人……”艾老爹(《大地的海》)打算多租几垧地，希望有一个好年景，给儿子娶一房媳妇。为了争一点面子，准备狠狠心花上两石粮食把喜事办得风光一些。然而艾老爹的好梦在日寇铁蹄下化为泡影。爱到极处恨到极处。艾老爹对土地发出愤怒的呐喊：“地，地，去他娘的吧，他妈的，害了我一生的地呀，地，地，地，它简直活吞了我们，让鬼种它去吧……”①端木蕻良不回避乡土根性羁绊农民觉醒的事实。当然，作家也看到这些善良农人刚性的一面，“他们反抗小鬼的事实，是壮烈的”。作家渴望能用天才的笔触，“在这广厚的草原上，测出她的社会的经济的感情的综合的阔度，在赋以思想的高度和理想的深度，使之凝固，作出那大地之子的真实的面型……”②

《大江》中的“跳神”则表达了端木蕻良对乡民未来命运的严肃思考。乡民们从“跳神”的宗教仪式中获得灵魂安慰和精神寄托。只要战争没有影响他们的生活秩序，没有触及到他们生存的最低限度，他们都会对狼烟四起的民族灾难熟视无睹。民众麻木的灵魂在“跳大绳”习俗中得到淋漓尽致的展示。这一时期，端木蕻良创作具有现代象征意味。《雕鹗堡》可以说是寓言小说。小说开始以山歌对唱反映雕鹗堡“世外桃园”的生活。在乡民眼里，雕鹗是全村命运的主宰。石龙捉拿雕鹗引起了村人恐慌。同情石龙的代代姑娘受到村民的仇视和嘲笑。最后，当“雕鹗不知在什么地方飞回来，……人们好象又恢复了往常的命运的统治，觉得心安而满意。”小说深刻之处在于理性解析民众思想现状，以及

① 端木蕻良：《大地的海》，北京出版社 1998 年版，第 179 页。
② 端木蕻良：《〈大地的海〉后记》，北京出版社 1998 年版，第 208 页。

变革者承受的社会与传统压力。《红夜》仍延续这一主题。小说匠心之处在于将古老传说和“祭神”时发生的爱情悲剧联系起来，从而揭示历史与现实惊人的相似。小说极为详尽描写“祭神”的场景和经过：

……女巫穿着宽大的绣花衣裳，摇摇地踏舞，而且有人在抑扬地歌唱……月亮照在那方，笛声来自那方，人都向那块地方集散，而且舞龙穿着宝蓝衣，扎着红巾带，二十几个人连排地舞。舞灯的琉璃镜上落着银星，走着穿花，剪子服，分水线，三股枰，九连环……狮子张着血盆的大口，去吞那只金球；巫师穿着法衣，向小猪施了咒语，小猪便跟着他的神秘的脚踪，一直走到神坛，跪伏在那儿一动不动，巫师吩咐屠夫一刀刺下去，鲜血淋漓地洒在祭坛上面……

“迷信鬼神、奉行祭祀的仪式依然是人们恐惧心理和诸多愿望的具体体现，而且，它们至今不许被亵渎。神、魔、仙、圣和大小鬼怪都以其尊严和权威而显得凛然不可侵犯。”①神圣的祭神仪式是不允许有冒犯神灵的事情发生的。玛璇、龙宝的行为理所当然被视为对神灵的亵渎。小说写到：“在这个奇异的地方，男孩子和女孩子的爱情是可以夸耀的，但是，惟有在祭神的晨光，就是犯罪。”面临外族入侵的现实面前，民众不是奋起反抗，而是祭神娱神，把希望和命运托付给彼岸世界和虚无神灵。民众的愚昧、麻木、懦弱昭然若揭。正像鲁迅在《论睁了眼看》中所说的：“中国人的不敢正视各方面，用瞒和骗，造出奇妙的逃路来，而自以为正

① [美]詹姆森：《一个外国人眼中的中国民俗》(田小杭等译)，上海文艺出版社 1995 年版，第 1 页。

路。在这路上，就证明着国民性的怯弱，懒惰，而又巧滑。一天一天的满足着，即一天一天的堕落着，但却又觉得日见其光荣。”作家对农民思想状况的科学分析，加深了对当前民族抗战的理性认识。

客观再现和理性分析要求作家在塑造人物和环境时，注重小说语言特别是民间话语的运用，达到艺术的真实性。“由于表现对象本身具有的语言特点，由于在这样的语境中生长的东北作家形成的语言机制和习惯，也由于东北作家为满足读者的阅读期待而有意追求东北特色，他们便大量地使用地域性的、掺有多民族语言遗存和方言的东北语言，这样的语言也的确适足以表现东北自然、历史和人生的特异性，适足以增强‘东北’特色。”[①]端木蕻良深有体会：“我常常喜欢运用一些地方语，总觉得这样乡土味儿要浓一些。”[②]作家出色的民间话语的运用，得到巴人的充分肯定：“超过了自有新文学史以来的一切作品——没有一个老、新作家，能像我们的作家那样的操纵自如地安排这语言艺术”[③]方言作为一种语言民俗，客观上增强了小说地域特色和民族认同感，同时，对作家的社会分析叙事起到了积极作用。

四

东北作家小说存在启蒙叙事、民间叙事和社会分析叙事的共生状态。但从民俗叙事来看，作家往往是以某种主导性叙事为

① 逄增玉：《黑土地文学与东北作家群》湖南教育出版社 1995 年版，第 224 页。
② 《端木蕻良小说选·自序》，湖南人民出版社 1981 年版。
③ 巴人：《直立起了的〈科尔沁旗草原〉》，《巴人文艺论集》人民文学出版社 1984 年版。

主，并力图将多种叙事结合起来。

就启蒙叙事而言，东北作家总体上继承了五四新文学启蒙批判精神。第一，在聚焦"胡匪"时，他们都能表现出理性思考。缺少对胡匪的正确引导，可能给民族抗战带来负面影响。第二，民族抗战需要全体民众的参与和支持，因此作家把关注的对象从"胡匪"转移到普通民众。只有广泛真实地展示民众的精神面貌，才能客观反映中国抗战的历史进程。端木蕻良笔下的农民特别是"花占魁"一类"蓝皮阿五"，他们自觉不自觉地成了封建制度的说教者和维护者。他们用"极公式的封建意识来作自己学问的全部，而以这学位作本身地位的基础在向农民说教。"东北作家意识到，陋习恶俗及封建观念还严重阻碍着民众觉醒。"五千年的镣铐，会使囚徒的脖颈磨平了的，在听天由命的说教下，他们会把自己的叛逆的思想，自首在观音大士之前"，因此"在中国的现阶段的农村要能发现一个自发性的绝对的觉醒者，恐怕是很难的。"[①]第三，在表现民众反抗斗争的同时，他们都把抗战作为民族精神重铸和复兴的契机。

就民间叙事而言，萧军显然是最具代表性的。萧红在展开启蒙叙事的同时，念念不忘"北方人民的对于生的坚强，对于死的挣扎"[②]并进行力透纸背的艺术再现。给小说取名"生死场"的胡风，意识到"这里是真实的受难的中国农民，是真实的野生的奋起。"特别是女性"非女性的雄迈的胸襟"[③]给他留下深刻印象。端木蕻良在分析叙事中也融入"最强悍的反抗的精神"。"在忍耐

---

① 端木蕻良：《〈科尔沁旗草原〉初版后记》，《端木蕻良文集》(1)，北京出版社 1998 年版，第 412—413 页。

② 鲁迅：《萧红作〈生死场〉序》，《鲁迅全集》(第 6 卷)，人民文学出版社 1961 年版，第 325 页。

③ 胡风：《〈生死场〉后记》，《胡风全集》(2)，湖北人民出版社 1999 年版，第 432 页。

破裂了的时候，狮子不常见的吼声，会……吼叫起来的。这时候，他们要报复，用粗大的不法的手指去撕掉'观音大士'身上的法衣，他们要瞻仰瞻仰这法相庄严的裸体，这时候他们是摇天撼地的草莽之王。"作家常有一种感觉，"我每一接触到东北的农民，我便感悟到人类最强烈的求生的意志"；"我每看到那……车老板，两眼喷射出马贼的光焰，在三尺厚的大雪地里赶起车，吆喝吆喝地走，我觉得我自己立刻的健康了，我觉出人类的无边的宏大，我觉出人类的不可形容的美丽"[①]。除"胡子"以外，端木蕻良也塑造了"朱老五"(《朱刀子》)、"大有"(《海港复仇记》)等刚性形象。这些黑土地上"原始的野生的力"的农民，是"任何民族恐怕都少有这样韧性的战斗的人民"。[②]

左翼社会分析叙事与启蒙叙事存在某种程度的同构性。无论社会分析还是文学启蒙，都要求作家透过纷繁复杂的现象揭示社会本质。鲁迅说《生死场》"增加了不少明丽和新鲜"[③]，便是基于萧红启蒙叙事中所包含的左翼文学的特质。不过"社会分析"与"文学启蒙"叙事的差异也是比较明显的。第一，社会分析叙事要求作家运用阶级斗争模式展开小说叙事。比较典型的是端木蕻良把科尔沁社会结构主要概括为"地主""农民"两个对立的阶级阵营。第二，社会分析讲究小说叙事的精确性和科学性。端木蕻良说："不想从社会科学和自然科学上来判别人事，在叙述事实

---

① 端木蕻良：《〈科尔沁旗草原〉初版后记》，《端木蕻良文集》(1)，北京出版社 1998 年版，第 412—413 页。

② 端木蕻良：《〈大江〉后记》，《端木蕻良文集》第 2 卷，北京出版社 1999 年版，第 529 页。

③ 鲁迅：《萧红作〈生死场〉序》，《鲁迅全集》卷，人民文学出版社 1961 年版，第 325 页。

里绝难安置一个有生命的主人的。”[①]第三，左翼社会分析并不只是停留在静态事实的呈现，而是关注现实发展的趋势以及民众走向觉醒的动态过程，明确指出社会发展的未来方向。因此，作品常常表现出比较浓重的政治意识形态色彩。相应的在艺术处理上，小说往往给人暗示和希望。端木蕻良常用自然物象作为革命象征："太阳"、"启明星"、"晨光"；与之相对的则是"黑夜"、"狂风"、"乌云"。萧军《八月的乡村》也穿插了无产阶级国际主义的情节和内容。总之，东北作家将三种叙事有机融合，产生了巨大的小说张力和丰富的审美色调。

① 端木蕻良：《〈大江〉后记》，《端木蕻良文集》第2卷，北京出版社1999年版，第527页。

第十四章　沈从文四十年代创作思想

1937 年 8 月，沈从文离开北平前往昆明，开启了他 40 年代文学创作。对他来说，离开北平是矛盾和痛苦的，他放心不下妻儿，更放不下自己钟爱的文学事业。根据他以往的经验，要创作出《边城》那样的优秀作品，必须有充分的思想储备，像 30 年代在青岛的生活，展开独立的精神探索。“我需要在这种地方，一个月或一天。我必须同外物完全隔绝，方能同‘自己’重新接近。”“我需要清静，到一个绝对孤独环境里去消化消化生命中具体与抽象”①。“孤独”是沈从文创作的理想状态，可以让他摆脱现象的束缚，“向虚空凝眸”。“我实需要‘静’，用它来培养‘知’，启发‘慧’，悟彻‘爱’和‘怨’等等文字相对的意义。到明白较多后，再用它来重新给‘人’好好作一度诠释，超越世俗爱憎哀乐的方式，探索‘人’的灵魂深处或意识边际，发现‘人’，说明‘爱’与‘死’可能具有若干新的形式。”②

---

① 《烛虚》，《沈从文全集》第 12 卷，北岳文艺出版社 2002 年版，第 22 页。

② 《烛虚》，《沈从文全集》第 12 卷，北岳文艺出版社 2002 年版，第 27 页。

一

1938年11月，张兆和带着孩子来到昆明，沈从文"孤独"的生活状态由此结束。加上严酷的战争环境和近乎流亡的生活，他清楚地意识到，要创作出超越30年代那样的经典作品已无可能，因此谋求创作方向的改变势在必然。不过话也说回来，多年的创作，现在也到该总结的时候了。和其他作家一样，沈从文觉得自己"这些作品完整处将恰恰如一种思想系统。"[①]有趣的是，沈从文不是进行纯学理的阐释，而是用最拿手的文学创作处理美学的若干命题。"'吾丧我'，我恰如在找寻中。生命或灵魂……得重新用一种带胶性观念把它粘合起来"[②]。"吾丧我"是沈从文从感性走向理性，从现实层面进入抽象思考，构建诗学体系的精神活动。概括地讲，"生命"是他唯美主义诗学体系的基石和出发点，并借助"生命形式"的审美表达[③]，实现"美与爱"诗学理想。（见图1）

概念、范畴是构建理论体系的前提。在《烛虚》等散文里，沈从文率先提出诗学体系的基本概念，如"生命"、"美与爱"等[④]。就"生命"来说，沈从文一方面否定"生命无性格，生活无目的，生

---

① 《一个边疆故事的讨论》，《沈从文全集》第17卷，北岳文艺出版社2002年版，第466页。

② 《烛虚》，《沈从文全集》第12卷，北岳文艺出版社2002年版，第27页。

③ 在沈从文看来，用文学、美术和音乐观照丰富的"生命观形式"是合理的。因为文学艺术是"形成生命另外一种存在和延续"。"文学艺术的形成，本身也可说即充满了一种生命延长扩大的愿望。"《抽象的抒情》，《沈从文全集》第16卷，北岳文艺出版社2002年版，第527页。

④ 沈从文曾谈及《烛虚》，他说："这部分多从日记摘出。三十三年因心脏病，计焚毁日记本七册，另稿件十五件，多未发表故事。"参见《沈从文全集》第14卷，北岳文艺出版社2002年版，第448页。

存无幻想”的人格退化[①]，认为“好斗”、“懒惰”、“愚行”是缺乏“远虑”的“生物”[②]性表现；另一方面则倡导生命的理性价值，进而提出“生命深度”概念：“从食与性两种基本愿望以外玩味人生，理解人生”，“或思索生命什么是更深的意义，或追究生命存在是否还可能产生一点意义”，“或用推理归纳方式，或单凭梦幻想象，创造出若干抽象原则和意义。”[③]基于对世俗生活的批判和对生命“高尚情操的向往”，沈从文提出诗学理想“美与爱”。“不管故事还是人生，一切都应当美些！丑的东西虽不全是罪恶，总不能使人愉快，也无从令人由痛苦见出生命的庄严，产生那个高尚情操。”[④]换句话说，就是“表现人性最真切的欲望，——对于当前社会黑暗的否认，以及未来光明的向往。”[⑤]

沈从文阐述了“美与爱”的审美感受及特征。认为宗教情绪是观照“美与爱”的基本方式。“我过于爱有生的一切……在有生中我发现了‘美’，那本身形与线即代表一种最高的德性，使人乐于受它的统制，受它的处治。人的智慧无不由此影响而来。”“它或者是一个人，一件物，一种抽象符号的结集排比，令人都只想低首表示虔敬。”[⑥]作家从审美经验出发，觉得“美与爱”恰“似宗教情绪与情想意识合而为一，引起轻微骚乱，骚乱中交织悦乐与惆怅，两者如此分明可如此模糊。……这一切如何虚空，又如何具体！”[⑦]就像徐志摩喜欢把美与爱同死亡牵扯在一起，沈从文也常

---

① 《烛虚》，《沈从文全集》第 12 卷，北岳文艺出版社 2002 年版，第 4 页。

② 《烛虚》，《沈从文全集》第 12 卷，北岳文艺出版社 2002 年版，第 17—18 页。

③ 《小说作者和读者》，《沈从文全集》第 12 卷，北岳文艺出版社 2002 年版，第 75 页。

④ 《〈看虹摘星录〉后记》，《沈从文全集》第 16 卷，北岳文艺出版社 2002 年版，第 342 页。

⑤ 《给志在写作者》，《沈从文全集》第 17 卷，北岳文艺出版社 2002 年版，第 413 页。

⑥ 《烛虚》，《沈从文全集》第 12 卷，北岳文艺出版社 2002 年版，第 23 页。

⑦ 《潜渊》，《沈从文全集》第 12 卷，北岳文艺出版社 2002 年版，第 87 页。

常用死亡传达其审美感受。“爱能使人喑哑——一种语言歌呼之死亡”，“爱与死为邻”。①

沈从文提出表现“美与爱”的“恰当”原则。“文字作品上的真美善条件，便完全从这种恰当产生。”②对作家来说，“恰当”不仅是审美形式，也是表现人性的基本范式。“我以为一个作品的恰当与否，必需以‘人性’作为准则。是用在时间和空间两方面都‘共通处多差别处少’的共通人性作为准则”。沈从文进一步提出处理人性的两个基本前提：一是对语言文字性能“敏锐的感受性”；一是对情感反应同差性“深切的理解力”。作家“所有的只是对人事严密的思索，对文字保持精微的敏感，追求的只是那个‘恰当’”③。这就意味着，包含作家“经验和梦想”的文本，可能“超越世俗甚远”，而“对于这种作品的欣赏，决不会有许多人”④。也就是说，作品不被理解甚至误解是正常的审美现象。

沈从文依据诗学概念，借重小说“看虹摘星录”（《看虹录》、《摘星录》、《虹桥》）表达对于美的见解。由于《看虹录》在诗学体系中的独特地位而备受作家青睐。首先，小说传达出“美即神”的观点。这种宗教性意味，按照席勒的说法，“任何人只要是具有一种理想的，而且是能够设想一个比他的世纪经验更好的境况的，那就基本上都是宗教性的。所以，基本的宗教，本质上就是一种系统的抗拒[思想]……之后推动……产生一个信仰，即对于……可能得到的一个更高级的和更良好的事物秩序的可能性的信

① 《生命》，《沈从文全集》第12卷，北岳文艺出版社2002年版，43页。
② 《小说作者与读者》，《沈从文全集》第12卷，北岳文艺出版社2002年版，第66页。
③ 《小说作者与读者》，《沈从文全集》第12卷，北岳文艺出版社2002年版，第68—69页。
④ 《小说作者与读者》，《沈从文全集》第12卷，北岳文艺出版社2002年版，第72页。

念"[①]。概括地说，就是对日常世界的不满和对另一个"美与爱"世界的渴望。沈从文唯美主义诗学正是基于对文学商业竞买、道德说教、政治劝说的现实否定。他向来反对将文学作为"向社会即日兑现"的工具，主张"为这个民族理智与德性而来有所写作"[②]，强调文学非功利的本质。他说："文学艺术只有美或恶劣，道德的成见与商业价值无从掺杂其间"；认为"人生应当还有个较高尚的标准"，"至少在文学艺术上创造几个标准"。"不问别的如何，美就是善的一种形式，文化的向上也就是追求善或美一种象征。"[③]可见，沈从文重视文学"引人'向善'的力量"。"从作品中接触了另外一种人生，从这种人生景象中有所启示。对人生或生命能作更深一层的理解"，"把生命引导向一个更崇高的理想上发展"[④]。

其次，《看虹录》是以"生命形式"表现"美与爱"意象的代表性作品。"生命形式"是沈从文建构唯美主义诗学的路径。他推崇法郎士的《红百合》，并打算自己创作一部《绿百合》。这样来看，《看虹录》显然是作家"用形式表现意象"的"《绿百合》"[⑤]。小说通过"一个人二十四点钟内生命一种形式"(《看虹录》)展现爱欲的唯美。沈从文将美与爱相联系，表现生命的真实和庄严："神在我们生命里"(《看虹录》)。至于小说引发的误解与责难，作家并不以为然。他说："我永远只想到很少几个有会于心的读者，能从我作品上见到我对于生命的偶然，用文字所作的种种构图与设

---

① [英]席勒：《人本主义研究》，麻乔志等译，上海人民出版社 1996 年版，第 180 页。
② 《〈凤子〉题记》，《沈从文全集》第 7 卷，北岳文艺出版社 2002 年版，第 79—80 页。
③ 《〈看虹摘星录〉后记》，《沈从文全集》第 16 卷，北岳文艺出版社 2002 年版，第 342、343 页。
④ 《小说作者与读者》，《沈从文全集》第 12 卷，北岳文艺出版社 2002 年版，第 66 页。
⑤ 《生命》，《沈从文全集》第 12 卷，北岳文艺出版社 2002 年版，第 44—45 页。

计。"在他看来,理想读者一类是批评家李健吾和音乐家马思聪。他们"没有乡愿的'教训',没有腐儒的'思想',有的只是一点属于人性的真诚情感,浸透了矜持的忧郁和轻微疯狂",从赤裸率真的"用人心人事作曲"中感受人性的纯美;另一类是医生、性心理专家陈雪屏。他们依据科学的态度,得到"一分'情感发炎'的过程记录。"[①]反观现实中那些"情感或被世务所阉割","惧怕被任何一种美所袭击","以爱与欲不可分"[②]的大多数人,这两类读者强调生命的美与爱。此外,文本还初步探讨了情感、偶然等非理性因素与"美与爱"的关系。描写来客的情绪变化,女主人的心理反应,结果是"诗和火同样使生命会燃烧起来"。文本视女主人为"古代希腊精美艺术的仿制品",让抽象的"美与爱"诗学概念在具象中得以呈现,"看到神的意志与庄严的情感"。(《看虹录》)

最后,《看虹录》确立了诗学的忧郁基调。柏拉图说美令人难解。沈从文也说"美丽总使人忧愁"[③]。"与美对面时……所感印之痛苦,以及因此产生佚智失理之疯狂行为。"[④]这是因为:第一,美在时间、空间中的有限性。美不能在风光中静止,生命也不能在风光中静止。"试来追究'生命'意义时,我重新看到一堆名词,情欲和爱,怨和恨,取和予,上帝和魔鬼,人和人,凑巧和相左。过半点钟后,一切名词又都失了它的位置和意义。"概念的把握尚且如此,何况"美好神奇的生命,都消失在阳光中,遗忘在时间后。"(《看虹录》)沈从文意识到美的存在与时间、空间之间一种不可恢复性的关系。第二,美在偶然中的脆弱性。偶然是时间空间的特

---

① 《〈看虹摘星录〉后记》,《沈从文全集》第 16 卷,北岳文艺出版社 2002 年版,第 343—344 页。

② 《潜渊》,《沈从文全集》第 12 卷,北岳文艺出版社 2002 年版,第 32—33 页。

③ 《水云》,《沈从文全集》第 12 卷,北岳文艺出版社 2002 年版,第 107 页。

④ 《潜渊》,《沈从文全集》第 12 卷,北岳文艺出版社 2002 年版,第 33 页。

殊存在方式。“自然这里也有种种的偶然，并不是什么一切好的都可以不朽和永生。事实上倒是有更多的无比伟大美好的东西，在无情时间中终于毁了，埋葬了，或被人遗忘了。”[①]某种程度上，偶然构成了美的一种根本属性。第三，美（理想）与世俗（现实）的悖反性。“美与爱”究其实质是非道德性的。然而在世俗生活中，“这些人爱之基础或完全建筑在一种‘情欲’事实上，或纯粹建筑在一种‘道德’名分上，异途同归，皆可得到安定与快乐。若将它建筑在一抽象的‘美’上，结果自然到处见出缺陷和不幸。因美与‘神’近，即与‘人’远。”[②]创作无疑是沈从文忧郁情绪的宣泄。“这种抒情气氛，从生理学或心理学说来，也是一种自我调整，和梦呓差不多少”[③]，类似创作主体的“高峰体验”。“我脑子在旋转，为保留在印象中的造形，物质和精神两方面的完整造形，重新疯狂起来。到末了，‘我’便消失在‘故事’里了。在桌上稿本内，已写成了五千字。”（《看虹录》）

“虹”、“星”是沈从文对“美与爱”所作的感性诠释。“虹和星都若在望中，我俨若可以任意伸手摘取……我所注意摘取的，应该说却是自己生命追求抽象原则的一种形式。”[④]《摘星录》较早提出“美与爱”的命题，阐述美在世俗生活中被异化的结局。作为美的象征，女主人公在“古典”与“现代”、“十九世纪”与“二十世纪”的矛盾纠缠中，渴望“一切超越世俗的抽象观念美丽与崇高”，“使‘生命’成为一章诗歌”。而且在“一些过去遇合中，却无一不保存了一点诗与生命的火焰，也有热，有光，且不缺少美丽而离奇的形式”。可是“当前所谓具体，却正在把生命中一切属于‘诗’的

---

① 《抽象的抒情》，《沈从文全集》第 16 卷，北岳文艺出版社 2002 年版，第 530 页。

② 《潜渊》，《沈从文全集》第 12 卷，北岳文艺出版社 2002 年版，第 34 页。

③ 《抽象的抒情》，《沈从文全集》第 16 卷，北岳文艺出版社 2002 年版，第 535 页。

④ 《水云》，《沈从文全集》第 12 卷，北岳文艺出版社 2002 年版，第 119 页。

部分，尽其可能加以摧残毁灭。”(《摘星录》)“诗”与“散文”是沈从文对理想与世俗的生命形式的形象表达。主人公命运挫折象征“美与爱”的“神之解体”。因此，如何避免美在世俗生活中的异化或他者化，就成为沈从文诗学关注的焦点。

沿着《看虹录》、《摘星录》的思路，《虹桥》探讨了“美”与“宗教情绪”的关系。在沈从文看来，宗教情绪是主体之于美表现出的一种特殊的心理反应。“‘如中毒，如受电，当之者必喑哑萎悴，动弹不得，失其所信所守。’美之所以为美，恰恰如此。”①小说叙述几个画家惊叹于自然的大美，最终放弃绘画的故事。他们本以为借助色彩画笔就能表现美，继而又认定巴哈、悲多汶的音乐或许有点办法。最后，当意识到美不能在风光中静止，他们“只有沉默，崇拜”，“一切意见一切成就都失去了意义”(《虹桥》)。费尔巴哈从早期人类自然崇拜的角度探讨宗教的来源。“自然是宗教的最初原始对象，这一点是一切宗教和一切民族的历史所充分证明的。”②沈从文则把对自然的大美所产生的离奇情绪视为宗教的起源：“某种东方宗教信仰的本来，乃出于对自然壮美与奇谲的惊讶，而加以完全承认。正因为这种‘皈于自然’无保留的虔诚，实普遍存在，于是在这个宗教信仰中，就只能见到极端简单的手足投地的膜拜”③。

这个时期沈从文关注“美与爱”的现实性语境。“企图将人事间鄙陋猥琐与背景中的庄严华丽相结合，而达到一种艺术上的纯粹”④，显示出沈从文唯美主义诗学某种现实性品格。值得注意的是，作家在《虹桥》中意识到绘画(美术)表现“美与爱”可能存在

① 《烛虚》，《沈从文全集》第12卷，北岳文艺出版社2002年版，第24页。
② [德]费尔巴哈：《宗教的本质》，王太庆译，商务印书馆2011年版，第2页。
③ 《〈断虹〉引言》，《沈从文全集》第16卷，北岳文艺出版社2002年版，第340页。
④ 《〈断虹〉引言》，《沈从文全集》第16卷，北岳文艺出版社2002年版，第340页。

的问题。

二

沈从文40年代的精神世界中,《烛虚》(散文)、“看虹摘星录”(小说)与“七色魇”(“四不像”文体)存在明显的逻辑关联性。如果说《烛虚》确立美学概念,“看虹摘星录”展开对美的命题的思考,那么“七色魇”主要阐述表达生命形式“美与爱”的问题。因此,将它们纳入整体研究范畴,才能全面揭示作家的美学思想。这个时期沈从文美学思考愈加沉潜,特别是对“美与爱”的思考也进入抽象的层面。“我正在发疯。为抽象而发疯。我看到一些符号,一片形,一把线,一种无声的音乐,无文字的诗歌。我看到生命一种最完整的形式,这一切在抽象中好好存在,在事实前反而消灭。”①“七色魇”是沈从文以文体实验的方式,构建诗学体系的文本。“内容说它是小说,实缺少小说所必需的中心故事。说它是散文,又缺少散文叙事论世的一致性。就使用文字范围看来,完全近于抒情诗,一种人生观照,将经验与联想混揉,透过热情的兴奋和理性的爬梳因而写成的。就调处人事景物场面看来,又不如说是和戏剧摘要相近……我正企图突过习惯的拘束,有所实验。”②“七色魇”以“四不像”的文体形式,表现“美与爱”的诗学理念,其形式本身也就具有形而上学的意义。

早在30年代,沈从文就思考“美”在日常生活中何以成为可

---

① 《生命》,《沈从文全集》第12卷,北岳文艺出版社2002年版,第43页。

② 沈从文:《七色魇题记》,见解志熙《沈从文佚文废邮钩沉》,《中国现代文学研究丛刊》2008年第1期。

能的问题。《橙魇》(《凤子》)便是这种探索的结果。1937 年，作家先以《神之再现》之名刊于《文学杂志》,后又在 1946 年和 1948 年两度发表，足见沈从文对文本的重视。文本叙述城市中人在浓郁的民俗生活中，体验到“庄严和美丽”的“神之再现”。与《看虹录》相仿佛，《橙魇》在传达“美即神”的同时，强调“人生情感的素朴，观念的单纯，以及环境的牧歌性”(《凤子》)是“美与爱”存在的基本前提。这似乎也解决了《摘星录》中有关美的异化的问题。后来，沈从文在《绿魇》中对“二奶奶”的书写，进一步论证美在日常生活中存在的可能性。

《水云》似乎与“七色魇”其他篇章不搭界，却是沈从文比较接近诗学本体的文本。它讲述作家从青岛(“水”)到云南(“云”)这个阶段的创作历程，阐述现实生活中“偶然”人事给予他创作的影响。“保留这些‘偶然’势力各以不同方式陆续浸入一个乡下人生命中所具有的冲突与和谐程序。我还得在‘神’之解体的时代，重新给神作一种光明赞颂。在充满古典庄雅的诗歌失去价值和意义时，来谨谨慎慎写最后一首抒情诗。”①“最后一首抒情诗”的挽歌意味，既是美在世俗中无奈失落的现实，也是沈从文忧郁心态的表现。第一，作家美学思想与主流观念之间的差异性。沈从文唯美主义创作在 30 年代饱受诟病。“我的妄想在生活中就见得与社会倾向隔阂，在写作上自然更容易与社会需要脱节。”②“隔阂”和“脱节”正说明他的美学思想的独特性。第二，诗学构建与生活“事实”“现象”的矛盾性。“因为追究‘生命’意义时，即不可免与一切习惯秩序冲突。”③“外来现象的困缚，与一己信心的固

① 《水云》,《沈从文全集》第 12 卷，北岳文艺出版社 2002 年版，第 127—128 页。
② 《水云》,《沈从文全集》第 12 卷，北岳文艺出版社 2002 年版，第 128 页。
③ 《生命》,《沈从文全集》第 12 卷，北岳文艺出版社 2002 年版，第 42 页。

持，我无一时不在战争中，无一时不在抽象与实际的战争中，推挽撑拒，总不休息。”可见诗学体系的建构给他带来了巨大精神压力。第三，作家创作与偶然、情感的关联性。偶然是沈从文“生命形式”的独特表达方式，而情感则是洞见生命本质的关键。《水云》副标题“——我怎么创造故事，故事怎么创造我”，揭示了偶然、情感与主体创作之间的高度关联。第一个“故事”是文本叙事，第二个“故事”则是作家的个人经历。个人经历自然包含着无从预见的偶然人事，这必然对创作主体的情感及其创作带来深远影响。“你偶然遇到的几件琐碎事情，在感情兴奋中粘合贯串了这些事情，末了就写成了那么一个故事”。偶然无时无处不在。“我们生命中到处是‘偶然’，生命中还有比理性更具势力的‘情感’，一个人的一生可说即由偶然和情感乘除而来……新的偶然和情感，可将形成你明天的命运，还决定后天的命运。”[①]对“偶然”这种特殊的生命形式与创作关系的探讨，使得沈从文40年代唯美主义诗学凸显出很强的经验性特征。

与《摘星录》类似，《白魇》叙述世俗环境对美的亵渎和污化。“到处是钞票在膨胀，在活动，大多数人的作人兴趣，即维持在这个钞票数量争夺过程中……因之一切责任上的尊严，与作人良心的标尺，都被压扁扭曲，慢慢失去应有的完整。”[②]稍微留心就会发现，沈从文这个时期几乎每个文本都流露出针砭现实的态度。“对现实不满，对空虚必有所倾心。”[③]“一面想起这个眼前身边无剪裁的人生……一面想起另外一些人所抱的崇高理想，以及理想在事实中遭遇的限制，挫折，毁灭……不免苦痛起来。我还得逃

① 《水云》，《沈从文全集》第12卷，北岳文艺出版社2002年版，第95页。
② 《白魇》，《沈从文全集》第12卷，北岳文艺出版社2002年版，第159页。
③ 《给志在写作者》，《沈从文全集》第17卷，北岳文艺出版社2002年版，第413页。

避，逃避到一种抽象中，方可突出这个人事印象的困惑。”[①]同时，《白魇》深化了对“美与爱”（人类文明）的思考。欧战开始的时候，沈从文就曾感慨：“人类用双手一头脑创造出一个文明世界，然此文明不旋踵立即由人手毁去。”[②]文本最后，沈从文将空中飞机视为死亡的“十字架”，象征人类创造和追求的美正为人类自己亲手毁灭。沈从文沉痛忧郁的心情可想而知，某种程度上也改变了沈从文对于战争的态度。

《黑魇》综合现实人事与宗教故事，确证人类守望“美与爱”信仰的价值和意义。“星光”、“彩虹”以及“温柔眼光”再次被沈从文赋予美的本质意义而获得启示性观照。“从冷静星光中，我看出一种永恒，一点力量，一点意志。诗人或哲人为这个启示，反映于纯洁心灵中即成为一切崇高理想。”[③]文学用感情的方式表达世界永恒秩序，而宗教是以爱的方式表达世界永恒秩序。显然，沈从文“美与爱”的诗学与宗教具有某种同构性。就像费尔巴哈所说：“因为幻想是诗的主要形式或工具，所以人们也可以说，宗教就是诗，神就是一个诗意的实体。”[④]沈从文借宗教故事阐述了人类信仰同“美与爱”的关系。“作人正直而有信仰，始终相信善”；“一个人从美丽温柔眼光中，也能得救！”[⑤]

海德格尔说：神恰作为不可知者而为诗人的尺度。[⑥] 而在沈从文的美学思想中，“神”是作家创造出的诗性存在。《青色魇》从童心和（宗教）信仰方面，揭示“美与爱”这一永恒主题。“神的对

---

① 《白魇》，《沈从文全集》第 12 卷，北岳文艺出版社 2002 年版，第 165 页。
② 《潜渊》，《沈从文全集》第 12 卷，北岳文艺出版社 2002 年版，第 30 页。
③ 《黑魇》，《沈从文全集》第 12 卷，北岳文艺出版社 2002 年版，第 172 页。
④ 《费尔巴哈哲学著作选集》下册，商务印书馆 1984 年版，第 683 页。
⑤ 《黑魇》，《沈从文全集》第 12 卷，北岳文艺出版社 2002 年版，第 177 页。
⑥ [德]海德格尔：《人诗性地栖居……》，转引陈嘉映《海德格尔哲学概论》，生活·读书·新知三联书店 1995 年版，第 269 页。

面原是所谓人类的宗教情绪”(《凤子》)。童心与宗教情绪是表达“美与爱”的有效途径。“绘画,雕刻,以及比较近代性的音乐的伟大成就,差不多都源于一种宗教情感的泛滥。”[①]《青色魇》这样写道:“人间随时随处,都有异常美好的生命,或事物消失,大多数即无从保存。并非事情本身缺少动人悲剧性,缺少的只是一个艺术家或诗人的情绪”[②]。在沈从文看来,作家审美情绪就是宗教情绪。“对文学有信仰,需要的是一点宗教情绪。”[③]惟有在这种情绪中才能遇到神,见到美。“美固无所不在,凡属造形,如用泛神情感去接近,即无不可见出其精巧处和完整处。生命之最高意义,即此种‘神在生命中’的认识。”[④]沈从文还借佛经对“因缘”(偶然)与“信仰”(必然)关系作了梳理。“这里‘因缘’二字有它的庄严意义。‘信仰’二字也有它的庄严意义。”“这两个名词对人生最庄严的作用,在另外一时,就必然发生应有的作用。”[⑤]在沈从文看来,“因缘”是偶然的、情感的表现。佛说一切皆无自性,都是因缘巧合的结果。而“信仰”则与主体虔诚态度相关联。“情感原出于一种生命的象征,离奇处是它在人生偶然中结合。以及结合后的完整而离奇形式。它的存在实无固定性,亦少再现性。然而若附于一个抽象名词上去求实证时,‘信仰’却有它永远的意义……我们需要的是一种明确而单纯的新的信仰,去实证同样明确而单纯的新的共同愿望。”[⑥]《青色魇》展开了《黑魇》中“驹那罗王子”这一佛教故事,阐述对“美与爱”信仰的坚守及其价值,也代

---

① 《〈断虹〉引言》,《沈从文全集》第16卷,北岳文艺出版社2002年版,第340页。
② 《青色魇》,《沈从文全集》第12卷,北岳文艺出版社2002年版,第183页。
③ 《给志在写作者》,《沈从文全集》第17卷,北岳文艺出版社2002年版,第412页。
④ 《美与爱》,《沈从文全集》第17卷,北岳文艺出版社2002年版,第360页。
⑤ 《青色魇》,《沈从文全集》第12卷,北岳文艺出版社2002年版,第184页。
⑥ 《青色魇》,《沈从文全集》第12卷,北岳文艺出版社2002年版,第190页。

表了沈从文对文学创作和美学理想的态度。

吊诡的是，沈从文在诗学建构过程中，逐步意识到现实的艺术形式无从表现“美与爱”诗学理想。作家有关诗学问题的探讨甚至可追溯到30年代早期。1933年，沈从文在《新生活半月刊》发表小说《三个女性》。文本设置三个女性，围绕美与艺术及生命形式的关系展开对话和论辩，反映出作家对诗学的思考。毋庸讳言，沈从文当时对问题的理解还是比较模糊的。黑凤认为文字、音乐在表现美的方面具有相对性。“我们能够用一种声音一组文字说得分明我们所觉到的东西吗？绝对不能，绝对不能。”蒲静也觉得美术、音乐的审美表现是非常有限的。“只有记忆能保存一切。一件任何东西的印象，刻在心上比保存在曲谱上与画布上总完美些。……”仪青显然不认同她们的观点：“设若想把自然与人生的种种完美姿式，普遍刻印于一切人心中去，不依靠这些用文字同声音，颜色，体积，所作的东西，还有别的办法？没有的，没有的！”(《三个女性》)三位女性有关文学、美术、音乐等艺术表现和审美功能的论争，恰恰说明这个问题一直困扰着沈从文。首先，文字具有自身无法克服的局限性。孔子很早就看到“书不尽言，言不尽意”(《易经》)的现象。康德也指出语言表达与事物不一致的问题。而沈从文30年代十分自信，认为自己是为文字而生的人。可到了40年代，他逐渐意识到文学审美性能的有限性，“一切文字在此都失去了他的性能”(《看虹录》)。“触目那么美，人类语言文字到此情形中显得贫弱而无力，失去了它应有的意义。”(《摘星录》)后来，沈从文索性否定了文字表现“美与爱”的可能性。“……这一片绿色，一组声音，一点无可形容的气味，综合所作成的境界，使我视听诸官觉沉浸到这个境界中后，已转成单纯到不可思议。企图用充满历史霉斑的文字来写它时，竟是完全的徒劳。"[①]"凡能著于文字的事事物物，不过一个人的幻想之糟粕而已。"[②]

随着美学思考的深入，沈从文相信绘画艺术也无从表现美。如果说《虹桥》形象表达对绘画（美术）表现美的质疑的话，那么《赤魇》则完全否定了绘画（美术）表现美的合理性。"在这个雪晴清绝山谷中，忽然腾起一片清新的号角声，一阵犬吠声。我明白，静寂的景物虽可从彩绘中见出生命，至于生命本身的动，那分象征生命律动与欢欣在寒气中发抖的角声，那派表示生命兴奋而狂热的犬吠声，以及在这个声音交错重叠综合中，带着碎心的惶恐，绝望的低嗥，紧迫的喘息，从微融残雪潮湿丛莽间奔窜的狐狸和獾兔，对于忧患来临挣扎求生所抱的生命意识，可决不是任何画家所能从事的工作"[③]。这契合文本的副标题"——我有机会作画家，到时却只好放弃了。"

最后，沈从文也同样否定了音乐表达"美与爱"境界的可行性。1939 年，《烛虚》曾就文字、绘画、音乐的功能加以分析，肯定音乐表现美的优势。他说："表现一抽象美丽印象，文字不如绘画，绘画不如数学，数学似乎又不如音乐。因为大部分所谓'印象动人'，多近于从具体事实感官经验而得到。这印象用文字保存，虽困难尚不十分困难。但由幻想而来的形式流动不居的美，就只有音乐，或宏壮，或柔静，同样在抽象形式中流动，方可望能将它好好保存并加以重视。"[④]沈从文对音乐情有独钟在于，音乐是可以纵情但又不损害世俗道德和宗教观念的审美活动，也可以拯救对于现实的绝望，摆脱当下的审美困境。"音乐对于我的效果，或

① 《绿魇》，《沈从文全集》第 12 卷，北岳文艺出版社 2002 年版，第 134 页。
② 《烛虚》，《沈从文全集》第 12 卷，北岳文艺出版社 2002 年版，第 26 页。
③ 《赤魇》，《沈从文全集》第 10 卷，北岳文艺出版社 2002 年版，第 404—405 页。
④ 《烛虚》，《沈从文全集》第 12 卷，北岳文艺出版社 2002 年版，第 25 页。

者正是不让我的心在生活上凝固，却容许在一组声音上，保留我被捉住以前的自由”[①]。然而作家很快意识到音乐也无济于事。“音乐在过去虽能使无分量无体积的心智或灵魂受浣濯后，转成明莹光洁，在当前实在毫无意义”[②]，无法抵达超越痛苦与喜悦，绝望与希望的“美与爱”境界。沈从文在《绿魇》中这样描述“美与爱”的境界：“绿色既在阳光下不断流动，因此恰如一个伟大乐曲的章节，在时间交替下进行，比乐律更精微处，是它所产生的效果，并不引起人对于生命的痛苦与悦乐，也不表现出人生的绝望和希望，它有的只是一种境界，在这个境界中时，似乎人与自然完全趋于谐和，在谐和中又若还具有一分突出自然的明悟。必需稍次一个等级，才能和音乐所扇起的情绪相邻，再次一个等级，才能和诗歌所传递的感觉相邻。”[③]可见，沈从文诗学体系中的“美与爱”，本质上是一种带有宗教性意味的审美理想和超越世俗的至善至美的境界。至善至美亦即无所谓善恶，无所谓美丑，颇与佛性相通。“本性是佛，离性无别佛。何名摩诃？摩诃是大，心量广大，犹如虚空，无有边畔，亦无方圆大小，亦无青黄赤白，亦无上下长短，亦无嗔无喜，无是无非，无善无恶……”（《坛经·般若品第二》）

概括地说，沈从文40年代前期的唯美主义诗学，是以“生命”为基础，对“宗教情绪”、“童真”、“死亡”、“偶然”等生命形式进行审美表达，精心营造诗性存在，即“由无数造物空间时间综合而成之一种美的抽象”[④]，进而实现“美与爱”诗学理想。可问题在于，沈从文诗学“美与爱”这一最高范畴，是一种类似老庄的“道”，佛

① 《绿魇》，《沈从文全集》第12卷，北岳文艺出版社2002年版，第156页。

② 《潜渊》，《沈从文全集》第12卷，北岳文艺出版社2002年版，第88页。

③ 《绿魇》，《沈从文全集》第12卷，北岳文艺出版社2002年版，第137—138页。

④ 《潜渊》，《沈从文全集》第12卷，北岳文艺出版社2002年版，第34页。

教的“空”，黑格尔的“绝对理念”，一种超越有限、差别、对待的无限性、无规定性的存在。文字、绘画、音乐等现实的艺术形式无法表现这种至善至美的圆融境界。这样一来，作家反倒被逐出于自己精心营造的诗学神殿之外。沈从文陷入了巨大的虚无与绝望之中。

三

就沈从文的文化性格来看，他是不会心甘情愿就此放弃美学体系的建构。1946 年 8 月，沈从文回到北平后频频对现实发声，作家介入现实的姿态是耐人寻味的。一方面，40 年代前期的唯美主义诗学体系建构，可能给他带来了前所未有的挑战。“常常不免把作者带入了宗教信徒和思想家领域里去，每到搁笔时衰弱的心中必常常若有一种悲悯情绪流注，正如一个宗教信徒或一个思想家临死前所感到的沉静严肃。”[①]另一方面，当前严峻的政治环境，特别是国共内战一触即发。加上早期唯美主义诗学一定程度的现实性品格，使得沈从文开始放下唯美主义诗学的深度思考，调整和重塑诗学与现实之间的关系。

沈从文把唯美主义诗学体系翻转过来，开始考虑功利主义诗学的可行性。不可否认，沈从文功利主义诗学的建构比 40 年代早期的唯美主义诗学来得仓促。唯美主义诗学是沈从文对自己以往创作的总结和概括，也是作家长期思考的结果。而 40 年代后期的现实主义诗学或者说功利主义诗学，还只是停留在作家精

① 《谈文学的生命投资》，《沈从文全集》第 17 卷，北岳文艺出版社 2002 年版，第 459 页。

神层面的一种构想，尚未在文学创作中付诸实践和论证。因此，他的现实主义诗学在一定程度上也只能借鉴前期唯美主义诗学架构，并把唯美主义诗学的某些命题加以改造。概括地说，沈从文功利主义诗学基点，由早期唯美主义诗学的“生命”，置换成社会学意义的“人”。人构成了社会、政治、民族、国家的共同体。并以文学、文学运动的重造为基本手段，唤起人理性精神的自觉，促进社会、政治的和谐与民族、国家的进步，最终实现“美与爱”目标。可以看出，沈从文功利主义诗学“美与爱”目标，不同于唯美主义诗学而具有现实性的意义。“我们实需要一种美与爱的新的宗教，来煽起……做人的热诚，激发其生命的抽象搜寻，对人类明日未来向上合理的一切设计，都能产生一种崇高庄严感情，国家民族的重造问题，方不至于成为……空话！”[①](见图 2)

第一，沈从文阐述“文学重造”、“文运重造”之于政治、社会重造，民族、国家重造的价值。首先，文学和文学运动的重造具有现实的必要性和可行性。“由于十五年前我们文学运动和‘商业’、‘政治’发生了关系……作家与作品，都牵牵绊绊于商场和官场的得失打算中，毁去了‘五四’以来读者与作者所建立的正当关系”，因此“这个民族遭遇困难挣扎方式的得失，和从痛苦经验中如何将民族品德逐渐提高，全是需要文学来记录说明”[②]，并且“若一切经典所建设的抽象原则，已失去其应有尊严作用，而显得腐霉败坏时，我们此时就得来从文学上重新努力。”[③]沈从文根据自己多年的创作经验来看，“一切经典的制作，不离乎文字，新的经典的形式……又如何适宜于放在一个文学作品中，以便在广大读者

① 《美与爱》，《沈从文全集》第 17 卷，北岳文艺出版社 2002 年版，第 362 页。

② 《给一个作家》，《沈从文全集》第 17 卷，北岳文艺出版社 2002 年版，第 345—346 页。

③ 《白魇》，《沈从文全集》第 12 卷，北岳文艺出版社 2002 年版，第 161 页。

群中唤起那个民族自尊心与自信心，并粘合这点精神于民族发展某种设计上。”[①]并肯定“小说”对于经典重造的优势。“经典的重造，在体裁上更觉得用小说形式为便利。”[②]文学是语言的艺术。沈从文重视文学的社会功能，本于他对文字工具性的认识。他说：“生命的‘意义’，若同样是与愚迷战争，它使用的工具仍离不了文字”[③]。

其次，文学重造和文学运动重造，必须弘扬五四新文学传统。在沈从文看来，五四新文学取得成功就说明，文学“经典的重造，不是不可能。”[④]一方面要发扬五四文学精神。由于“与上海商业资本逐渐结合为一”，“与政治逐渐结”，新文学消泯了“五四单纯虔诚精神灌输”。因此，改变文坛堕落的现状，就要深刻理解五四文学的怀疑和否定精神。沈从文把五四文学精神概括为“对于强权所抱有的怀疑否定的精神”；“对于战争的完全否定。去掉习惯上处理问题的依赖方法，能另外有所寻觅，有所发现。这需要一种充满宗教虔诚的信仰。这新的信仰，是待人从更新一种文学诗歌运动中来证实”。[⑤] 另一方面要实践五四文学的精神。沈从文一再强调，政治、社会的重造，国家、民族的重造，依赖于有思想的文学家。他在《政治与文学》中提出了“一个作家当如思想家”的观点。“影响目前局势倾向的，能否定武力所作成的现状，或平衡两种武力所作成的现状，扭转这普遍腐烂社会的，当然是文史底子的思想家”[⑥]。从文学作品来说，“诗应当是一种情绪和思想的

---

① 《“文艺”政策检讨》，《沈从文全集》第17卷，北岳文艺出版社2002年版，第282页。
② 《长庚》，《沈从文全集》第12卷，北岳文艺出版社2002年版，第40页。
③ 《长庚》，《沈从文全集》第12卷，北岳文艺出版社2002年版，第41页。
④ 《长庚》，《沈从文全集》第12卷，北岳文艺出版社2002年版，第40页。
⑤ 《五四》，《沈从文全集》第14卷，北岳文艺出版社2002年版，第270页。
⑥ 《致子平》，《沈从文全集》第14卷，北岳文艺出版社2002年版，第338页。

综合，一种忠于思想情绪重铸重范原则的表现。”[①]对作家创作来讲，“写作不是‘职业’，却是一种‘事业’”，“包含一种国家重造的理想”。[②] 在当下动荡混乱的社会语境中，“高尚原则的重造，既无可望于当前的思想家……又无可望于当前的政治家，”那么，“对现实有点否定作用，而又勇于探寻能重铸抽象，文学似乎还能作点事”[③]。沈从文肯定文学作家在这个社会和时代的重要价值。作家“抱着个人崇高理想，浸透人生经验，有计划的来将这个民族哀乐与历史得失加以表现。且在作品中铸造一种博大坚实富于生气的人格”[④]。

最后，必须采取切实有效的措施改善文学生态，重造文运。在沈从文看来，改变当下文学堕落的趋势，一是要“把‘文学’再度成为‘学术’一部门”，避免政治、商业的功利主义对文学的侵蚀。“学术的庄严是求真知，和自由批评与探讨精神的广泛应用，这也就恰恰是伟大文学作品产生必要的条件”，“使文学作品价值，从普通宣传品而变为民族百年立国的经典。”[⑤]一是要借鉴五四新文学的通行做法，采用“副刊”的形式，扭转“思想贫困”的局面，促使国人精神的重铸。作为五四新文学当事人，沈从文认为“初期社会重造思想与文学运动的建立，是用副刊作工具，而得到完全成功的。”[⑥]1946 年 10 月，沈从文在接编天津《益世报》副刊《文学周刊》，就曾高度评价“副刊”之于新文学的重要性。他说：文学

---

① 《致灼人先生二函》，《沈从文全集》第 17 卷，北岳文艺出版社 2002 年版，第 436 页。
② 《职业与事业》，《沈从文全集》第 17 卷，北岳文艺出版社 2002 年版，第 334 页。
③ 《从现实学习》，《沈从文全集》第 13 卷，北岳文艺出版社 2002 年版，第 391 页。
④ 《文学运动的重造》，《沈从文全集》第 17 卷，北岳文艺出版社 2002 年版，第 296 页。
⑤ 《文学运动的重造》，《沈从文全集》第 17 卷，北岳文艺出版社 2002 年版，第 295—297 页。
⑥ 《怎样办一份好报纸》，《沈从文全集》第 14 卷，北岳文艺出版社 2002 年版，第 242 页。

副刊不仅可以“增加人对于人事思索的深度，容易培养抽象健康观念和有传染性的高尚情感”[①]，而且“用报纸副刊把一些真有独立公民资格的灵魂和人格，重新刺激唤醒，恢复他们的勇气和信心”。[②] 作为文艺副刊编辑，沈从文奖掖新人，鼓励支持他们严肃的文学创作。

第二，在“文学重造”、“文运重造”的基础上，实现“社会重造”与“政治重造”。这种逻辑关系是基于沈从文对五四新文学影响的深刻认识。他觉得“社会必须重造，这工作得由文学重造起始”[③]。“文学作品处理，也惟有伟大文学作家，始克胜此伟大任务。”[④]沈从文认为文学是独立的严肃的文学，不是那种附庸的白相的文学。因此，他呼吁作家共同努力，“用诚实态度重建一文学运动，且用作品重建一社会改造运动。”[⑤]沈从文重视文学、文学运动的社会价值，是因为只有在“社会重造”的大背景下，才能实现政治重造。

沈从文对政治向来没有好感。在《政治无处不在》一文中，他说：“我对于政治毫无知识，为的是‘政治’二字给我的印象，向来就只代表‘权力’，与知识结合即成为‘政术’，在心里上历来便取了个否定态度。”[⑥]在他看来，现代政治是一个似是而非的东西，是是非非的东西。“余未政治，他人政治，即容易有类似歪歪曲曲之事情发生。”[⑦]一方面，政治派别和集团的“特殊包庇性”，导致

---

① 《编者言》，《沈从文全集》第16卷，北岳文艺出版社2002年版，第450页。

② 《一种新希望》，《沈从文全集》第14卷，北岳文艺出版社2002年版，第280页。

③ 《从现实学习》，《沈从文全集》第13卷，北岳文艺出版社2002年版，第375页。

④ 《一种新的文学观》，《沈从文全集》第17卷，北岳文艺出版社2002年版，第172—173页。

⑤ 《给一个作者》，《沈从文全集》第17卷，北岳文艺出版社2002年版，第424页。

⑥ 《政治无处不在》，《沈从文全集》第27卷，北岳文艺出版社2002年版，第38页。

⑦ 《北平通信——第一》，《沈从文全集》第14卷，北岳文艺出版社2002年版，第354页。

民族悲剧的发生。他说:“国家所遭遇的困难虽有多端,而追求现实、迷信现实、依赖现实所作的政治空气和倾向,却应该负较多责任。当前国家不祥的局势,亦即由此而形成,而延长,而扩大……坐使国力作广泛消耗,作成民族自杀的悲剧。”①另一方面,政治对文学颐指气使。“文学与政治不可分,且属于政治的附产物或点缀物”,使得“高尚原则重造”、“国民道德的重铸”都成了空话。沈从文给子平的信中说:文学运动的重要目标之一,就是“否定纵横政治,重造一清新明朗新的青年人生观”②。

为实现政治重造,沈从文后来还着力提倡艺术重造政治、美育重造政治的观点。“解决实在‘政治’,易收提纲挈领之效……实为用‘美育’与‘诗教’重造政治头脑之真正进步理想政治。”③至于理想政治家的范型,沈从文觉得应当是“既有政治家丰富广博的知识,且有兼容并包的气度,知道珍重国力,不作无意义浪费,而又尊重制度,能用战争以外方式调整一切社会的矛盾取得平衡。”④沈从文甚至试图用“美与爱”的诗学概念改造现代政治:“必从一新的信念出发,对强权政治与一切腐败存在加以完全否定,修正现代政治所作成的病态残忍及麻木自私……由亲爱与合作出发,泛滥此健康信念于一切表现上,才可望得到一点转机”⑤。总而言之,“从‘争夺’以外接受一种教育,用爱与合作来重新解释‘政治’二字的含义”⑥。

第三,以文学和文学运动为手段,重塑人的理性精神,进而实

① 靡华菱:《郭沫若和沈从文的文字恩怨》,《新文学史料》2001年第3期。
② 《致子平》,《沈从文全集》第14卷,北岳文艺出版社2002年版,第338页。
③ 《试谈艺术与文化》,《沈从文全集》第14卷,北岳文艺出版社2002年版,第384页。
④ 《从开发头脑说起》,《沈从文全集》第14卷,北岳文艺出版社2002年版,第246页。
⑤ 《复一个木刻工作者》,《沈从文全集》第17卷,北岳文艺出版社2002年版,第481页。
⑥ 《从现实学习》,《沈从文全集》第13卷,北岳文艺出版社2002年版,第390页。

现“国家重造”和“民族重造”。沈从文的《北平的印象和感想》等文章，一再强调对民众的教育“需寄托在一种新的文学运动上”。“读书人纵无能力制止这一代战争，至少还可以鼓励更年青一辈，对国家有一种新的看法……决不会还需要战争来调整冲突和矛盾！”他重视文学重塑理性的价值，惟有理性才能消除内战隐患。“求种族生存，不单纯诉诸武力与武器，另外尚可望发明一种工具，至少与武力武器有平行功效的工具。这工具是抽象的观念，非具体的枪炮。”[①]对理性的重视改变了沈从文对待战争的态度。抗战时期，他视民族抗战为正义战争，也是民族性格重塑的契机。“战争既是争国格，争民族人格，并争取人类生存不可少的一个庄严名辞，即‘正义’。”[②]而面对抗战胜利后中国社会的乱象，沈从文则竭力反对国力的无谓消耗。他无视战争正义与非正义的性质，将它笼统概括为非理性行为。特别是昆明惨案让沈从文意识到内战迫在眉睫，于是相继发表《忆北平》、《怀昆明》等文章，呼吁“任何庄严借口都不成，总之内战得告休息。”1946 年 11 月，沈从文重申理性的重要性：“若知从远处深处看，可就得承认要理性，要想方设法使理性完全抬头，从武力武器以外求各种合理解决，这个国家的明日方好办！不仅负责方面要理性，在野各方面……也需要理性，凡一举一动都得谨慎。”在作家看来，理性就是“凝固现实，分解现实，否定现实，并可以重造现实的”“那个无量无形的观念”[③]。遗憾的是，尽管沈从文一再提倡理性，“但是战争还是来了。这是我们的痛苦，凡有做人良心的总会感到痛苦，是国家民族的羞耻，因为直到如今，我们还缺少一种稍进步的观念，能由

① 《烛虚》，《沈从文全集》第 12 卷，北岳文艺出版社 2002 年版，第 17 页。
② 《给一个广东朋友》，《沈从文全集》第 17 卷，北岳文艺出版社 2002 年版，第 315 页。
③ 《从现实学习》，《沈从文全集》第 13 卷，北岳文艺出版社 2002 年版，第 392 页。

战争以外找寻调整这个国家的矛盾方式。”①

沈从文认为是五四新文化运动带来了国人理性的自觉。早在30年代,他就这样说过:“五四运动的勃兴,问题核心在‘思想解放’一点上。”②“思想解放”主要表现在人的理性觉醒。“我们必须承认民八五四实在是中国大转变一个标志。有学术自由,知识分子中的理性方能抬头。理性抬了头,方有对社会一切不良现象怀疑否定重新检讨的精神。以及改进或修正愿望。”③沈从文把当下社会的乱象归因于人的理性缺失,主张通过开展文学、文学运动实现理性回归。沈从文提倡理性,一方面符合他40年代早期提出“生命深度”的内涵。“新经典的原则,当从一个崭新观点去建设这个国家有形社会和无形观念……由新的理性产生‘意志’,且明白种族延续国家存亡全在乎‘意志’……用意志代替命运,把生命的使用,在这个新观点上变成有计划而能具连续性,是一切新经典的根本。”④另一方面与他怀疑、否定的致思方式吻合。“不如注入较多理性,指明社会上此可怀疑,彼可怀疑,养成其‘疑’。用明智而产生的疑,来代替由愚昧而保有的信”⑤。沈从文把理性概括为“能从深处思索,能反映,能理解,能综合,能不为成见偏见所拘束。”⑥把理性视为消除当前内战,实现和平的必要前提,使“寄托于一切武力下作成的权势必受限制”,“一切政治宣传所作成的不正常空气得加以清除”,“人的共通理性”必须“得

① 《政治与文学》,《沈从文全集》第14卷,北岳文艺出版社2002年版,第258页。
② 《论汪静之的〈蕙的风〉》,《沈从文全集》第16卷,北岳文艺出版社2002年版,第84页。
③ 《纪念五四》,《沈从文全集》第14卷,北岳文艺出版社2002年版,第297页。
④ 《长庚》,《沈从文全集》第12卷,北岳文艺出版社2002年版,第40页。
⑤ 《谈保守》,《沈从文全集》第17卷,北岳文艺出版社2002年版,第258页。
⑥ 《从开发头脑说起》,《沈从文全集》第14卷,北岳文艺出版社2002年版,第250页。

到充分抬头机会”。[①]

沈从文还倡导蔡元培“美育代宗教”的思想。在构建诗学过程当中，沈从文也意识到，文学教化功能的局限性。所以他在40年代后期“北平通信”中，重提“美育代宗教”[②]的观点。同时依据对现实政治的思考，又提出“美育重造政治”[③]、“‘美育’与‘诗教’重造政治”[④]的看法，对文学、文学运动的教化功能加以必要补充和完善。试图通过“文学重造”、“文运重造”和“美育代宗教”等三种切实途径，达到社会政治重造，民族国家重造，最终实现“美与爱”理想。然而，40年代复杂的政治文化气候以及针对沈从文的一系列批判，导致他现实主义诗学的构想戛然而止。

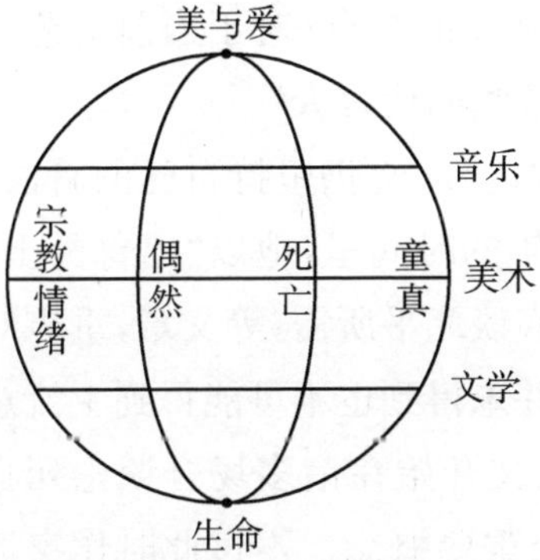

图1　唯美主义诗学

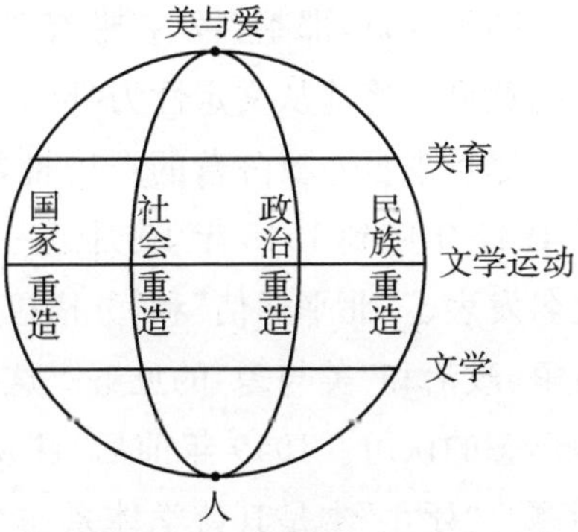

图2　现实主义诗学

① 《“中国往何处去”》，《沈从文全集》第14卷，北岳文艺出版社2002年版，第322页。
② 《北平通信——第一》及《苏格拉底谈北平所需》，《沈从文全集》第14卷，北岳文艺出版社2002年版，第360页。
③ 《故都新样——北平通信三》，《沈从文全集》第14卷，北岳文艺出版社2002年版，第369页。
④ 《试谈艺术与文化——北平通信四》，《沈从文全集》第14卷，北岳文艺出版社2002年版，第384页。

沈从文40年代诗学体系的变化，反映了作家为适应新环境所作的努力和调整。他强调文学、文学运动之于社会重造与政治重造，国家重造与民族重造的现实意义，其出发点和落脚点都坐实在“人”上。这个时期，沈从文对人的理解也比较接近主流观念，但对于“战争”、“政治”等一系列问题的看法，仍与主流观念存在根本分歧。这种分歧后来演变成对沈从文的批判。1947年初，林默涵在《新华日报》刊发了《“清高”和“寂寞”》一文，率先对沈从文发难。1848年2月，《大众文艺丛刊》(第一辑)集中推出了邵荃麟的《二丑与小丑之间——看沈从文的“新希望”》、冯乃超的《略评沈从文的“熊公馆”》以及郭沫若的《斥反动文艺》等一组批判文章。他们从不同方面给沈从文扣上“对‘中间路线’尚存幻想的份子”、“地主阶级的弄臣”、“桃红色的反动作家”的政治帽子。同年3月，邵荃麟发表带有总结性的文章《对于当前文艺运动的意见》，将沈从文定性为“反动统治的代言人”。

尽管来自左翼阵营的严厉批判，沈从文仍坚持自己的看法。从1947年底到1948年10月近一年的时间里，他以“巴鲁爵士”之名发表了“北平通信”和《苏格拉底谈北平所需》等文章，重申对战争、政治和“美与爱”的见解。这并未得到也不可能得到主流意识形态的认可。1949年前后，沈从文开始在诸多场合谈论死亡话题。“死亡”本是其诗学体系一个重要概念。不过此时作家谈论的死亡，不再是美学义涵，而是个体生命的终结。1949年1月30日，他给张兆和的信中流露出不被理解甚至误解的孤独和绝望。“……没有人肯明白，都支吾过去。完全在孤立中。孤立而绝望，我本不具有生存的幻望。我应当休息了！”[①]“给我不太痛苦的休息，不用醒，就好了，我说的全无人明白。没有一个朋友肯

① 《沈从文全集》第19卷，北岳文艺出版社2002年版，第10—11页。

明白敢明白我并不疯……这算什么，人总得休息，自己收拾自己有什么不妥?”[①]2 月 2 日，沈从文在给张兆和信中说:“你的对我一切善意，都无从挽救我不受损害。这是夙命。我终得牺牲……当放弃了对于一只沉舟的希望，将爱给予下一代。”[②]从现有资料看，这是沈从文自杀前给张兆和的最后信件，遗书意味非常明显。1949 年 3 月 28 日沈从文自杀未遂。

精神分析哲学家艾瑞克·弗洛姆把人的疯狂视为主体理性的极端表现。“人生而具有理性，乃能进行自我意识的生命;他意识到自身、自己的同类、自己的过去，也意识到自己未来的种种可能性。他意识到自身的孑然孤立，人生的短促;意识到他是无意志而出生，且将违意志而死亡;意识到他与亲人或先或后的生死诀别，他的孤独冷寂，他在自然与社会的威力面前渺小羸弱。凡此种种，把他分离独存的人生变成了不堪忍受的牢狱。倘若他不能逃脱图圄，以这种或那种方式与他人、外部世界相沟通，则必然会陷入疯狂。”[③]需要指出的是，沈从文自杀并非“呓语疯狂”，也不完全是惧怕政治斗争的高压，而是作家构建美学体系无法给出世界以意义的虚无感和忧郁感，找不到自己在艺术殿堂的位置。当沈从文倾尽智慧与心力进行诗学体系的调整和修正，而社会特别是文坛笼罩着不信任、不认同的气氛的时候，他还有什么信心走下去？对于打过烂战的沈从文来说，死亡并不是可怕的事情。他多次谈论过自杀。“任何时代一个人脑子若从人事上作较深思索，理想同事实对面，神经张力逾限，稳定不住自己，当然会发疯，

① 《沈从文全集》第 19 卷，北岳文艺出版社 2002 年版，第 9 页。

② 《沈从文全集》第 19 卷，北岳文艺出版社 2002 年版，第 17 页。

③ [美]艾瑞克·弗洛姆:《爱的艺术》,《弗洛姆文集》，冯川等译，改革出版社 1997 年版，第 340—341 页。

会自杀”[①]。果真一语成谶。不过，沈从文把自杀看作是自我生命调整的一种极端方式。“吾人的生命力，是在一个无形无质的‘社会’压抑下，常常变成为各种方式，浸润泛滥于一切社会制度，政治思想，和文学艺术组织上，形成历史过去而又决定人生未来。这种生命力到某种情形下，无可归纳挹注时，直接游离成为可哀的欲念，转入梦境，找寻排泄，因之天堂地狱，无不在望，从挫折消耗过程中，一个人或发狂而自杀，或又因之重新得到调整，见出稳定。这虽不是多数人所必经的路程，也正是某些人生命发展一种形式，且即生命最庄严一部分。”[②]沈从文清醒地识到自己的诗学与主流观念之间存在难以弥合的分歧。自杀是他用生命祭献美学神龛的庄严行动。

沈从文 40 年代诗学体系凸显出前后不同的美学维度。前期重视诗学的本体论价值，后期则提倡文学的社会价值。就像一枚硬币的正反两面，诗学前后两个时期仍然存有精神的维系。沈从文对前期唯美主义诗学的某些概念，如“生命”、“生命深度”、“宗教情绪”等加以改造，成为社会学意义的“人”、“理性”、“意志”等，主动调整和适应主流意识形态对作家以及对文学的审美期待，表现出鲜明的实用主义诗学倾向。这些都不难看出沈从文在 40 年代文艺思想的矛盾性与复杂性。

① 《长庚》，《沈从文全集》第 12 卷，北岳文艺出版社 2002 年版，第 37 页。
② 《〈看虹摘星录〉后记》，《沈从文全集》第 16 卷，北岳文艺出版社 2002 年版，第 342 页。

第十五章　沦陷区小说主题与民俗意义

沦陷区小说作家普遍重视民俗描写。民俗事象不仅显示地方特色，揭示民族文化认同，而且有利于“更深的把文学与生活浸蕴在一起”。换句话说，“不单是具象，所更应汲取和发扬的还有生存于这‘乡土’，具备这‘乡土’之特色的灵魂和性格，使它典型并具体起来。”①

一、强悍生命力的张扬

挖掘民间原始强悍的生命力是沦陷区作家一个重要的题材取向。与少爷、小姐们的烦恼，上流社会的苦闷格格不入，强悍旺盛的生命力只可能存在于民间，遍布于各类民俗群体之中。

这些民俗群体中，农民的生命力最为朴素顽强。这些“地之子”犹如庄稼的种子，有泥土就能生长。“第一篇乡土文学作品”《山丁花》，东北沦陷区作家疑迟塑造了朴实又不乏强悍的赵永顺、张德禄等农民形象。小说描写他们进入原始森林，冰天雪地

① 上官筝：《揭起乡土文学之旗》，《中国沦陷区文学大系》（评论卷），广西教育出版社1998年版，第229—230页。

中辛苦伐木一个冬天毫无收获，空手回家的经历。生活的艰辛并不能摧毁生的意志。他们“背着自己的行李卷出了窝棚，迈大步地走向前头亮堂堂的地方”。谷正櫆的《大草原》、郭朋的《高原上》以及袁犀的《风雪》等小说都充满对农民野性生命力的迷恋。沙里在《土》中说：“他们知道他们生命的旺盛，是要靠着那一身强壮的筋骨，来年年翻弄土块，把汗滴进土里，然后再从土里找出他们要吃的、要用的东西来，他们更知道这些东西并未生在他们的身边，而更须跋涉过高山……”有的评论家把这些“为生活挣扎，为争求生存的延续，不惜一切牺牲”的人们，誉为“中国民族的灵魂的所在”，是“中国民族的真正的代表人”。[①]

端木蕻良说：“海上人家也和陆地上一样。春天下种，夏天收秧，冬天收篷。”(《海港复仇记》)“海之子”走进了沦陷区作家的创作视野。潜羽(唐弢)的《海和他的子女们》、关永吉的《风网船》，再现了赶海人强悍的生命力。潜羽描写了渔民出海的隆重仪式：

> 他们是大海的儿女，受着波浪孵育而生长壮大。一年两度，当三月的桃花汛和八月的桂花汛届临时，渔船高高地升起灯笼，舱前供列三牲，展开了对‘船官老爷’隆重的祭告。教场上柴火融融，大锅子烤着鱼网，渔夫们严肃祷祝着，喝完酒，成伙儿扬帆起碇，从村子出发到海上去。

这种世代相传的出海仪式暗示了大海令人敬畏的神秘力量，同时也赋予“海之子”(大漠、青霞、羊索、英莉等)无比坚毅的品格。归来后的渔民用“敬洋酒”习俗表达对大海的神圣感情。

① 上官筝：《揭起乡土文学之旗》，《中国沦陷区文学大系》(评论卷)，广西教育出版社1998年版，第227页。

"海，袒露着温柔的绸缎也似的胸膛，把他们养育了，像一个慈爱的保姆。"

小说在浓郁的乡风民俗中展开了"海和他的子女们"精神史的叙述。为了保卫这"一片无边的丰饶的黑土"，蒲村和辛庄长期"械斗"。小说对"械斗"这一强悍民风进行了渲染：

> 到七月，恶斗终于爆发了。那是一个坏日子，天下着细雨。战场是在村东坟园上，那儿有土屯一片荒原，介于两村中间。老人披上簇新的大褂，黑色的，轻易舍不得上身，腰间束着红围身，手执钢刀，率领全村的男子，这些男子一律有武器：鱼叉、龙刀、木棒之外，也有枪；还擂着一面鼓。在土屯上排好阵势，生龙活虎似等候着，潮水般的喊声一起一落。
>
> ……
>
> 一声令下，双方就开始进攻，纷飞的石块里夹着疏落的枪声，荒野扬起呐喊。形势显然有利于蒲村。这边的行列一步步进逼，对面不停地后退。老人挥动小旗，呼喝着，怒骂着，慢慢逼近辛庄了受伤的人一个个抬回去，半空里飞扬着妇女的号哭和孩子的啼叫。老人站在土阜上，指挥村人，顿着脚，战鼓擂得冬冬地响。

在蒲村、辛庄冲突的家族史叙述中，穿插了大漠与青霞的情感纠葛。虽是一对恋人，可是"为了祖宗的缘故"，他们相互搏杀。爱情悲剧衬托出家族利益的神圣。正如小说人物所说的："背着的债要还清，即使是血债也罢。……别忘记这海，她养育了我们，要学她的阔大。"文中"羊索"这一角色，既充当家族史的叙述者，也是家族"硬汉性格"的承继者。他既有"海滨民族倔强的气质"，也懂得"生活的意义是勇敢"的哲理，更是一位渴望"要活得更好些”的理想主义者。小说在家族史叙述中表现出浓烈的家园意识。

对民间人物的文学想像在关永吉《风网船》中再次得到展示。民间性格正是在三角淀恶劣气候以及独特环境中孕育的。变幻莫测的三角淀、诡谲神秘的季风，象征了现实世界的混乱与恐怖。小说叙述村民刻板的生活。“文安洼的唯一的希望，是盼它早一日干起来而能够种植高粱和谷，如果水正好，不深也不浅的时候，就栽种稻子。”“他们谁也不知这村子之外更有一个广大的世界，而他们，只是争夺着几个小钱，给他们的东家劳作着，像个狗似的……”在与风浪搏斗中砥砺的顽强意志也只是出于谋生需要，并不能改变他们的命运。小说塑造了富有主见，对现实有清醒认识的“硬汉”形象——东升。在杀掉恶绅后，他毅然决然离开了文安洼。如果说羊索(《海和她的子女们》)还在思考未来前途的话，那么《风网船》的兵士已经行动起来，投身到时代洪流中去了。小说暗示鼓动的意味不言而喻。小说开头和结尾描述“动乱而且纷扰”的外部世界以及“平安的，宁静而寂寞”的村落，旨在鲜明的比照中突出“硬汉性格”的时代意义。

周作人用“浙东性”概括浙东地域民众的文化心理和性格。这种嫉恶如仇、不畏权势的反正统性格在唐弢的《稻场上》得到了充分显示。作家把故事安排在浓郁民间气息的“唱新闻”现场，农民二秃子不畏权贵，当众戳穿了口口声声“维持风化，维持全村的礼教”的林四爷企图陷害马春虎，霸占莲姐的险恶用心。这种刚正不阿的民间性格让人感受到人间道义的力量。

山丁《赌徒的经典》则描写从海上归来，视赌场为故乡的水手。他遵循“赌徒的经典”，为“战胜那些贪婪的高官，吝啬的小吏和那些暴利的商人”而感到兴奋。他憎恶最可耻的赌棍。“他们不懂赌博的经典，他们所懂的是拉拢、勾结、陷害、谋杀……他们赌博的最高目的是黄色的金币。”作家以赌徒这种独特方式表达对日寇卑鄙行径的愤怒和控诉。

沦陷区出现了以“胡匪”为题材的小说。疑迟的《乡仇》讲述“父债子还”的复仇故事。做了土匪的刘斌升，多年后返回家乡伺机复仇。仇人已死，父债子还，于是决定杀掉仇人的儿子。当他潜入财主家，碰巧看到高利贷主调戏马家姑娘，出于对弱者的同情，主人公毫不犹豫地杀掉了于大爷。小说揭示了传统农民心理向社会反抗意识演化的可能性。沈寂的传奇故事《盗马贼》塑造了行侠仗义、为民除害的民间义士。小松的《铁槛》也描写了复仇者的土匪形象。邱青、虎子对家乡亲人的依恋和愁绪无不拨动读者的心弦。杨慈灯的《劫》和袁犀的《母与女》，通过为富不仁者被劫杀的下场，从一个侧面认同揭竿而起的正义行为，看到中国农民勇于抗争的潜在力量和精神。《绿色的谷》则描写狼沟的风土人情、乡村巫术、村落结构以及“大熊掌”古朴淳厚的性格和粗犷的生命活力。这一切让林小彪柔弱萎缩的生命和人格得以复苏。1987年，当作家再版《绿色的谷》时，仍坚持“我本意是要写绿林好汉的”看法。这些小说“扬弃了胡匪的历史形态中‘恶’的因素，而将‘善’的一面予以‘放大’和‘诗意升华’，以实现……作家的功利目的和更广泛的社会文化期待。”[①]这种将浪漫主义与英雄主义结合的小说叙事，意在塑造“代表着我们民族性格的灵魂”。[②]

塑造刚毅性格的民俗群体，展示民间人物的性格魅力，既反映了沦陷区民众普遍的审美情绪，也是沦陷区作家对堕落的文坛进行切实而坚实的文学拯救。在日寇高压统治下，沦陷区文坛唯

① 逄增玉：《黑土地文学与东北作家群》，湖南教育出版社1995年版，第129页。

② 楚天阔：《谈现在的文学的内容和形式》，《沦陷区文学大系》评论卷，广西教育出版社1998年版，第17页。

美、色情、虚无主义风气盛行。虽然“笔名”的普遍使用隐含着主体的写作姿态和文化立场，但这种迫不得已的写作策略正是沦陷区文化生态恶化的表征。1943年，上官筝尖锐批评华北沦陷区“色情的，堕落的世纪末的思想，如螺旋菌般的牢固蕃殖在我们的文坛之上”，以及“学院派的学者与为艺术而艺术的文学家，彼此筑起象牙的堡垒，在沙发上吟风弄月，漫谈风雅，哥哥妹妹，蝴蝶鸳鸯”等“一切不健康的”的现象，提出了“新英雄主义的新浪漫主义”[①]的观点，大力提倡“乡土文学”。这表明沦陷区作家对五四以来新文学直面人生的现实主义精神的继承和发扬。乡土文学是“克服今日文坛堕落倾向的唯一武器”和“引导文学活动走入‘现实主义’范畴的向导。”上官筝还将“乡土文学”与对民族国家的身份认同联系起来。“‘乡土文学’是民族底的，国民底的”，并强调作品的“地方色彩”是“现实主义的基点”，“是更深的把文学与生活浸蕴在一起”[②]。风俗是地方色彩最为感性的文化标识。“国民性是由一个国家传统的风俗习惯而来，民族性是由种族历史的进展而获得”[③]。作为民族国家的文化胎记，乡土、民俗与作家构成了生动的精神联系。乡土和民俗的描写自然流露出主体的“寻根”意识和对民族文化价值的心理认同。乡土小说对农民、渔民、胡匪等民俗群体的性格塑造，表现出特定时期作家文化心态和时代“中心意识”。

---

① 上官筝：《新英雄主义、新浪漫主义和新文学之健康的要求》，《中国沦陷区文学大系》（评论卷），广西教育出版社1998年版，第25页。

② 上官筝：《揭起乡土文学之旗》，《.中国沦陷区文学大系》评论卷，广西教育出版社1998年版，第228—231页。

③ 林榕：《新文学的传统与将来》，《中国沦陷区文学大系》评论卷，广西教育出版社1998年版，第246页。

二、民间价值的坚守

上官筝指出,民间有两种“英雄主义”人物类型:一是“名士”,一是“强盗”,并给予二者以精神和人格的认同。他说:“我说的名士,是有一种倔强精神的大贤者。他们可以不做官,不过安逸的生活,不享受,不苟且,‘富贵不能淫,威武不能屈’,这样的精神,是很值得宝贵的。”作家还以水浒为例,揭示“强盗”的“道德精神”是“行侠作义”。进而认为,“这种精神能够汲取到作品里去,一定是一朵异葩,新英雄主义的浪漫主义,需要这样的主题。”①这种创作题材取向的理论倡导在沦陷区文坛产生了很大反响,引发了作家共鸣。作为有良知的爱国作家,必然会在作品中加以表现。当然,这种民族意识和爱国主义的叙事,不可能象“国统区”或“解放区”那样,以一种直抒胸臆的方式尽情表达,而不得不采用“曲笔”方式,以象征、隐喻、暗示等手法表达出来。一方面从日常民俗生活中追寻“新英雄主义”的民间价值,另一方面则展开家族史叙述,印证民间不屈的文化性格。

沦陷区作家塑造了不少“名士”形象.他们不是那些儒雅文士,而是历经沧桑、深明大义的民间智者。如《海和她的子女们》中的舒安老伯。“他是个固执的老人,好胜,要面子,直心眼儿;村长的责任压着他,祖宗的荣耀在他眼前发亮。凭你天大压力,要他低一下头儿,那就休想!”为捍卫宗族利益最后献出生家性命。此外还有《绿色的谷》耿直善良的“于七爷”、《雪岭之祭》有绿林义举的“于老头”、《山雾》中“老明伯伯”、《土》中的“刘永福”,以及毕

---

① 上官筝:《新英雄主义、新浪漫主义和新文学之健康的要求》,《中国沦陷区文学大系》(评论卷),广西教育出版社 1998 年版,第 26—27 页。

基初《岚中青草》的“万九爷”等。

值得一提的有两篇小说。一篇是毕基初“盔甲山”系列的《青龙剑》。另一篇是赵荫棠的《宋瓷碗》。前者不仅表现出为良知与道义勇于献身的民间性格,而且也表现出捍卫家族声誉大义灭亲的壮举。主人公赵四秃子闯荡江湖,多年后悄然隐退,在盔甲山下开了一爿酒店,安享晚年。可是侄子赵江泉却投靠官府,为虎作伥,损害了家族声誉和形象。作为赵氏家族“青龙剑”的传人,赵四秃子断然与侄子决裂。“从此后,你离开盔甲山下六县,卖了赵家店这条道,你以后愿意怎样就怎样好了,我管不了。你在外边混好了,是赵家的子孙,在外边披麻袋瞅门缝打花棍,别提姓赵;可是话又说回来,血盆里的富贵,你也别给赵姓的显祖耀宗。”当发现赵江泉决意要“杀人放火穿红袍,卖了这个赵子”以后,主人公忍无可忍,发誓宁可赵家绝后,也要杀了这个叛逆子孙。“——祖宗有灵,姓赵的出了这样后代;死在青龙剑下的冤鬼听着,赵江泉也要拿他的血来赎他的罪,我要替祖宗洗羞。”赵四秃子舍生取义,铲除邪恶的决心和行为,不谛是一个生动的暗示和隐喻。赵四秃子和青龙剑显然是正义力量的化身。作者叙述的虽是一个家族史,但又何尝不是深重灾难民族不屈的反抗史。

如果说赵四秃子大义灭亲显示名士风度的话,那么《宋瓷碗》的主人公老董则以自尊自爱表现出另一种“名士”风采。文本象征意义异常明显。小说描写自以为是“雅人”老董,酷爱收藏各类古玩。不论洋人出多高的价钱,也不愿卖掉“宋瓷碗”。他的理由非常简单,就是“在我每年的寿诞之日,我用它吃一碗寿面。”小说穿插了由“铜箫”、“铁杖”分别追溯到中国文学史上苏东坡的《赤壁赋》和荆轲刺秦王的历史典故;再由“宋瓷碗”联想到将来过生日“吃寿面”的传统风俗。很显然,小说描写的文化、风俗是民族心理、精神和审美的存在。作家将中华民族灿烂悠久的历史与现实感受紧密联系起来，表达了对自我身份的确证和民族认同。可以说，《宋瓷碗》包容了丰富的历史文化积淀，弥散着民族文化的寻根意识。

现代小说描写胡子、强盗、盗贼等题材并不少见。萧军、萧红、端木蕻良等作家姑且不论，王统照、王任叔、艾芜等也都刻画了具有民间精神的典型。沦陷区作家以这些独特的民俗群体为题材的乡土小说创作在当时形成了一种普遍的风尚，间接地反映出特定时期作家的文化心态和民族"中心意识"。这与左翼作家的政治意识形态有所区别，如疑迟的《乡仇》、小松的《铁槛》、毕基初的"盔甲山"系列小说、杨慈灯的《劫》、疑迟的《雪岭之祭》、沈寂的《盗马贼》等等。

吴朗《一年来的满洲文艺界》说"满洲作品的雄浑豪迈，在华北方面却很难以找到的"现状，不久发生了变化。每当社会动荡、民不聊生的时期，"水泊梁山"故事似乎特别具有吸引力。华北沦陷区作家毕基初从民间故事中获取创作灵感。"在历史上反抗这压迫而且流传于民间的故事，是一百单八将水浒的演义，这些人因为要反抗一种压迫的势力，便上山为王，落草为寇，由于他们生活的需要而产生一种新的道德观念，就是重义气，不贪财，轻生重死，爱友人"①。《青龙剑》描写的"逼上梁山"正是对民间价值立场的认同。赵四秃子对胡子有这样的评价："实在的，胡子倒比穿红戴紫满口仁义道德的做官的有钱的人讲交情有义气。"《流》、《菜园子李五》等"盔甲山"系列小说继续展开"官逼民反，民不得不反"的民间抗争叙事。当"张濂""李五"们无法生活时，就演绎当代"绿林传奇"，走上对抗官府的道路。小说人物的"黑旋风"、

① 吴楼：《评〈盔甲山〉》，《中国沦陷区文学大系》（评论卷），广西教育出版社 1998 年版，第 582—583 页。

"菜园子"等绰号,让人自然联想到水浒故事。不过,作家在谋求与梁山好汉形似基础上,着重刻画绿林英雄的"大义"。赵四秃子大义灭亲且不论,《流》中的大韦、马秃子杀身成仁正说明对民间道义和良知的坚守。这使得他们与传统意义的土匪有着本质区别。正如《青龙剑》中所说的:"我们不是土匪,如果别人说我们是土匪,那我们抢回我们应得的东西也是应该的"。沙里的《土》叙述刘永福等乡民采用传统"镇邪"方式对抗殖民侵略。"他们为了镇压这铁道的凶邪,除了原有的土地庙之外,又在村子西头修了一座新庙。"难能可贵的是,面对惨痛遭遇,他们相信"在宿命之外,是的确还有别的原因存在"。山丁《在土尔池哈小镇上》则描写了马夫发誓为自己的爱马复仇的故事。小说共时性地融入马夫复仇的决心意志("我一定要给我的马复仇,我一定,我一定要给它复仇。")、家族史叙述,以及"我"对死去的马的慨叹("他再也不会听见黄豆瓣儿的鸣叫,不会再跑回故土呼伦贝尔去了吧!")无不撩拨读者心绪,激发起强烈的民族认同感。

这种悲壮且不失大义的精神气质同样孕育于民间女性身上。毕基初的《岚中青草》,让人看到女主人公宁为玉碎不为瓦全的人格气节。为维护人格尊严不受侵犯,捍卫这"草原,山岚,羊群,割草的人",玲子用自己生命的绝响与施暴者同归于尽。青霞(《海和她的子女们》)毅然了断儿女私情,为捍卫家族利益与恋人同归于尽。小莲(《绿色的谷》)的善良纯朴中仍然显露出几分刚毅。尤其是袁犀的小说《森林的寂寞》,作家通过对都市文明的批判确立民间价值的叙事立场。"我"在森林里(民间)体会到一种力量、意志和美的精魂:"那完全与大自然和谐的而又斗争着的筏上的人"。小说通过"我"为"美的女人"所倾倒的描写展示民间魅力。这些作品中的女性形象给读者带来了新的审美视阈。

挖掘"人类最可夸耀的精神特质"显示出沦陷区作家浪漫主

义的审美价值观。正如上官筝在《新英雄主义、新浪漫主义和新文学之健康的要求》里，以高尔基的《马加尔·周达》、《其尔卡士》和《玛尔法》等作品为例，论证了“进步的新浪漫主义”在创作方法上的特点：“第一，浪漫主义的特质，在艺术手法上，便是用粗大的笔触，浓郁的色彩，夸张的比较，激情的形容和尽量有时甚至是过分的典型的人物的活动。第二，……典型人物，往往带有英雄的色彩，因为他们有正义感，有热有力，有人类的爱和自由的生活的要求。他们的性格是新鲜泼辣而且魅人的。”[①]很显然，作家借助鲜明的比照来完成此类浪漫主义的英雄叙事。例如，毕基初把行侠仗义的赵四秃子与卑鄙自私的赵江泉进行对照，从而表达自己鲜明的价值立场。山丁的《在土尔池哈小镇上》则以“我”衬托主人公，以突出马夫的“英雄”性格。“马夫也是个酒徒，他并没有我们这群文士那种风雅”。可以说，作家塑造这样的英雄具有双重的社会意义。一方面是曲折地表达对异族侵略不屈的反抗意志；另一方面“也还是用以显示出一般人民生活的堕落，无知，荒淫，卑鄙，懦弱，知识的贫困和灵魂的空虚”[②]的现实。

三、启蒙批判主题的延续

在异族残酷的殖民统治下，广大的乡村世界陷入了前所未有的破产凋敝的境地。沦陷区作家在弘扬民间精神价值的同时，坚持“乡土文学”现实主义的品格，直面沦陷区农村现状，对苦难现

① 上官筝：《新英雄主义、新浪漫主义和新文学之健康的要求》，《中国沦陷区文学大系》(评论卷)，广西教育出版社 1998 年版，第 24 页。

② 上官筝：《新英雄主义、新浪漫主义和新文学之健康的要求》，《中国沦陷区文学大系》(评论卷)，广西教育出版社 1998 年版，第 25 页。

实和现实苦难全方位揭示，进行深刻而广泛的社会批评。显示出沦陷区作家鲜明的价值指向。

“异化”在沦陷区乡土社会普遍存在。沈寂的《大荒天》描写“易子而食”的陋习恶俗在沦陷区农村死灰复燃。由于遭受天灾人祸，为维持家人的生计，长根夫妇不得已将儿子毛头送给卖人肉的金和尚，换回一点可以充饥的糠糟。小说中的“乌鸦”、“红忒忒的太阳”等物象描写，符合灾难降临的民间心理和信仰。小说着重刻画长根嫂复杂矛盾的心理。当毛头祖母了解了真相后，绝望地“在自己胸口插着一把剪刀”。对着和尚愤怒地喊出了令人颤栗的话：“你来割！你来割！……把我……杀了……吃我肉！吃我肉！”面对深重灾难的农村现实，作家也忍不住地这样写到：“谁会想到创造米粒的人会吃不到饭！谁会想到使人不致饥饿的人轮到自己饿死！”疑迟的《丰收之夜》采用“以喜写悲”的艺术手法，通过齐三爷“给老祖宗、老仙杀条喜猪”的“吃喜猪”这一传统习俗的叙写，在有名无实但极庄重的民俗程式中，传达出民间凄凉、暗淡和愁苦的生活情绪。人们把生活的希望寄托在神灵身上。恰如沙里在他中篇小说《土》中写道：“农民们的唯一办法是只有如此的，他们在无计可施的时候，只有烧香许愿。”对民俗的描写和渲染，折射出作家忧郁的情感气质。难怪有的论者认为“疑迟作品中的这种‘苦’味，不仅仅是现实生活赋予其作品的，也暗示出……作家创作的艰难生存。”[①]此外，关永吉的《牛》则敏锐反映了农村“丰收成灾”的主题。小说中的“牛”无疑是沦陷区农民悲苦命运的象征。

面对多灾多难的乡土，逃离便是沦陷区农民唯一的选择。

---

① 黄万华：《艺文志派四作家论》，《中国现代文学研究丛刊》1994 年第 1 期，第 110 页。

"闯关东"就是关内农民背井离乡，到关外谋生而形成的一种独特的移民习俗。现代作家如王统照、端木蕻良、骆宾基等对此都有描写。小松的《部落民》是沦陷区较早涉及这一民俗题材的作品。小说描写了王八大爷和刘车把闯关东的悲凉遭遇。关东独特的风土人情、地域风貌都会给他们带来许多的困难。然而作家对风俗画、风景画和风情画的描写与充满野性的生命交织在一起，造成强烈的视觉冲击，给读者带来了审美享受。其实，"背井离乡"的行为选择并不符合中国传统价值观念。就像关永吉《牛》中所写到的："农民离开他的家，那是很可笑的，而且一定要得到轻侮的批评，除非在外乡发了财回来。"但是现实的情境又迫使农民不得不作出这种痛苦的抉择。马骊的《生死路》就是"一群为逃死的悲惨而挣扎着生的苟延毕竟因求苟延的生而罹悲惨的死的人们的无碑的墓志。"不论是逃离故乡，还是返回故乡，饥饿、死亡如影相随。"'一顿饱'在他们心目中像一个永远追不到的幻影"。于是，人们选择了极端的方式逃离：要么被"招募华工"旗子带走，要么参加游击队。在他们看来，"死在枪口下比死在饥饿的钝刀下倒痛快倒干脆"；"打死，饿死，反正只有一个死。"在疑迟的另外一些小说如《梨花落》、《天涯路》以及《乡景》中，作家则"以强有力的笔调、粗犷的线条、简单的轮廓，构成了一幅荒原的流民图"①。

残酷的殖民统治不仅使沦陷区人民挣扎在死亡线上，同时，社会秩序、道德伦理也面临前所未有的挑战。乡村妇女的悲惨命运一直是作家关注的焦点。他们在揭示社会原生态的同时，对底层女性所遭受的肉体的、精神的压迫表达了人道主义同情。也许高深的小说《兼差》开头的话说得最实在："——唯有饥饿才可以

---

① 小松：《夷驰及其小说》，转引自黄万华《艺文志派四作家论》，《中国现代文学研究丛刊》1994 年第 1 期，第 109 页。

给人真实的启示。”在困顿无助、苟延残喘的生活面前，女性也不得不放弃自己的人格和尊严。茗心（闻国新）的乡土小说《暧昧》描写因家庭的极端贫困，长根娘放任儿媳与人私通。疑迟《雪岭之祭》中的周庆媳妇也因生活孤苦无助，在皮货商车福臣的勾引下出卖肉体。传统、保守与女性堕落恰恰最深刻地反映了乡土世界的异化。如果说《雪岭之祭》中女性人格尚未泯灭的话，那么关山（关永吉）的《羊家》、沙里的《柳树村》中的女性则是“潘金莲”式的人物。女性异化根源于日寇殖民统治所造成的乡土社会的贫困和无序。《羊家》的作家把母女之间争风吃醋、道德沉沦与广泛的社会现实结合。既描写了农民艰难的生活方式，又关注乡土社会动荡的兵燹匪祸。特别是当“食粮成为镇上唯一的严重问题”时，农民的食物结构和饮食习惯也相应地发生着变化。

因为有些农人，急于还债而不得不把刚刚收获的粮食用较低的价钱出卖。以后就飞涨起来，玉米和小米都成为难得的宝贝，乡下人自己吃不起稻米，卖掉它再买高粱和谷子。可是到农民把收获的稻米脱手，再去买那些粗粮的时候，价钱已经比卖掉的稻米还贵。他们为要把生命延长到明年收成的时候，便寻找一些可以下肚的东西，先在二八米里掺山芋和晒干的萝卜叶子，以后就掺糠，再后来掺野菜——马膝菜和扫帚菜，连二八米也买不起的便去“里洼”挖“野地梨”，以后野地梨也在街上卖了晒干的每斤一块五毛钱。

填饱肚子对于生产粮食的农民来说却成了异常艰难的事。《兼差》写道：“顾了面子，苦了肚子。”女性的沉沦和异化恰恰反映出乡土社会的极端贫困。作家把女性的无助、沉沦和绝望同沦陷区农村苦难现实结合起来，对殖民统治者发出强烈控诉。

沦陷区作家继承新文学启蒙传统，借助民俗书写展开国民性批判。马骊的《生死路》通过“祈雨”习俗的描写，揭示民间信仰与心理。一种是“跪坛”。“……全村的人，无论男女老幼，在村长的命令下都到神胎前去跪坛，上面是太阳的暴晒，下面是热地的焦炙。这，谁都没有抱怨或呼苦，因为祈雨是为了每个人的吃饭。……”另一种是“扫碗底”。民间流传这样的歌谣：“十个娘们九个女，扫扫碗底下大雨，菩萨奶奶显灵验，馍馍馃子供供你！……”然而，用以维持社会秩序的传统风俗也遭遇前所未有的挑战。人们不再遵循“行嫁月”举行婚嫁，也不忌讳“娶空房”，因为“第一，听人家说，当兵的就爱抱姑娘，换上髻儿的总还差些”；“第二，送到人家去，反正自家就少了一张天天要吃的嘴。”小说还描写民间“吃斋念佛”、“告阴状”、“吃大户”以及“骂街”等民俗事象。沙里的《土》在家族史中穿插着民族史（努尔哈赤、西拉木伦河）、文化史（贤孝牌坊、节烈牌坊、土地庙、驴皮影戏、扔菜刀砍雹神的习俗等等）的叙述。这些无不凝结着沦陷区作家鲜明的“我乡我土”的文化本位意识。

暴露“无耻、自私、贪婪、卑污和一切堕落的恶习”是沦陷区作家关注的重心。黄军的《山雾》、《圆月》，关永吉的《牛》、沙里的《土》等就通过乡土陋习恶俗的书写对中国农民传统心态进行批判。《山雾》中淳朴善良的老桂奴性意识明显，“讲忍耐，讲吃亏，讲受欺侮……”对有反抗意识的明伯伯一贯抱有偏见。小说设置小青出走的结局便是作家对奴性意识的否定。《圆月》在揭示小农意识的同时，对民间谣言进行批判。“惯造谣言的人们，永远是像螃蟹一般的到处吐沫，且根据小孩子们肩着秫秸枪，互相追逐的情形，推测着前线上的战况。”沙里的《土》和关永吉的《牛》对农民顽固的乡土性进行了挖掘。《土》通过刘永福“抓起一把土”的细节，刻画主人公对土地最朴素的情感。农民顽固的乡土根性淡化了他们的国家观念,高五爷(《牛》)激愤的话语淋漓尽致地传达了他们的淡漠的国家和民族意识。"只要能叫他们好好的种地就够了,他们谁都欢迎,连白俄都欢迎。""牛"和"土"典型代表了农民乡土根性的沉重负累。总的说来,沦陷区小说的民俗描写收到不错的效果,表现在民俗描写增强了小说地域色彩和风土人情(我乡我土)。沦陷区小说的民俗事象成为民族文化认同感的最佳方式。

"出走"是沦陷区小说比较常见的人物行为和艺术设置。如关永吉的《羊家》等。上官筝曾对袁犀的《邻三人》中人物的行为选择曾表示过怀疑,认为"这样的出路我们常常能在'巴金'或其他的'空想主义'的作家诸君的小说里见到"[①]。论者的眼光确实有见地。但从民俗心理来看,"出走"正是不安于现状的一种合乎逻辑的行为选择。"树挪死,人挪活。世界范围内所流传的AT461型民间故事就说明这种行为具有普遍的文化意义和价值。从沦陷区作家的文化心态来说,"出走"结局的安排也是作家现实苦闷,渴望新生的一种情绪表达式。这与左翼小说中"出走"还不完全一致。左翼小说的"出走"带有明显意识形态色彩,而沦陷区小说则更多流露出无奈和无助的情绪焦虑。它不像左翼小说给人以明确方向上的亮色,而是沦陷区民众无所适从的逃离或流亡。

沦陷区作家对民族文化展开理性反思。黄军的《圆月》通过对老华细腻的心理描写,反映民族文化中血浓于水的亲情。闻国新的《小毛的悲哀》、张金寿的《母子俩》两篇小说,则在亲情中传达出对传统文化的深切思考。对于前者来说,生活的磨难是一笔

① 上官筝:《袁犀论》,《中国沦陷区文学大系》(评论卷),广西教育出版社 1998 年版,第 532 页。

宝贵财富,“工作和愁苦加速了小毛的长成”。后者则叙述了优越的生活造成主人公人格精神的孱弱退化,失去应有的生存能力和生活意志。面对母亲去世这一突发事件,小山居然不会“升火”(生活)。“家国同构”。沦陷区作家试图借重家庭生活题材的叙写,表达对国家民族前途的反省和忧思。

沦陷区高压的文艺统制给创作造成极大影响。关永吉提倡乡土文学一个很重要的原因是要“排除作者堕落倾向”,“用写实主义的技术”①复兴华北文坛。然而,仅仅靠某种题材的选择、技术的定位,很难彻底扭转文坛堕落的趋势。即使是乡土小说作家也不自觉地流露出消极悲观的心态。例如沙里的《柳树村》、《土》、疑迟的《雪岭之祭》等。作为乡土文学倡导者,关永吉的《牛》也不同程度表现出命运的阴错阳差和变化无常。

四、怀乡情绪的流露

文艺是苦闷的象征。山丁在《乡愁》序中写道:“原打算名为《如晦集》,在文前还写下《国风》上的诗句:‘风雨如晦,鸡鸣不已’……虽然是我的第二个短篇集,那乡土气味还很浓厚。我想,说不定什么时候我能离开文学的故乡、甚至作它的浪子,那一定是很愁苦的事情”。

对于作家来说,怀乡情绪主要是通过人物的塑造来完成和表达自己对乡土(家园)复杂的心理感受的。疑迟的《雪岭之祭》描写了周青有家难回的两难处境。“想起从先家居的时候,这早

① 上官筝:《读满洲作家特辑兼论华北文坛》,1942 年 11 月《中国文艺》第 7 卷第 3 期,第 28 页。

晚她不是又该倚在门前等候自己吗？如今有家都不能够回去，又是黄昏时候了，她这咱在家里干着甚么呢?”还有小松的《铁槛》，描写农民邱青被迫“落草”以后，故乡始终是一个巨大的精神诱惑。小说细腻地描写了主人公在夜晚偷偷回到故乡的复杂心情。

> 邱青冒着风雨，从山林里爬出来，走在滑泞路上，没有灯火，只有那没有边际的恐怖，围绕着他。同时，有一颗希望在支配着他，许多日子的不安，化成了一颗坚实决心，无论如何，要回家去看看他的妻和儿子。这么长久的岁月，这么迟缓的时间，他只记得，那石人沟的方向，很熟稔，也很甜蜜的那一座家园，将近一夜的工夫，他走进了乡村，这乡村在晚雾缭绕中，使他欢喜得心跳，呼吸失掉了均衡，在雨中他的嗅觉，触及到家园溢放着的香色，使他陶醉的气氛，想着见了妻的时候要怎样先说第一句话。

家园就在他的眼前，仿佛一伸手就能推开自己的家门。“虽然怎样忘不了‘故土’，却在‘故土’里一夜也安住不得，怎么来的就怎么回去”①。这不只是小说主人公的感受，也是整个沦陷区民众(包括作家)的普遍的心理状态。

中国人对乡土的那份执着是其他民族无法企及的。乡土、民族、国家可以说是同一个概念。对农民来讲，土地是他们的命根子。土地不仅是财富的象征，一种精神的寄托，更是一种不可推卸的责任担当。在作家笔下，土地凸显着“现实”和“象征”的双重

---

① 古丁:《读〈铁槛〉》，转引黄万华:《艺文志派四作家论》，《中国现代文学研究丛刊》1994 年第 1 期，第 105 页。

意义。正如丁玲借《水》中人物之口所说的："只要有土地，就全有我们在。……就全有我们胼手胝足，挨冻挨饿的在。……土地是我们的命呀！"人不只是为自己而活着，还为守住祖宗留下的土地而活着。这种集体无意识在许多乡土小说中都得到淋漓尽致的表现。沙里的《土》运用前后对比的手法，叙述一个家族由中兴到式微的过程。这是沦陷区农村走向衰败凋敝破产的一个缩影。小说通过刘二爷对家族史的津津乐道以及被迫卖掉土地后念念不忘那片"祖宗留下来的田地"，两种心态的鲜明反差，揭示出中国农民独特的乡土观念。远离乡土的人们往往都有带上"乡井土"的习俗以寄托对故乡、先祖的绵绵思念。小说《土》中的主人公则以一种特别的方式倾诉对土地的热爱。"忽然，他蹲下身去，从已经出卖了的土地上抓起一把土来，土是那么松软而透着细腻的，他把它扔向眼前的大河里"。《菜园子李五》同样也描写主人公对乡土虔诚神圣的情感："李五蹲下来在地上抓了一把土，放在鼻子上嗅了嗅，不由的落下一滴泪"。这种具有几分宗教性情绪又极富象征性意味的举动，在有的论者看来是"失真"的，但这一细节确实"把那种怀恋乡土的情绪充分的表露出来"[①]。

沦陷区乡土小说的文体特征在某种程度上也流露出作家主体浓烈的乡土意识。也许有种现象值得我们重视，那就是沦陷区乡土小说存在着议论和抒情。而议论、抒情又同家园意识、民族意识纠缠在一起。抒情、议论往往是作家现代胸臆的不自觉流露。当小说事件或情节无法表达出作家某种强烈的情绪感受，或者担心读者不能理解和把握小说创作的意图时，作家常常会突破

① 吴楼：《评〈盔甲山〉》，《中国沦陷区文学大系》（评论卷），广西教育出版社 1998 年版，第 598 页。

小说创作的套路和规范，强行或不自觉地运用非小说叙事的手法和技巧。虽然这有可能损害到小说的整体性艺术，但这是沦陷区作家创作的一种普遍现象，自然存在某种合理性的因素。例如：《岚中青草》在叙述玲子的羊被人赶走时，作者以同情的口吻这么写到："她耳边环绕着的羊的悲鸣，像无数的箭射在她的心上，她失去了羊，而且她也将要失去她的故土——山岚和菜园了。"与其说议论的对象是玲子，倒不如说是作家在国破家亡的现实面前的慨叹。《在土尔池哈小镇上》中，当听说马夫的马已经死了的时候，"我"不禁感慨万千："它再也不会听见黄豆瓣儿的鸣叫，不会再跑回到故土呼伦贝尔去了吧！"这毋宁说是作家借别人的酒，浇自家胸中块垒。当然，作家的议论、抒情与小说叙述视角的转换有密切关系。

索绪尔说："一个民族的风俗习惯常会在他的语言中有所反映，另一方面，在很大程度上，构成民族的也正是语言。"①作为语言民俗，民间方言在沦陷区乡土小说中随处可见。可以这么说，运用地域性和具有亲和力的民间话语是抚慰作家失衡心理的有效手段之一。艾芜曾把故乡风情民俗移到纸上，就宛如自己真的回到故乡一般。作家善于运用民间话语进行创作，既增强小说独特的地方色彩和审美韵致，也使得乡情呈现出原汁原味的形态。沈寂的《大荒天》大量运用富有特色的民间谚语。"一滴水，一个泡，一报还一报"、"天上九流星，地上倒眼睛"、"旱年无鹤神，荒年无六亲"；毕基初的《青龙剑》和《金交椅》，把江湖中人的行话、术语运用得有声有色。诸如"血盆里的富贵"、"披麻袋瞅门缝打花棍"；"好马出在腿上，好汉出在嘴上"、"骑驴子看唱本，以后走着瞧"、"抱热罐子"等等。人物对话也从民间的谣谚、俚语、俗语中

---

① ［瑞士］索绪尔：《普通语言学教程》高名凯译，商务印书馆 1980 年版，第 43 页。

提炼出某种神韵和情致。民间话语成了沦陷区作家表达“隐现乡愁”和民族文化认同的感性符号。

此外，沦陷区乡土小说普遍的风景画、风俗画和风情画的描写，浸透着作家复杂的情绪，包含了丰富的价值判断、情感判断和审美判断，使得乡土小说成为沦陷区文坛光彩夺目的奇葩。

五、作家精神的消极退守

一个时代不可能只有一种声音说话。在沦陷区险恶的文化生态中，文学的“杂色”似乎成为这个时代最显性的特征。沦陷区文坛既有现实主义精神的高扬，也有唯美主义的追求；既有直面现实的锋芒，也有皈依宗教的消极退守。

我们在肯定沦陷区小说创作成就时不能忽视其客观存在的问题。就小说主题而言，少数作家流露出颓废没落和皈依宗教的倾向。其中，最突出的当然要算张秀亚的“准宗教小说”。沦陷区特殊的文化环境造成作家心灵的内倾和自闭，对宗教、人性、爱与美主题表现出超乎寻常的兴趣。圣洁的爱情需要宗教般虔诚心灵。作家借助爱情故事，运用异质文化意象（女神、上帝、天国）表达宗教理念。例如，《珂萝佐女神》通过对央、超、宛宛之间情感纠葛的描写，意在表明人类的渺小，永远受着不可抗拒的命运播弄。作家或者把命运归化为神奇的大自然（《梦之花》），或者归化为天国。“我寻到了梦中未曾寻觅到的，精神的家乡，在那辉煌的天上。”

作为认知世界的特殊思维方式，“宗教本质上是真理的探索，并明确意识到它自己就是这样的探索。但是，宗教可能发现的真理是一种始终隐瞒在符号象征圣物盒中的真理：我们见到比喻，但我们见不到真理；我们只意识到真理就在那里，它的存在把比喻的美变成了神圣。这种神圣只具有象征的特性，所以宗教仍保持着一个偶像崇拜和迷信的因素。”[①]作家对宗教的崇拜体现在《皈依》和《幸福的泉源》两部小说。前者描写珍与华是一对恋人。华信奉上帝和天国，具有博大的情怀和博爱的意识，生活充实。相比之下，珍则为日常凡俗事务所捆扰。在汹涌的洪水中，华秉承上帝的意志拯救灾民。在华的感召下，珍感悟到主的伟大和美德，“如行星一般，永远绕主而行”。显然“华”是“耶和华”的象征。后者则是对“幸福的泉源”作了一次所谓终极价值的追寻，那是耶稣基督的“崇高的牺牲精神，伟大的宽恕精神、平等的博爱精神”[②]。客观地说，由于特定创作环境的影响，沦陷区作家写作处于绝望境地，小说流露出的宗教情绪也是可以理解的。就像马克思说的：“宗教是被压迫心灵的叹息，是无情世界的感情……宗教是人民的鸦片。”沦陷区作家普遍加强了对人性的思考，不过，如果将人性仅仅归结为抽象永恒的人类之爱，则反映了作家无视现实的狭隘意识。

共鸣的《蝉蜕》叙述主人公黄祥放弃复仇心理，待仇人诺木塔尔尼如亲人。同时小说穿插了玛什巴图与朱老三，诺木塔尔尼与黄祥在作恶与复仇的怪圈中，承受着精神折磨和灵魂拷问，鼓吹“如果人类能包容自然，那么一切的罪恶，邪欲，斗争的名辞将不会再行存在”这一“博爱”主题。可以这么说，张秀亚、共鸣等作家，游离逃避民族斗争的现实，宣传所谓“人类之爱”和宗教皈依，消泯民族意识，对抗战是十分有害的，受到了沦陷区作家和读者

① 卢晓华：《〈艺术哲学新论〉译者前言》，工人出版社 1988 年版，第 3—4 页。

② 张秀亚：《〈白鸟的归来〉序》，参见侯江《张秀亚沦陷时期作品浅析》，《中国现代文学研究丛刊》1994 年版第 1 期，第 146 页。

的抨击。

沦陷区作家小松则追求小说的唯美主义。《美丽的津村》描写了孙二嫂对都市向往离开家乡，渲染女主人公离家的心情，“仿佛是将要开始蜜月旅行的一对小俩口在卿卿我我”。这种唯美主义创作思想必然导致作家对现实熟视无睹，并在他后来的作品中得到进一步表现。如“瓶中的弱枝，没有花，也没有刺”的《无花的蔷薇》，小说中看不到沦陷区农村破产衰败的客观描绘。作家在《〈苦瓜集〉自序》中为自己唯美主义创作寻找借口，他说：“我觉得除了纯美之外，并没有什么可写；除了纯美之外，并没有什么可爱”。虽然《铁槛》、《部落民》等小说联系到现实的苦难，但作家在题材开掘和艺术表现上追求“纯美”主张。公孙嬿的《镜里的昙花》通篇散发出一种“红颜薄命”、“镜花水月”的人生伤感情绪。小说副标题“——韶华不为少年留”便是作家地道的感伤独白。总之，沦陷区唯美主义、感伤主义倾向对读者的腐蚀是不容忽视的。

《柳树村》叙述杨大奶奶和女儿利子与王老三人之间的情感纠葛。值得注意的是，作家分别以春、夏、秋、冬安排情节结构，并在四季交替作家穿插着偶然性事件。例如：小说第二部分叙述了“春天，柳树村村长忽然发了横财……”第三部分：“秋天居然到来了，……”第四部分：“杨家在寂寞中度过了三年。有一天，家里来了三个客人，一个是瘸子，一个是安详的少妇，其余的一个便是一个不满两个月的孩子。”沙里告诉人们：人生充满了偶然性和不可捉摸性，人是无法把握自己命运的。小说在家庭失和、夫妻反目、兄弟阋墙的关系中，展现人性阴暗的一面，流露出浓重的悲观宿命色彩。

不过话也说回来，沦陷区作家在“言”与“不言”的两难困境中进行文学创作是常人难以想象的。王秋萤颇有感触：“我们自己的文学活动和敌伪统治者在政治、文学上采取的各种措施，有时也搅合在一起，想出淤泥而不染，是不可能的事。”[①]尽管沦陷区小说存在这样那样的问题，但我们不能忽视其文学史意义。

① 秋萤：《我所知道的东北沦陷期沈阳文学》，《东北文学研究史料》第6辑。

第十六章　中国现代乡土小说加注现象

附以注释是学术性论文的基本范式和特点。中国现代文学特别是现代乡土小说时常出现加注的现象。其实这并不奇怪。文艺性作品的加注并非自现代小说始，古代诗文中早已出现过这种情况。迄今为止，有关小说注释问题尚未引起重视。需要说明的是，由于版本的差异，小说文本注释存在着两种情况：一种是作家创作过程中所加的"原注"，我们可以将它视为创作的一部分；另一种则是为便于读者的阅读，编者所加的"编注"。在一般人眼里，不论是原注还是编注，其目的都是为了便于读者文本阅读。当然，这种说法并不错。倒是作家所作的原注同他的知识结构、叙事修辞，以及文艺思潮乃至创作生态的关系常常被所忽视，它所具有的学术价值更是编注单一的解读功能所无法替代的。这里我们拟就作家的原注为对象，探讨相关问题。

一

就中国现代乡土小说而言，小说"原注"的内容大都与民俗学方面的知识有关[1]。“十里不同风,百里不同俗。”不同地域的民俗给异域读者带来审美享受的同时,客观上也给阅读造成了一定困难。另一方面,作家主观上也不是要把自己的作品“藏之名山”,写成一个谁都不懂的东西。原注显然是作家针对文本解读需要而设置的一种有别于主体叙事的文字。某些情况下,没有文本注释可能会影响读者理解和阅读兴趣。

可以看出,阐释、说明和补充是作家注释的基本目的,但并不是唯一的功能。首先,有些文本注释在解读的同时,因修辞性意义而具备一定的审美功能,体现了作家多样化艺术构思和叙事技巧。例如《春蚕》,茅盾用原注方式对乌镇蚕事“禁忌”所包含的祈求祥瑞心态作了说明,小说正文并不适宜安排这种非叙事性的文字。最典型的要算吴组缃的《一千八百担》。作家别具匠心将民间“求雨”习俗有关“癞痢头孩子”的民间故事置于原注加以叙述:

> 这位脾气好的菩萨,叫做“西风癞痢”。据说玉皇大帝是他的外公。外公派他一件有趣的差使:职司山乡地方的晴雨。每逢六月,也不知他是孩子气玩乱了心,还是其实做不得主,天老是一晴就晴上十天半个月,让太阳把田里土壤晒开裂,河水干涸到露出滩石;正要飞速地发长的稻稞,都变得垂头丧气,一天天萎黄。大家一看这情形急得要不得,照例先禁三天屠,表示向这位癞痢头孩子以及他的上司下属忏悔求情。还不下雨,村上人把锣一敲,邀上一百二百人,戴起杨柳圈,赤着脚,排成行列,火把,龙旗,香案,鸣锣放铳,星夜跋

① 对《中国新文学大系》(1917—1949)所涉及的乡土小说进行分析后发现,小说“原注”绝大部分都是有关民俗方面的内容。其中以不同地域的生产民俗、生活民俗以及民间会社的行话、术语、俚语等语言民俗最为普遍。

涉三四十里乱石荆棘路，到承流峰顶的龙王潭里捉起一条雨鳅，虾，四脚蛇，……或者什么的，总之是条“真龙”，供到这里龙王台山来。这是瞒住癞痢头孩子，贿赂恐吓他的下属的办法，如果仍然不下雨，那可不客气了：选几个粗壮汉跑到斗南山西风庙里由神座上把癞痢头孩子绑押到这里来，叫猛毒的太阳把他一头癞痢晒得出汗冒油。

众所周知，20世纪30年代，人物小说、性格小说成为中国现代小说发展的正格和路子。作家对“典型人物”与“典型环境”的关系也有了深入的理解。从叙事学角度来看，如果吴组缃把“求雨”的介绍置于小说环境描写部分，那么小说的叙述视点、叙述时间极易造成叙事结构的混乱。而取消这一部分介绍性文字，文本相应关涉和乡土情调似乎又不能得到很好表现。因此，作家巧妙地采用注释方式，既解决了小说整体结构的协调问题，也为读者阅读做了必要补充。由此可见，小说注释并非仅局限于读者对于小说文本的理解，而是同作家艺术构思与小说叙事存在密切关系，是属于小说叙事修辞和技巧层面的问题。“原注”理应被视为小说的有机部分。

作为小说的重要构成，中国现代小说的风俗画、风情画与风景画的描写，虽然不是现代乡土小说成熟的标志，但却是乡土作家普遍认可的审美唯度。作为文化的历史和历史的文化，民俗是民族风格和地域特色最为感性的一面。因此，民俗描写体现了中国现代文学现代化、民族化的重要特征。而作为对民俗事象补充说明的“原注”，一定程度上强化了文学的地方色彩和民族风格。

其次，“原注”为考察作家、文本和创作提供了可行性研究视角，从中不难看出现代作家与中国民俗学的结缘与互动。与编注不同，“原注”大都产生于作家艺术构思和创作实践的过程之中，包含着丰富的创作意念和精神发现。因此，作家的创作视阈、创作心态和思维结构都可以从“原注”中寻出蛛丝马迹。第一，“原注”基本上能够体现出现代作家现实主义的创作风格和创作视阈。当然，这并不是说没有注释的作品就没有写实的精神。作家对乡土社会原生态的客观再现，必然涉及乡风民俗，并对某些独特民俗加以注解。中国现代文学史上，鲁迅、茅盾之于浙江，蹇先艾之于贵州，王实味之于河南，台静农、吴组缃之于安徽，罗淑、李劼人之于四川，萧军、端木蕻良之于东北，叶紫之于洞庭湖流域，周文之于川藏边地等等，作家对不同地域的民俗注解，直接反映出乡土题材的广阔性，绘制了一幅中国乡土社会的全景图。第二，“原注”显示出现代作家民俗学知识结构与创作之间多层面良性互动关系。一方面，作家从民俗生活中汲取创作的素材和养料。某些小说的“原型”和叙事，都来自民俗文化的深层结构，并在此基础上实现现代意义的构建或转化；另一方面，民俗运用和描写客观上也制约作家的价值判断和审美取向。以方言原注为例，作家采用特定地域的方言作为小说语言材料，有助于营造特定的情境、氛围和艺术典型，同时，作为文化共同体的有机部分，方言也在一定程度上体现出民俗群体的生活方式、思维模式和文化价值观念。

最后，“原注”与小说涉及的民俗事象一同构成民俗文献学和语言学研究的重要资料。法国作家巴尔扎克认为，文学家“写出许多历史学家忘记了写的那部分历史，就是说风俗史”[①]。茅盾也认定“文学家是保存古代神话的功臣”[②]。虽然针对神话而言，

① [法]巴尔扎克：《〈人间喜剧〉前言》，陈占元译，《文艺理论译丛》第 2 辑，人民文学出版社 1957 年版，第 6 页。

② 茅盾：《中国神话研究》，《茅盾说神话》上海古籍出版社 1999 年版，第 116 页。

但对作家保存民俗文献方面的贡献具有普泛性意义。郭沫若将李劼人小说比作“至少是‘小说的近代《华阳国志》’”①，析示出作家创作的“风俗志”倾向。既然是针对作家作品而言的，那么小说“原注”无疑强化了这种创作风格。另外，“原注”绝大部分是有关方言的注释。从文化传播的角度看，语言符号和制约语言符号系统的文化间的巨大差异性，给不同地域语言信息的交流传播带来了实际困难。而对方言注释的研究，既可以了解不同地域不同民族的民俗文化心理，同时也丰富了民俗学语言学研究的资源。

二

中国现代乡土小说注释的大量出现，首先与作家民俗学意识的自觉有着极大关系。从民俗学方面来看，中国现代文学与民俗学存在着深刻关联。它们诞生于五四新文化运动中，阐扬民主、科学的时代精神。不仅在发展阶段上十分切近，而且不少现代作家都不同程度、以不同方式参与了不同历史时期的民俗学活动，成为中国民俗学发展的一个显著特点和重要力量。尽管中国现代作家对民俗学的倡导偏重于文艺审美，但民俗学语境和学科知识必然影响到他们的文学创作实践。杨义曾经就许地山民俗学、宗教学的背景对于他的创作所产生的影响有过精辟的见解，认为“这种潜心研究之所得，不能不影响到他的谋篇立意和艺术想象。”②作家民俗学意识不仅表现在构建主题、提炼情节、塑造人

① 郭沫若：《中国左拉之待望》，《中国文艺》1937 年第 1 卷第 2 期。
② 杨义：《许地山：由传奇到写实》，《许地山研究集》南京大学出版社 1989 年版，第 237 页。

物，自觉展开民俗风情的描写，而且也体现在对作品某些民俗注释上。鲁迅是现代最早具有民俗学意识的作家。早在1913年，他就呼吁“当立国民文术研究会，以理各地歌谣，俚谚，传说，童话等；详其意谊，辨其特性，又发挥而光大之。”①不过有意思的是，鲁迅的《呐喊》并未出现民俗事象的注释。只是到了1925年，《彷徨》集子里的《长明灯》、《离婚》才有了浙东方言俗语的注解。据现代作家苏雪林的回忆，“胡适常惜《阿Q正传》没有用绍兴土白写，以为若如此则当更出色。”②作家台静农亦曾在北京大学参与了当时的民俗学活动，并在家乡淮南搜集大量民谣。民俗学活动对他后来的小说创作显然产生了不小影响。他的小说《拜堂》具有浓郁的皖西风情，并对其中6处方言进行了注解。独特的地域性和巨大的文化差异性，也使得蹇先艾的小说如《在贵州道上》、《到镇溪去》对边地民俗注释也相当普遍。

茅盾民俗学意识与当初新文学对于神话审美价值的探讨有着直接关系。“当时，大家有这样的想法：既要借鉴于西洋，就必须穷本溯源，不能尝一脔而辄止。……自当从希腊、罗马开始，横贯十九世纪，直到‘世纪末’。……因而也给我一个机会对十九世纪以前的欧洲文学作一番系统的研究。这就是我当时从事于希腊神话、北欧神话之研究的原因。”③1928年，茅盾在《楚辞与中国神话》中，把神话的地位提升到民族文学源泉的高度。他说：“就文学的立点而言，神话实在即是原始人民的文学。迨及渐进于文明，一民族的神话即成为一民族的文学的源泉：此在世界各文明

---

① 《儗播布美术意见书》，《鲁迅全集》第7卷，人民文学出版社1961年版，第276页。

② 苏雪林：《〈阿Q正传〉及鲁迅创作的艺术》，《苏雪林选集》安徽文艺出版社1989年版，第411页。

③ 茅盾：《商务印书馆编译所生活之二》，《中国新文学史料》1979年第2期，第53页。

民族,大抵皆然,并没有例外。"[1]茅盾小说理论和创作十分重视民俗审美功能的构建,《春蚕》不仅对浙江桐乡乌镇"蚕事"习俗进行艺术化再现,而且对其中独特的民俗进行了注解。吴组缃在清华学习期间得到朱自清和郑振铎两位文学兼民俗学名家指导,对他民俗学意识形成以及乡土创作产生了较大影响。如前所述,《一千八百担》有关"癞痢头孩子"的注释具有一定的叙事学价值。李劼人对四川成都的乡风民俗有着特殊情结,曾写下《说成都》、《漫谈中国人之衣食住行》和《旧账》等一系列民俗学文章。作家深厚的民俗学功底和求实科学的精神成就了小说创作。另外,萧军、端木蕻良、周文等30年代作家的小说注释,都显示出相当厚实的民俗学修养。

除了作家民俗学意识自觉外,不同时期的文学思潮对作家小说加注行为也构成了实际影响。从总体上看,中国现代文学创作思潮呈现出一种大众化、通俗化、民间化的发展态势。五四新文学运动期间,取代"文言"而起的白话文学思潮,要求作家采用明白晓畅、富有活力的民间白话从事创作。不同地域的方言虽不可能统统写进小说,但是,即便少量的方言语汇有时也会给异域读者阅读带来麻烦。创作话语的两难为现代作家加注提供了可能。例如,鲁迅的《离婚》就"对对"、"逃生子"等浙东方言进行了注解。正是这些注解,才不至于引起文本的误读。"何况两岸多老二,这些柳叶恶又恶,不若就地齐下灰"是高世华《沉自己的船》中的民谣。没有注释,读者似乎很难将"老二"、"柳叶"与匪、兵联系在一起。王实味的《杨五奶奶》提及的"秧大麦"习俗,异域读者也只有看过注释才恍然大悟,那是"一种极野蛮之风俗,皆施之于泼毒之恶女人。闻系以小锥刺下体,就每创口填入大麦一粒。主其事者

① 茅盾:《楚辞与中国神话》,《茅盾说神话》上海古籍出版社1999年版,第158页。

皆壮妇。”[①]可以看出，白话文学思潮的兴起和发展，一定程度导致对民间方言加注现象的出现。

“‘五四’文学革命和白话文运动实际上是文艺大众化的一个起点，已经包含着后来文艺大众化运动的最初的倾向和意义。”[②]“主张白话者，从语言依附于生活出发，更看重表达的内容，在表达的形式方面，他们更多地考虑大众接受的可能。”[③]30年代左翼大众化运动中，民间化创作思潮更为强烈和显著。1929—1935年，几次“文学大众化”的论争逐步形成了这样一个共识，即把“必须具有比较通俗的形式和为工农容易了解的语言”作为文艺大众化的起点。甚至有的作家如欧阳山、草明等开始创作“方言小说”，对“新文艺腔”起到了纠偏作用。文艺大众化运动是“五四”白话文运动在30年代的接续和发展，文学与民俗学特别是与民间文艺的联系得到进一步加强。作家的民间意识和本土化意识，加上当时民俗学活动的开展，使得30年代作家在他们作品中加以注释的情况比较普遍。比较典型的作家有茅盾、吴组缃、叶紫、萧军、李劼人等等。40年代前后，文艺“民族形式”与“大众化”讨论以及解放区工农兵创作的兴起，文学创作的大众化、通俗化、民间化更为显著。值得注意的是，这个时期乡土小说中的“原注”并不多见。当然，这一现象与文学所处的特定语境有密切关系。总之，中国现代文学大众化、通俗化、民间化的创作思潮直接间接地影响到作家注释行为。

除了现代作家民俗学文化背景以及文学创作思潮外，是不是还存在别的原因影响作家的注释？严家炎认为，“乡土文学在乡

---

① 王实味：《杨五奶奶》，《实味文存》上海三联书店1998年版，第58页。

② 唐弢：《中国现代文学史》第1册，人民文学出版社1979年，第51页。

③ 庄锡华：《二十世纪的中国文艺理论》上海三联书店2000年，第68页。

下是写不出来的,它往往是作者来到城市后的产物。"[①]这句话至少包含了两方面的意思:第一,作家走出故乡偏僻一隅,侨寓现代都市,获得了观照乡土的审美距离、心理距离以及审视视角。第二,在现代都市,大多数作家以写作为生,离不开出版商和书店的商业化运作。这种商业化运作模式使得出版商特别关心作家作品的发行和销量。从作家方面来看,一方面受制于书店与出版商,作家不得不考虑创作与受众之间的关系,特别是作品被社会接受的程度;另一方面作家乡土题材创作对现代都市和异域读者来说无疑是新奇的,富有吸引力的,但作品涉及的独特风俗,特别是方言给阅读带来了困难。从语言学角度看,作为区域性的语言,方言是相对稳定自足的符号系统。它的"所指"(概念)、"能指"(音响形象)及其关系,都是异文化区域的读者所不易理解的,进而影响受众的阅读兴趣。因此比较讨巧的办法,便是对这类民俗事象加以注释,才不至于妨碍出版发行和读者阅读。例如,蹇先艾小说大都取材于偏远的贵州乡村。当地特殊的民俗风情给读者带来了新奇感和审美餍足,然而小说中生产、生活和方言民俗无疑给读者制造了障碍。此外,周文对川康边地的民俗描写,萧军、端木蕻良东北黑土地的描绘,李劼人成都日常生活的描摹等,都采用"原注"方式,较好解决了作家写作与受众阅读的矛盾。拿李劼人来说,其"大河小说"三部曲(《死水微澜》、《暴风雨前》、《大波》)200多条"原注"绝大部分都是有关方言的,极具民俗学和语言学研究价值。可以看出,依靠书店发行、读者市场和稿酬谋生的作家,必须充分考虑到受众阅读需求和审美期待,这是作家加注的一个非常实际的原因。

① 严家炎:《中国现代小说流派史》,人民文学出版社1989年版,第74页。

三

毋庸讳言，对原注功能及其相关分析存在这样两个问题：第一，为什么对小说文本加注主要集中在某些作家身上，而多数作家并未对其描写的民俗注释？第二，“解放区”小说、“京派”小说和“七月派”小说没有注释的现象如何解释？

解释这些现象须从以下几个方面考虑。如前文所说，我们必须承认这样一种客观事实，那就是现代作家民俗学学殖背景并不一致，民俗学意识的自觉程度也各有高下。因此出现上述情况在所难免。从文化传播角度看，民俗一旦形成，便具有相对稳定性。以“求雨”为例，不同地域的作家如王任叔、王统照、吴组缃、李劼人、王西彦、叶紫、韦君宜等人都描写过此类民俗。随着民俗文化的传播和发展，虽然民俗在具体形态上发生了变化，但其内核并未发生实质性改变。这类民俗对于异域读者也不算陌生。从宏观方面来看，中国广大区域基本可划分为儒文化区域和非儒文化区域。由于缺乏必要的文化交流与对话，非儒家文化区域的民俗往往保存了比较完备的原生形态。相对于异文化区域的读者来说，这些民俗就不是很好理解，语言民俗尤为如此。客观地说，小说文本出现的方言成为异域读者阅读的主要障碍。这或许是现代乡土小说出现大量“原注”的缘故。

一、解放区小说主体是乡土小说，并涌现出“山药蛋派”和“荷花淀派”两个成熟的小说流派。解放区小说描写的众多民俗并未出现注释。需要指出的是，解放区作家民俗学意识是自觉的。他们在创作的同时也产生了一批民俗学成果。不过，他们的民俗学研究有着明确的服务文学创作的目的。当然，除了上述分析以外，更应该从解放区文化生态和文艺独特性方面去考虑。第一，解放区文化环境的封闭性。作为根据地，延安等解放区一直处于国民党与日寇封锁和围剿之中，形成了相当恶劣和封闭的文化生态。第二，解放区文学活动的独特性。严酷战争环境改变了解放区作家的创作心态，解放区文艺有着明确目标，即发挥文艺的宣传功能，团结人民，打击敌人。特别是在"讲话"指引下，解放区作家以根据地现实生活为题材，表现解放区军民火热的战斗生活。第三，根据地文艺出版发行的单一性。在与外界严重隔绝的情况下，解放区文艺无法与外界交流，发行渠道也受到严重限制，文艺的出版发行也只能面向根据地工农兵读者。另外，解放区文艺的大众化、通俗化和本土化倾向，为根据地读者阅读带来了便利。因此，在这样一个特殊的文化环境中，受众并不存在阅读的隔阂和障碍，加注显然是多余的。不过话也说回来，解放区作家在创作时所设想的读者，与半个多世纪后今天的读者在文本接受方面显然存在巨大差异性。这种差异性就像张爱玲所说的："许多留到现在的伟大作品，原来的主题往往不再被读者注意，因为事过境迁之后，原来的主题早已不使我们感觉兴趣，倒是随时从故事本身发见了新的启示，使那作品成为永生的。"[①]解放区小说那些独特的民俗事象，对于当下读者或许就很陌生，这可能就是今天的编者需要设以"编注"的原因。这自然不是本文讨论的话题。

二、"京派"作家废名、沈从文等描写了大量独特的民俗事象。按理说，他们的小说会有不少关于独特民俗的注解。然而恰恰相反，他们的小说文本注释极少。这种现象与"京派"作家自觉的文体意识有关。众所周知，废名、沈从文的小说呈现出鲜明的散文化叙事体征。周作人对废名小说的散文化体式高度认同并

---

① 《自己的文章》，《张爱玲散文》浙江文艺出版社 2000 年版，第 97 页。

作过一番经典描述：

> 这好象是一道流水，大约总是向东去朝宗于海，他流过的地方，凡有什么汊港湾曲，总得灌注萦洄一番，有什么岩石水草，总要披拂抚弄一下子才再往前去，这都不是他的行程的主脑，但除去了这些也就别无行程了。[①]

不过，对"京派"散文化叙事的看法可谓是见仁见智。与周作人看法不一样，苏雪林对小说散文化、随笔化叙事并不认同。她在肯定沈从文小说成就的同时，也指出不足之处正是他"过于随笔化"，"好像是专门拿 Essay 的笔法来写小说"。"作者写文字时信笔挥洒不着意"造成了这样一个结果，即"他用一千字写的一段文章，我们将它缩成百字，原意仍可不失。"[②]这话说得是比较难听的（意思是一千个字有九百个都是废话）。沈从文 20 年代遵循了小说写作传统章法。他说："我以为一件作品对外景只在说明充实背景的需要而存在。说明上文字的节制是必须的……我以为表现一个理想或讨论一种问题……那么即或形式是小说的形式，在对话动作种种事情方面，适当节制为势所必须，过分的铺张应当是一种忌讳，观察详细又不可缺少，一切应当从需要作考虑。这是我在描写上不能夸张复有琐碎的一种解释。"[③]沈从文是个明白人，当然清楚自己 30 年代创作发生的变化。

> 从这一小本集子上看，可以得一结论，就是文章更近于

---

① 《〈莫须有先生传〉序》，《周作人批评文集》珠海出版社 1998 年版，第 232 页。

② 《沈从文论》，《苏雪林选集》安徽文艺出版社 1989 年版，第 460 页。

③ 《〈一个母亲〉序》，《沈从文全集》第 7 卷，北岳文艺出版社 2002 年版，第 291 页。

小品散文，于描写虽同样尽力，于结构更疏忽了。照一般说法，短篇小说的必需条件，所谓“事物的中心”，“人物的中心”，“提高”或“拉紧”，我全没有顾全到。也像是有意这样作，我只平平的写去，到要完了就止。[①]

虽然周作人和苏雪林对小说叙事的理解及态度出入很大，但都抓住了小说叙事随笔化、散文化的文体特征。客观地说，小说散文化对文本结构的忽视以及从容书写的追求，使得作家有足够的叙述时间和叙述空间来阐释民俗事象。我们不妨看看废名《莫须有先生坐飞机以后》对故乡“放猖”风俗的描写。小说不仅具体叙述黄梅的“五猖庙”，装扮“猖神”孩子的“许愿”，以及“打脸”、“练猖”、午后的“放猖”、夜间的“游猖”和“收猖”等一整套民俗活动的程式，而且还穿插“莫须有”先生（作家）孩提时代对于这一习俗的心理感受。细腻的民俗描写既体现了自觉的小说文体意识，也与他对“注解”独到看法不无关系。他说：“作文是不应该要人作注解的，如果需要注解那就非自己注解不可，到得要旁人注解便不成其为文章了。”作家所说的“注解”当然不是指文中“加注”方式，而是对相关内容进行文本叙述。废名还以小说主人公口吻，表达对于小说的见解和散文化叙事的认可，他说：

莫须有先生现在所喜欢的文学要具有教育的意义，即是喜欢散文，不喜欢小说，散文注重事实，注重生活，不求安排布置，只求写得有趣，读之可以兴观，可以群，能够多识于鸟兽草木之名更好，小说则注重情节，注重结构，因之不自然，可以见作者个人的理想，是诗，是心理，不是人情风俗。必于

① 《〈石子船〉后记》，《沈从文全集》第5卷，北岳文艺出版社2002年版，第319页。

人情风俗方面有所记录乃多有教育的意义。最要紧的是写得自然,不在乎结构,此莫须有先生之所以喜欢散文。[1]

所以,沈从文、废名等"京派"作家小说文体意识,使得文本无须注释也是顺理成章的。

与废名在民俗叙述中搀杂着主体审美感受不同,沈从文则偏重对民俗事象的客观描述。需要指出的是,沈从文小说加注的情况并不多见。不过,作家是用特殊方式对民俗进行更为全面集中的注解。现代文学史上,沈从文似乎是唯一一位对小说进行真正民俗学意义上批注的作家。例如 1936 年 3 月,沈从文对《边城》涉及的民俗事象加以注释[2]。1944 年 12 月间,他又对《长河》进行更为系统的民俗学注释。虽然两篇注释都是在小说发表后才做的,但我们仍然可以将它们视为小说"原注"。这是因为,两篇"注释"折射出沈从文一贯"忧郁"的创作心态。忧郁正是他整体性审美风格和美学特征。我们从作家对《边城》的"批注"中不难发现。那些与注释看似无关,但又反复出现的"无聊"、"凄凉"、"难受"、"不幸"等语汇,恰恰反映出作家此时的忧郁情绪。[3] 不妨再看看沈从文在《长河》批注后留下的文字:

十二月十五日校毕,去《边城》完成刚满十年。……长荣、子和、老三等战死已二年。陈敬摔车死去已一年。得馀

---

① 废名:《莫须有先生坐飞机以后》,倪伟编《纺纸纪》,珠海出版社 1997 年版,第 213—217 页。

② 沈从文在《题 1936 年校注初印本》中再对《边城》若干民俗事象加以阐释,并附一段文字:"一九三六年三月十五早上看过一遍,心中很凄凉。"参见《沈从文全集》第 14 卷,第 440 页。

③ 《〈边城〉题识五种》,《沈从文全集》第 14 卷,北岳文艺出版社 2002 年版,第 438—443 页。

> 离开军职已三年，季韬、君健两师部队在湘中被击溃亦已四个月。重读本文序言，“骤然而来的风雨，说不定会把许多人高尚的理想，卷扫摧残，弄得无踪无迹。然而一个人对于人类前途的热忱，和工作的虔敬态度，是应当永远存在，且必然能给后来者以极大鼓励的！”这热忱与虔敬态度，唯一希望除了我用这支笔写它，谁相信，谁明白？然而我这支笔到当前环境中，能写些什么？纵写出来又有什么意义？逝者如斯，人生可悯。[①]

《长河》通篇散发出的抑郁凝重的气息，与小说“序言”乐观进取的心态相去甚远，倒与“批注”的心境颇为协调。在《长河》题记中，沈从文曾将“梦想”寄托在那“几个年青军官”[②]身上。两年后他们的命运给作家带来了痛苦忧伤的记忆，也改变了他对战争的看法。抗战胜利后，内战爆发使得沈从文的忧郁尤为深切。此时作家的忧郁，不再是早期个人生活的忧悒，也不是文学论争中左右不讨好的抑郁，而是站在民族、人类和人性高度，以悲悯的眼光和情怀审视战争的忧郁。一方面，作家超越战争的性质，注目于战争罪恶的一面，提出战争是非理性的见解。在沈从文眼里，战争失去了是非、正义非正义的界限，完全暴露了人类自身的悲剧性质。[③] 另一方面，沈从文凭借“个人独自为战精神”[④]，用“抽象”（理性或理性原则）重塑现实的希望落空，以至沉湎于忧郁的心绪中难以自拔。尤其是这个时期沈从文遭受到空前的政治批

---

① 《〈长河〉自注》，《沈从文全集》第 10 卷，北岳文艺出版社 2002 年版，第 182 页。

② 《〈长河〉题记》，《沈从文全集》第 10 卷，北岳文艺出版社 2002 年版，第 5 页。

③ 徐庆全：《陈沂关于沈从文致周扬的信》，《黄河》2003 年第 6 期，第 190 页。

④ 《沈从文致张以瑛的信》，参见徐庆全《陈沂关于沈从文致周扬的信》，《黄河》2003 年第 6 期，第 188—189 页。

判，最终导致他从审美忧郁转变为病态忧郁。相应地，作家文章中常常出现“崩毁”、“疯狂”、“发疯”等字样。1947年底，由于极度困惑和忧郁，沈从文在完成小说《传奇不奇》后，不得不放弃文学创作。

当然，话也得这么说，文学作品的忧郁以及作家的忧郁，同日常生活中人们的忧郁还不完全是一回事。“人的忧郁以及文学作品中所描述、渲染的忧郁并不一定是消极的东西。事实上，忧郁可使人深思，唤醒人的良知，继而改变人类的困境。理解欣赏文艺作品中的忧郁也可在一定程度上排遣个人的忧郁，起到‘净化’(catharsis)作用，使个人的忧郁融入人类整体的忧患之中，从而唤起对同类的同情，对万物的爱惜，使个人的心灵升华并靠近崇高(sublime)的理想境界。”①亚里士多德就说，忧郁是人类最有创造性的气质，是天才的同义词。不管怎么说，有一点是肯定的，那就是沈从文的忧郁创作，充实了20世纪中国感伤主义文学内涵。

三、“七月派”小说没有加注的现象，与它倡导的“主观现实主义”理论有直接关系。胡风以为，“五四”文学以后，由于文学与政治不断走近和结合，导致作家主体意识趋于淡化，逐渐失去了创作独立性。为纠正主体创作不断弱化的趋势，“主观现实主义”理论要求作家强力突进所描写的人物的精神世界中，突出“主观”把握现实世界的审美方式，即“主观战斗精神”。胡风认为：“客观对象没有进入人的意识以前，是‘不受作家主观影响的客观存在’，但成了所谓‘创作对象’的时候，就一定要受‘作家主观影响’的。否则就不会有什么‘创作’”②。“主观战斗精神”与“精神奴

① 汪榕培、王晓娜：《忧郁的沉思》商务印书馆2006年版，第168页。

② 胡风：《论现实主义的路》，《胡风全集》第3卷，湖北人民出版社1999年版，第524页。

役的创伤”、“到处有生活”等构成了胡风“主观现实主义”理论的基础。作为“七月派”小说重镇，路翎很好地实践了主观现实主义理论。作为作家乃至人物精神的对象化存在，他对风俗、风景和风情的描写，呈现高度写意化的特征，并不在意现实的描摹。这与客观现实主义创作有根本区别。总之，“七月派”主观现实主义创作，导致了民俗的客观描写极为有限，也就谈不上给民俗加注的问题了。

后　记

这本小册子是我十多年间对于现代文学某些问题所作的一点思考。记得方宁老师说过一句话,“学术研究是为了解决问题,而不是制造问题。”对这句话我颇有感触。

今天回过头看看,册子里的这些东西,有的是教学过程中产生的想法,有的则是针对学生提出的问题所作的回答。教了十几年现代文学,重复教科书多少会感到无聊,有时也很苦恼。总希望给学生一点新鲜的东西,但这又不是一件容易的事。鄙人天生愚笨,没有别人只要两个月,什么课程都能教的本事。所以我就只剩下惭愧了。

《中国现代文学何以为“现代文学”》是想厘清中国现代文学这一基本概念。因为现实情形常常是中国现代文学、中国现当代文学、中国新文学、20 世纪中国文学的混用。《中国现代文学民俗学语境》则考察中国现代文学与民俗学关系。《鲁迅研究中的几个问题》,对鲁迅研究的某些结论表达自己的看法。《沈从文早期民俗学意识》则探寻作家民俗学意识对他“湘西世界”的影响,试图在主体与创作间建立清晰的逻辑关系。《沈从文四十年代创作思想》,是想回答特定历史时期沈从文创作转型及其相关的理论命题。《中国现代乡土小说加注现象》是想探讨小说原注与作家创作、文学思潮以及文学流派间的关系。《沦陷区小说主题与民俗意义》是针对现代文学史教材中沦陷区文学比较薄弱的现状而产生的思考。这些内容都以论文的形式在刊物发表。

特别感谢上海三联书店冯征先生在百忙中审阅我的书稿，并做了许多工作。特别感谢常熟理工中文系幼良兄给予的资助以及宁波财经学院重点学科资助，没有他们的帮助，小册子的出版是无望的。

是为记。

浙江农林大学暨阳学院

2020 年 12 月 28 日

图书在版编目(CIP)数据

中国现代小说研究/张永著. —上海:上海三联书店,2021.5
ISBN 978-7-5426-7272-8

Ⅰ.①中… Ⅱ.①张… Ⅲ.①小说研究—中国—现代
Ⅳ.①I207.42

中国版本图书馆 CIP 数据核字(2020)第 232417 号

中国现代小说研究

著　　者/张　永

责任编辑/冯　征
装帧设计/一本好书
监　　制/姚　军
责任校对/张大伟　王凌霄

出版发行/上海三联书店
　　　　(200030)中国上海市漕溪北路 331 号 A 座 6 楼
邮购电话/021-22895540
印　　刷/上海惠敦印务科技有限公司

版　　次/2021 年 5 月第 1 版
印　　次/2021 年 5 月第 1 次印刷
开　　本/890×1240　1/32
字　　数/300 千字
印　　张/11.75
书　　号/ISBN 978-7-5426-7272-8/I·1673
定　　价/68.00 元

敬启读者,如发现本书有印装质量问题,请与印刷厂联系 021-63779028